L'ÉVANGILE, UNE PAROLE INVINCIBLE

Prêtre-éducateur, Guy Gilbert est l'auteur d'une vingtaine de livres dont les plus connus sont *Un prêtre chez les loubards*, *La rue est mon église* et *Ma religion, c'est l'amour*. Surnommé « Le curé des loubards », il est connu pour son travail en faveur de la réinsertion de jeunes délinquants, qu'il accueille, pour certains, dans sa Bergerie de Faucon, qu'il a restaurée en Provence.

Guy Gilbert

L'ÉVANGILE, UNE PAROLE INVINCIBLE

Éditions Philippe Rey

Merci à Didier Girard qui m'a aidé à rassembler mes mille et un textes pour que ce livre voie le jour. C'est un saint, ou presque !

Merci également à mes adjoints qui ont corrigé avec moi ces textes, à la virgule près. Un vrai calvaire, ils devraient être béatifiés !

Merci à toi de continuer à m'écrire, par le biais de mon éditeur, pour me dire mes erreurs ou mes dérapages que tu découvriras à travers ces pages. Mais évite la pommade sinon je risque de ne plus pouvoir enfiler mes santiags.

TEXTE INTÉGRAL

ISBN 978-2-7578-0358-5
(ISBN 2-84876-039-7, 1re publication)

Avant-propos

Après la parution de mon livre *L'Évangile selon saint Loubard*, à ma stupéfaction, j'ai reçu de nombreuses lettres de personnes qui me disaient qu'elles méditaient mes textes.

Serais-je devenu un Père de l'Église ? Évidemment non.

Ma plume essaie seulement de traduire l'Évangile avec mes mots, deux mille ans après…

Jusqu'à la fin des temps, l'Évangile restera un texte à méditer. C'est une parole qui aime, celle du Christ. Elle peut donc être commentée à l'infini. Parce que l'amour a cette particularité de susciter sans fin des mots nouveaux. Surtout quand le Christ lui-même, fils de Dieu, nous a été envoyé avec amour par son Père.

Cette parole a une puissance prodigieuse pour un chrétien : elle est invincible.

Lorsqu'elle est méditée, elle apporte à celui qui la reçoit une force qui le dépasse.

Ce souffle de la parole de Dieu, je l'ai puisé dans le peuple que j'assume, les loubards. Je sais que Dieu habite leur cœur en priorité. D'où les exemples nombreux puisés à leur contact quotidien.

Puisses-tu, de quelque religion à laquelle tu appartiens, trouver dans ces 448 pages un peu plus d'amour et de paix !

J'aurai alors la joie de croire, moi le serviteur de la

parole de Dieu, que l'Éternel s'est servi de ma plume pour t'apporter un rayon de la vérité qui t'illumine aujourd'hui.

I

Une vie pour aimer

1
Quarante ans de sacerdoce

Au service de l'humain et de l'amour

Trois fois j'ai prié le Seigneur de l'éloigner de moi, et Il m'a dit : « Ma grâce te suffit, car Ma puissance s'accomplit dans la faiblesse. » Je me glorifierai donc bien plus volontiers de mes faiblesses, afin que la puissance de Christ repose sur moi.
C'est pourquoi je me plais dans les faiblesses, dans les outrages, dans les calamités, dans les persécutions, dans les détresses, pour Christ ; car, quand je suis faible, c'est alors que je suis fort.

2 Corinthiens XII, 8-10

Debout et accroché à mon berceau…

Ma mère, avant de mourir dans mes bras à 90 ans, avait gardé une mémoire intacte. Par bribes, elle me contait des pans de mon enfance. Un jour, elle me révéla ce fait très ancien, mais prémonitoire.

« Mon petit Guy, tu étais le seul parmi tes quatorze frères et sœurs à te mettre debout dans ton berceau, et tu parlais. C'était des borborygmes. Mais tu t'exprimais déjà. » Le futur homme de Dieu, annonciateur de l'Évangile, se pointait. Tout petit déjà, toujours le nez fourré dans mes bouquins, dès que je voulais prendre un outil, mon père me disait: «Lis donc, tu sais faire que ça!» Je reprenais ma lecture et, à... 70 ans, j'ai toujours l'appréhension d'enfoncer un clou.

La passion des animaux

Par contre, dès le premier jour des vacances, je fonçais prendre les outils de jardin pour faire mes plates-bandes. Je semais toujours des radis, mon légume préféré. L'écologiste se pointait à travers la terre que j'adorais remuer, soulever, humer et travailler.

Une de mes lettres, que ma mère avait gardée précieusement et qu'on m'a remise à sa mort, mentionnait ceci: «Pour mon anniversaire, maman, j'aimerais qu'on me permette d'aller au zoo de Paris.» J'avais 10 ans. L'animalier, passionné par toutes les bestioles de la création, était déjà en gestation. De plus, ma mère m'a confié plusieurs fois que, très jeune, je ne supportais pas que quelqu'un souffre. Il me fallait comprendre et apaiser l'être souffrant. J'avais toujours une blessure au cœur en rencontrant des êtres blessés.

Les jeunes dont j'ai la charge sont sauvés, en partie, par les bêtes du zoo miniature de Haute-Provence rassemblant deux de mes priorités juvéniles: la passion des animaux et celle des êtres souffrants, ces jeunes repoussés par les humains et se jetant à corps perdu dans le soin des animaux. Ces deux passions ont donné naissance à la zoothérapie que nous pratiquons dans notre lieu de vie, la Bergerie de Faucon, depuis plus de trente ans.

Découverte d'un Dieu d'Amour

Quand d'un seul coup je dis à mon père, début octobre 1948, que je voulais être prêtre, ce fut un véritable coup de massue pour lui. Je me souviens encore, malgré les cinquante-sept années qui m'en séparent, de cet instant qui a soulevé, dynamisé et donné un sens à toute ma vie.

Mon père, stupéfait, m'a cependant amené à l'école où j'avais déjà fait des études, pour tenter de m'inscrire à nouveau. Je fus refusé pour une raison dont je n'ai pas le souvenir. Il m'a demandé, sur le trottoir, si je voulais toujours être prêtre. À ma réponse positive, séance tenante, il m'a amené au curé de Rochefort-sur-Mer qui m'a écouté et conduit, un mois plus tard, au séminaire de Saintes. J'avais 13 ans. Je n'avais pas encore découvert le Christ. C'est lui qui m'avait découvert. Et je ne le connaissais pas. Une communion solennelle bâclée ne m'avait rien appris de lui.

En effet, on m'avait fait sauter deux ans de caté pour que je fasse ma communion avec ma sœur et mon frère aînés. C'est un peu plus tard que je découvris que « Dieu est Amour ». Je l'ai cru tout de suite et cela m'a bouleversé tout en changeant progressivement ma vie.

Je ne savais pas en quoi cela consistait. Je le sais mieux aujourd'hui. J'ai tout le reste de ma vie pour l'apprendre. Mais, sans l'amour immense de mon père et de ma mère, je n'aurais jamais pu donner un sens à un amour inconnu jusque-là : celui de Dieu.

Cette certitude ne m'a jamais plus quitté. Je ne l'ai jamais perdue. Malgré la guerre d'Algérie et ses horreurs, malgré ce que m'a fait vivre mon métier d'éducateur qui me place au cœur de la violence et de la haine, le Christ m'a saisi, m'a pris. Il ne m'a jamais lâché comme j'ai pu, moi, le faire. Il me tient sans lassitude. Alors, je reprends sa main et on repart ensemble.

La meilleure définition du destin, pour moi, est celle-ci : le choc des événements et d'une personnalité. Chrétien, j'ajouterai ceci pour qu'elle soit complète :... avec le grain de sel permanent de Dieu qui nous appelle chacun et chacune à trouver, avec ses dons propres, un sens à notre vie. On appelle ça la « vocation ». Depuis quarante ans, je vis pleinement cette vocation sacerdotale pour laquelle j'étais appelé. Ma vie chrétienne est incarnée au cœur de la souffrance juvénile par mon métier d'éducateur spécialisé.

Les deux s'harmonisent au mieux, sans contradiction, l'une poussant irrésistiblement l'autre.

Ma vocation de prêtre est toujours restée prioritaire

Les neuf ans inoubliables d'études au petit séminaire de Saintes (sept ans) et au grand séminaire de La Rochelle (deux ans) ont brusquement été interrompus par la guerre d'Algérie. Plongé durant trois ans dans l'enfer d'une guerre terrible, dont les effluves putrides ne cessent de nous parvenir quarante-trois ans après, je me suis rendu compte que tout était changé en moi à mon retour en France.

C'était mon premier combat, auquel nous n'étions, jeunes adultes, aucunement préparés. Dans un tel moment d'exception, à chacun de puiser en soi la force de résister à la haine, à la brutalité, au racisme larvé. Ou bien de se taire. Ou, pire, de pactiser avec l'horreur et s'y mouiller pour le reste de sa vie.

Mon éducation humaine et familiale, forte et exigeante, et l'Évangile surtout – vécu pour la première fois sur une ligne de fracture – ont eu raison de la tentation du laisser-faire… en attendant la quille. De cette lutte fratricide où combien d'individus s'avilissaient en perdant le sens fondamental des droits de l'homme, je sortais déboussolé, mais extraordinairement renforcé. Le combattant que je suis devenu depuis est né là.

Je choisis de rester sur cette terre algérienne déchirée,

et entrai au séminaire d'Alger pour terminer mes études. Je pensais qu'être prêtre en terre d'islam était la nouvelle route à suivre.

Qu'il était loin déjà, mon rêve d'être curé de campagne en Charente-Maritime ! Mais je vivais bellement cette époque, au contact du peuple algérien durant treize ans. Inestimable moment qui enrichira ensuite ma rencontre avec l'islam en France. Le cardinal Duval, archevêque d'Alger, m'appelait au sacerdoce. Je reçus la prêtrise dans la joie, à La Rochelle, le 3 juillet 1965, pour le service du diocèse d'Alger. Vicaire à Blida durant cinq ans, je m'occupais des jeunes marginalisés de cette ville et cette rencontre signa, de façon définitive, ma deuxième mission : les jeunes exclus. En guise d'envoi, cette seule phrase du cardinal Duval, veillant paternellement sur le jeune prêtre que j'étais, est restée inscrite définitivement en moi : « Monsieur l'abbé, un pied dans la rue, un pied dans l'Église. Gardez bien les deux pieds là où ils sont ! » Mon sacerdoce incarné dans le monde des exclus m'amenait déjà à vivre ce que Mgr Jacques Gaillot proclamera bien longtemps après : « C'est la proximité avec les exclus qui transformera l'Église. » Cette proximité m'a d'abord fondamentalement transformé moi-même.

Mes quatre passions

Le Christ d'abord

Comme j'ai mis du temps à le reconnaître comme homme ! Par contre, Dieu, je L'ai rencontré très vite et quotidiennement.

Le Christ est mon compagnon de vie. À travers l'Eucharistie. Aller à sa rencontre chaque jour est le meilleur moment de ma vie. J'aime particulièrement son côté libérateur. Il est venu nous sauver. C'était sa mission principale sur terre : libérer chaque être humain. Notamment les plus cassés, les plus disloqués. Le Christ a rencontré l'humanité dans ce qu'elle a de plus chaotique. Ma foi, je devais la vivre dans les milieux les plus difficiles, chez les paumés, les perdus, les sans-boussole. La grâce m'a été donnée, je l'avoue, et à pleins tubes. Heureusement, car la fréquentation de l'humain dans ce qu'il a de plus complexe à vivre, vous taraude obligatoirement.

J'ai trouvé dans ce don aux autres, à travers mon métier d'éducateur spécialisé, un chemin d'épanouissement personnel. Mon action éducative a trouvé son fondement dans mon ministère de prêtre. Et celui-ci a trouvé son accomplissement dans ma tâche éducative. Le Christ libérateur met les personnes debout grâce à son regard de fraternité, de solidarité, de justice et de respect. C'est ce qui m'a toujours marqué dans l'Évangile.

Le monde d'aujourd'hui souffre terriblement. Une telle souffrance doit rendre l'Église incontournable pour tous les problèmes qui touchent aux questions de société.

Une Église qui se regarde le nombril est une Église qui n'a que peu de choses à apporter au monde. Sans doute est-ce là une des causes de la désaffection d'un certain nombre de chrétiens. « L'homme est la route de l'Église », a martelé Jean-Paul II. Que cette dernière le vive pleinement en s'appesantissant moins sur ce qui avilit l'être humain que sur ce qui le grandit et lui apporte l'espérance. C'est le rôle éminent de Benoît XVI, dernier « don de Dieu » pour l'Église, s'il ose jeter toutes ses forces au service des humains écartelés par la faim, la soif, la guerre, sur une terre qui s'étiole sous les coups de boutoir des bulldozers de la pollution.

En engageant un milliard de catholiques dans cette lutte vitale, le pape annoncerait le Christ vivant dans la plus belle théologie de la libération qui soit. Sans violence. Avec les seules armes de l'amour et de la solidarité.

L'Église

J'aime l'Église. Plus je prends de l'âge, plus je l'aime.

Je souffre souvent à cause d'elle, de ses faiblesses ou de ses compromissions. Mais elle porte le Christ et recèle l'Esprit saint. Elle porte un mystère d'amour prodigieux. Elle est ma mère. Je tiens tout mon crédit d'elle. L'Église est faite d'hommes et de femmes, donc critiquable à l'infini.

Mais l'exemple de saint François m'a toujours marqué. À un moment de son histoire religieuse, où la débauche liée à la puissance destructrice envahissait Rome, saint François n'a jamais critiqué son Église.

Son exemple de vie, humble, pauvre et défendant toute la Création, de l'homme à la coccinelle en passant par les loups, marque son époque d'un essor inédit de vocations et de sainteté. Exemple à suivre aujourd'hui plus que jamais.

Le combat pour révéler le Christ et l'amour de son Père ne peut être indépendant de celui que mènent ceux qui s'acharnent pour que l'homme soit assuré de trois repas par jour, n'aille pas chercher son eau potable à trois kilomètres de chez lui, ou ne voie plus ses forêts abattues pour décorer en bois de teck nos intérieurs européens.

La nature

Depuis que je suis tout petit, elle m'a émerveillé. Je suis franciscain dans l'âme. Je passerais des heures à contempler un champ de fleurs ou un paysage du haut d'une montagne. Je n'irai malheureusement pas jusqu'à faire comme saint François. Un jour, un pêcheur du lac de Riéti lui offrit une tanche. François la remit à l'eau en lui recommandant de ne plus se laisser prendre. Allez demander à mes jeunes, quand ils ont pêché dans notre vivier une superbe truite, de dire à leur « frère » poisson : « Allez, retourne dans ton bassin et cache-toi bien ! »

J'ai le culte des arbres. J'en ai planté beaucoup. Et malheur à nos jeunes s'ils détruisent un pin ou y inscrivent deux prénoms entrelacés ! Leur transmettre ma passion de la nature est impératif. Il faut du temps. La ville pond de plus en plus d'« Attila » qui saccagent ce que l'homme a de plus précieux.

Les jeunes marginalisés

Mon livre *Un prêtre chez les loubards*, devenu best-seller en 1978, m'a donné depuis vingt-sept ans une étiquette loubarde, dont il est impossible de me défaire. Si les jeunes dont j'ai la charge sont ma priorité, ils ne sont pas tout dans ma vie. De plus, il est hors de question de monopoliser la représentation des exclus. J'ai vingt équipiers. Ce sont eux qui sont les francs-tireurs de notre association. Leur combat d'avant-centre est digne d'admiration.

De plus, mes tournées en France, en Europe ou ailleurs m'amènent à connaître mille et un pionniers, qui agissent au cœur de la délinquance juvénile. Prêtres, religieux ou religieuses, assistants sociaux de tous horizons, cultures ou religions combattent la misère des jeunes en marge. De par le monde, je me réchauffe à leur militantisme tout en leur apportant le mien. Ceux et celles qui travaillent au cœur de la pauvreté et de la marginalité se doivent d'interpeller les autorités de leur pays sur les graves carences qui engendrent l'exclusion. Sinon, si belle soit-elle, l'œuvre éducative pourra être seulement admirée. Mais elle restera un traitement de mercurochrome sur une plaie béante. Par la puissance de son témoignage, cette œuvre doit faire des petits et convaincre la société de ses lacunes.

Restent pour moi les anciens qui sont une charge importante. Le vieillissement de notre association m'a appelé à être personnellement engagé à leur service. La plupart de mes équipiers passent. Je reste. Certains anciens ont un mal fou à s'insérer dans une société qui les rejette. Être là avec eux jusqu'au bout est l'honneur de mon métier. Partagée avec mes équipiers, cette tâche est belle et bonne, mais prenante et souvent lourde financièrement. « Ne jamais laisser quelqu'un sur le chemin » est un impératif exigeant. Je parle évidemment des adultes que j'ai connus adolescents.

Si mon vieux blouson qui m'a tant typé reste toujours sur moi, c'est qu'il est quelque part ma force et le signe de mon combat ininterrompu depuis quarante ans. On peut le critiquer, le contester ou le louer, je m'en tape allègrement. Je me sens toujours bien dedans.

Le prêtre, homme de la rencontre

La grande affaire de ces quatre décennies a été, pour moi, de rencontrer des personnes blessées. Et inlassablement.

C'est la joie de chacune de mes matinées, dès mon réveil. « Je vais rencontrer des personnes humaines. Fais, Seigneur, que je les aime, les écoute, les console », telle est ma prière quotidienne. De plus, le fait de rencontrer régulièrement des personnes étrangères au christianisme me place dans le mystère de ce qu'est un prêtre. Il est une part de l'Invisible qu'il représente. D'où la sainteté qu'il doit vivre pour faire reconnaître, à travers lui, le mystère de Dieu dont il est l'intercesseur Sans cet Invisible, la mission du prêtre perd son sens et son existence. Il me faut être profondément enraciné dans l'Évangile pour rejoindre autrui dans l'essentiel.

Rencontre avec les médias

Les lieux de parole et de rencontre avec les médias sont aussi importants que les rencontres avec les personnes. Sauf qu'on est face à une caméra, un micro et un interviewer. Le public est dans la nuit. Vingt-huit ans que j'use les médias et qu'ils m'usent à la fois. Depuis ma première émission avec Bernard Pivot – *Apostrophes* en avril 1978 –, ils ne m'ont plus lâché.

On me livre toujours ces deux réflexions contradictoires : « On te voit trop dans les médias » ou : « Tu passes pas assez à la télé ». J'avoue osciller entre ces deux avertissements. Je sais cependant refuser. Le risque majeur, c'est d'être sollicité par n'importe qui pour n'importe quoi, et de ne savoir résister à aucun micro.

Danger mortel où l'on se perd très vite... pour être rejeté aussi vite par les médias demandeurs, lassés par la même tronche et le même discours.

Seules, les questions concernant l'Église et les phénomènes sociaux m'intéressent. Je ne suis pas une marchandise ou un gadget de l'Église pour m'exposer inutilement. D'où le tri que j'opère avec l'aide de mes adjoints... très futés car très consommateurs notamment de télé, alors que moi je ne la regarde pratiquement jamais. Après la mort de Jean-Paul II et à l'avènement de Benoît XVI, je me suis farci trente-huit plateaux télé et échanges radiophoniques.

Passionnant moment d'Église que j'ai vécu bellement.

« Les chrétiens n'ont pas besoin des médias pour exister, mais ils en ont besoin pour être reconnus comme existant », affirme justement Mgr Di Falco, expert en communication.

Rencontre difficile et jamais satisfaisante. Parce que les médias sont sans nuances. « On est à droite de l'Église ou à gauche.» Point final. Ils fonctionnent ainsi, notamment la télévision. Il faut simplement le savoir. On coupe parfois la partie essentielle de l'entretien pour laquelle on vous avait convoqué. Quelques phrases lestes, quelques formules bien ciblées, marrantes et parfois vulgaires, resteront. Le reste sera biffé...

L'Église doit se rendre compte que son message, tel qu'il est actuellement véhiculé, n'est plus crédible. Il reste souvent illisible.

Il faut être bref, précis dans ce que l'on dit. Être clair, sans cette «langue de bois» qui rend inaudible le sens du message chrétien.

N'ayons pas peur des médias.

Pas peur qu'ils nous récupèrent ou déforment tout. Pas peur d'aller où nos pas nous mènent, quitte à prendre des coups. Pas peur enfin de crier la Bonne Nouvelle à la face du monde, même si elle est déplaisante pour certains. Critiquer les médias sans les pratiquer, c'est leur faire une saloperie. Ne pas avoir peur de les affronter, en sachant le risque que l'on prend, est dans la ligne de l'Évangile, magnifique à dire et périlleux à annoncer. Priez pour ceux, chrétiens et prêtres, qui s'y risquent. Pour moi, lire ou écouter avec attention les réactions, par lettre ou de vive voix, de ceux qui ont vu ou entendu une émission, est très important. Précieux retours qui m'indiquent où je me suis fourvoyé, et où j'ai vraiment dit Dieu et son Amour, à plein cœur, à fond la caisse.

«Quand je suis faible, c'est alors que je suis fort»

Cette phrase m'a profondément marqué. Elle me soutient dans le type de ministère qui est ma grâce.

Je médite souvent le passage de saint Paul placée au début de ce chapitre. Il m'apaise et me conforte dans ma tâche habituelle. Humainement, ce que je vis est destructeur, usant, terriblement difficile certains jours. Appels de détresse, pauvreté insondable, violence, haine à fleur de peau sont mon lot quotidien. Je ne peux y échapper. Seule, une grâce puissante m'a aidé jusqu'à ce jour à tenir, pour porter des êtres souvent à bout de souffle.

La prière et l'Eucharistie ont été mes atouts maîtres pour permettre à la puissance du Christ d'habiter en moi. Plus, bien sûr, une hygiène de vie à respecter strictement : sommeil de huit heures, sport et refuge dans la forêt quarante-huit heures tous les dix jours.

La mission prestigieuse d'annoncer le Christ est incarnée dans un corps qui fatigue et vieillit. À ne jamais oublier. De plus, le détachement me rend heureux.

Je n'oublie pas la consigne de Jésus à ses apôtres : « Celui qui aura quitté frères, sœurs, père, mère à cause de mon nom, recevra le centuple et, en héritage, la vie éternelle. » Ces mots donnent une grande liberté intérieure.

Jésus continue : « Ne vous faites pas de souci. Regardez les oiseaux du ciel et les lys des champs, ils ont tout. » Cette joie intérieure se cultive surtout dans le silence.

D'année en année, je le goûte un peu plus. Mais pas au point de finir mes jours dans un couvent, même si j'aime côtoyer les contemplatifs.

Tant que je serai capable d'avancer

Tant que je serai capable d'avancer, je ne m'arrêterai pas.

J'ai vécu quarante ans de vie d'aventures et de risques. Rien n'a été préparé à l'avance. Il m'a été demandé de faire des choix. Et puis des événements

source d'eau qui jaillira jusque dans la vie éternelle. »
La femme lui dit : « Seigneur, donne-moi cette eau, afin que je n'aie plus soif, et que je ne vienne plus puiser ici. – Va, lui dit Jésus, appelle ton mari, et viens ici. »
La femme répondit : « Je n'ai point de mari. »
Jésus lui dit : « Tu as eu raison de dire : Je n'ai point de mari. Car tu as eu cinq maris, et celui que tu as maintenant n'est pas ton mari. En cela tu as dit vrai. – Seigneur, lui dit la femme, je vois que tu es prophète. »

Jean IV, 5-19

Qu'est-ce qu'un prophète ?

On croit souvent que le prophète est celui qui prédit l'avenir. Il n'est pas nécessairement un voyant. Il est celui qui met les hommes et les femmes devant leurs responsabilités. Chaque époque difficile de notre histoire a eu ses prophètes, qui disaient aux gens quelles étaient leurs responsabilités. Ils disaient des vérités parfois violentes, c'est la raison pour laquelle ils ont souvent été condamnés ou assassinés. Saint François d'Assise est mort dans son lit, mais de nombreux prophètes ont été tués. L'un lançait en pleine gueule à ses contemporains qu'ils se vautraient dans la luxure, qu'ils ne pensaient qu'à leur gueule et qu'à leurs biens. Un autre disait : « Quand tu donnes une aumône à un pauvre, tu ne fais que lui rendre ce que tu lui as volé. » Ce discours ne plaisait pas à tout le monde. Un clochard attend notre pièce, quand nous ne manquons de rien et que nous allons nous réfugier dans la chaleur de notre appartement.

Ni reproche ni morale

Le prophète dit les choses à temps et à contretemps. Il délivre des vérités au nom de Dieu. Aucun prophète ne parle en son propre nom. Il est entendu mais souvent incompris. Et nul n'est prophète en son pays. J'ai pu le vérifier. Parfois le prophète devine et perce les consciences. Dans l'évangile de la Samaritaine que nous avons cité, le Christ-prophète devine que cette femme a eu plusieurs maris. Alors elle court après ses copines pour leur dire qu'il a deviné ses turpitudes érotiques.

À travers cet évangile, nous comprenons comment le Christ est un pédagogue hors pair. Et nous devons aujourd'hui être aussi bons que lui. Cette histoire résume parfaitement la pédagogie d'enfer du Christ. Il ne vous agresse pas avec de la morale : il écoute, il est présent, il donne des faits et il vous laisse comprendre par vous-mêmes. L'Église doit en prendre plein les balais actuellement, parce que, avec sa morale et ses jugements, elle ne parvient pas à être entendue. On ne l'écoute plus beaucoup. Elle édicte trop de règles et par moments fait trop de morale. Alors qu'elle devrait être plus pédagogue que jamais. Des lois, des catéchismes, des règles, elle doit en faire. Mais irremplaçable est l'Église qui écoute à pleins tubes, qui ne juge pas, qui éclaire notre route à pleins phares.

Observez bien ce texte d'évangile : Jésus n'a fait aucun reproche, aucune morale. Il n'a rien dit à la Samaritaine sur ses maris. Le but de sa conversation est la conversion de son interlocutrice. Il l'a changée. Elle est devenue militante instantanément. Ils n'ont eu qu'une simple conversation sur le plus élémentaire des besoins : il était fatigué, il avait soif. Nous savons tous que les femmes sont bavardes et se racontent tout au village. Jésus devine qui elle est et décèle en elle quelqu'un d'extraordinaire. Elle croit au Messie et devient militante. À notre tour, posons-nous la question : quel est notre militantisme actuellement ?

Quelle est notre pédagogie ?

Nous, chrétiens, comment évangélisons-nous ? Une femme me confiait, ravie, qu'elle déclare chaque matin : « Dieu est Amour » en donnant deux euros au clochard en bas de sa rue et qu'il lui répond : « Ah, c'est bien vrai, ma bonne dame. » Je lui ai proposé : « Essaie de voir s'il dit la même chose avec dix centimes ! »

Toutes les formes sont bonnes pour dire Dieu. Certaines sont néanmoins plus efficaces que d'autres. J'apprécie les émissions de radio où j'ai le temps de m'exprimer pleinement. Nous pouvons tous être prophètes là où nous sommes. La pédagogie du Christ est souveraine. Mais où en est notre pédagogie de foi ? Comment dire que le Christ brûle en nous ? Une des meilleures façons de dire notre foi est de la bûcher. Une superbe résolution serait peut-être de lire l'Évangile. Comment exprimer notre foi si nous ne connaissons pas notre texte ? Tant de chrétiens ne lisent plus la Bible ! Ils vont à la messe et entendent un morceau d'évangile, mais prennent rarement la peine d'en lire plus. Qui lit la Bible aujourd'hui ? C'est essentiel. Chaque jour ouvrez votre Bible et lisez un passage. Nous avons aussi d'excellentes revues. Je me réfère à deux publications (*Magnificat* et *Prions en Église*). Chaque jour nous pouvons y trouver les ressources de notre foi. Les textes sont accompagnés d'un mot d'explication. *Magnificat* a particulièrement aidé mon sacerdoce, en proposant chaque jour les textes à lire, à prier et méditer… partout.

Notre pratique doit être plus forte et plus fréquente. Comment évangéliser si vous allez à la messe seulement quand ça vous chante ? Ce qui a frappé les jeunes à Cologne, lors des JMJ, c'est cette phrase de Benoît XVI : « Faites l'effort d'aller à la messe le dimanche. » Notre militantisme vis-à-vis de nos enfants est très important. Tout petits, vous les traînez à la messe, ils adorent ça. Depuis trente ans, je trouve délicieux de voir les marmots à la messe, notamment en Provence. Les petits enfants de chœur se délectent en se déguisant, en enfilant la petite aube rouge. Pendant quelques années ils se tiennent magnifiquement. Quand vient l'adolescence, c'est terminé. Ils laissent la place au petit frère ou à la petite sœur. Laïla, trois ans, fille de mon ancien adjoint bouddhiste, remplace son frère de huit ans. Celui-ci considère qu'il est maintenant trop grand pour jouer ce rôle. Comment évangéliser nos enfants ? Qu'ils viennent et assistent à l'Eucharistie. Imaginez la magie de l'Eucharistie pour des enfants ! Ils braillent, ils pleurent, ils montent vers l'autel, mais ils sont très pris parce que l'enfant a une conscience religieuse prodigieuse. Il a un très grand appétit de spiritualité. Il le perdra très vite.

Dans votre famille, si vous décidez le soir de faire votre prière avec vos enfants… ils s'en souviendront. Je n'ai pas oublié qu'autour de mon père, tous les petits, nous récitions une dizaine de chapelet chaque jour. Cela m'a marqué à jamais. L'enfant grandissant et l'adolescent trouveront ce rite bien vite dépassé, mais ils n'oublieront jamais ces prières et certains les continueront.

Des mots immortels : « Dieu est Amour »

Avec notre entourage, si nous étions nous-mêmes des sources de l'amour, des sacrements de l'amour, nous n'aurions pas besoin de paroles ! Le témoignage de vie et le respect que l'on porte aux autres sont suffisants.

Être attentif à tout ce qui blesse une personne, pardonner, rendre service. L'amour seul est la source. Je ne le dirai jamais assez. L'Évangile, cette force mystérieuse, nous révèle que ce Dieu caché a le visage de l'amour. Je découvre depuis tant d'années que l'amour peut être la source qui donne sens à toute une existence. Seul l'amour donne un sens à l'existence. Découvrez-le par l'Évangile. L'Évangile est une parole qui aime. Les mots immortels de saint Jean, « Dieu est Amour », disent tout, résument tout l'Évangile. Ils me font vibrer un max depuis cinquante-sept ans qu'ils m'ont percé.

Les hommes ont tant construit en prenant source dans la peur de l'autre. La force du christianisme est d'oser dénoncer cette peur et d'affirmer que les rapports humains sont fondés sur l'amour. Normalement, l'amour n'est pas très naturel. La jalousie, la rapacité, la calomnie nous guettent. L'étude de l'Évangile nous force vraiment à dénoncer notre peur de l'autre. Le christianisme est la religion de la confiance. Il nous demande de faire confiance à ceux et celles qui ont vu le Christ, et qui nous affirment qu'il est vivant. C'est ce qu'a fait la Samaritaine. Elle l'a vu, elle l'a entendu et elle affirme qu'il est le Messie. La grandeur du christianisme vient de sa fragilité à reposer entièrement sur la confiance. Le christianisme refuse d'imposer sa vérité. C'est la trajectoire pédagogique prodigieuse du Christ. Jamais il n'a rien imposé. Le fondamentalisme est la pire des façons pour le croyant de croire qu'il détient seul la vérité. Certains musulmans l'affirment. On voit les ténèbres que cela engendre. Nous, les chrétiens, avons vécu cet enfer au cours de notre histoire. On nous le reproche sans cesse, avec raison. Je préfère les saints convertisseurs – ceux qui en avaient le charisme – et ceux qui ont su vivre bellement un témoignage d'amour dans le silence, au cœur du monde. Madeleine Delbrel, noyée dans un environnement athée, ou Charles de Foucauld, au cœur de l'islam, en sont des modèles.

La passion du questionnement

Le christianisme est davantage une question toujours posée qu'une affirmation rabâchée. Le christianisme est une voie de mise en marche, une voie d'humanité, une voie de sagesse. La vérité du christianisme vient de son refus d'imposer une vérité. Jésus n'a jamais dit à la Samaritaine : « Tu es une cochonne, une fieffée salope, tu as cinq mecs à la fois ! » Il a juste dit : « Je sais, tu n'as pas qu'un mari… » Il devait avoir un regard si aimant !

Nous devons nous interroger, douter, chercher, afin de nous mettre debout. L'essentiel dans le domaine religieux est d'entretenir la passion du questionnement, en gardant l'humilité de la réponse. Le Christ questionne. Dès qu'elle cesse d'être humble, balbutiante, pleine de doute, la réponse religieuse risque de verser dans le fanatisme et les guerres de religions.

La manifestation de notre foi se fait-elle suffisamment pédagogique ? Le Christ meurt de la haine des hommes. Il meurt de son prophétisme. Les prophètes mettent les pieds dans le plat en disant des vérités dures à entendre. Ils prennent de grands risques et sont souvent condamnés pour cela. Jésus a dit ce qu'il pensait au nom de son Père. Si l'on me demande quel est mon signe, je réponds que c'est le lavement des pieds. Le Jeudi saint, le Seigneur s'est mis à genoux devant ses apôtres. Le Vendredi, il meurt de la haine des hommes. Et vient la grande lumière de la Résurrection grâce à laquelle il sauve les hommes.

Notre prophétisme et notre pédagogie sont souvent bien loin des traces du Christ. Nos batailles de clans chrétiens stériles, l'œcuménisme qui progresse si lentement, nos déchirures qui persistent, les conflits qui demeurent entre prêtres, entre paroisses même, alors que notre signe est l'amour ! Être habité par la soif de donner, de partager, de décider d'être généreux de son temps, de sa tendresse, c'est choisir de se poster résolument du côté de la source de l'Eucharistie, du côté des perdants.

C'est lutter contre la pesanteur pour se faire transparent à la grâce. Nous n'avons qu'une vie pour être des filles et des fils de la lumière. Ne perdons pas une minute pour vivre cette lumière prodigieuse du Christ. Par la lecture de la Bible, nous saurons être la lumière dont le Christ nous a montré la puissance. Par les sacrements, nous aurons la force de la transmettre. Avec nos dons propres, en nous émerveillant des formes multiples de l'évangélisation.

À messieurs les évêques

On dit que les prêtres nommés évêques deviennent tout pâles, par peur de ne pas oser nous dire en pleine gueule ce qu'exige leur prophétisme épiscopal.

J'ai remarqué que certains évêques, en retraite ou à l'approche de leur mort, parlent et écrivent avec une belle jeunesse, puisée dans le cœur de l'Évangile.

Allez, messeigneurs les évêques, n'attendez pas d'avaler votre bulletin de naissance pour nous donner une parole forte, actuelle, simple, qui nous bouscule !

Vous n'en mourrez pas, mais vous nous aiderez sacrément à vivre.

3

L'Évangile, une parole qui aime

« Vous ferez des choses plus grandes que moi »

Comme le Père m'a aimé, je vous ai aussi aimés. Demeurez dans mon amour.
Si vous gardez mes commandements, vous demeurerez dans mon amour, de même que j'ai gardé les commandements de mon Père, et que je demeure dans Son amour.
Je vous ai dit ces choses, afin que ma joie soit en vous, et que votre joie soit parfaite.

Jean XV, 9-11

Comment communiquer l'Évangile ?

L'Évangile déborde d'amour. Lorsqu'on le lit, on entre dans un chant, une parole d'amour extraordinaire.

J'aimais beaucoup le cardinal Duval quand j'étais en Algérie parce qu'il n'a jamais fait un sermon sans parler bellement d'amour. Le Christ parlait d'amour. On peut se représenter le Christ avec des yeux bleus, verts ou noirs, mais ce qui me fascine est l'amour qui devait transparaître dans son regard. Il racontait avec amour. Il tenait les gens en haleine. Il les amusait et même les faisait rire. Il devait avoir un sacré humour. À la parole d'amour qu'il donnait, s'ajoutaient son regard et ses actes. Durant sa vie, le Christ a montré une force communicative et militante dingue. C'est assez inconcevable pour nous. Imaginez-vous Benoît XVI dire à un mec : « Allez, mon gars, suis-moi. » Et le type laisse tout tomber pour le suivre. Il abandonne son travail, sa bagnole. Il lâche tout sur-le-champ... On voit ça dans l'Évangile. Quelle formidable fascination le Seigneur devait exercer ! Il allait au comptoir d'un marchand et embarquait un type sur l'instant. Quelle puissante parole d'amour devait-il transmettre !

Et nous ? Quelle est notre parole de chrétiens ? Nous ne sommes pas des Jésus-Christ, nous ne sommes que ses frères et ses sœurs. Depuis deux mille ans, combien de chrétiens ont été comme le Christ par leurs façons d'être, leurs façons de parler, leurs actes ? Jésus a dit : « Vous ferez des choses plus grandes que moi. » C'est un signe de sa grande humilité.

Nous avons besoin de la pédagogie du Christ, de sa psychologie d'enfer. Il ne brutalisait jamais personne. Sa parole libérait. Combien de fois nous a-t-on reproché, à nous prêtres, de ne pas avoir cette parole qui libère ? On attend de nous une parole sans agressivité, une parole qui comprend de l'intérieur et rapidement. Le Christ n'envoyait jamais sa doctrine dans la gueule des autres. Il savait se poser, s'asseoir, créer une relation, demander un service, entrer en communication avec les autres.

Un de mes éducateurs avait un talent similaire. Il avait l'art de demander des choses à des mecs. Il réclamait mille petits services aux jeunes, alors qu'il pouvait tout faire lui-même. Un jour je lui ai demandé : « Pourquoi est-ce que tu demandes de l'aide, puisque tu peux le faire tout seul ? » Il m'a répondu : « Parce qu'il doit être heureux d'entendre que j'ai besoin de lui. » Sa phrase m'a marqué. Cet éducateur, Pascal, était aussi un chrétien extraordinaire.

Des paroles et des actes

On dit que la parole du Christ pénétrait comme une épée. Il parlait avec une personne ou avec cinq mille, et il était écouté. Il faut une drôle de qualité d'amour. Il ne faisait pas un show, il parlait. Il s'adressait au cœur de chacun. Et ses actes suivaient. Il n'exerçait aucune forme de prosélytisme. Il respectait la liberté de l'autre. Il renvoyait simplement à s'interroger sur soi-même. Il n'essayait pas d'aller trop vite.

Nous sommes beaucoup trop pressés de convaincre. L'Évangile prend le temps qu'il faut. Écoutons avant de parler : le Seigneur nous a fait une seule langue mais deux oreilles !

Au cours d'un baptême que j'ai fait en Provence, un Africain a témoigné. Il avait reçu une éducation fortement chrétienne mais l'avait ensuite rejetée. Il racontait que, lors d'une interpellation au Zaïre, on l'avait soupçonné d'espionnage à cause de son accent. Il ne pouvait pas prouver son identité et risquait l'exécution. Lorsque le lieutenant responsable de son emprisonnement l'a interrogé, il l'a regardé en face, dans les yeux, pour le jauger, pour voir s'il disait la vérité. Le militaire a dit : « Sors de la cage, pars. » On l'a libéré. Son calme extraordinaire l'a sauvé. Il est redevenu chrétien, convaincu que sa foi l'avait sauvé. Il s'est dit que Dieu était en lui parce qu'il n'avait pas paniqué dans cette situation à haut risque.

Une parole simple et claire jaillit de l'intérieur, aucun mot difficile n'est prononcé, parce que le Christ s'adresse d'abord aux plus petits. Notre science catholique n'intéresse personne. Si mon devoir m'appelle à l'étude de la théologie depuis plus de quarante ans, je ne m'attarde jamais sur des sujets trop abstraits. Sauf, bien sûr, si c'est une façon d'enrichir mon interlocuteur. Les paroles les plus simples sont les plus importantes. Quelques paroles disent mieux notre foi que de longs discours. J'aimais beaucoup Roger Schutz, le pasteur de Taizé, pour son charisme puissant. Il avait un don inimitable, que nous, gens d'Église, ignorons trop souvent : au milieu de la prière qui réunissait des milliers de jeunes, il citait une phrase, une seule, en guise de sermon. Rien d'autre. Les jeunes partaient alors et se nourrissaient de ces quelques mots.

À dix-huit ans, séminariste, je passais à Saintes. Je suis allé participer à la messe du Vendredi saint. Un vieux prêtre parlait de la passion du Christ avec tant de simplicité, de conviction et en mimant certains épisodes avec tant de talent que j'ai été captivé. J'ai rigolé d'abord de ses maladresses, et j'ai finalement retenu cette description physique de la passion de Jésus. Je crois que j'ai eu la révélation, à ce moment précis, que le Christ avait souffert. Je l'avais lu, mais je ne l'avais pas ressenti. Ce prêtre parlait avec des mots simples, malhabiles, à la limite du grotesque, mais sa conviction nous arrachait le cœur.

Nous ne devons pas oublier que le témoignage précède la parole. On ne dit en vérité que ce que l'on vit au plus profond. À la télévision, quand nos politiciens prononcent un discours, regardez leurs yeux. La télévision a ceci de magique que, dans les yeux des gens, rien n'est très longtemps dissimulé. On n'échappe pas à la vérité du regard. L'amour en actes est la plus belle des prédications. J'admire la vie du Christ qui pendant trente ans s'est tu. Un de mes loubards m'a demandé un jour : « Pourquoi ton Jésus-Christ a-t-il fermé sa gueule pendant trente ans et n'a parlé que trois ans ? » C'est une très belle remarque. Le fils de Dieu aurait-il dû parler plus jeune ? Non, il a vécu humblement, sans bruit. La prédication est à base de silence. La vie du Christ a été torrentielle pendant trois ans. Il avait la capacité du silence. Il avait vu vivre les gens et puis tout a jailli

Quand un séminariste me demande des conseils, je dis souvent : « Ferme ta gueule, emplis-toi de l'intérieur, fais silence. »

À mes yeux le plus bel acte de prédication de Jean-Paul II a été fait juste avant sa mort, quand il s'est tu pendant quinze jours à cause de sa maladie. J'ai gardé l'image de cet homme qui voulait parler et n'y parvenait plus. Il signifiait : « J'ai voulu vous apprendre à vivre, je vous apprends maintenant à mourir. » En mourant devant nous, il a fait un geste de prédication merveilleux.

4

Emmaüs

L'Eucharistie nous rassemble

Et voici, ce même jour, deux disciples allaient à un village nommé Emmaüs, éloigné de Jérusalem de soixante stades; et ils s'entretenaient de tout ce qui s'était passé. Pendant qu'ils parlaient et discutaient, Jésus s'approcha, et fit route avec eux. Mais leurs yeux étaient empêchés de le reconnaître. Il leur dit: « De quoi vous entretenez-vous en marchant, pour que vous soyez tout tristes ? »
L'un d'eux, nommé Cléopas, lui répondit: « Es-tu le seul qui, séjournant à Jérusalem ne sache pas ce qui y est arrivé ces jours-ci ? – Quoi ? » leur dit-il. Et ils lui répondirent: « Ce qui est arrivé au sujet de Jésus de Nazareth, qui était un prophète puissant en œuvres et en paroles devant Dieu et devant tout le peuple, et comment les principaux sacrificateurs et nos magistrats l'ont livré pour le faire condamner à mort et l'ont crucifié. Nous espérions que ce serait lui qui délivrerait Israël; mais avec tout cela, voici le troisième jour que ces choses se sont passées. Il est vrai que quelques femmes d'entre nous nous ont fort étonnés; s'étant rendues de grand matin au sépulcre et n'ayant pas trouvé son corps, elles sont venues

dire que des anges leur sont apparus et ont annoncé qu'il est vivant.»

Luc XXIV, 13-23

Jésus est mort, les disciples sont complètement paumés. Alors deux d'entre eux, tristes et meurtris, traînent leurs pieds nus sur les routes. Voilà qu'un mec arrive et se met à marcher à leurs côtés. Il les écoute, puis leur demande ce qu'ils vivent. Il veut comprendre leur désarroi.

Les disciples sont totalement torturés par le départ du Christ. Évidemment ils savent très bien qui est le Christ, mais ce qui est bizarre, c'est qu'ils ne le reconnaissent pas. Ce qui nous concerne dans cette affaire-là, c'est que nous ne le reconnaissons pas non plus.

Je compare Emmaüs au Bon Larron. Sur la croix, il y avait deux bandits, deux crapules. Le Bon Larron a surpassé les disciples d'Emmaüs. Le Bon Larron a reconnu le Christ puisqu'il lui a demandé: «Quand tu seras dans le Royaume de Dieu, je t'en prie, emmène-moi avec toi.»

La première chose que nous apprend cet évangile est que nous ne reconnaissons pas le Christ. Il est à côté de chez nous. C'est un voisin, un copain de classe. Nous ne le reconnaissons pas. Si nous avions la capacité de reconnaître le Christ de façon certaine dans l'autre, quel qu'il soit, nous serions dans un monde extraordinaire.

Aimer l'Eucharistie

Le Christ écoute ces deux compagnons. Fatigués, ils vont dans une auberge. Le Christ s'assied et célèbre l'Eucharistie. Il rompt le pain. Vous savez que c'est sa plus grande preuve d'amour. On ne peut pas discuter ou palabrer là-dessus. L'Eucharistie est l'acte le plus important pour les chrétiens. Je me souviens d'une réunion que des jeunes avaient organisée. Leur invitation précisait qu'il y aurait différents thèmes de discussion et que « pour simplifier, ils ne feraient pas l'Eucharistie ». Je n'ai pas hésité une seconde pour téléphoner au prêtre et lui dire : « À quoi cela sert-il de palabrer ensemble sur le Christ ? L'important c'est l'Eucharistie ! » C'est notre signe de ralliement. La famine spirituelle des chrétiens vient d'abord du manque d'Eucharistie.

Quand j'arrive dans une église où les gens sont assis en crottes de bique dans le temple, je commence ainsi : « Au nom du Père et du Fils et du Saint-Esprit, amen. Le Seigneur soit avec vous. » Les vieilles répondent : « Et avec votre esprit », évidemment. Et j'ajoute aussitôt : « Toi, là, quand tu invites tes petits-enfants, tu dois manger dans la cave ; et toi là-bas, à dix mètres, tu manges dans les w-c ; et toi, sans doute, dans le grenier... » Je lis sur le visage des anciennes : « Le curé a dû fumer un joint ou deux avant de commencer la messe. » Et je termine par : « La table est ici. C'est le grand moment de l'amour. Vous vous éparpillez au lieu de vous serrer tout près de l'autel. Rapprochez-vous donc ! » Clopin-clopant, le bon peuple de Dieu se rassemble alors.

Un jour, un curé me dit : « Tu ne les bougeras pas, elles sont accrochées désespérément à leur banc. – On verra », lui dis-je. Après la messe, à la sacristie, le prêtre se fend la gueule en me disant : « C'est un miracle ! »

L'Eucharistie est le sacrement qui nous rassemble. C'est le sacrement où le Christ est vivant. Comme avec les disciples d'Emmaüs : il les a écoutés parler. Il leur a expliqué le mystère de sa mort et de sa résurrection. Et il a fait l'Eucharistie.

Aimez l'Eucharistie ! Arrivez un peu avant pour vous préparer. Prenez le temps après, ne serait-ce que pour dire dans votre voiture : « Seigneur, merci, Tu es en nous, Tu es ma force. »

5

Jésus s'occupe des plus faibles

Puissance de l'amour

Les apôtres, s'étant rassemblés auprès de Jésus, lui racontèrent tout ce qu'ils avaient fait et tout ce qu'ils avaient enseigné.

Jésus leur dit: « Venez à l'écart dans un lieu désert, et reposez-vous un peu. » Car il y avait beaucoup d'allants et de venants, et ils n'avaient même pas le temps de manger.

Ils partirent donc dans une barque, pour aller à l'écart dans un lieu désert.

Beaucoup de gens les virent s'en aller et les reconnurent, et de toutes les villes on accourut à pied et on les devança au lieu où ils se rendaient.

Quand il sortit de la barque, Jésus vit une grande foule, et fut ému de compassion pour eux, parce qu'ils étaient comme des brebis qui n'ont point de berger; et il se mit à leur enseigner beaucoup de choses.

Comme l'heure était déjà avancée, ses disciples s'approchèrent de lui, et dirent: « Ce lieu est désert, et l'heure est déjà avancée; renvoie-les, afin qu'ils aillent dans les campagnes et dans les villages des environs, pour s'acheter de quoi manger. »

Jésus leur répondit: « Donnez-leur vous-mêmes à manger. » Mais ils lui dirent: « Irions-nous acheter des pains pour deux cents deniers, et leur donnerions-nous à manger ? »

Marc VI, 30-37

Jésus était accompagné de ses disciples. Ils étaient toujours à côté de lui et n'arrêtaient jamais de l'importuner. Ils voyaient des choses extraordinaires, comme des guérisons de malades. C'était tout à fait étonnant.

Je pense que le Christ a choisi douze hommes simples pour l'accompagner. Il n'a pas pris douze surhommes, il n'a pas choisi des licenciés en théologie. Il n'a pas non plus recruté des experts en droit canon. Il a pris douze pauvres types plutôt naïfs. L'Église de Jésus est née ainsi. Elle n'est pas constituée de purs et de durs. Elle est faite de gens simples.

Certains curés sont trop compliqués. Lorsqu'ils parlent, on a quelquefois l'impression qu'ils ont fumé trois pétards avant la messe. L'Église a besoin que ses prêtres vous parlent du cœur au cœur. Les réalités éternelles sont très belles. J'ai suivi sept années d'études après le bac pour comprendre la bonne nouvelle du Christ. Cette bonne nouvelle doit être transmise en termes très simples, pour que chacun puisse la recevoir. Nous sommes des spécialistes de Dieu. Nous sommes experts pour comprendre l'Évangile, bien sûr. Pourtant, j'ai constaté que d'innombrables laïcs, hommes et femmes aux mots simples, sont bien plus doués que certains curés, instruits certes mais peu lisibles.

Simon, André, Jacques, et les autres

Les disciples sont en marche avec Jésus. Puis il se produit un événement : la belle-mère de Pierre est tombée malade. Au passage, n'oubliez pas cette femme : depuis deux mille ans, l'Église, qui oblige les prêtres à rester célibataires, ne parle jamais de cette belle-mère-là, car son existence indique que saint Pierre était marié. Et sa belle-mère malade, donc. Le Christ arrive, prend sa main et la guérit sur-le-champ. Celle-ci se lève et prépare illico le repas ! Elles sont comme ça, les belles-mères : à peine rétablies, elles vous préparent un bon repas !

Jésus guérissait les malades, il chassait les démons, il soignait des petits. Il s'occupait d'abord des plus faibles. Il allait toujours vers les perdants. Le plus faible, le plus petit, doit avoir votre préférence. Faites cela dans votre famille et dans votre entourage. Combien de personnes avez-vous éliminées de votre entourage ? Combien de cousins, combien de grand-mères exclus ? Combien de frères et sœurs, pour des questions d'héritage à la noix, des questions d'argent, de murs, de terrains, de meubles ?

Ma fratrie

Je suis le troisième de quinze enfants. Ma famille était pauvre. Ma mère possédait un petit terrain de trois mille mètres carrés. À quatre-vingt-neuf ans, elle a voulu vendre ce terrain. Il fallait les signatures des quinze héritiers directs, ses enfants. L'acte notarié exigeait encore les signatures des quarante-deux petits-enfants. Le notaire, qui avait du métier, a dit à ma mère qu'il n'avait jamais vu une chose pareille en quarante ans de carrière : en quinze jours, il avait recueilli la soixantaine de signatures requises pour effectuer la vente. Il a ajouté : « Comme vous devez vous aimer dans votre famille ! » C'est une belle parabole des temps modernes.

Pour nous, c'était notre mère qui comptait d'abord.

Les biens passaient après. Elle était très âgée, et paralysée du côté droit. Chaque week-end de l'année, un frère ou une sœur venait d'un coin de France pour prendre soin d'elle dans sa maison. Une mésange lui tenait compagnie aussi. Le soir, lorsque ma mère fermait les contrevents, la mésange lui donnait le bonsoir. Tournant autour de la maison, l'oiseau suivait ma mère de fenêtre en fenêtre. Pour qu'elle puisse rester dans sa maison en compagnie de ses mésanges, nous venions la voir tous les samedis et dimanches. Nous avons payé une personne pour la veiller et l'aider jour et nuit chez elle. Jusqu'aux derniers jours, elle a pu voir ses oiseaux. Notre vieille mère était la plus faible de la famille, nous l'aimions immensément.

L'amour fait gagner le plus faible

C'est ce que nous indique l'Évangile. Par sa parole, Jésus guérissait, et d'abord le cœur ! Il soignait l'intérieur des plus faibles, ceux qui sont à bout, ceux qui en ont ras le bol, ceux qui n'ont plus de forces. C'est notre travail de chrétiens !

Aimez le perdant. Écrivez à un prisonnier, envoyez-lui régulièrement un mandat. Accueillez-le à sa sortie de prison. Vous le guérirez intérieurement. Vous ferez ce que le Christ a fait. Avec mon équipe, je suis en correspondance avec quelques centaines de prisonniers. Nous leur envoyons un mandat régulièrement avec une photo sympa, qui leur montre un peu ce que nous devenons. L'un d'entre eux sort de quinze ans de réclusion. Tous les mois il a eu son mandat. Il sort ressuscité. C'est très important de s'occuper de celui qui est en position de faiblesse.

Gandhi disait : « C'est parce que nous sommes faibles que nous gagnerons. » Il voulait libérer l'Inde de l'occupation britannique. Et il a gagné par la non-violence.

La puissance de l'amour convainc le plus endurci. C'est la force extrême de l'Évangile. Je n'ai trouvé dans aucun autre livre saint cette force-là. C'est pourquoi j'ai choisi le Christ. Sa passion des plus petits m'a marqué au point que j'ai consacré ma vie à leur service. Je ne pouvais pas trouver ministère plus heureux, en cohérence absolue avec la vie du Christ.

6

Le sacrement de la confirmation

Une initiation aux mystères de l'Esprit saint

Il y a diversité de dons, mais le même Esprit ; diversité de ministères, mais le même Seigneur ; diversité d'opérations, mais le même Dieu qui opère tout en tous.
Or, à chacun la manifestation de l'Esprit est donnée pour l'utilité commune.
En effet, à l'un est donnée par l'Esprit une parole de sagesse ; à un autre, une parole de connaissance, selon le même Esprit ;
à un autre, la foi, par le même Esprit ; à un autre, le don des guérisons, par le même Esprit ;
à un autre, le don d'opérer des miracles ; à un autre, la prophétie ; à un autre, le discernement des esprits ; à un autre, la diversité des langues ; à un autre, l'interprétation des langues.
Un seul et même Esprit opère toutes ces choses, les distribuant à chacun en particulier comme il veut.

I Corinthiens XII, 4-11

Ce que je crois

S'il faut expliquer les mystères de la Trinité, ne comptez pas sur moi ! Je crois, c'est tout. Je comprends et je rentre dans le plan de Dieu. Il crée tout, il envoie son fils pendant trente-trois ans mettre une pagaille indescriptible, celle de la fraternité universelle, du pardon sans fin, de l'amour gratuit. Jésus vécut pauvre et mourut entre deux gangsters de son temps. Avec ses pieds nus, il a parcouru les chemins. Les juges, les prêtres et les flics l'ont tué parce qu'il commençait à être incommodant dans le monde de ce temps-là : il disait que les pauvres, les petits, les malades, les chômeurs et les RMIstes étaient les plus grands. C'était un trouble-fête, un rebelle, un révolutionnaire, une sorte de communiste qui voulait tout partager. Ce sens du partage est au cœur de son message.

Le temps de la terre est celui du partage et de l'amour. Si nous gardons tout pour nous, nous sommes fichus. Au jour de notre mort, ce ne seront pas nos comptes bancaires, nos bagnoles, nos champs et nos vaches qui compteront. Tous nos biens ne seront rien. Le temps de la terre est extraordinaire parce que c'est celui du don et de l'amour. Nous n'avons pas une minute à perdre pour aller vers Dieu et partager. Nous ne pourrons plus le faire après. Je crois au Ciel, et j'ai envie de le vivre maintenant ! La terre est l'antichambre du Ciel. Vivons sans critiquer nos prochains, en acceptant la différence de l'autre, en partageant tout ce que nous pouvons. Essayons de vivre en cherchant chez l'autre sa plus belle part. Si des milliards de gens vivent comme cela, on sautera de joie sur terre ! Au lieu de cela, chaque seconde, on dépense un million d'euros en armement. Serions-nous devenus fous ? Si nous voulions vraiment le paradis, nous bâtirions un monde où chacun mangerait à sa faim et où les armes n'existeraient plus. Accomplissons cela à notre petite échelle.

La sagesse

Nous allons maintenant réfléchir aux dons de l'Esprit saint. Lorsqu'on reçoit le sacrement de confirmation, son premier don est celui de la sagesse, c'est-à-dire le don du gouvernement et du discernement. Le gouvernement est simplement la capacité de nos parents, de nos instituteurs, de tous ceux qui ont une responsabilité, petite ou grande, à nous aider à vivre debout. Discerner consiste à savoir ce qu'il faut faire et ce qu'il faut dire au moment où l'on agit et où l'on s'exprime. Discerner, c'est savoir reconnaître les signes et prendre ses responsabilités si l'on a fait une erreur ou commis une faute. Le discernement nous permet de choisir un métier, nos valeurs. Veux-tu bosser juste pour de l'argent ou te mettre au service des autres ? Dans ton couple, prenez-vous assez de temps pour vous écouter, pour écouter vos enfants ? Adolescent, sais-tu prêter suffisamment d'attention à tes parents, sais-tu regarder le regard fatigué de ton père ou de ta mère ?

L'intelligence

Pour moi, il s'agit avant tout du don de la compréhension des situations humaines. C'est très différent de l'intelligence intellectuelle ou mathématique. Savons-nous comprendre les autres, les regarder avec les yeux de l'amour ? Es-tu celui qui détecte et comprend bien les gens de l'intérieur, qui devine leur situation ? Certains d'entre nous ont des dons d'intelligence étonnants ! Ils comprennent immédiatement les choses, ils ont l'intelligence du cœur et l'intelligence de l'écoute, du dialogue.

Le conseil

Ce don permet d'aider celui qui traverse une situation humaine difficile ou complexe. Ici encore, nous avons besoin d'une bonne dose de dialogue et d'écoute. Quand on est perdu, il est très difficile de voir clair en soi. L'autre, avec son regard neuf, peut aider. Lorsque je reviens en Provence auprès des mômes, après trois semaines d'absence, j'ai déjà entendu les échos de leurs activités par téléphone, journellement. Les éducateurs ont un très bon discernement et me téléphonent fréquemment, mais, après une absence, j'arrive tout neuf. Je suis donc mieux à même de discerner. C'est intéressant de se séparer du groupe pour mieux gérer des situations complexes.

La force

Je dirais que c'est le don du devoir d'état. Les anciens savaient ce que c'était. Je sais bien que le terme « devoir » est difficile à admettre chez les plus jeunes d'entre nous. Ne vous évanouissez pas, les petits ! Vous préférez que l'on vous parle de vos droits, je suis au courant. Mes vieux m'ont appris le sens du devoir. C'est la force du devoir. Faire ce que l'on doit faire au moment où on doit le faire, même si c'est pénible. Ma mère était la dernière couchée et la première levée pour s'occuper des enfants. On m'a appris à faire d'abord ce que je devais faire. Cela demande de faire en premier ce que l'on n'aime pas. J'ai aussi appris cela au séminaire. Aujourd'hui, j'attaque ma pile de courrier en commençant par les lettres les plus difficiles et les plus chiantes. Et je termine par les plus flatteuses et les plus agréables. Cela donne une force pas possible. Bien faire tout, avec amour, cela donne la possibilité apaisante de faire ce que l'on dit et de dire ce que l'on fait.

La science

Ce cinquième don permet d'étudier la parole de Dieu. Certains évangiles sont très faciles à comprendre. Chacun déchiffre aisément : « Aimez-vous les uns les autres » ou : « Vous regardez la poutre dans l'œil du voisin... ». Vous connaissez cela par cœur. Mais il y a des paroles divines plus obscures. L'Esprit saint nous aide terriblement pour étudier la parole de Dieu. Grâce au don de science, nous pouvons approcher ses mystères. Nous ne pouvons pas comprendre les mystères. Mais nous pouvons les approcher si nous évoquons l'Esprit saint, les atteindre par l'intérieur. Certains enfants sont inspirés. J'en ai parfois rencontré. Habités par Dieu, ils approchent les mystères. Leur présence nous permet de percevoir l'éclat divin des mystères. Être aux côtés de ces saintes personnes permet de ressentir comme une émanation de l'amour et du mystère de Dieu. Inutile de chercher à comprendre quelque chose : leur rayonnement est là, ça suffit. Il dépasse la compréhension ordinaire des choses.

La piété

Comment approcher Dieu sans attachement à son service ? Sans attachement au culte, il n'y a pas de piété. Certains chrétiens disent qu'ils aiment bien prier Dieu seuls dans l'église : passons ! Même s'ils sont nombreux à dire cela. Mais le culte est important ! La Confirmation est liée à l'Eucharistie. Le culte consiste à se rassembler pour prier et se rattacher au service de Dieu. La prière personnelle n'est pas la prière collective. La prière personnelle est indispensable, aussi indispensable que la prière collective. La première manifestation de l'Esprit saint passe par la liturgie. l'Esprit saint est l'âme de la liturgie. Il convoque mystérieusement les fidèles, leur permet de comprendre la parole proclamée et agit dans les sacrements. Les lectures doivent être bien prononcées. La parole de Dieu doit être audible par tous. Chacun doit prêter toute son attention pour l'écouter. J'aime entendre déclamer d'une voix jeune, forte, nette et vibrante les évangiles. C'est superbe d'assister à une lecture pleine de foi intérieure. Lorsque j'entends un texte très bien dit, je ne manque jamais de dire à la personne, à la sortie de la sacristie : « Bravo, mon pote, ta lecture était excellente ! »

La crainte de Dieu

La crainte de Dieu a été caricaturée au XIXe siècle. Il ne s'agit pas de craindre un Dieu terrifiant ! La crainte de Dieu n'est pas la terreur. Notre Dieu n'est pas un Dieu vengeur. C'est le Dieu des petits. Le Dieu que j'aime est un Dieu d'amour. Il m'attend sur Sa tour pour que je revienne à Lui sans cesse. C'est le Dieu de l'enfant prodigue. Il se peut que je fasse des conneries sur mon chemin, mais Il m'attend et me dit : « OK, reviens vers Moi. Viens, Je te donne Ma miséricorde. » Ce Dieu-là me fait grandir.

La crainte de Dieu est aussi la dévotion filiale à l'autorité. Le mot autorité signifie étymologiquement « faire grandir ». Nous devons craindre une certaine autorité. Je pense qu'aujourd'hui le Saint-Esprit devrait influencer plus souvent nos jeunes (délinquants ou pas). La crainte de Dieu est aussi la crainte de l'autorité parce qu'elle implique le respect de celui qui fait grandir : professeur, parents, prêtre, infirmière, éducateur… Tant de jeunes de notre époque vivent la tragédie spirituelle de n'accepter aucune autorité !

Il existe aussi une autorité filiale. Dans les monastères, elle est très présente. Quand le père abbé est absent, il reste une stalle vide : elle demeure inoccupée. L'autorité réside à cette place. Même quand il s'en va. Ce n'est pas une autorité écrasante. Nous devons aussi une dévotion à notre évêque. Quand je rencontre Jean-Marie Lustiger, je lui dis : « Jean-Marie, je t'aime beaucoup », et il me répond : « Moi aussi. » Depuis Vatican II, ce n'est plus « Monseigneur, Éminence », à genoux et le baiser de la bague ! Nous nous adressons simplement une parole affectueuse. Je ne crains pas mon évêque, mais j'ai une grande dévotion filiale pour lui. À travers nos supérieurs, dans nos équipes successives, nous marquons ce respect à notre autorité. L'évêque a la mission de discerner les dons de l'Esprit saint. Le droit canon précise ce point. L'évêque exerce le pouvoir de dire à chaque prêtre quel ministère il doit assurer. C'est très important. Les évêques sont les successeurs des apôtres. l'Esprit saint nous permet de faire fructifier nos dons. Pas pour soi, pour les autres.

Les fruits de l'Esprit saint

Les sept dons nous permettent de mieux comprendre l'Esprit saint. Celui-ci est un mystère qui se laisse approcher à travers l'effusion de ces dons. Je dirais que le premier don est l'amour. Et si nous avons l'amour, nous pouvons accéder aux autres dons. Il contient tous les autres. l'Esprit saint a été méconnu et mal compris pendant très longtemps. Il souffle et bâtit des cathédrales d'hommes et de femmes. Les prêtres devraient davantage prêcher l'Esprit d'amour. Je crois que nous n'en parlons pas suffisamment. Il a la capacité de beaucoup nous aider.

l'Esprit saint envoie les douze fruits de ses dons : « L'amour, la joie, la paix, la longanimité, la charité, la bénignité, la fidélité, la modestie, la tempérance, la miséricorde, la continence et la chasteté » (Galates, V). Commentons-en quelques-uns.

L'amour : sans lui, les autres fruits ne sont rien.

La joie : « Soyez toujours joyeux », proclame l'Évangile. Quand on rencontre un être pétant de joie, c'est un rayon laser qui nous illumine.

La paix : tout nous pousse à la rancune, la jalousie, le refus du pardon. La paix en soi est de nos jours un cadeau du Ciel. Acharne-toi à l'acquérir.

La fidélité : c'est dur de vivre la fidélité. Bien plus dur que l'infidélité. De nombreux couples en font l'amère expérience.

La modestie : cherche toujours le trou de souris pour t'y blottir. Te mettre en avant est périlleux.

La tempérance : bois un bon verre, ne te soûle pas la gueule. Mange bio et ne bâfre pas. Vis bien ta sexualité, mais ne pense pas qu'à ça.

La miséricorde : elle nous manque tragiquement. On a tant besoin d'êtres de lumière qui osent dire : « Je te pardonne » ou : « Je te demande pardon. »

La chasteté : cherche le plaisir de l'autre avant le tien. Ce sera la meilleure façon de lui dire : « Je t'aime » sans le lui dire.

Les charismes sont les grâces de l'Esprit saint. Ils sont ordonnés au service de tous, de l'Église et du monde. Ils sont soumis au primat de la charité. Il revient aux prêtres, aux pasteurs de l'Église, aux évêques, au pape, de tout éprouver pour trouver ce qui est bon. Priez l'Esprit saint, invoquez-le. Nous avons la chance de prier Dieu dans ses trois dimensions. Le Père créateur est loin apparemment, mais source de tout. Le Fils, si proche de nous par son humanité, a vécu comme toi et moi. Sa proximité nous rend apte à l'invoquer plus facilement. Le Saint-Esprit est un souffle. Il nous donne force, joie et paix. Il est bon de nous adresser aux trois personnes de la Trinité. Elles sont une en Dieu. Mais c'est super-chouette de les invoquer chacune. Dans ce mystère, l'Esprit saint saura tout nous faire comprendre. Bien plus que ces pages si maladroites, mais qui indiquent la piste que j'ai tant expérimentée avec bonheur.

7
Tout faire par amour

La petite voix de sainte Thérèse

> Je vous donne un commandement nouveau : aimez-vous les uns les autres ; comme je vous ai aimés, vous aussi, aimez-vous les uns les autres.
> À ceci tous connaîtront que vous êtes mes disciples, si vous avez de l'amour les uns pour les autres.
>
> Jean XIII, 34-35

Méditons sur cette phrase super-militante de sainte Thérèse. Elle avait dit en effet : « Ne laisser échapper aucun petit sacrifice, aucun regard, aucune parole. Profiter de toutes les petites choses. Et les faire par amour. »

Une petite voix

Tout faire par amour : le matin, m'arracher de mon pucier est une corvée que je subis depuis mon enfance. Comme c'est dur de quitter son lit chaud et son oreiller douillet ! La petite Thérèse me souffle : « Tout faire par amour. » Et je m'arrache de mon lieu de repos. J'ai toujours la même tendance à bâcler ma toilette : autre épreuve ! Et je repense à cette phrase de Thérèse…

Cette fois-ci elle évite à mon rasoir (d'habitude fébrile) de me taillader la joue. Faire ces rituels avec amour semble stupide et inutile. Pourtant, s'impliquer avec amour dans le moindre geste est de l'ordre de la sainteté. Tout compte pour aimer : soi, les autres, et les petites choses innombrables qui remplissent une journée. Certains jours, je n'ai aucune lassitude pour attaquer la prière et l'Eucharistie. C'est de l'ordre du vital. Je l'ai expérimenté avec tant de force. D'autres matinées, il me faut un bulldozer pour prendre le temps de me retourner vers Dieu, alors que je sais que c'est aussi nécessaire pour moi que de respirer. Parfois ma méditation est interrompue par une fatigue excessive, un téléphone ou une distraction. Ma prière prend alors un parfum d'inachevé.

Nanti de la force de Dieu, je passe à l'attaque. Rendez-vous, courriers et appels téléphoniques m'assaillent. Au cœur de ce programme surchargé, arrive cet emmerdeur de loubard qui vient, comme à son habitude, me taper des euros avec sa tactique bien rodée. « Comme je suis heureux de te voir, Guy. Pas pour le fric, ne t'inquiète pas ! » Je sais que durant la première demi-heure il va balayer l'actualité mondiale, puis celle du quartier, pour finir par celle de son portefeuille, évidemment vide... « Tout par amour », me serine notre Thérèse ! Faire donc semblant de le croire et lui offrir avec respect moins qu'il me demande, mais assez pour qu'il sente qu'au bout du billet il y a une écoute vraie.

La pile de courrier est là. Je trie. « Les lettres chiantes d'abord », me glisse Thérèse. Je lis donc celui ou celle qui écrit sa détresse, ou me sollicite pour une aide, ou bien carrément m'engueule. Tant de tâches m'attendent. « C'est ta priorité », me souffle Thérèse. Alors je vais lire pleinement, avec amour. Ainsi illuminé par ce : « Tout faire par amour », je retrouve à quatre heures du matin mon pucier. Rien n'a vraiment été réussi. Mais ces quatre mots de Thérèse m'ont porté au-delà de moi-même.

Il faudrait inventer sainte Thérèse si elle n'avait pas existé ! Elle se perpétue dans son sublime et éternel « tout faire par amour » pratiqué par d'innombrables âmes. Ce sont là les millions de pétales de roses qu'elle avait promis de nous jeter du haut du Ciel. J'ai toujours été fasciné par sainte Thérèse, depuis tout petit.

« Ma vocation, c'est l'amour »

Sainte Thérèse voulait avoir toutes les vocations. Actuellement, les femmes veulent être prêtres. Évêques, si possible, voire papesses ! Thérèse disait sentir en elle la vocation de prêtre : « Avec quel amour, Jésus, je te porterais en mes mains lorsque à ma voix tu descendrais du Ciel ! Avec quel amour je te donnerais aux âmes après. » Cette phrase m'aide beaucoup lorsque je fais l'Eucharistie. Hélas, tout en désirant être prêtre, j'envie saint François d'Assise qui, lui, par humilité a refusé la vocation sublime du sacerdoce.

Sainte Thérèse disait qu'elle voulait annoncer l'Évangile dans les cinq parties du monde ! Elle précise, comme saint Paul, que tout le monde peut être apôtre, prophète, docteur. C'est pour cela qu'il n'est pas nécessaire de devenir prêtre si on n'y est pas appelé. Voyez dans l'histoire de l'Église les extraordinaires femmes qui l'ont marquée… Beaucoup sont d'éminentes saintes.

« L'Église est composée de différents membres et l'œil ne saurait être en même temps la main. » Sainte Thérèse ajoute qu'elle ne s'est reconnue dans aucun des membres décrits par saint Paul. Elle aurait voulu se reconnaître dans tous. Pour elle, la charité lui donnait la clé de sa vocation. Elle comprit que l'amour seul faisait agir les membres de l'Église. Et que, si l'amour venait à s'éteindre, les apôtres n'annonceraient plus l'Évangile, les martyrs refuseraient de verser leur sang. « Je compris que l'amour renfermait toutes les vocations, que l'amour était tout, qu'il embrassait tout, en tous les temps et tous les lieux. En un mot, qu'il est éternel. » Elle poursuit : « Ma vocation, je l'ai trouvée. Ma vocation, c'est l'amour. »

C'est tellement fabuleux de consacrer toute sa vie au service de l'amour. Le prêtre est engagé corps et âme dans ce service. J'essaie de vivre ça. C'est une des plus belles choses que nous pouvons vivre. Sur la terre, donnons tout et vivons par amour.

Thérèse continuait en s'adressant à Jésus : « Mon Bien-Aimé, voilà comment se consumera ma vie : en donnant tout à l'amour. Je n'ai d'autre moyen de te prouver mon amour que de jeter des fleurs, c'est-à-dire de ne laisser échapper aucun petit sacrifice, aucun regard, aucune parole, et de profiter de toutes les plus petites choses et de les faire avec amour. »

Malgré les maths

Au séminaire, je me souviens d'avoir été un mec assez speed, limite insupportable. J'étais un poulain échappé dans le sérail, un canard dans une couvée de poussins. Mes professeurs disaient : « Faites tout par amour. Faites d'abord les choses les plus dures. » Je détestais les mathématiques, et je tentais de bien faire dans cette matière. Mais mon professeur avait une tronche de cake. Il m'a fait détester les maths jusqu'à la fin de mes jours. Il prétendit une fois que je ne serais jamais un bon prêtre à cause de ça. Je me suis levé et lui ai dit : « Je m'en fiche pas mal de vos mathématiques. Je serai un bon prêtre sans elles ! » Il m'a mis à la porte. Évidemment je suis revenu par la fenêtre !

Commencez à accomplir les tâches les plus simples

avec amour et vous vivrez d'extraordinaires choses. Ne bâclez rien. Vous n'aimez pas balayer, alors faites-le avec amour. Ni à toute vitesse, ni à contrecœur, vous gâcheriez tout. Lorsque vous mangez, savourez chaque bouchée. Vos amis vous rendent une visite : ne les recevez pas à la va-vite. Votre conjoint a besoin de vous parler, sachez prendre du temps pour l'écouter avec toute l'attention qu'il mérite. Vous aimez faire les choses faciles, alors faites-les après. On vous demande de travailler vite, de bouger vite, de manger vite, de penser vite… Sachez dire non. On peut tout faire avec amour.

« Supportez la souffrance, dit encore sainte Thérèse, portez et sublimez la souffrance. » Supporter l'autre, le porter et l'aimer même si on ne peut pas le saquer : c'est tout faire par amour. C'est super-dur mais, à la longue, c'est gratifiant.

Mystère de la prière

L'apostolat de la prière : n'est-il pas plus élevé que celui de la parole ou de l'action ? « Notre part est bien belle, à nous les sœurs, disait sainte Thérèse, qu'avons-nous à envier aux prêtres ? » Il faudrait que les femmes qui ambitionnent de devenir curés, évêques ou papesses puissent lire ces mots… En rencontrant une soixantaine de bénédictines, je leur ai dit qu'elles étaient d'une utilité infiniment plus grande que moi. Parfois dans les rues, dans les prisons, quand je n'en peux plus, d'un seul coup je me sens bien. Je me dis : « Que m'arrive-t-il ? » Et je réalise que quelqu'un prie pour mes gars et moi : une sœur dans un couvent, un moine, ou alors quelqu'un qui offre sa souffrance. Le mystère de la prière est fantastique. « Sans cesse priez », disait le Christ. « Tout faire par amour », martelait sainte Thérèse. La prière liée à l'action est une force redoutable.

Elle pacifie, elle dynamise et permet d'accomplir chaque acte avec tout l'amour possible. Cela rend chaque jour, quel qu'il soit, radieux.

8

Le sacrement du mariage

Force incomparable pour les princes comme pour les loubards

Les pharisiens l'abordèrent ; et, pour l'éprouver, ils lui demandèrent s'il est permis à un homme de répudier sa femme.
Il leur répondit : « Que vous a prescrit Moïse ?
– Moïse, dirent-ils, a permis d'écrire une lettre de divorce et de répudier. »
Et Jésus leur dit : « C'est à cause de la dureté de votre cœur que Moïse vous a donné ce précepte. Mais au commencement de la Création, Dieu fit l'homme et la femme ; c'est pourquoi l'homme quittera son père et sa mère, et s'attachera à sa femme, et les deux deviendront une seule chair. Ainsi ils ne sont plus deux, mais ils sont une seule chair. Que l'homme donc ne sépare pas ce que Dieu a joint. »
Lorsqu'ils furent dans la maison, les disciples l'interrogèrent encore là-dessus.
Il leur dit : « Celui qui répudie sa femme et qui en épouse une autre, commet un adultère à son égard ; et si une femme quitte son mari et en épouse un autre, elle commet un adultère. »

Marc X, 2-12

Un ancien loubard, que je retrouve vingt ans après l'avoir marié, me décoche ceci: «Dis aux chrétiens, dis-leur que le sacrement de mariage donne une putain de force.» Il n'avait pas à me faire un dessin. Je me souvenais de mon appréhension quand j'avais été le témoin de son mariage. Vu son fichu caractère ceinturé par des blessures affectives sans nom, je ne donnais pas cher de la durée de cette union. Je constatai, ravi, qu'il avait pigé la pleine dimension d'un sacrement qui aujourd'hui est toujours reçu, mais très souvent de façon formelle.

Depuis saint Augustin, l'Église affirme la sainteté du mariage et l'égalité de l'homme et de la femme. Ce n'est pas le Christ lui-même qui a donné le sacrement de mariage, mais l'Église en fonction de cette parole du Christ: «Ce que Dieu a uni, personne ne peut le désunir.»

Depuis le concile de Trente, terminé en 1563, l'Église exige la présence du prêtre pour célébrer le sacrement de mariage, pour qu'il soit le témoin principal du «oui» que deux personnes s'échangent pour la vie.

Le prêtre ne donne pas le sacrement de mariage. Il n'en est que le premier témoin. Il suffit qu'il pose la question: «Veux-tu épouser cette personne?» Si les futurs époux disent tous deux «oui», chacun donne à l'autre le sacrement de mariage. Les amis, la famille sont les autres témoins nécessaires à sa validité.

Avant saint Augustin, la femme était considérée comme mineure. Elle faisait des enfants, elle balayait, elle donnait à manger. On voyait la femme avec un balai-brosse et de la lessive, point final. Et puis l'Occident a découvert qu'il y avait une totale égalité entre les êtres. Maintenant la parité est instaurée partout.

Au cœur de leur amour

L'homme et la femme qui s'unissent par le sacrement du mariage sont le signe de l'alliance de Dieu avec l'humanité. Cela signifie que Dieu est au cœur de leur amour et qu'il en est la force centrale.

Je dis toujours aux tourtereaux : « Votre amour sera entaché de tout. Toi le mec, tu trouveras des femmes infiniment plus belles que celle que tu choisis maintenant. Et toi, la femme, tu trouveras des mecs beaucoup plus désirables en cours de route. Mais vous vous êtes préparés et vous vous êtes choisis, alors maintenant restez fidèles. » Et c'est le « oui » qui va les engager.

Si le couple pense que seul l'amour humain les unit, ils ont tout faux, car seul l'amour de Dieu peut le faire. J'ai vu des couples qui auraient dû divorcer et se séparer depuis longtemps mais qui avaient un tel sens du Dieu-Amour qu'ils ont su pardonner les dérives de leur conjoint. Ils vivent pleinement un amour merveilleux.

Dans leurs yeux délavés

Dieu est fidèle dans Son amour et le couple témoigne de Sa fidélité. Quand je vois sur des bancs publics ou ailleurs ces vieux dinosaures de quatre-vingts ans qui se tiennent par la main et qui s'aiment à ne plus savoir qu'en faire, ils témoignent de la fidélité de Dieu. Leurs yeux de quatre-vingts ans sont délavés, pourtant ils sont comme ceux des puceaux et des pucelles de seize ans. J'admire la tendresse humaine extraordinaire qu'ils vivent. À cet âge-là, ils ne baisent plus comme des castors. Ce n'est plus le sexe qui les réunit, c'est quelque chose d'incompréhensible qui s'appelle l'amour. Ces anciens-là savent deux choses. L'amour est un risque, et l'amour est un combat. Quand j'ai marié Michael, il m'a dit : « Tu te rends compte, Guy, je vais être avec cette gonzesse pendant quarante ans ! » C'est un sacré pari, évidemment. L'amour est un risque et un combat. Que seras-tu demain sans ton mec devenu fou d'amour pour une autre femme ? Comment sera ta femme tombée amoureuse d'un autre mec ? Comment saurez-vous faire face à un enfant handicapé ? Une situation professionnelle très brillante au moment du mariage peut s'effondrer… Sais-tu comment ton conjoint va l'accepter ?

La préparation au mariage

La conférence épiscopale de France réunit chaque année ses évêques. En 2002, elle a fait front sur la question du mariage. Les évêques savent que la fidélité s'effrite. Pourtant elle dort en chacun d'entre nous. Auparavant, nos jeunes se préparaient au mariage en trois mois. « Il faut que cette préparation dure un an », ont annoncé les évêques. Je suis entièrement d'accord avec eux sur ce point.

Et même, je pense que ce délai est encore trop court. Nous tombons de plus en plus souvent sur des couples qui veulent se marier à l'église, après avoir vécu un désert spirituel de vingt ou vingt-cinq ans. « Peut-être que Dieu existe, peut-être qu'Il n'existe pas… ? » Je vais devoir gratter pendant des heures. Dieu n'existait pas pour eux, et subitement ils veulent une cérémonie religieuse. On la fait, leur cérémonie, mais en se disant : « Le sacrement, ils n'y comprennent que dalle ! L'Église, ils s'en foutent, sauf pour une heure. » Nous restons hypocrites, nous les curés, par rapport à ce sacrement. Surtout quand on sait qu'un certain nombre de mariages sont nuls. Un diacre qui préparait des couples au mariage religieux me disait un jour : « Dans mon diocèse, cinquante pour cent des mariages sont probablement nuls. »

Benoît XVI, lui-même, s'adressant, le 25 juillet 2005, aux prêtres du diocèse d'Aoste, a ouvert une perspective en s'interrogeant pour savoir si le fait d'avoir administré le sacrement à des mariés « sans foi » pouvait constituer un motif d'invalidité du mariage. Bien vu, Benoît !

Pourriez-vous trouver un curé ?

Aux Galeries Lafayette, il n'y a pas longtemps, les membres d'une famille commandaient le mariage de leurs enfants. Tout était enfin prêt. La salle, les décors, la robe de la mariée et les gâteaux, toute la cérémonie était organisée… Ils sont rentrés chez eux et, brusquement, ils se sont aperçus qu'ils avaient oublié un détail. Ils téléphonent au grand magasin : « Dites donc, pourriez-vous trouver un curé pour nous marier ? » C'est une situation tout à fait révélatrice. La cérémonie est fin prête, le super-gueuleton, le meilleur champagne et, à la dernière seconde, on se dit : « Merde, on a oublié la religion ! »

Une bonne préparation est indispensable. Mais il faut ramer pour donner aux futurs mariés les bases de la religion. Le prêtre doit leur parler des autres sacrements, de l'Église. Nous devons leur dire que Dieu s'est incarné et que Dieu est Amour. Face à leur désert religieux, il faut s'accrocher dur !

Premièrement, les prêtres doivent rencontrer les deux futurs époux pour savoir où ils se situent au niveau chrétien, mais ils ne peuvent pas toujours le faire. La plupart des gens qui viennent nous voir pour se préparer au sacrement de mariage sont largement ignorants en matière de religion catholique et romaine. Ils ne connaissent presque rien.

Je leur dis aussi qu'ils s'engagent à vie, parce que, parfois, quand je discute avec des fiancés, ils me disent : « Ben, enfin oui. On aura peut-être des petites expériences à côté, mais on s'aimera toujours. » Je réponds : « Non, c'est pas bon, ça. » Il faut une préparation intense.

L'engagement

Nous devons leur dire l'immense force de ce sacrement unique. Dans l'Église, celui qui préside est le prêtre, le diacre ou l'évêque. Le pape aussi a fait quelques mariages. Le père et la mère accompagnent les tourtereaux, ce qui veut dire : « Allez, on t'a aimé, on t'a porté. On te passe la main. Maintenant, c'est à toi. »

Le prêtre accueille par un petit discours. Les mariés choisissent les textes. Il y a de plus en plus souvent des textes ou de la musique profanes. L'humanité du prêtre accueille les mariés. Ensuite, nous faisons place à Dieu. L'épître, l'évangile et l'homélie sont la richesse du mariage et disent : « Voici à quoi vous vous engagez. » Je connais bien les gens que je marie, j'ai cette chance. Tous les prêtres n'ont pas cette possibilité dans des villes comme Paris. Ils rencontrent les fiancés assez vite et, après le mariage, chacun s'en retourne de son côté. J'essaie toujours de suivre les tourtereaux que j'ai mariés.

Ensuite, le prêtre doit déclarer : « Vous allez vous unir pour la vie, à trois conditions essentielles. » Êtes-vous libres ? Évidemment, quand la mère dit à sa fille : « Épouse absolument ce type, il a des couilles en or », laissez-moi vous dire qu'elle n'est pas libre. Voulez-vous être fidèles ? Êtes-vous vraiment prêts à être fidèles toute votre vie ? Voulez-vous prendre comme responsabilité d'être des époux qui s'aiment jusqu'au bout, dans le meilleur comme dans le pire ? Faillite ou pas faillite, tu restes et tu soutiens ton conjoint ! Enfin troisièmement : voulez-vous avoir des petits rebelles ?

À portée de voix

Zeph, un ancien au caractère d'ours mal léché, a pris femme sur le tard et un petit ange est apparu à la fenêtre du monde. Ce que je prévoyais arriva. Ils se séparèrent, d'un commun accord. Mais la lettre que Zeph m'a écrite pour m'annoncer cette décision est belle comme le sourire de leur héritière. « On s'est séparés, Guy. Mais ne t'inquiète pas, on est restés à portée de voix. Seule une église nous sépare. On peut se parler et s'entendre d'une rue à l'autre. » Alléluia ! L'Église qui les a unis est toujours là…

Que faire aujourd'hui face au mariage religieux ?

Dire aux couples : « Vous ignorez l'essentiel de l'Église et de sa vie, et encore plus l'Évangile. Revenez plus tard. » Ils ne reviendront jamais. Ou alors jouer à l'hypocrite et marier en sachant que l'échec arrivera certainement. J'arrive à la solution suivante qui me semble la meilleure pour le temps d'aujourd'hui. Ne pas les marier, mais leur faire une belle cérémonie de prières, de chants et de silence. Dire : « Je ne vous marie pas. Je bénis votre désir de vivre ensemble. » Chose qu'ils ont d'ailleurs commencée depuis belle lurette… « Quand vous aurez compris ce que sont le sacrement et les exigences du mariage chrétien, revenez me voir. On bûchera alors ce magnifique sacrement ensemble. Et là, en pleine connaissance de cause, vous vous direz devant moi le fameux "oui" sacramentel. » Si nous marions religieusement les conjoints sans qu'ils sachent vraiment à quoi ils s'engagent, alors nous sommes des hypocrites. Et nous le sommes doublement quand on leur refuse la communion une fois qu'ils sont divorcés et remariés.

L'Eucharistie : une force, pas une récompense

Un malaise grave est au cœur de nos assemblées eucharistiques par rapport aux divorcés remariés. La communion leur est officiellement refusée. C'est une souffrance très forte pour eux. Le peuple de Dieu n'est pas con. Il connaît assez son caté pour savoir que le Christ est venu d'abord pour les pécheurs. Donc pour les divorcés remariés si tant est que les deux soient pécheurs. Comment traiter de pécheur la femme ou le mec abandonnés lâchement, qui se remarient après le divorce ? C'est indigne. Comment les prêtres peuvent-ils repousser publiquement la main tendue pour la communion quand cette main est celle d'un(e) divorcé(e) ? Et en pleine messe, c'est proprement honteux.

Quand une femme se fait avorter, si elle se confesse, elle est pardonnée. Une divorcée, non. C'est absurde. Ce malaise s'amplifie car les divorcés remariés butent contre des pratiques sacerdotales contradictoires. Des prêtres donnent la communion aux divorcés remariés. D'autres ne la recommandent pas. D'autres la refusent systématiquement. D'autres encore laissent le couple libre d'aller chercher dans les mains du prêtre non une récompense, mais une force pour tenir face à un échec conjugal qui est toujours une déchirure. C'est mon cas. Il serait temps que l'Église ajuste son tir pour une pratique miséricordieuse et généralisée.

Puisse l'Église puiser dans l'Évangile la puissance miséricordieuse du Christ pour ne pas enfoncer de clous supplémentaires dans le cœur des couples qui se sont séparés. Elle respirerait mieux et donnerait un sacré oxygène à ceux que l'attitude de l'Église asphyxie souvent religieusement.

Pour la plus grande aventure de la vie

Un dernier fait m'a fort éclairé. À l'aéroport d'Orly, un mec me saute dessus. Beau gosse, cravate, la trentaine. On a peu de temps. Soudain il me révèle sa souffrance, décelable dans ses yeux. « Je viens de divorcer, c'est dur. Un coup de foudre et tout a été embarqué en six mois. Deux ans après, elle s'est barrée avec mon gosse. » Il est ingénieur, je lui dis : « Tu dois sans doute faire un stage pour t'améliorer dans le métier que tu aimes. – Exact, me dit-il, j'ai fait déjà dix ans d'études. » Je l'ai regardé partir pour sauter dans son avion. Je me disais que, pour la plus grande aventure d'une vie, l'amour, il n'avait donné que six mois de son temps. Pour le métier qu'il aime, il a consacré dix ans de sa vie et les stages continuent. Face à un amour raté, que pèse la plus belle profession du monde ? Préparez vos gosses à la plus belle histoire d'amour de leur vie. Parents, si vous vivez cette histoire pleinement, ils sauront qu'elle vaut tout l'or du monde !

9

Le cœur de Jésus

Humain et divin

Voici, l'heure vient, et elle est déjà venue, où vous serez dispersés chacun de son côté, et où vous me laisserez seul ; mais je ne suis pas seul, car le Père est avec moi.
Je vous ai dit ces choses, afin que vous ayez la paix en moi. Vous aurez des tribulations dans le monde ; mais prenez courage, j'ai vaincu le monde.

Jean XVI, 32-33

Qu'avons-nous de plus beau que le cœur sacré de Jésus ? Il a un cœur humain et divin. Ce cœur que nous implorons est magnifique et nous le portons nous-mêmes, dans toutes les tragédies et les belles choses qui se passent dans le monde actuellement.

Église, je te bénis et je souffre. Je te bénis de porter en ton sein une mère Teresa, un père de Foucauld et tant d'autres, inconnus, qui sont nés de toi et portent au plus haut l'héroïsme chrétien. Je souffre, Église, de t'avoir vue bénir un Pinochet aux mains pleines de sang, et d'avoir appris que les évêques argentins se taisaient alors qu'ils savaient que des militaires jetaient vivants à la mer des opposants politiques. Je te bénis, Église, d'avoir osé donner le premier coup de pioche dans le mur de Berlin en dénonçant, contre vents et marées, un régime qui se disait démocratique et populaire mais qui n'était qu'un monstre froid et démoniaque.

Je souffre de te voir magnifier la femme, Église, tout en lui donnant si peu de place, alors qu'elle attend depuis deux mille ans d'être l'égale de l'homme en ton sein. Je te bénis, Église, de défendre l'enfant dans le ventre de toutes les mères du monde, de respecter le palais où il vit pendant neuf mois. Je te bénis de défendre le vieillard qui s'éteint pour qu'il soit vraiment entouré jusqu'au bout. Je souffre de t'entendre ressasser ton obsession contre les contraceptifs qui, souvent, moindre mal, peuvent sauver tant de couples, ceux-là mêmes qui te tourneront le dos à cause de l'intolérance de certains hommes d'Église. Je te bénis, Église, pour tes multiples visages qui offrent à la terre entière le message lumineux de l'Évangile.

Je souffre, Église, du génocide rwandais, horreur sans nom. Je me suis seulement mis à genoux pour demander pardon. Et je me suis interrogé sur le vernis évangélique dont nous pouvons parfois recouvrir nos communautés chrétiennes européennes. Je te bénis, Église, pour les dizaines de milliers de contemplatifs qui chantent interminablement, jour et nuit, l'amour de Dieu dans l'incompréhensible solitude de tous les couvents de la terre. Je te bénis, Église, de défendre partout les minorités méprisées et piétinées.

Je souffre, Église que j'aime tant, de te savoir plus préoccupée du célibat des prêtres que de l'Eucharistie, ce trésor inégalable consacré par les mains de plus en plus vacillantes des seuls célibataires. Je te bénis de maintenir la beauté du célibat, une de tes lumières éblouissantes, ce don total qui est grâce et disponibilité absolue, tout en souhaitant te voir un jour ouvrir le sacerdoce au militant chrétien marié qui pourrait faire descendre Dieu dans ses mains nues et dans de multiples paroisses désertées. Tu sembles, Église, oublier que saint Pierre était marié.

Mon cœur saigne

Je souffre, Église, de te sentir si molle, si timide face à l'argent, dont tu dénonces si peu la nocivité et la gangrène qui nous atteint tous et toutes. Je te bénis, Église, de dénoncer un monde sans repères, amoureux de la seule matière, passionné de paraître et d'avoir, en lui disant inlassablement que seul l'être compte, que Dieu amour est le tout de tout et fait de chacun d'entre nous des êtres de lumière. Je souffre, Église, de voir un Jean XXIII pas encore appelé sur les autels alors que l'évêque de l'Opus Dei a été déjà canonisé à toute vitesse. Je te bénis, Église, d'avoir osé dire, par la voix de Jean-Paul II, « La mafia, c'est la mort », après des siècles de compromission avec l'argent sale qui puait et te faisait taire.

Je souffre toujours, Église, de ta langue de bois qui détonne tant après le « N'ayez pas peur ! » d'un Jean-Paul II tout juste assis sur le trône de Pierre. Je souffre de te voir refuser aux divorcés et remariés ton aliment souverain, la force immense, le corps du Christ. Je te bénis d'avoir proclamé ton culte de l'homme, et d'avoir vu Jean-Paul II assis, non sur un trône mais au milieu des représentants de toutes les religions du monde et leur disant : « On est là ensemble pour prier. »

Je t'aime, Église, sans toi que serais-je ? Sans ton appel fort, j'aurais manqué ce qui fait depuis quarante ans l'enchantement de ma vie. Jamais je ne te remercierai assez de ce que tu as fait en m'appelant à la plus haute mission sur terre : donner Dieu sur l'un des terrains les plus difficiles qui soient, au cœur de la jeunesse meurtrie au-delà de l'imaginable.

10

Des animaux et des hommes

Des créatures pas si bêtes

Dieu dit: « Que les eaux produisent en abondance des animaux vivants, et que des oiseaux volent sur la terre vers l'étendue du ciel. »
Dieu créa les grands poissons et tous les animaux vivants qui se meuvent, et que les eaux produisirent en abondance selon leur espèce; il créa aussi tout oiseau ailé selon son espèce.
Dieu vit que cela était bon.
Dieu les bénit, en disant: « Soyez féconds, multipliez, et remplissez les eaux des mers; et que les oiseaux multiplient sur la terre. »
Ainsi, il y eut un soir, et il y eut un matin: ce fut le cinquième jour.
Dieu dit: « Que la terre produise des animaux vivants selon leur espèce, du bétail, des reptiles et des animaux terrestres, selon leur espèce. »
Et cela fut ainsi.
Dieu fit les animaux de la terre selon leur espèce, le bétail selon son espèce, et tous les reptiles de la terre selon leur espèce. Dieu vit que cela était bon.

Genèse 1, 20-25

À la ferme de Provence, au milieu des bêtes et des jeunes, je suis devenu, sans le vouloir et progressivement, un spécialiste de certaines espèces animales.

À travers cette expérience, nous avons analysé l'agressivité des animaux. L'agressivité n'est pas une donnée purement instinctive. L'éducation animale est primordiale. Par exemple, un chiot ne naît pas agressif. Sa mère lui apprend à contrôler ses morsures. Il reste avec elle jusqu'à huit semaines. Les chiennes mordent fermement leurs petits quand ils ont serré trop fort leurs mamelles. Après deux ou trois leçons, ils ont compris.

L'agression

Un chien n'est donc pas agressif de naissance. C'est sa mère qui lui apprend. Mais, pour cela, les mères elles-mêmes doivent être matures. La plupart sont immatures, et de plus en plus. C'est particulièrement le cas des races à la mode dont on accélère excessivement la reproduction pour des raisons commerciales. Il se produit alors une dégénérescence. Soixante pour cent des chiens de compagnie sont des bergers allemands. Soixante pour cent des deux cent mille morsures graves comptabilisées dans une année en France sont perpétrées par ces chiens dénaturés ou très mal dressés.

Un berger allemand est naturellement très doux et ne mord pas. Mais à force de faire reproduire des bergers allemands parce que tout le monde en veut, on arrive à dénaturer la race et à la rendre dangereuse.

J'ai eu trois léonbergs, chiens massifs d'une douceur universellement reconnue. Un des trois s'est mis à mordre à belles dents les facteurs, flics et passants de tout poil. Sauf les curés. Mes chiens dressés selon Vatican II aiment les curés en blouson noir ou en civil. Malheur donc aux ensoutanés, que j'aborde rarement. Ce léonberg superbe était agressif. Après recherches, j'ai découvert qu'il venait d'un élevage où le profit mettait en péril la douceur angélique de ces toutous de quatre-vingts kilos.

Côté maîtres, il y a aussi beaucoup à redire. La plupart du temps, les gens interprètent mal le comportement de leur animal. Ils pensent par exemple qu'il est normal que le chien morde parce qu'il est jaloux. C'est une erreur. L'animal ignore la jalousie, mais il défend ses prérogatives hiérarchiques. S'il lèche ou pose sa patte sur sa victime, ce n'est pas pour demander pardon, mais pour confirmer sa domination.

Une vieille dame me disait: « Vous savez, mon chien s'est installé dans le fauteuil un jour et je ne lui ai rien dit. Le lendemain, j'ai voulu m'asseoir dans le fauteuil, mais quand je lui ai dit de dégager, il montrait les crocs. » La vieille dame s'est donc assise dans un autre fauteuil. Elle aurait pris deux ou trois fois un petit balai ou un journal pour faire déguerpir son chien, elle aurait pu continuer à disposer de son fauteuil. Les vétérinaires déplorent que les maîtres ne cherchent pas à savoir ce qu'il y a dans la tête de leur clébard.

J'ai une passion des chiens. À la ferme de Provence, j'ai toujours une dizaine de chiens aux trousses dès que j'arrive. Mes chiens parisiens se mêlent à ceux de la bergerie. Je passe trois mois par an à Faucon, et mes trois chiens me suivent partout. Gangster, Vagabond, Brigande et les sept autres me collent aux talons immédiatement. Ils attendent mon lever devant la porte et me suivent toute la journée. Allez savoir pourquoi ! J'ai un bon contact avec les sangliers. Je n'ai pas le même don pour toutes les bestioles. Je pourrais être dompteur de sangliers et de chiens. D'une certaine façon, je crois être entré dans la tête des chiens et dans le cœur des sangliers

Dressage et domination

Il faut faire preuve de pédagogie. L'homme doit se comporter comme un chef de meute quand il a un clebs. Nous devons adopter un comportement de chien pour pouvoir dominer la bête et lui imposer notre volonté. Si vous pensez que la bête règne chez vous, alors planquez vos meubles, vos rideaux, et ramassez les crottes… Un chien doit bien grandir. L'animal a besoin de sentir que le maître est vraiment celui qui le domine quand il entre dans son intimité.

S'il n'y a pas de domination, si la bête fait ce qu'elle veut, nous prenons des risques terribles. J'entends parfois, dans les appartements, des chiens qui hurlent à longueur de temps. Enfermer un chien toute la journée dans un appartement est lamentable. Un chien seul perd la boule. Le soir, pour se faire pardonner, le maître lui donne des caresses et tout ce qu'il veut.

Certains chiens n'aboieront pas mais se trouveront stressés à vie. Une éducation forte des humains qui possèdent des animaux, notamment des chiens, s'impose. Nous devons connaître la bête et mieux la comprendre. Plus on aime les animaux, plus on doit s'efforcer de connaître leurs comportements.

Notre arche de Noé

Je voudrais vous parler du comportement de nos animaux avec nos jeunes. À Faucon, nous avons trente groupes de bêtes : deux races de pigeons, deux ou trois races de poules, trois races de faisans, des paons, trois sortes de canards, deux sortes d'oies, des perroquets, des nandous, des autruches, des sangliers, des lamas, des daims, des alpagas, des vaches, des chevaux, des ânes, des poneys, des moutons, des kangourous, des dromadaires, des chiens, des chats, des pintades, des lapins, des chèvres, des truites, des zébus nains…

J'ai noté que nos jeunes les plus violents vont la plupart du temps vers les sangliers. Ces animaux peuvent être très dangereux. Les plus esthètes s'orientent vers la beauté des paons ou des daims. Ceux qui penchent pour la douceur prennent soin des lapins, des chiens, des chats. Ceux qui aiment bien la virilité et la force sont attirés par les chevaux.

La maîtrise des gestes

Nous essayons d'apprendre à nos jeunes à aller vers les animaux avec douceur. La maîtrise de leurs gestes est essentielle face aux bêtes. Si l'on fait un geste violent, le chien peut mordre, le chat peut griffer. Nous leur disons : « Vas-y doux, apprivoise, domine tes réactions, respecte et comprends. »

Au fil des années, j'ai recueilli les réflexions des jeunes, dont j'ai la charge, sur les bêtes qu'ils soignent. Dès qu'ils arrivent, ils choisissent leur type de bête. Le gars dit : « Moi, je prends les sangliers » ; la fille dit : « Moi, je prends les poules. » Ils s'engagent à rester un mois avec la même bête parce que le lendemain ils diraient : « Non, je passe aux perroquets. » Pas question. Nous les laissons en contact pendant un mois afin qu'ils en connaissent bien les mœurs. C'est une lente compréhension, un apprivoisement. J'ai souvent vu des comportements insolites des bêtes vis-à-vis des jeunes et des jeunes vis-à-vis des bêtes. Chaque jour, ils comprennent mieux les bêtes. Et celles-ci s'adaptent.

En observant les autruches, par exemple, nous nous sommes aperçus qu'elles avaient un comportement différent vis-à-vis des Africains. Elles sont assez agressives. Avec des Blancs elles semblent beaucoup plus douces. Elles ne sont pas racistes, mais elles n'ont pas l'habitude de voir certaines couleurs, je pense. Apparemment, les cheveux frisés les perturbent.

Un mec très doux avait réussi à ne pas paniquer devant les autruches. Le matin, à la fenêtre, j'ai vu le spectacle d'une autruche amoureuse. Le garçon se mettait en face d'elle, elle se couchait par terre et jouait des ailes. C'était très déconcertant. Cent cinquante kilos de muscles et de plumes ébouriffées, une énorme masse qui se balance amoureusement, oscillant du cou de droite à gauche. Cela voulait dire : « Je t'aime. » Spectacle amoureux de toute beauté

Parades et baignades

En été, les jeunes sortent les alpagas tous les jours pendant une heure. Les bêtes foncent dans le torrent parce qu'elles adorent l'eau glacée. Elles tirent sur la corde et plongent dans l'eau.

Il faut bien regarder la façon de manger des bêtes. J'aime beaucoup les sangliers et je les regarde manger. Je les regarde trier. Comme nous, dans un plat, ils prennent le meilleur morceau. Avec leurs groins énormes, ils sont très fins. Ils préfèrent la luzerne à d'autres espèces d'herbes. Ils m'aiment bien parce que je leur en apporte toujours. Quand ils me voient, ils voient la meilleure bouffe possible.

Un jeune avait apporté une corde dans un enclos de sangliers. Les marcassins se sont mis à tirer dessus. Le jeune a voulu la récupérer et j'ai vu ce spectacle extraordinaire : cinq marcassins tirant de toutes leurs forces d'un côté et le jeune de l'autre. Ce jeu l'a tellement amusé qu'il a recommencé le lendemain.

J'ai remarqué que les sangliers mangeaient à une vitesse folle le grain qu'on apportait en tas. Un sanglier parcourt trente kilomètres par jour pour trouver sa pitance dans la nature. Dans un enclos, en cinq minutes, il aura tout bouffé, surtout quand il y a un autre sanglier à côté. J'ai demandé à mes adjoints d'éparpiller les grains, ce qui oblige les sangliers à prendre grain par grain et les bêtes sont moins stressées.

Il est étonnant de voir à quel point les animaux aiment des caresses très spécifiques. Chaque bête a ses endroits préférés que je dirais érotiques. À certains moments, un animal sait nous obliger à le caresser. Mon léonberg Gangster vient à des moments très choisis, une fois par jour. Il se met contre ma cuisse et il pousse, parce qu'il a envie que je le caresse derrière les oreilles, puis sur le creux du front.

Escapade et cavalcade

Un de nos jeunes particulièrement distrait laisse ouverte la porte de l'enclos des daims. Comme il y a une immense forêt autour, les daims partent. Ils disparaissent. Aussitôt alerté, je téléphone à celui qui nous les a vendus. Il me dit : « Monsieur l'abbé, vous ne les récupérerez jamais. » Bizarrement, six heures plus tard, une femelle réapparaît, la deuxième un peu plus tard. Mais le mâle reste invisible, loin du parc. Nous décidons d'attendre patiemment, sans nous montrer, en restant sur un balcon pour ne pas effrayer les daims. Soudain, nous voyons l'âne cavaler après le daim et le ramener directement dans l'enclos. Nous ne comprenons toujours pas comment cela a pu se produire !

Des jeunes qui ont vécu des enfances insupportables sont capables de gestes d'une infinie douceur. Un canard agressé un jour par des oies a été soigné avec une vigilance, un amour et une tendresse extrêmes. J'aime immensément ces gestes venant de jeunes souvent violents. À la façon dont il caressait son canard, je comprenais qu'il soignait intensément ses propres plaies. Il avait été battu très jeune par ses parents. Les jeunes peuvent veiller toute une nuit un faon recueilli près de la ferme ou un alpaga mourant. Les bêtes handicapées appellent leur tendresse. Elles pansent leurs blessures.

La mort des bêtes pose un problème important. Je demande aux jeunes de ne pas s'attacher à certaines espèces. Les marcassins sont nombreux, les jeunes doivent les nourrir sans les toucher parce que très rapidement ils viennent se cajoler contre eux. Il faut éviter de se mettre en contact régulier et affectif avec les bêtes que l'on vendra.

Notre pratique éducative en Provence est de permettre aux jeunes d'aller d'abord vers les bêtes. Mais il ne s'agit pas de les fixer sur les animaux. L'objectif poursuivi à travers la bête est qu'ils puissent à nouveau rencontrer la personne humaine. À chaque retour de permission, la pratique courante de nos jeunes est de jeter leur sac devant la ferme et de courir d'abord vers l'enclos où loge leur bête préférée.

La personne humaine vit l'amour bien au-delà de l'instinct. L'animal tue le faible. À la dernière portée, la laie a tué deux de ses petits : ils étaient probablement handicapés. C'est un comportement très sain chez les animaux. Le sanglier est la seule bête sauvage d'Europe à avoir su conserver une race très pure parce qu'il élimine les plus faibles. C'est ce que fait l'homme quand il agit comme une bête.

Soigner, apprendre et guérir

Les animaux peuvent apporter énormément aux humains. Un animal peut s'avérer excellent professeur. J'ai observé des jeunes violents voulant traiter durement un cheval. Être dur avec un cheval, c'est le rendre dur. Être doux, c'est le rendre doux.

L'animal peut se révéler médecin. Des expériences ont été poursuivies avec des dauphins et des enfants handicapés, autistes notamment. Ils ne les ont pas totalement guéris, mais un enfant qui ne pouvait lire que quatre ou cinq mots, arrivait ensuite à en lire neuf ou dix et son comportement changeait. Aux États-Unis, pour assister les personnes en fauteuil, des équipes ont formé des capucins. Ces singes peuvent décapsuler les bouteilles, soigner, gratter, essuyer. Ils apprennent vingt-cinq à trente gestes précis qu'ils peuvent accomplir sur commande.

L'animal est une présence pour les solitaires. Toutes ces mémés seules ont une vie extraordinaire avec leurs bestioles. Je pars toujours en retraite dans la nature avec mes clébards, j'en suis malade. Ce sont aussi des compagnons de jeu pour les enfants. Un gosse qui avait vécu un véritable martyre m'a dit: «Dans ma vie, je n'ai jamais aimé qu'un seul être, c'est mon chien.» Un jeune qui avait vécu au Maroc m'a confié: «Mes parents se sont déchirés pendant toute mon enfance. Celui qui m'a sorti de mon adolescence, c'est mon chien.» C'était son compagnon fidèle, son confident.

Des chats peuvent donner leur vie pour leur maître. Lors d'un incendie, un chat a réveillé sa maîtresse qui dormait parce qu'elle avait pris des somnifères. En griffant le lit, il a tiré la couverture et la femme a pu s'apercevoir que la fumée passait sous la porte, sortir et être sauvée. Le chat est très proche de l'homme. Les bêtes peuvent sauver des vies, et parfois donner la leur contre la nôtre. Des dauphins ont sacrifié leur vie pour sauver des gens. Des labradors peuvent aller à la limite de leurs forces pour sortir quelqu'un de l'eau. Je pense qu'il y a un paradis pour les animaux. J'en suis certain.

Si Dieu a vu que l'immense parc de la terre, jailli de Son inspiration, est bon, alors respectons-le. L'homme, même incroyant, ne peut résister à la splendeur d'un coucher de soleil. Méditer sur la nature est sans fin. Sur les bêtes, c'est encore plus riche. Si la carotte en effet n'a pas d'affectivité à donner, en revanche le dromadaire et nos multiples animaux en ont à revendre.

Remercions Dieu pour la multiplicité des créatures animales.

La question que je poserai au Seigneur au paradis est : « Pourquoi as-Tu créé les carnivores ? »

Voir un lion poursuivre une antilope, la saisir et lui planter les crocs dans la gorge est effrayant : mystère de la Création. En attendant, sur terre, je me délecte en dégustant un pot-au-feu, mon plat préféré, en oubliant le bœuf superbe et paisible que je ne connais pas et qui a atterri dans mon assiette. Mes jeunes, pourtant très carnassiers, rechignent à manger la vache qu'ils ont tant aimée. Mystère d'un Dieu bon qui nous fait nous émerveiller de Sa Création mais qui laisse insolubles des questions dont on aura les réponses au paradis.

Les prénoms des animaux

Étrange et significative, la personnalisation que nos jeunes donnent aux bêtes ! Les prénoms dont ils gratifient leurs animaux sont toute une histoire, faite d'affection, de tendresse et de proximité.

Nougat, le prénom d'un petit sanglier mâle, est resté le même.

Il ne convenait pourtant pas à nos jeunes. Mais quand, à l'heure de la séparation, ils ont vu les larmes de la petite fille qui l'avait élevé pendant quelques semaines au biberon et baptisé ainsi, nos jeunes ont décidé de garder le nom donné.

La mère du marcassin avait été tuée lors d'une chasse. Son petit s'est alors retrouvé blotti au chaud dans un nid chaleureux d'humains qui, ne pouvant le garder, nous l'ont confié.

La fillette vient de temps à autre avec ses parents retrouver son petit marcassin qui grossit à vue d'œil.

Bip-Bip, c'est le coq-autruche. Super-mâle de cent-cinquante kilos, il fait la joie de nos jeunes. Mais là, pas d'approche possible. Trop dangereux, notre Bip-Bip.

Il fait derrière le grillage sa parade amoureuse. Il a ses têtes pour cela. Lorsque certaines ne lui reviennent pas, il leur montre son arrière-train avec un chic absolu. D'autres, dont il s'est épris, ont droit à une envolée somptueuse de plumes noires et blanches.

La bataille pour atteindre les œufs de la femelle Dorothée est homérique. Cette dernière, aidée de Bip-Bip, défend bec et ongles son trésor. Pour ce faire, les adultes uniquement, avec des ruses de Sioux, peuvent entrer dans l'enclos.

Les autruches sont les seules bêtes que nos jeunes ne peuvent approcher. Leurs œufs peints et leurs plumes provoquent leur vif intérêt.

Les poneys ont chacun un prénom choisi avec amour. Les ânes et les chevaux également. Certaines vaches aussi. Quelques rares moutons ont droit à ce privilège.

Quant aux lamas, le nom de Delon est donné évidemment au plus bel étalon ! Pâques a été décidé à l'unanimité pour nommer une adorable femelle née en ce grand jour pascal. Ameline est la femelle la plus attachante parmi le troupeau des onze lamas. Après être née de sa mère mourante, elle a été élevée au biberon. Douce et tendre elle vient toujours blottir son cou contre celui de nos jeunes.

Nos chiens ont des noms évocateurs : Gangster, Racaille, Sultan, Voyou, Vagabond, Brigande…

Les daims n'ont jamais été personnalisés. Craintifs et fuyants, ils sont trop difficiles à approcher.

Zizou, le dromadaire, solitaire et hiératique, a droit au légendaire surnom attribué au footballeur célébrissime.

Parfois, il arrive aussi que la politique entre étrangement dans notre bestiaire personnalisé. Du temps d'une cohabitation orageuse au sommet de l'État, nous avons hérité de deux dindons mâles, fort agressifs. Les deux prénoms, Lionel et Jacques, attribués à ces deux bestioles toujours en bataille se passent de tout commentaire !

Même les reines laissent leurs traces parmi les animaux. « Paola », le nom donné à une femelle lama née lors de la venue de la reine Paola de Belgique, commémore une visite royale à la Bergerie.

Les animaux ne pénètrent pas à la maison. Sous aucun prétexte. Pourtant Titus, un bœuf gigantesque d'une tonne, amoureux d'un de nos jeunes et le suivant partout, a fait quelques percées dans la cuisine, derrière notre dos évidemment. Adieu alors à la réserve de pain rapidement détectée et dévorée. Quelques larges traces peu odoriférantes, laissées sur place, nous ont mis en alerte.

Certains sangliers et lamas apprivoisés ont aussi envahi la cuisine, à notre insu.

La présence de quelques serpents, rats, moineaux et autres bestioles, importés clandestinement par nos jeunes dans la maison, a posé quelques problèmes face à notre règlement très strict. Un rat apprivoisé est certes adorable. Il l'est moins quand il décrète de fabriquer son nid à l'intérieur du matelas de son maître ! Bonjour la literie !

On a renoncé aux mainates et à divers perroquets. Trop bruyants ! Nos jeunes suffisent pour remplir de cris notre Bergerie.

Je pourrais être intarissable mais je termine par cette dernière histoire, dont le héros est Donald le canard.

Un caneton, trouvé par un de nos jeunes sur une route proche, restera en effet l'un des plus beaux souvenirs du bestiaire domestique de la Bergerie. Ne sachant où le mettre, je l'ai placé au cœur de la portée de chatons qui vient d'arriver. Blotti contre eux, il décide de camper dans la famille de matous, qui l'adopte d'emblée. Le voir traverser la salle à manger au milieu des chatons était un régal. De plus, il épouillait la mère chatte et ses petits avec délectation, à leur grand ravissement.

La bête reste une bête. Mais la tendresse réciproque qui l'unit à nos jeunes valait la peine d'être écrite pour vous. Un jour, un vétérinaire me dit : « Étrange, mon père, vos bêtes sont joyeuses ! »

Ce que je sais, c'est qu'elles sont la joie de nos jeunes.

11
Les cinq sens

Respectons notre corps

Et si un membre souffre, tous les membres souffrent avec lui ; si un membre est honoré, tous les membres se réjouissent avec lui.
Vous êtes le corps de Christ, et vous êtes ses membres, chacun pour sa part.

I Corinthiens XII, 26-27

Dieu nous a offert cinq sens. Nous vivons avec sans y prêter attention. Il est bon de se souvenir que nos yeux nous permettent de voir les visages heureux de ceux que nous aimons, que notre odorat sensible aux parfums nous emporte et nous ravit, que nos oreilles nous donnent à entendre les mélodies les plus exquises…

Nous vivons naturellement et quotidiennement en ne prêtant presque aucune attention à nos sens. Je crois que nous devrions mieux les protéger et les ré-apprivoiser. Sachons nous en servir avec un maximum d'efficacité.

Les médecins connaissent l'importance et la beauté des sens. Quand une personne perd l'usage d'un de ses sens, les autres se développent.

L'ouïe est une passerelle vers l'inouï

Nous vivons sans le savoir un phénomène extraordinaire grâce à l'ouïe. Si une maladie provoque une surdité momentanée parfois totale, alors un raz de marée de tristesse nous envahit. Vous ne reconnaissez pas la voix d'un être aimé au téléphone. Tout n'est plus qu'un souvenir : la musique, les cris d'enfants qui sortent de l'école, le murmure du vent dans les arbres, une ambulance qui hurle dans la nuit, un train qui passe au loin, le chant d'une source, les chœurs d'un opéra. Le silence peut effrayer, mais puisqu'on ne peut plus entendre, on peut découvrir l'extraordinaire plaisir d'un texte bien écrit, d'un livre passionnant, d'un poème. Un proverbe dit que l'on ne devrait parler que si l'on a une parole plus forte que le silence. Pour ceux qui sont condamnés au silence, nous devons avoir une compassion très forte. Ne croyons pas que tous nos anciens sont sourdingues. C'est un des privilèges de l'âge : faire semblant de ne rien entendre. Ma grand-mère entendait absolument tout mais prétendait être dure de la feuille ! Vous parlez librement près du pépé, et il se régale…

Le bruit

Le bruit, c'est la vie, mais il peut facilement s'apparenter à la mort. Le bruit infernal qui emplit nos vies est une des pires saloperies qui nous soient faites aujourd'hui. Nous ne sommes pas forcément coupables de la pollution sonore qui nous envahit. On ne choisit pas toujours son type d'habitat ou son lieu de travail. Notre culpabilité apparaît quand nous pouvons nous éloigner du bruit et que nous refusons de le faire. Une famille peut vivre dans la plus bucolique des maisons, mais connaître l'enfer à cause du bruit. Les appareils modernes, pourtant nécessaires, s'incrustent partout et déstabilisent jeunes, adultes et anciens. Télé, hi-fi et walkman peuvent rendre infernale l'atmosphère la plus silencieuse. Le pire est de s'habituer à ce poison. Une de nos carences les plus graves n'est-elle pas de refuser toute introspection, tout retour sur soi, en s'entourant de bruit ?

Quel temps de silence prenez-vous chaque jour ? Cet inestimable moment doit être un rendez-vous quotidien ! Il suffit de le programmer et de le prendre toutes affaires cessantes. Acharnez-vous à le retrouver si vous l'avez perdu parce que sinon vous le perdrez sans cesse. Nous manquons tragiquement de cet espace inestimable pour être un vivant. Le bruit est quelquefois une culture de mort. Il peut effacer tout désir de se mettre en face de soi. Il biffe ce que nous avons de plus précieux en nous : nos espaces de profondeur et de vérité. Combien de couples ont perdu pied en négligeant de jour en jour d'assumer cette part de silence qui permet de s'interroger prioritairement sur l'autre, sur ses enfants et son entourage ? Combien d'anciens vivent une vieillesse sclérosée emplie de futilités et du refus de se prendre la tête dans les mains pour réfléchir et donner du temps à Dieu ? Combien de jeunes sont paumés parce qu'ils manquent de spiritualité, donc de silence ? Nos jeunes doivent apprendre d'urgence ce silence. Si nous, adultes, l'apprécions assez, nous pouvons leur enseigner. Comme il est chouette de décider en famille : apprécions tous ensemble quelques instants de silence en fin de journée. C'est une chose à conseiller, je vous souhaite de le vivre.

Les odeurs

L'odorat est un sens souvent négligé. Il est très difficile de décrire une odeur à quelqu'un qui ne l'a jamais sentie. L'odorat est un sens indéfinissable et mystérieux. Il existe sept catégories d'odeurs. Un spécialiste vous expliquera que les molécules odorantes se dissolvent en pénétrant le long des parois nasales. Et qu'ensuite les mêmes molécules rejoignent les cellules sensorielles dans les fosses nasales, qui les transmettent grâce aux nerfs sensoriels et aux bulbes olfactifs du cerveau (ouf !). L'odeur nous submerge. Nous l'acceptons. On tend le cou ou bien on grimace. L'odorat et l'émotion sont étroitement liés. Je me souviens parfois d'une odeur qui arrive sans que je m'y attende, aussitôt je m'interroge : « Où ai-je pu la sentir ? » Elle me replonge dans ma mémoire. L'odeur des tartines grillées de mon enfance, que faisait mon grand-père, me revient en mémoire chaque fois qu'en Provence, au bord de la cheminée, j'approche un morceau de pain du feu pour y faire ensuite fondre un peu de beurre salé. Je reviens en enfance immédiatement, les souvenirs olfactifs sont présents au plus profond du cerveau.

Les sens sont plus vivants chez une personne qui ne mange plus. Elle sent mieux. Une infirmière m'a expliqué qu'à une personne en fin de vie qui ne se nourrit plus, les huiles essentielles apportent un bien-être certain. Quand il n'y a plus de mots et que les mains sont vides, une odeur agréable peut créer une ambiance de chaleur, de sécurité, d'amour.

Le goût

Je mange peu. Je ne prends qu'un repas par jour. J'ai mes plats préférés. J'adore le pot-au-feu. Si, par bonheur, je me rends à dîner chez des amis qui m'ont préparé un bon pot-au-feu, je salive un kilomètre avant d'arriver ! Sentir l'odeur de la cuisine avant de déguster votre mets favori est un plaisir immédiat et sans pareil. Couper un fruit et le porter à sa bouche, croquer un chocolat, le faire fondre lentement et découvrir toutes les nuances de ses saveurs… Certains chocolats me ramènent instantanément en enfance. Nous n'en mangions que deux fois par an. Quand les Américains sont arrivés, je me souviens qu'ils nous en jetaient des tablettes.

À l'inverse, des souvenirs désagréables surgissent à la simple vue d'un navet. En 1945, les Allemands avaient tout pris, notamment les pommes de terre. Je ne peux plus goûter un seul navet ou un rutabaga. C'est ce qu'ils nous avaient laissé. Mais la pomme de terre est pour moi un mets de choix. Le goût est un cadeau du Ciel à condition de ne pas trop manger.

La vue

Quand je rencontre une personne aveugle, je lui demande si à un moment de sa vie elle a vu ou non. Ce sont deux cas très différents : si une personne est née aveugle, elle n'a aucune idée de ce que c'est de voir, mais quand quelqu'un a perdu la vue au cours d'un accident ou à cause d'une maladie, elle se rend compte de ce qu'elle n'a plus.

Contempler des paysages, des couleurs, des fleurs… quel plaisir pour les yeux ! Mais voir nous apporte aussi la désagréable sensation d'impuissance et de dégoût à l'heure où nous regardons les infos à la télévision. Voir des gens massacrés, affamés…

Voir certaines choses peut provoquer des troubles et pousser à l'acte. Les petits Anglais John et Robert, onze ans, avaient regardé des cassettes violentes avec leur père. Ils ont voulu faire la même chose. Ils avaient vu dans une vidéo des diables articulés s'acharner à jeter des pierres sur une poupée miniature et la mettre sous un train. Les gamins sont allés au supermarché, ils ont trouvé le petit James, trois ans et demi, qui attendait à l'entrée. Ils l'ont entraîné, l'ont frappé, l'ont lapidé et l'ont mis sous le train. La vision de certaines choses peut être terrible…

J'aime voir toutes les publicités sur les murs de Paris ! Certaines sont laides et agressives. Souvent elles sont drôles. D'autres sont très belles. J'adore découvrir le dessin humoristique de Plantu à la une du *Monde* et me marrer en commençant le journal. Ce caricaturiste nous donne une vision extraordinaire des événements. Voir vraiment, et non survoler, demande une forme de silence.

Le toucher

Quand les mains remplacent les mots…

Saint-Exupéry faisait dire au renard du *Petit Prince* : « On ne connaît que les choses que l'on apprivoise. Les hommes n'ont plus le temps de rien connaître. Ils achètent des choses toutes faites chez les marchands mais comme il n'existe point de “marchands d'amis”, les hommes n'ont plus ou peu d'amis. Si tu veux un ami, apprivoise-le ! »

Une main qui touche, une voix qui apaise, un silence qui accompagne… Par notre peau, grâce au toucher, nous ressentons, aimons, détestons… Observons les amoureux ! Dans la préparation de l'amour, combien compte le côté tactile. Caresser longuement le corps de patients atteints de maladies graves, qui n'ont plus les mots pour exprimer leur douleur, leurs angoisses… Quand ils ont mal au corps, mal à l'âme, le merveilleux langage gestuel qu'est le massage permet d'aller à leur rencontre, de leur donner ce que l'on est, d'être une présence réelle et humaine. Le malade ressent très fortement ce contact tactile.

Notre peau est messagère d'une infinité d'émotions, de notre vécu psychologique, spirituel. Le massage permet de ressentir ce vécu, ces émotions, d'apporter un réconfort, un apaisement, une peur enfouie au fond de l'être. Il donne au patient la sensation d'être encore une personne après tant de traitements inconfortables, agressifs et débilitants. Toucher et être touché pour ne pas devenir intouchable. Si, quand je touche un jeune, il bondit de trois mètres, je comprends que sa peau n'a été qu'un recueil de coups et de maltraitance. J'ai vu cela très souvent.

J'ai remarqué qu'au Québec les gens se touchaient plus que chez nous. J'aime bien les voir s'embrasser, s'étreindre très naturellement. Les Français ont généralement une trop grande pudeur. Se toucher, se serrer n'est pas impudique. Le bébé raffole du contact tactile. Il se blottit contre sa mère. Il a tant besoin d'être touché, câliné, caressé. Le pire des calvaires, pour mes jeunes, c'est qu'ils n'ont jamais été touchés par leurs parents.

Mes chiens sans cesse réclament mes caresses. Ils se tortillent de plaisir dès qu'on leur grattouille le ventre ! J'ai vu que nos jeunes qui arrivent assez brutaux en Provence changent très vite dès qu'ils s'aperçoivent que la bête a besoin d'un toucher très doux. Souvent je les ai vus longuement caresser les endroits préférés de leur bête.

Sentir la douceur d'un tissu sur sa peau ou la fluidité de l'eau en nageant dans la rivière, apprécier la consistance de la neige… tant de sensations de toucher différentes !

Si j'aime tant monter dans les arbres, je crois que c'est parce que cet exercice met tous mes sens en éveil : je touche l'écorce de l'arbre de mes mains, je savoure l'odeur de son tronc, de la sève du pin, je contemple la forme et la beauté de mon arbre. J'entends le vent dans ses branches, ou ses craquements quand il fait chaud. Par chance, un jour, j'ai assisté au bourgeonnement de mon arbre. Au printemps, il y a un moment précis où la chaleur fait éclater tous les bourgeons. C'est un milliard d'infimes petits bruits. Soudé à l'arbre, j'entendais avec ravissement toute la forêt vibrer dans une myriade d'éclatements. Ce jour-là je vécus un moment rare où tous mes sens étaient en éveil. Mes chiens anxieux, le museau tourné vers le haut de l'arbre, s'inquiétaient de mon retard. Ils devaient craindre sans doute mon envol vers le royaume aux mille saveurs que j'espère partager avec eux.

Jouissons de nos sens, maîtrisons nos sens, sans exacerber le plaisir que nous en tirons. L'excès de cigarettes ou de drogue finit par anéantir le ressenti. Que nos cinq sens soient un hymne de louange au Créateur !

La Création du monde : une leçon d'anatomie

Aimons notre corps, respectons-le, aidons nos sens à favoriser l'épanouissement de tout notre être. Dirigeons notre être vivant. Soyons-en le maître. Chaque partie de nous-même est une merveille. Permettez cette histoire drôle pour finir :

Quand le corps humain fut créé, toutes les parties du corps voulaient être chef.

Le cerveau disait : « Puisque je commande tout et que je pense pour tout le monde, je dois être le chef. »

Les pieds affirmaient : « Puisque nous transportons le corps là où il le désire et que nous permettons ce que veut le cerveau, nous devrions être les chefs. »

Les mains ajoutaient : « Puisque nous faisons tout le travail et que nous gagnons de l'argent pour entretenir tout le corps, c'est nous qui devrions être les chefs. »

Et ainsi de suite : le cœur, les poumons, les yeux...

Enfin le trou du cul se fit entendre et demanda à être le chef. Les autres parties du corps éclatèrent de rire à l'idée qu'un trou du cul puisse être chef. Alors, vexé, le trou du cul se referma sur lui-même et refusa de fonctionner. Bientôt le cerveau devint fiévreux, les yeux se croisèrent, les pieds furent trop faibles pour marcher, les mains pendaient sans force, le cœur et les poumons luttaient pour survivre. Alors tous supplièrent le cerveau de se laisser fléchir et de permettre au trou du cul d'être chef. Ainsi fut fait.

Les autres parties du corps faisaient le travail tandis que le trou du cul dirigeait tout le monde, en s'occupant principalement… de la merde, c'était sa vocation première. Comme tout chef digne de ce titre. Moralité : il n'est nullement nécessaire d'être un cerveau pour devenir chef. Un simple trou du cul a nettement plus de chance.

J'en sais quelque chose moi-même !

Respectons notre corps

Nous n'en avons qu'un. Les jeunes rendus à demi sourds par des musiques hyperviolentes peuvent gâcher leur ouïe pour tout le reste de leur vie. Protégeons nos yeux et ceux de nos enfants des images sordides qui peuvent empuantir nos âmes. Faisons du sport été comme hiver. Le corps a besoin de la chaleur estivale et se fortifie de la froidure hivernale. Couvrons-le seulement du « manteau de l'amour », comme nous le recommande saint Paul. Par tous les temps.

12

Je me souviens de ma promesse

Le serviteur aux pieds d'argile

Le soir de ce jour, qui était le premier de la semaine, les portes du lieu où se trouvaient les disciples étant fermées, à cause de la crainte qu'ils avaient des Juifs, Jésus vint, se présenta au milieu d'eux, et leur dit : « La paix soit avec vous ! »

Et quand il eut dit cela, il leur montra ses mains et son côté. Les disciples furent dans la joie en voyant le Seigneur.

Jésus leur dit de nouveau : « La paix soit avec vous ! Comme le Père m'a envoyé, moi aussi je vous envoie. »

Après ces paroles, il souffla sur eux, et leur dit : « Recevez le Saint-Esprit.

« Ceux à qui vous pardonnerez les péchés, ils leur seront pardonnés ; et ceux à qui vous les retiendrez, ils leur seront retenus. »

Jean XX, 19-23

Au service de l'amour

Je me souviens du 3 juillet 1965, tout tremblant et éperdu de joie, entre les mains de l'évêque de La Rochelle qui m'ordonnait pour le service de l'Église d'Algérie. Il me demandait : « Guy, est-ce que tu promets de donner toute ta vie au service de Dieu, au service de l'amour, au service des autres ?» Je répondis en latin: «Promitto.» Je m'en souviens comme si c'était hier. Je me souviens aussi d'une cérémonie extraordinaire en 1949. J'avais quatorze ans et j'assistais pour la première fois à une ordination. Je me demandais alors si je serais prêtre un jour. Je le suis depuis quarante ans. Je ne peux pas être plus heureux qu'aujourd'hui. J'étais fait pour recevoir l'amour, mais surtout pour le donner, pour que jour après jour je puisse dire toute ma vie: «Seigneur, je vais donner l'amour.» Que je sois en Provence, dans la rue avec mes jeunes ou sur un plateau de télévision, je fais toujours la même prière le matin: «Donne-moi la force de donner l'amour, de le transmettre.»

Et puis j'ai le bonheur de vivre ce moment incomparable, cet instant merveilleux, le plus beau de ma vie depuis quarante ans: faire descendre, dans mes mains nues, l'amour. J'ai cultivé cette grâce. Jamais je ne m'y suis habitué. C'est un émerveillement chaque fois renouvelé pour moi de pouvoir prononcer à la place du Christ: «Ceci est mon corps, ceci est mon sang, faites ceci en mémoire de moi.» Quel immense moment ! C'est le moment de la Passion et de la Résurrection. Chaque fois qu'un prêtre fait descendre Dieu dans ses mains d'argile, il fait descendre l'amour. Il commémore la Passion et la Résurrection du Christ. On peut voir tous les films ou lire tous les livres du monde sur la Passion, quelque chose reste qui ne sera jamais filmé ou transcrit: la présence du Christ parmi nous.

Dans le secret, quand le prêtre dit seul la messe, dans les prisons de Chine ou clandestinement, devant des foules ou dans les endroits où les prêtres sont interdits, chaque fois qu'il dit: «Ceci est mon corps, ceci est mon sang, faites ceci en mémoire de moi», le Seigneur revient.

En juillet 1965, je ne savais pas encore l'extraordinaire aventure à laquelle le Seigneur me destinait. J'ignorais que j'irais vers les plus pauvres et les plus petits. Je ne savais pas encore que je serais un amoureux fou de l'Église. J'aime l'Église qui m'a offert ce ministère et qui m'a permis, par l'évêque qui m'a consacré, de faire descendre l'amour pour les autres.

Chaque année, dans la cathédrale de Paris, je me rappelle ce moment unique lorsque j'assiste à l'ordination de jeunes prêtres. C'est un des plus grands moments de l'année parce que c'est la relève. C'est aussi me souvenir que j'ai été choisi, et je ne passe pas une journée sans en remercier Dieu.

Les deux joies de ma vie sont de prononcer les paroles consécratoires et de donner l'Eucharistie. Quel instant fabuleux, quand le Christ est là, de donner à chacun l'hostie en disant: «C'est le corps du Christ.»

Pénurie de prêtres

Là où trois prêtres agissent aujourd'hui, un seul sera encore présent dans dix ans. Outre les décès, dix fois plus nombreux que les ordinations, les évêques déplorent le départ de jeunes prêtres. Le cardinal Barbarin a dit de façon remarquable, lors d'une visite à Jean-Paul II, combien il était inquiet. Le monde entier l'a su. Un nombre croissant de jeunes prêtres quitte l'Église. L'interrogation du cardinal Barbarin était: «Nous n'arrivons pas à comprendre. Que se passe-t-il au juste aujourd'hui ? S'agit-il d'un manque d'espérance ? Le ministère sacerdotal est-il trop difficile à vivre ?»

Je ne ferai aucune controverse. Il ne s'agit pas de pleurer mais de stimuler l'Église pour qu'elle trouve un nouveau chemin et que l'Eucharistie puisse descendre dans tous les clochers de France. C'est à l'Église de trouver les chemins du renouveau des vocations. La prière reste prioritaire. Le Seigneur n'a pas dit : « Là où il manque des prêtres, faites des commissions et des sous-commissions… » Non, Il a dit : « Priez le maître de la moisson ! » On ne s'en souvient pas assez. Il appelait à la sainteté. Donc si nous sommes saints, nous donnerons à l'Église ce dont elle a besoin. Je pense qu'un prêtre saint peut avoir une formidable influence sur les vocations. Des exemples comme celui du curé d'Ars l'ont parfaitement montré.

Le prêtre est référent

Il est référent parce qu'il est envoyé. Il est l'homme des sacrements, avec l'aide des laïcs. C'est un point très important depuis Vatican II. Dans mon enfance, mon curé de Rochefort-sur-Mer baptisait, mariait, faisait le catéchisme dans des églises combles. Les prêtres sont aujourd'hui fortement entourés et aidés par des laïcs. Des équipes nombreuses sont constituées pour l'organisation des baptêmes, la préparation des futurs mariés, l'accueil des divorcés remariés aussi. Des couples laïcs aident les prêtres dans leur mission.

Le vrai célébrant de l'Eucharistie, c'est le Christ, prêtre unique et définitif. Lui seul peut dire : « Ceci est mon corps, ceci est mon sang. » Le prêtre a reçu l'Esprit saint par l'imposition des mains. C'est ce que nous fêtons à la cathédrale Notre-Dame de Paris, chaque année, au cours de la messe chrismale, en présence de trois ou quatre cents prêtres.

Même si l'Eucharistie ne prend qu'une heure par jour, c'est le cœur, le sommet, la source et la joie de mon ministère. Vous penserez peut-être que le curé n'a pas trop de boulot. Une heure par jour, c'est un job tranquille. Mais il y a mille choses autour. L'Eucharistie est la première chose qu'un prêtre doit faire. Lorsqu'il est seul, il peut s'en dispenser. Quant à moi, je la célèbre souvent, seul, ou fréquemment avec mon équipe.

Le prêtre est l'homme de l'Eucharistie

Sa première tâche est d'offrir le sacrifice du Christ à Dieu le Père en faveur du peuple. Le prêtre est un envoyé. Son idéal personnel est de se configurer au Christ. Il s'offre pour nous à Dieu le Père. Je vis quelque chose de magique dans l'intimité entretenue avec l'Eucharistie. Le prêtre apprend à relativiser les échecs apparents. Confier mes détresses au Seigneur durant l'Eucharistie est essentiel : « Avec celui-ci je n'en peux plus, celui-là, Seigneur, est seul et il ne tient plus... » Offrir sereinement toutes les croix attachées à notre ministère particulier : nous puisons là une persévérance et une force extraordinaires. Je trouve une joie profonde dans ce lien si particulier que le Christ a voulu tisser avec le prêtre et avec son peuple. Si le prêtre vit d'abord en homme de l'Eucharistie, sa véritable transcendance apparaîtra. Telle une lumière placée sur le lampadaire, il attirera de nouvelles vocations pour l'Église. Je le crois profondément. Le curé d'Ars disait : « Si l'on savait ce qu'est la messe, on mourrait. » Comme personne n'est mort, c'est que personne ne sait ce qu'est la messe... Je crois que le curé d'Ars voulait exprimer la grandeur extraordinaire de la messe. Je le dis parfois aux non-chrétiens qui assistent à mes messes : « Vous rendez-vous compte ? Pour moi le fils de Dieu sera là dans quelques instants, telle est ma foi. » Jean-Paul II avait fait de 2005 l'année de l'Eucharistie. Pour nous faire vivre.

Le prodigieux mystère de l'Eucharistie

Parmi les quatre évangélistes, l'apôtre Jean a été celui qui a perçu l'incroyable promesse : « Qui mange ma chair et boit mon sang a la vie éternelle et je le ressusciterai au dernier jour, car ma chair est la vraie nourriture et mon sang la vraie boisson. Voici le pain qui descend du Ciel, il n'est pas comme celui que vos pères ont mangé et qui sont morts [...] » (Jean VI, 54-55 et 58) Paroles difficiles à entendre pour un non-chrétien. Seul le chrétien convaincu croira et s'en nourrira. Ce grand mystère révélé par Jean reste incompréhensible. Je ne comprends rien à l'Eucharistie, mais je crois en l'Eucharistie. Nous comprendrons là-haut. Quand je dis : « Ceci est mon corps, ceci est mon sang », le Christ descend. Je le crois de toute mon âme, de toutes mes forces, et quand je vois les yeux des gens à qui je donne la communion, je pense que beaucoup de gens le croient aussi.

Le mystère de l'Eucharistie reste incompréhensible parce que c'est un mystère de foi. Il nous faut vivre la parole du Christ. En quoi l'Eucharistie concerne-t-elle notre existence ? L'Eucharistie rejoint notre recherche la plus essentielle : le désir d'être libre. La vraie liberté consiste à se donner aux autres et, à travers les autres, à Dieu. L'Eucharistie assume nos propres violences, nos déchirures, nos ombres comme nos lumières. Elle nous renvoie aux drames de l'humanité, elle éclaire notre mort comme notre existence. Le Christ a choisi les éléments les plus simples, les plus quotidiens et les plus proches de nous : du pain et du vin.

Lâchez tout pour l'Eucharistie. Allez rendre visite au Saint Sacrement. Arrêtez-vous devant une église et dites : « Seigneur, je Te donne deux minutes. » Parfois vous resterez sûrement un peu plus...

L’unité de l’Église

Nous n’existerons que si nous célébrons l’Eucharistie le dimanche. «L’Église est morte sans l’Eucharistie», répète Benoît XVI depuis son élection. Je lui réponds: «OK, Benoît! Mais alors trouve d’autres formes de sacerdoce pour donner vie à la planète.» Des militants innombrables, mariés depuis trente ans, fidèles dans leur couple, pourraient assumer bellement cette tâche. On nous dit que l’Eucharistie est le plus grand des sacrements. Alors, qu’on l’affirme sur le terrain. Il y avait jadis un curé dans chaque paroisse. À Rougon, à côté de la Bergerie de Faucon, le curé a cinquante-trois paroisses. Un mufti peut remplacer un autre mufti. Ils n’ont pas un envoi spécial comme chez les chrétiens. Ils appellent à la prière, sans plus. Notre prière centrale, celle qui fait l’unité de l’Église, a lieu dans l’Eucharistie. Elle réunit les jeunes et les vieux, les riches et les pauvres, l’ensemble du peuple. Les paroisses se regroupent de plus en plus pour que les communautés se reconstituent. Le dimanche, des laïcs aident le prêtre. Les chrétiens se réunissent sans prêtre. Pas de messe, seule l’Eucharistie est donnée. Cette solution a ses limites, bien sûr. Même si la coresponsabilité laïcs-prêtres est affirmée, la seule solution d’avenir est l’arrivée de nouveaux prêtres. Nous n’existerons que si nous célébrons le dimanche. Certains objecteront que des communautés chrétiennes persécutées ont parfois réussi à survivre clandestinement dans des pays totalitaires comme la Chine, le Cambodge ou l’ex-URSS... Cela ne peut être que l’exception. La soif de l’Eucharistie doit être visible. L’est-elle quand je vois des chrétiens recroquevillés au fond du temple? Si l’Eucharistie était un besoin vital, alors les chrétiens se battraient pour être plus près de l’autel.

Le prêtre a un rôle essentiel de communion, d'unité autour de l'Eucharistie. Personne ne pourra le remplacer.

Ministres de la parole

Nous sommes ministres de la parole. Que notre verbe soit clair, incarné, vivant, ferme. Nous avons trop souvent une parole éthérée, désincarnée, abstraite. On voit des curés planant à trois mètres du sol. Les fidèles s'endorment. Nous sommes ministres et hommes de prière. Le rôle du prêtre est d'être en communion permanente avec l'invisible. Sa force est dans sa capacité de prier et dans sa contemplation. Il est veilleur et réveilleur. Pour que chacun trouve sa place, il observe un célibat rayonnant. Il a tout son temps. Sur son carnet d'urgences, il a inscrit les malades et les prisonniers d'abord, ceux qui sont en deuil, ceux qui souffrent.

Le lavement des pieds est le signe que nous sommes des serviteurs. Nous sommes écartelés. Nous sommes humains. Les prêtres ont parfois mauvais caractère, ils ont des défauts. Nous n'avons pas toujours le ministère que nous aurions désiré. Il est parfois difficile d'être prêtre aujourd'hui.

Mais si notre rôle est de sanctifier notre peuple, il n'est pas inutile de dire et redire à nos paroissiens qu'ils ont le devoir de nous sanctifier. Nous avons besoin de leur amitié pour tenir. Il faut le leur répéter. Combien de prêtres ont quitté leur ministère, bouffés qu'ils étaient par un service prenant où ils se sentaient fonctionnaires du culte ? On peut demander beaucoup aux prêtres, mais pas au-delà de la limite de leurs forces. On n'est pas tous des curés d'Ars ! Des clones de ce saint prêtre seraient les bienvenus ! Le prêtre, un homme avec ses faiblesses et ses manques, aura la force que son peuple lui donnera. Le reste, il le demande à Dieu qui ne manquera jamais de l'aider à être un serviteur pétant de vie, joyeux de servir et éclatant d'espérance.

II

Quel progrès dans ce monde en mouvement ?

13

Peut-on se changer ?

Regard des autres et amour de soi

> Il y a diversité de dons, mais le même Esprit ;
> diversité de ministères, mais le même Seigneur ;
> diversité d'opérations, mais le même Dieu qui opère tout en tous.
> Or, à chacun la manifestation de l'Esprit est donnée pour l'utilité commune.
> En effet, à l'un est donnée par l'Esprit une parole de sagesse ; à un autre, une parole de connaissance, selon le même Esprit ;
> à un autre, la foi, par le même Esprit ; à un autre, le don des guérisons, par le même Esprit ;
> à un autre, le don d'opérer des miracles ; à un autre, la prophétie ; à un autre, le discernement des esprits ; à un autre, la diversité des langues ;
> à un autre, l'interprétation des langues.
> Un seul et même Esprit opère toutes ces choses, les distribuant à chacun en particulier comme il veut.
>
> I Corinthiens XII, 4-11

Nous naissons avec certains dons. Les parents savent repérer le caractère défini avec lequel un enfant naît. Un petit peut refuser très tôt de partager ses jouets. Un autre, plus généreux, donne tous ses jouets. Tel autre est très mélomane. Voyez celui-là dans la salle à manger faire toutes sortes de cabrioles : il est doué pour la gymnastique. Ce sont des dons innés.

Nous savons mal quels dons extraordinaires nous possédons. Si nous les connaissions, nos vies seraient différentes. Il y a tant de dons cachés et tant de vies manquées : des vies où le don principal ne s'est pas dégagé.

Découvrez vos dons

D'autres dons sont à découvrir en chemin. Grâce à des événements, grâce à des rencontres. J'aimerais vous l'expliquer par les faits que j'ai vécus. Je n'étais pas écrivain. J'étais juste bon en rédaction, mais je n'avais jamais écrit une seule phrase sur mon métier. Il y a vingt-sept ans, quelqu'un m'a dit : « Il faudrait que tu fasses un livre sur ce que tu vis. » Je réponds : « Ce que je vis me passionne, mais ça n'intéresse personne… Et puis je ne saurais pas écrire, je suis trop con pour écrire un bouquin. » *Un prêtre chez les loubards* est né comme ça. Stupéfait de cette aventure, je pensais en rester là.

Je ne pensais surtout pas en faire un deuxième. Mais comme je sais que les éditeurs veulent toujours réitérer leurs succès, je savais qu'ils ne me lâcheraient pas. On m'a demandé d'en écrire un deuxième, et j'ai dit : « C'est fini. » Ils sont revenus et m'ont demandé de parler de l'Église. J'avais beaucoup parlé de mon travail d'éducateur dans mon premier livre. J'ai écrit alors *La rue est mon Église*. Vingt-sept ans après, j'en suis à mon vingt-troisième bouquin. Cela pour vous dire qu'un don peut venir en cours de route, à travers une question, un événement, une rencontre.

Les dons ne nous appartiennent pas. Comme notre œil ne nous appartient pas. L'œil nous évite de tomber sur le trottoir ou nous permet de lire. Mais il est fait pour notre corps. De même nos dons sont faits pour les autres. Nous avons une très grande puissance par nos capacités et nos dons. Albert Einstein nous a indiqué que nous n'utilisons qu'un dixième de notre énergie cérébrale, intellectuelle, mais aussi physique, musculaire... Dix pour cent seulement ! Je crois cela parfaitement juste. Quel gâchis de nos dons ! Nous avons tous un tempérament dès la naissance. Il peut être franc, généreux, désordonné, énergique, artistique... On ne change pas un tempérament, mais on peut le faire évoluer considérablement ! Au cours de notre chemin terrestre, une chose est déterminante : c'est notre jeunesse et notre adolescence. Nous n'allons pas entrer dans les schémas de Jung ou Freud, mais heureusement que ces grands psychologues humanistes ont existé parce qu'ils nous ont permis de comprendre que l'enfant, dès son existence dans le ventre de sa mère, perçoit son environnement extérieur et commence à adapter sa personnalité en fonction de ce qu'il vit. Dès la naissance, nous savons que l'influence des premiers regards de la mère et du père sont déterminants.

Un nouveau-né dans la Bergerie

Je me souviens d'un petit qui est né à Faucon. Une fille enceinte est venue, et le petit est né chez nous. La mère quittait l'enfant de temps en temps. Elle ne pouvait plus le voir. J'ai su pourquoi un jour. Elle m'a dit que sa mère faisait la même chose. Elle se mettait en face du bébé et ne le touchait plus pendant trois jours ; elle ne pouvait plus le voir. Les mecs qui étaient là lui disaient : « Va voir ton gosse, il braille ! » Elle n'y parvenait pas, alors les mecs allaient le bercer. Je leur ai dit : « Écoutez, cette fille a un problème, alors merci de suppléer à ça. » Ils berçaient et pomponnaient merveilleusement le petit. Les voir se pencher sur le berceau, le porter, quel spectacle ! Quand la mère ne pouvait pas le faire, ils s'occupaient très délicatement de son bébé. Pourtant, au début, ils étaient ulcérés de voir que la jeune mère ne prenait pas toujours soin de son petit. Puis ils ont compris qu'elle avait eu un problème toute petite et que, même si elle aimait son gosse, à certains moments elle ne parvenait pas à aller vers lui et le toucher.

Nous avons tendance à croire que tout est joué à partir du moment où nous sommes entrés dans l'âge adulte. Même à quatre-vingts ans nous avons encore la capacité de changer. Nous avons des ombres et des lumières, des lacunes et des dérives, à cause de notre sacré caractère, à cause de notre putain de tempérament. Nous avons donc à nous farcir ce paquet d'obstacles-là quand nous voulons nous améliorer, ou lorsque les autres nous demandent de changer. Peut-on se changer ? Il y a des conditions pour réussir notre changement. La première chose capitale pour nous changer est le regard de l'autre sur nous. Il peut nous permettre de changer : un regard d'amour, de miséricorde, de force, de confiance, de discernement… Une enfance baignée dans la haine, malheureusement aussi. Les parents sont évidemment au premier rang de cette influence déterminante. Un regard d'hostilité, de haine ou de rivalité engendrera les pires scénarios.

Le regard d'autrui et l'amour de soi

Je ne dis pas que le regard d'autrui permet à lui seul de nous changer. Si nous comptons entièrement sur lui, nous courons un danger : celui de ne rien faire par nous-même. On ne peut pas changer si on ne fait rien.

À la permanence de Paris, un jour, vers midi, arrive un mec. Il me dit : « Oh, curé, tu as une sale mine, c'est pas possible, tu vas crever. » Une heure après, un de nos loubards arrive et me dit : « Tu as une mine resplendissante ! » Méfiez-vous du regard des autres.

Les rêves de nos enfants

Tout aussi capital que le regard de l'autre, l'amour de soi-même est indispensable si nous voulons nous changer. Je pense que l'on peut le faire. Cinq points me paraissent nécessaires pour y parvenir.

On peut trouver sa voie, ses idéaux à n'importe quel âge. C'est à treize ans que j'ai décidé d'être prêtre. Ce choix me fait cheminer encore, à soixante-dix ans, avec autant d'entrain et de joie qu'au début. Ne méprisez surtout pas ce que disent vos enfants. Au début, ils veulent tous être flics, pompiers, aviateurs, rarement curés. N'oubliez jamais que leurs idées sont plus sérieuses qu'il n'y paraît. À la ferme de Provence, je me souviens que lorsque Thomas est arrivé, il marchait à quatre pattes à cause de son pied bot. Il était insupportable, mais passait son temps à regarder les pierres. Il avait un don pour les pierres, les observait, les collectait, les triait et les amassait dans les quatre coins de sa piaule. Il n'est pas devenu géologue. Mais son attrait pour les pierres nous assurait des accalmies, avec un tempérament particulièrement difficile.

Je prends l'exemple d'un P-DG. Il brasse des affaires et des millions. Il embauche des collaborateurs performants, il garde les moins chiants, il licencie les moins bons. Insensible et intransigeant, il fait marcher son business. Et d'un seul coup, il s'aperçoit qu'il est le dernier des cons en se demandant : « Cette performance de merde, où m'amène-t-elle ? » Le type découvre que sa vie n'a pas de sens à ses yeux.

Lorsqu'un événement accidentel arrive, on peut changer brutalement, radicalement.

On se change aussi par le silence

Ma retraite en forêt tous les dix jours est un moment de silence sans lequel je suis foutu. C'est là que je sens que je change. Je me change. C'est là que je vois les scories, loin de la ville. Au milieu des arbres, loin de la violence et du bruit, loin de la turpitude et de la pollution, je sens mes muscles qui bougent quand je grimpe dans les arbres, mon sport préféré. Le silence permet l'introspection, un retour sur soi totalement vital. Une des pires choses qui nous atteignent est le refus de ce silence. C'est une lacune fondamentale de notre temps. Le silence a cette vertu inestimable : nous changer en nous donnant la vision claire de notre vie.

Nos jeunes arrivent des banlieues difficiles. En débarquant à la ferme, ils sont les rois, leur culte est la force. Ils écrasent donc les faibles. Tous les coups vicieux sont permis. En ville, ils excellaient à tirer à trois le sac des octogénaires. Pétris de violence en arrivant, comment changeront-ils ? Ils ne se rendent pas compte que, baignés dans cet environnement de haine et de violence, ils le transportent eux-mêmes. Dans les réunions, je les entends parfois : « Lui, il m'a traité de fils de pute. Lui m'a traité d'enculé. Cet éducateur, je lui ai sauté dessus parce qu'il m'avait jeté un regard ou fait une réflexion. » J'écoute leurs délires jusqu'au bout en interdisant aux personnes visées de répondre avant la fin. Et je dis : « Ils t'ont tous agressé, c'est ce que tu prétends, là ? Ça veut dire qu'ils sont tous violents ?

– Oui, c'est ça.

– Mais ne t'es-tu pas rendu compte toi-même de ce que tu provoquais ? Je t'ai vu, avant le repas, bousculer un copain dans l'escalier. Je t'ai observé te servir le meilleur steak au risque de planter ta fourchette dans la main d'un autre. Tu ne te rends pas compte que c'est toi qui provoques des réactions violentes autour de toi ? »

Je répète cela mois après mois. Et, un jour, les mecs changent, parfois de manière surprenante. Ils prennent conscience de ce qu'ils induisent autour d'eux. Ils se défendent en prétendant d'abord que c'est toujours l'autre. Puis, d'un seul coup, ils découvrent que ce sont eux les agresseurs. Peu à peu, ils deviennent de moins en moins violents.

C'est vrai pour nous tous. Nous avons toujours tendance à penser que c'est l'autre qui nous agresse. Un minimum d'introspection permet de s'apercevoir de ses responsabilités envers les autres. Les gestes de nos jeunes, leurs paroles violentes s'apaisent peu à peu. Les voir travailler à leur arrivée est un enseignement fort. Ils cassent nombre d'outils. Furieux, ils les laissent sur place. Nous aurons ici, dans cinq cents ans, un étonnant musée archéologique des outils à travers les siècles ! Leur faire remettre les manches eux-mêmes à chaque fois qu'ils les brisent est affaire d'éducation. Mais il est bon de les voir travailler au bout d'un certain temps. Leurs gestes sont précis. L'instrument est utilisé non en force, mais avec sûreté. La parole n'est plus torrentielle, mais posée. La nature et les saisons aident considérablement à ce changement qui touche toute la personne. Le froid (–18 °C l'hiver) et la chaleur (35 °C l'été) opèrent un changement certain dans tout leur être. D'efflanqués qu'ils sont à leur arrivée, de mois en mois leurs muscles s'affichent en même temps que l'orgueil adolescent de se savoir musclés. Leur développement convivial et relationnel est tout aussi étonnant. Une équipe chaleureuse, fraternelle, exigeante reste le trésor inégalable pour opérer ce changement inédit pour eux. « Qu'il est bon de vivre en paix entre frères et sœurs. »

Le changement : source de mort et de vie

Dire à sa femme ou à son fils : « Tu ne changeras jamais », c'est d'une certaine manière le tuer. Qu'un professeur dise d'un élève qu'il ne progressera jamais relève de la faute lourde.

Sur le plan éducatif, si par malheur vous dites à un jeune qu'il n'y arrivera jamais, vous le tuez. J'en ai une parfaite expérience dans ma vie d'éducateur. Un jeune peut s'identifier à ce qu'on lui a dit. Soyons convaincus que l'homme est toujours plus grand que ses fautes. Je le martèle, de conférences en émissions, et de sermons en articles de presse, parce que c'est important. Nous ne devons jamais bloquer une personne en fonction de son acte, aussi grave soit-il. Il faut juger l'acte, jamais la personne.

Saint Augustin dit : « Dieu est au-dedans de moi. Moi, je suis souvent en dehors de moi-même. » Il me connaît mieux que moi-même, mes lacunes et mes défauts me mettent en dehors de moi. Laisser Dieu en soi, c'est se changer de façon radicale. Par l'humilité – parce que si l'on pisse plus haut qu'on a le zizi, c'est certain, on ne changera pas. Le silence, se connaître soi-même par l'introspection, l'écoute de l'autre et la prière sont déterminants pour se changer.

Au Salvador, Mgr Romero, qui était très conservateur, a vu son secrétaire se faire tuer parce qu'il était trop proche des pauvres. Romero s'est rapproché des démunis. Cet évêque habité par l'Évangile a été assassiné à son tour à cause de cela. Trois balles dans la paillasse parce qu'il voulait vivre la parole de Dieu de façon radicale. Voyez comme nous pouvons changer.

L'Évangile montre que le Seigneur pouvait changer les personnes d'une seconde à l'autre. Chez Zachée, avec les douze apôtres, avec saint Pierre… Jésus nous demande un changement intérieur pour pouvoir pardonner à l'infini. C'est un combat extraordinaire.

Si nous pouvions avoir une bienveillance de réserve au lieu d'une malveillance toujours au bord des lèvres, nous pourrions changer l'univers. Notre nature nous pousse à critiquer, enfoncer, chercher toujours la petite bête chez l'autre. Garder un *a priori* favorable, ne pas critiquer quelqu'un derrière son dos est un facteur de paix qui soulève des montagnes, détruit les barrières et change tout être pour le meilleur. Alors, au boulot !

14

Les ratés, les perdus, les exclus

Ceux que Jésus désigne comme des saints

Ils arrivèrent à l'autre bord de la mer, dans le pays des Gadaréniens.
Aussitôt que Jésus fut hors de la barque, il vint au-devant de lui un homme, sortant des sépulcres, et possédé d'un esprit impur.
Cet homme avait sa demeure dans les sépulcres, et personne ne pouvait plus le lier, même avec une chaîne.
Car souvent il avait eu les fers aux pieds et avait été lié de chaînes, mais il avait rompu les chaînes et brisé les fers, et personne n'avait la force de le dompter.
Il était sans cesse, nuit et jour, dans les sépulcres et sur les montagnes, criant, et se meurtrissant avec des pierres.
Ayant vu Jésus de loin, il accourut, se prosterna devant lui,
et s'écria d'une voix forte: « Qu'y a-t-il entre moi et toi, Jésus, Fils du Dieu Très Haut ? Je t'en conjure au nom de Dieu, ne me tourmente pas. »
Car Jésus lui disait: « Sors de cet homme, esprit impur ! »
[...]
Comme il montait dans la barque, celui qui avait été démoniaque lui demanda la permission de rester avec lui.

Jésus ne le lui permit pas, mais il lui dit : « Va dans ta maison, vers les tiens, et raconte-leur tout ce que le Seigneur t'a fait, et comment il a eu pitié de toi. »
Il s'en alla, et se mit à publier dans la Décapole tout ce que Jésus avait fait pour lui. Et tous furent dans l'étonnement.

Marc V, 1-8 et 18-20

La sainteté des chrétiens fera de ce monde un endroit vivable et heureux. Nous sommes tous appelés à la sainteté. J'ai apprécié infiniment que Jean-Paul II nous interpelle en clamant : « Soyez des saints ! » Ce n'est pas une demi-mesure. Il n'a pas dit : « Soyez de gentils cathos ! » Les ratés, les perdus et les exclus sont prioritairement appelés à la sainteté.

Dans cet évangile de saint Marc, Jésus traverse un lac, cette fois-ci sans marcher sur les eaux, puis il descend de sa barque et rencontre un homme possédé d'un esprit impur. Cet homme vit dans les tombes, où il est attaché avec d'énormes chaînes. Malgré cela, il rompt ses entraves et parvient à se libérer. Le démon donne une force surhumaine à ce fou qui vit dans le cimetière. Ce mec semble donc perdu.

Combien d'enfants sont perdus autour de nous ? Je le vois bien à travers les jeunes qu'on me confie. Combien on en fabrique dans notre société de putes et d'argent, de paraître et de possession ? Drogués, blessés ou prostitués, leurs cœurs et leurs âmes sont affamés. Les laissés-pour-compte passent par pertes et profits. Faut-il considérer qu'ils sont exclus de tout projet de sainteté ? Non, justement parce qu'ils sont les préférés du Seigneur.

Jésus s'approche de ce fou qu'on attache dans le cimetière. Il lui dit : « Va dans ta maison, et rapporte-leur tout ce que le Seigneur a fait pour toi dans Sa miséricorde. » Ce mec envahi par le démon que le Seigneur fait sortir de lui devient le premier évangélisateur de ce pays païen, le premier saint, grâce à la puissance du Christ. Il part dire partout ce que le Seigneur a fait pour lui. Toutes et tous sont dans l'étonnement, ajoute saint Marc. Donc Dieu voit un enfant perdu, le guérit, le transforme et celui-ci devient le premier évangélisateur ! À partir des morts Il fait des vivants.

La figure du Bon Larron

Le premier saint que Jésus a canonisé fut le Bon Larron. Imaginez ce mec sur la croix à côté du Christ. Il avait fait sans doute d'énormes conneries et avait été jugé par la justice romaine. L'autre condamné disait ironiquement à Jésus : « N'es-tu pas le Messie ? Sauve-toi toi-même et nous avec ! » Le Bon Larron lui répond : « Tais-toi, mec, nous payons pour nos actes, et c'est justice. Lui n'a rien fait de mal. Il est innocent : respecte-le ! » Alors, malgré les douleurs, le Bon Larron demande à Jésus : « Souviens-toi de moi quand tu entreras dans ton Royaume. » Quel acte de foi ! Le Christ lui répond alors : « Mon pote, tu seras au paradis ce soir même. » Car une vie perdue, une vie fichue, ou une vie finie peut être rachetée à l'ultime moment. Le Seigneur n'a pas regardé les actes, mais la personne humaine qui demandait pardon. Personne n'est prisonnier de ce qu'il a fait. Un geste d'amour peut sauver une vie. Le pardon a donné la plénitude de la vie au Bon Larron. Il a accédé à la sainteté. Le Seigneur, par ce dernier geste d'amour, proclame sans rien dire que tout être humain est toujours plus grand que ses fautes.

Le Bon Larron a commis des actes graves à l'encontre de la loi. Il a dû faire des trafics ignobles. Il a sûrement braqué des banques romaines. Il a même peut-être tué des personnes. Il a fait partie du lot des perdants. Mais au regard de la foi, il n'existe pas de vies ratées ni de vies perdues.

La puissance de la miséricorde

Jésus a dit à une sainte : « Ton péché n'est qu'un grain de sable. Tous les autres innombrables grains de toutes les plages sont la miséricorde de Dieu. » Cela n'autorise pas à faire toutes les conneries, mais si l'on a l'amour de Dieu, cet amour est au-dessus des plus graves dérapages. Dieu lit dans nos cœurs et en connaît les secrets. Il est patient. Le pire des péchés, dit l'Évangile, c'est de ne pas croire en la miséricorde infinie de Dieu.

Je déplore que l'Église n'ait pas mis le Bon Larron plus en valeur. Il est souvent considéré comme un saint de seconde catégorie. À mes yeux, c'est le plus grand saint. Il est le signe que le pire d'entre nous peut être sauvé. Il est le seul dans l'histoire de l'Église à avoir été canonisé par le Christ lui-même.

Simon et la Pécheresse

La scène se passe chez Simon qui a été guéri de la lèpre. On est en train de dîner. Simon invite Jésus à s'asseoir au festin. Une femme entre dans la pièce. Les convives sont étendus comme le voulait l'usage antique. La femme répand alors un parfum très précieux sur les pieds de Jésus, après les avoir baignés de ses larmes et essuyés de ses cheveux, comme chacun sait. C'est alors que Simon, l'ami de Jésus, se dit en lui-même : « Si Jésus était vraiment prophète, il aurait su que cette femme est une putain. Il l'aurait chassée et n'aurait jamais accepté qu'elle l'approche.» Mais Jésus lit dans les regards et dans les cœurs. Il s'adresse à Simon: «Qu'as-tu à me reprocher, mon ami?» Et il lui fait remarquer que lui, son ami, n'avait pas versé d'eau sur ses pieds à son arrivée, alors que la femme les avait baignés de ses larmes et essuyés de ses cheveux. Jésus ajoute: «Quand je suis arrivé chez toi, tu ne m'as pas embrassé en signe d'hospitalité. Elle me couvre les pieds de baisers. Tu n'as pas répandu de parfum. Mais elle, si, elle l'a fait! Je te déclare que ses péchés si nombreux ont été pardonnés. Parce qu'elle a montré beaucoup d'amour.» Puis il s'adresse à la femme: «Va, ta foi t'a sauvée, tu peux t'en aller, tes péchés sont pardonnés maintenant.» Évidemment elle a arrêté de faire le trottoir. Les convives se mettent à bavarder ensemble. Ils causent dans le dos du Christ et se demandent: «Qui est cet homme qui va jusqu'à donner le pardon des péchés?» Cette putain est devenue une sainte. Elle a été bouleversée par les paroles et les actes du Christ qui comprenait ce qu'elle faisait par ses gestes simples. Elle lui demandait de lui pardonner. Jésus a fondu devant elle.

Un choix radical

Ces trois exemples du Bon Larron, du possédé du cimetière et de la prostituée sont suffisamment parlants. Ils soulèvent une question importante: comment peut-on être chrétien dans une société aussi inhumaine? La plupart du temps, nous donnons ce que nous possédons de superflu, ou ce qui nous gêne, bref nous donnons nos ordures. Savoir donner avec son cœur réclame que nous sachions donner ce qui nous est cher. Nous avons le choix de vivre dans la société telle qu'elle est ou de vivre à contre-courant. Lorsque le pape nous appelle à la sainteté, nous devons pisser sur le fric et sur la possession. Ayons notre confort, mais partageons ! C'est un choix tout à fait radical, vous le savez. Si vous voulez vivre l'Évangile, vous êtes en contradiction permanente avec les tendances lourdes de la société publicitaire : « Baisez comme des castors, faites ce qui vous plaît, écoutez vos désirs, courez après les soldes et achetez à crédit, soyez beaux, restez jeunes... » L'Évangile, c'est tout à fait autre chose. Nous regardons à l'intérieur des êtres. Nous sommes dans un combat spirituel très fort, très violent même. Cette civilisation qui valorise l'argent, le sexe, le pouvoir, la domination, la séduction, la possession produit des exclus et sacrifie sans cesse des personnes. Avant tout, nous avons à donner la preuve du Christ pauvre, miséricordieux, aimant jusqu'à donner sa peau pour nous.

Un mec que je connais bien est resté fidèle à sa femme impotente depuis vingt ans. Un de mes anciens jeunes est en train de mourir d'une tumeur au cerveau. C'est irréversible. Sa femme est partie. Il est seul maintenant. Il doit survivre avec le RMI. Être chrétien dans une société inhumaine est notre formidable enjeu ! Nous sommes contraints d'être en rupture d'une manière ou d'une autre. Si nous savons que le Christ est prioritairement du côté des perdants, nous savons l'essentiel et nous nous mettons en marche. Tel est le défi chrétien. Nous serons forcément des fous, des cinglés dans ce monde. Mais quelles étoiles aussi dans une société souvent puante et obscure !

« Le salut est arrivé dans cette maison », disait le Christ à Zachée, cette espèce d'inspecteur des impôts, voleur sur les bords. Le Seigneur le regarde. Je suis confondu en lisant dans l'Évangile : « Il l'a regardé et il l'a aimé. » Je me dis qu'il devait avoir un regard d'amour-rayon laser fulgurant. Il voit directement et touche cash le cœur de l'autre. Zachée descend de l'arbre et décide de donner la moitié de tout ce qu'il possède. Il ajoute : « Et si j'ai fait du tort à quelqu'un, je lui donne quatre fois plus. » Ça a dû le foutre sur la paille après ses multiples escroqueries. Mais Zachée est devenu neuf. Et sans doute l'homme le plus heureux du monde.

Voilà un autre saint qui était perdu. Il n'y a pas que des ratés qui se retrouvent perdus. Il y a aussi des collecteurs d'impôts. Allons à contre-courant de cette société. Toute notre vie nous devons lutter dans ce sens. L'amour triomphe du refus d'aimer et l'emporte sur tous les désespoirs. À celui qui se croit foutu, disons : « Tu es en voie de sainteté. »

Le sel de la terre

C'est un des plus beaux noms de l'Église. « Chrétiens, vous êtes le sel de la terre. Voilà votre mission. » Comment avoir une conduite exemplaire, vous demandez-vous. Inutile d'être un héros. Ne vous inquiétez pas. « L'Esprit du Père, que je vous enverrai, parlera et vous fera agir. »

Être chrétien dans une société inhumaine, ce n'est pas facile, pensez-vous. Qui peut être sauvé ? Dieu peut nous sauver parce que pour Lui tout est possible. Nous avons simplement à remplir notre mission de sainteté, de toutes nos forces. Nos jeunes sont les enfants de ce siècle, la première génération du XXIe siècle. Adultes, vous entrez dans le troisième millénaire. Les anciens, vous savez que nous avons un trésor dans l'Évangile. Il faut le recueillir, l'apprendre et le transmettre. Nous savons tous que ce trésor doit être bûché en priant chaque jour, en entrant dans l'Eucharistie, en pratiquant le sacrement de réconciliation. Tournons nos regards vers le Christ, prions sans cesse, découvrons la grandeur de l'amour du Christ en contemplant le mystère de la croix. Laissons-nous saisir par la miséricorde du Christ.

La sainteté, c'est savoir demander pardon et pardonner sans cesse. Le Christ fait des vivants à partir des morts, il fait des saints avec des pécheurs.

15
Les adolescents

Les aimer comme ils sont

Enfants, obéissez à vos parents, selon le Seigneur, car cela est juste.
Honore ton père et ta mère (c'est le premier commandement avec une promesse), afin que tu sois heureux et que tu vives longtemps sur la terre.
Et vous, pères, n'irritez pas vos enfants, mais élevez-les en les corrigeant et en les instruisant selon le Seigneur.

Éphésiens VI, 1-4

Si depuis quarante ans je m'occupe d'adolescents, j'en connais un bout tout de même. Les ados qui m'entourent sont assez particuliers, pas exactement le modèle du gentil petit-bourgeois… Ils sont violents, difficiles, mais ce sont des jeunes d'aujourd'hui, une frange de notre société. Un peu plus cassés seulement qu'il y a quatre décennies.

Je m'adresse à tous les adolescents et adolescentes, petits et grands, et à leurs parents. Nos adolescents représentent un sacré défi pour notre société en pleine mutation. C'est intéressant de se souvenir de son adolescence. Dans ma famille de quinze enfants, je n'ai pas vécu comme dans une famille d'aujourd'hui, de deux ou trois enfants. M'y serais-je ennuyé ? C'est possible.

Quand je vois des jeunes dans les conférences, j'aime bien leur demander combien ils ont de frères et sœurs. Un… deux… « Tes vieux ne se sont pas fatigués au plumard ! » Quand on a cinq enfants, de nos jours, c'est un record. Vivre son adolescence à quinze, c'est une équipe de rugby. C'est un mode de vie particulier qui appelle à la solidarité, à l'énergie, surtout avec des parents pauvres comme les miens.

Je vis avec des jeunes depuis l'âge de trente ans. C'est souvent pour moi l'occasion d'un retour sur ma propre adolescence. Je mesure les mutations, les différences énormes… sans commune mesure avec le temps de jadis.

L'arrivée de Davy

Davy a treize ans. Il est arrivé récemment dans notre Bergerie de Faucon. Le môme est arrivé avec du shit. Je l'avais pourtant averti de l'interdiction. Il commence à fumer, on lui dit : « Donne ton shit. » Le lendemain, il attaque au couteau un jeune de quatorze ans. Le surlendemain, les éducateurs avaient droit à une série de noms exquis : « enculé, fils de pute », etc. Nous avons résolu les problèmes parce que Davy a rapidement su où il se trouvait. On ne manie pas le couteau comme ça. Je l'ai interpellé : « T'es pas capable de régler tes différends avec tes poings, d'homme à homme ? Frappez-vous donc, allez à la salle de boxe. Mais ici on n'utilise pas un couteau pour ça. » Un mois plus tard, il avait franchi de belles étapes. Ce genre de gamin nous arrive après avoir cassé tout ce que l'on peut imaginer dans tous les centres d'éducation. On me dit : « De toute façon, on n'en fera rien. S'il ne va pas chez vous, il n'ira nulle part. » Lui le savait aussi mais il s'en foutait : « Moi, je reste trois jours. » C'était son verdict sans appel. « Bien sûr, mon pote, tu entres, tu sors, c'est comme tu veux. Chez nous, rien n'est fermé à clé, nous avons cinq portes mais pas de serrures. Donc tu peux t'en aller. » J'ai voulu cela dès le départ, en sachant quel type de lascars j'allais accueillir. Si vous mettez des serrures, ils les défoncent. Un simple loquet ne se défonce pas. J'avais résolu le problème des serrures : nous n'avons jamais de factures de serrurier.

La confiance

La pédagogie la plus belle que l'on puisse élaborer avec des adolescents dans le monde d'aujourd'hui, et c'est vrai depuis des siècles, c'est la confiance.

C'est très important. Je vois le môme pour la première fois avec son regard torve et les nerfs à fleur de peau. Il se dit en me voyant : « Qui est ce vieux schnock avec son blouson et ses cheveux longs ? » Dans les trois minutes qui suivent, il a compris à qui il a affaire. Mon parler est ferme et net. Si le même veut me braver d'emblée, ou s'il commence à me baver sur les rouleaux, je lui rappelle que j'ai quatre cents demandes par an et que je consens à m'occuper de lui en priorité. Je lui demande : « Voudrais-tu au moins respecter la personne qui te sort de là, c'est clair ? Si t'es pas d'accord, tu te casses maintenant, tu me fais pas chier en me faisant perdre mon temps. »

En général ça les calme. Le gosse prend immédiatement conscience qu'il a une autorité en face de lui, et qu'il n'a pas intérêt à me faire tourner en bourrique. Il le sait tout de suite, et ça marche de manière étonnante. La confiance, à laquelle il ne croit pas en arrivant, s'affirme de jour en jour avec nous.

Nous vivons dans un monde incohérent. Les adultes ne sont pas cohérents. Beaucoup critiquent les adolescents. Ils leur reprochent mille défauts. Je crois qu'ils sont le reflet de nos propres incohérences. Si nous voulons revenir en arrière, nous constatons que les idéaux de nos parents coïncidaient avec les valeurs dispensées à l'école. Il y avait une grande harmonie entre l'école et le milieu familial. Progressivement, tout a sauté. Les valeurs sous-jacentes des cours de biologie de quatrième-troisième ne sont pas neutres du point de vue idéologique. Les valeurs sous-jacentes des émissions sur Fun Radio sont claires dans l'esprit des programmateurs. On y parle parfois de méthode de sodomie pendant plusieurs heures. Je rappelle que ce type d'émission est écouté par des millions de jeunes, à partir de treize ans. Et puis, bien sûr, la télévision montre tout et surtout n'importe quoi sans que quiconque trouve rien à redire. Ce ne sont plus les valeurs de l'école d'antan, nous le savons bien. Les jeunes écoutent des morceaux de rap souvent violents, qui encouragent à la baise, au shit et au flingage de flics. Ce n'est peut être pas ce qui peut les faire le mieux progresser sur le plan affectif et psychologique, ni sur le plan social et citoyen. L'incohérence de certaines valeurs affichées est omniprésente.

Plus grave encore, en plus de ce qu'ils entendent ou voient, il y a le chômage, les difficultés économiques, l'injustice sociale. Je constate que le monde adulte se fiche un peu de l'insertion des jeunes dans le monde du travail. Les adultes dépensent beaucoup d'énergie à défendre leurs avantages acquis. Vous pouvez compter là-dessus. Mais il faudrait commencer à prendre conscience des effets du chômage des parents sur l'éducation des enfants. Les parents sont décrédibilisés. Un père qui revient du boulot peut dire : « Les mômes, j'ai gagné de quoi vous nourrir ! » Un ado ne regarde pas son père chômeur d'un bon œil. L'autorité parentale est minée de l'intérieur par le chômage des parents.

La citoyenneté

On parle trop des démissions des parents. Il faudrait plutôt parler de la démission des citoyens. En France, le citoyen moyen n'interviendra pas auprès d'un enfant qui n'est pas le sien. Allez vers un enfant qui casse un réverbère et dites-lui votre façon de penser... Le citoyen de France ne le fait pas. Il passe, il ne dit rien. Si à Paris et dans toutes les villes de France les gens s'intéressaient davantage aux mômes des autres, quand ils commettent un acte délictueux, il y en aurait infiniment moins, parce que les jeunes craindraient un peu plus les adultes. Les gamins ont un sentiment d'impunité totale. Le gardien de mon immeuble, un soir, voit des jeunes qui renversent des poubelles et détruisent les panneaux devant une librairie. Il s'adresse à eux : « Voulez-vous arrêter ? » Résultat : ils lui ont fichu un coup très violent sur le pied. Quand je suis arrivé, il pissait le sang. Les gamins s'étaient enfuis, évidemment. Par contre, nos jeunes, fuguant un jour de la Bergerie, s'amusaient à renverser les poubelles du village. Plusieurs personnes ont protesté en vain. La mairesse a été appelée, elle nous a prévenus et tout est rentré dans l'ordre. À leur retour, nos jeunes ont été sanctionnés.

On assiste aussi chez nos jeunes à une perte du sens. Un aspect est particulièrement dramatique : ils aiment le divertissement au-delà de tout, c'est plus important que tout le reste. La sortie de fin de semaine mobilise toute leur attention. Ce moment de plaisir intense est sacré pour eux, sans doute parce que c'est une parenthèse de défoulement et de liberté qu'ils n'éprouvent pas ailleurs dans leur vie quotidienne. Face à la maladie, l'échec, l'accident ou la mort, tout s'écroule pour eux. La déprime, pathologie si fréquente chez l'adolescent, et le suicide touchent leur génération de manière massive. Mille jeunes se foutent en l'air chaque année en France. Je rappelle que c'est actuellement la première cause de mortalité des quinze / dix-sept ans.

Les parents d'aujourd'hui recherchent activement pour leurs mômes des pédopsychiatres, des épidémiologistes, des neurobiologistes et autres praticiens ! On préconise un dépistage des premiers troubles mentaux dès l'âge de trente-six mois. À la vitesse où nous fonçons, dans vingt ans, il faudra que la horde des « istes » se penchent sur le lardon, dès l'accouchement. Aurions-nous, parents, perdu l'instinct animal de protection, de tendresse et de présence pour demander aux autres ce que nous n'avons pas su donner naturellement ?

Trois grandes expériences sont importantes

En premier lieu, le rapport au bonheur. Je connais beaucoup de jeunes vraiment pessimistes. Quelques générations plus tôt, les jeunes étaient beaucoup plus optimistes. Ils comptaient sur une vie meilleure. Aujourd'hui, l'avenir leur paraît sombre, parce que nous avons nous-mêmes, adultes, une défiance vis-à-vis de l'avenir. Ce sentiment d'angoisse éprouvé par les parents pèse lourdement sur les épaules de nos jeunes. Ils ont besoin de rencontrer des adultes qui chantent le bonheur, qui espèrent, qui croient en l'avenir.

Le rapport aux autres est souvent freiné par l'individualisme. Nos jeunes sont atteints par cette maladie-là. Benoît XVI l'a dénoncée dès le début de son pontificat. L'individualisme qui secoue actuellement nos chérubins est incroyable.

Le rapport au temps joue beaucoup. Les jeunes actuels sont marqués par un mot d'ordre ravageur : « Tout et tout de suite. » Si possible sans freins et sans règles. Dans le métro, un enfant tapait sur les vieux tibias d'une dame. Naturellement cela la dérangeait.

Elle s'adresse alors à la mère qui était présente, pour tenter de faire cesser le désagrément. La mère répond : « Laissez-le s'amuser, il adore ça. » C'est alors qu'un jeune adulte qui se trouvait derrière intervient : il renverse une bouteille de Coca sur la tête de la mère. Décontenancée, elle sursaute : « Mais que faites-vous ? – J'adore m'amuser, madame. » Juste retour des choses.

Le pouvoir du temps

Il faut d'urgence que nos jeunes apprennent la puissance du temps. On ne peut pas tout avoir tout de suite. Si l'on est incapable de se projeter dans un avenir, le désir fonctionne sur le mode de l'immédiateté. Au contact de jeunes très violents, je m'attache à leur faire sentir l'importance du temps. Ils sont dangereux, parce qu'ils semblent n'avoir rien à perdre. Pour réguler la violence, il faut créer le sentiment d'avoir quelque chose à perdre. C'est sain et cela évite maintes dérives. Je rencontre de plus en plus de jeunes qui disent n'avoir rien à perdre : « J'en ai rien à foutre de toi, de demain, de ma vie… » Ils arrivent à Faucon : « J'en ai rien à branler des bestioles. » Ils disent cela sur le moment. Le lendemain, ils se lèvent tôt pour aller les nourrir, les soigner et nettoyer leurs enclos. Une semaine avant, dans leur cité, ils se couchaient à quatre heures du matin. À présent, ils sont ravis d'aller voir les sangliers et les buffles, les bêtes les séduisent sans qu'ils s'en aperçoivent. Et ils restent…

C'est le cas de Davy. Après huit jours de violences instinctives, je l'ai mis au défi d'approcher les daims sauvages. « Tes daims, je m'en fiche, mais dans un mois ils mangeront dans ma main. » Le mois suivant, stupéfait, je vois Davy assis par terre près d'une femelle mangeant dans sa main le grain dont elle est friande.

« Ils passent des heures par jour dans l'enclos, sans bouger », m'affirment mes adjoints. Je propose à Davy un deuxième défi : approcher les quatre kangourous tout juste arrivés. Davy prépare leur friandise préférée : des pommes, coupées en morceaux. Il tente de les attirer vers lui en leur jetant les gâteries à cinq mètres, quatre mètres, trois mètres... Gageons que dans deux mois les bestioles sautillantes en seront au même point que les daims.

Trois mois gagnés

En attendant, voilà trois mois de gagnés. Davy reste. Les bêtes sont les premières éducatrices de notre lieu de vie. Ce miracle éducatif dure depuis trente ans sans avoir pris un cheveu blanc. Je pense que dans trente ans, ce sera la même magie. Peut-être avec des éléphants, des girafes... je ne sais. Mais surtout pas des lions ! Je ne sais pas en effet qui dévorerait l'autre, tant la violence des jeunes d'aujourd'hui est sauvage, instinctive, dangereuse.

Notre monde demande des adultes. C'est très important pour nos jeunes. Ils n'ont pas besoin d'adultes qui jouent au miroir pour plaire aux jeunes. Éduquer un enfant et un adolescent, c'est être témoin de la différence qu'il y a entre l'enfance, l'adolescence et l'âge adulte. L'adulte qui cherche à jouer au jeune se plante gravement. Il y a un assez grand danger dans la culture française d'aujourd'hui : le caractère *adolescentrique* de l'adulte. L'adulte est témoin auprès des jeunes des différences qui séparent les générations. Éduquer n'est pas facile. Chaque parent le sait et je le sais tout autant puisque j'ai pour métier d'éduquer les enfants qui n'ont pas reçu d'éducation. À une différence près, par rapport aux parents : je les découvre à l'âge de treize ans. Les délits commencent très tôt si un petit est mal entouré.

Leurs dérives d'aujourd'hui nous font craindre qu'ils attaquent un jour une banque à six ans ou qu'ils violent à dix ans !

L'abbé Pierre a une belle parabole sur l'éducation : ceux qui voient la graine et ceux qui voient les arbres.

Ceux qui ne voient que la graine imaginent le futur rosier, le futur palmier, le futur chêne. Ceux qui ne voient que les arbres rêvent de l'ombre qu'ils procurent, de leurs branches pleines de nids d'oiseaux, des fruits qu'ils produisent. Dans les deux cas, c'est un peu idéaliste. Celui qui ne voit que la graine risque de se heurter à l'arbre, et celui qui ne voit que l'arbre risque de piétiner la graine sans même s'en apercevoir.

Il faut savoir voir les deux, être très attentif à la terre, se dire que la petite graine deviendra un arbre magnifique. Voir les deux temps de la vie est important.

Sécuriser

Il nous faut voir l'enfant et l'adolescent d'aujourd'hui en essayant de le comprendre, de l'écouter, de le responsabiliser, de le sécuriser, lui faire confiance. En même temps, il faut entrevoir l'adulte de demain. Voir un jeune arriver à treize ans est passionnant. Déstructuré, cassé, complètement disloqué. Nous nous attachons à entrevoir sans cesse l'adulte qu'il va devenir, le temps de son passage parmi nous. De mois en mois, il progresse de manière sidérante. Sécuriser nos adolescents est un point essentiel. Ils arborent des airs de méchants machos, mais très vite on s'aperçoit en les connaissant mieux qu'ils éprouvent un sentiment d'insécurité totale. Ils ont besoin d'une parole d'adulte. On se fiche qu'ils soient d'accord ou pas. Il s'agit de leur dire qui nous sommes et ce que nous voulons, si nous approuvons ou non leurs actes. C'est ce qu'ils attendent de nous parce qu'ils se font les crocs sur nous. Nous devons leur offrir cette prise. Ils nous demandent souvent notre avis. Trop de parents ont des paroles insécurisantes, sans même s'en rendre compte. Il faut dire ce que l'on pense. C'est de plus en plus important.

Responsabiliser

Je ne dirai jamais assez combien l'adolescent veut bouffer le monde. Pour l'aider, responsabilisons-le. Au quotidien, à Faucon, c'est savoir dire oui aux projets des jeunes. On fixe certaines conditions, mais on doit leur permettre de tenter ce qu'ils veulent réaliser. Nous devons croire à ce qu'ils veulent faire. Présentez-leur un défi, ils adorent ça.

Croire en eux, espérer jusqu'au bout, et aimer avec force, distance, sans jamais leur dire. Ils ne résistent jamais à la chaleur fraternelle de l'adulte. Même s'ils ne comprennent pas qu'on puisse les aimer comme ils sont. Dans le meilleur, dans leurs dons. Dans leur formidable capacité de créer et de bouffer le monde.

Dire à un jeune : « Je crois en toi » est très important. Bien sûr, il ne respectera pas toutes les consignes, souvent involontairement, mais on le reprendra. N'ayez pas peur de dire à vos jeunes que vous avez confiance en l'avenir, quand ils se sentent un peu perdus dans cette drôle d'époque. Évitez de trop leur dire que dehors c'est dangereux, même s'ils doivent savoir qu'il y a des risques. À trop redouter le monde extérieur et l'avenir, ils n'auront plus confiance en personne, ni en eux.

Gloria

Dites-leur enfin : « Je t'aime comme tu es. » Ne désirez pas vos enfants comme vous les avez rêvés. Faites le deuil de vos projets sur eux. Sachez les guider, simplement. Dans un collège très friqué de Paris, j'avais donné une conférence. Une fille de quinze ans, Gloria, avait deux serviteurs pour son propre compte. Une voiture de maître venait la chercher devant le collège. Les parents devaient chercher à montrer une image valorisante pour eux en voulant qu'elle accède au plus haut niveau. Elle le refusait. J'ai martelé pendant la conférence : « Vivez votre rêve. » Cinq ans plus tard, je reçois une lettre. Gloria m'écrit que le soir même, après la conférence, dans leur appartement du septième étage, son père et elle s'étaient engueulés si fort qu'ils avaient réveillé jusqu'au rez-de-chaussée. « Mon père voulait que je sois ingénieure informaticienne, comme lui, mais je voulais devenir éducatrice. Cinq ans après, j'ai mon diplôme d'éducateur, je te le dois, Guy. Merci. »

16

Égalité et parité

Être femme dans notre société

> Dieu créa l'homme à Son image, Il le créa à l'image de Dieu, Il créa l'homme et la femme.
>
> Genèse I, 27

On parle beaucoup d'égalité et de parité en ce moment. Historiquement, il est intéressant de nous souvenir que le 21 mars 1944, après des débats d'une misogynie caricaturale, l'assemblée consultative d'Alger, sous l'égide du général de Gaulle, admet les femmes aux droits politiques de la République. Elles peuvent enfin voter au suffrage universel. Depuis ce jour, la femme française a les mêmes droits que l'homme. La Révolution française a fait de nous les champions de l'égalité, et nous avons été un des pays les plus retardataires en ce qui concerne le droit de vote des femmes. En 1893, les femmes pouvaient voter en Nouvelle-Zélande, en 1906 aux États-Unis, en 1928 en Angleterre, en 1931 en Espagne et au Portugal.

Un demi-siècle plus tard

En 1945, trente-trois femmes sont élues à l'Assemblée. Un demi-siècle plus tard, en 1994, les femmes y sont toujours au nombre de trente-trois ! Une loi sur l'égalité dans le travail a été votée. Des groupes de femmes réclament la parité dans les assemblées représentatives de la République. Des voix s'élèvent pour protester. Négligerait-on le principe fondateur d'égalité ?

Allons un peu plus loin : notre pays est imbibé de culture religieuse. Même notre constitution laïque est certainement tributaire de tabous judéo-catholiques. La femme est toujours marquée par cette image figée et désuète de gardienne du foyer. Les schémas traditionnels sont encore très ancrés : la femme reproduit, l'homme produit. Les poncifs résistent : la dignité de la femme est de rester discrète et soumise. La discrimination sexiste fait partie du paysage politique de notre démocratie. On entend encore des injures sexistes au sein même de l'Assemblée nationale : la grande classe ! L'exercice du pouvoir a un modèle sexué et ce modèle est masculin. Dans de nombreux esprits, le citoyen modèle n'est pas encore compatible avec l'image d'une femme. Comment une démocratie peut-elle continuer à se proclamer égalitaire et fraternelle en fonctionnant selon une représentation aussi sexiste ? Il fallait une loi pour rétablir l'équilibre. On dira qu'une loi ne fait pas changer les choses et que les mentalités doivent évoluer. Certains se demandent encore si les femmes doivent vraiment entrer en politique…

Le souffle du combat

Il est tout à fait important que les femmes soient présentes là aussi puisqu'elles constituent tout simplement la moitié d'entre nous. On comprendra que certains ne veuillent pas céder leur place. Les vieux politiciens gâteux qui exercent depuis trop longtemps rechignent à décrocher. Notre démocratie politique a besoin d'un second souffle, le souffle du combat de la femme.

Les pauvres, les exclus, les petits en sortiront grâce à

leur combat. Ce ne sont pas les hommes qui donneront aux femmes l'égalité dans tous les domaines. Ce sont les femmes qui prendront la place qui doit être la leur dans cette société. Elles se heurtent aux conformismes, aux conceptions préétablies qui résistent mordicus, au mépris des changements du monde.

Le conservatisme joue aussi. On s'accommode de ce qui existe, même si c'est injuste. Il semble qu'une part importante de la population active des femmes est cantonnée dans certains types d'emplois. Elles n'ont pas les mêmes responsabilités que les hommes, et des salaires moindres. Les femmes sont concernées en premier chef par le chômage. Et j'ai souvent constaté qu'elles se dévalorisent elles-mêmes. Dans les lycées, je rencontre des centaines de jeunes et je leur pose des questions. Les filles, à résultat égal, se jugent inférieures. Elles se jugent à peine moyennes, là où un garçon se jugera plutôt bon. Elle doutent trop de leurs capacités. On dit que l'homme écrase, mais si la femme doute de ses capacités, l'homme, qui a tendance à dominer, en profitera.

Comment changer cela ? Les textes, les lois peuvent-ils faire évoluer les esprits ? L'essentiel se joue dans l'éducation reçue. Dans les manuels scolaires, les modèles... il y a encore beaucoup de choses à ajuster pour pratiquer l'égalité des genres.

J'ai remarqué qu'à l'occasion de la Journée de la femme, la presse joue le jeu. Certains journaux confient leur édition à des femmes. On a donc tous les sujets commentés par des femmes : l'actualité, la Bourse, la boxe, la politique, les sciences, la télé... C'est particulièrement réussi.

On peut faire passer toutes les lois que l'on voudra sur l'égalité et la parité hommes-femmes, mais tant que le combat de la femme pour conquérir sa place dans notre société n'est pas pleinement réalisé, et tant que les vieux sénateurs, les institutions et autres dinosaures du pouvoir n'auront pas lâché leurs sièges, l'égalité ressemblera à du pipi de chat. Tout part de la maternelle, puis des manuels scolaires et des livres d'histoire. Si ce sont les hommes qui tiennent tous les beaux rôles : rois, princes, saints, présidents, généraux, découvreurs..., les filles comprennent qu'elles seront toujours reléguées au second rang.

Une république démocratique est bancale, elle marche à cloche-pied si la femme n'a pas vraiment les mêmes droits que l'homme. La femme a de nombreuses contraintes, elle tente de tout concilier : travail, famille, vie citoyenne, contraintes financières, projets personnels, éducation des enfants, choix de vie...

Le rôle de mère

Les femmes ont un rôle très important auprès des petits. Elles n'ont pas le monopole de l'éducation, mais quand le petit quitte le ventre de sa mère, il a un très grand besoin de rester proche de sa maman.

J'ai été grippé, avec quarante de fièvre, et la doctoresse est venue. Odile était une belle gonzesse, d'allure discrète. Elle m'ausculte et m'examine. J'aime bien parler avec les gens. Je discute avec elle et lui demande : « Tu n'as pas trop de problèmes avec ce métier ? Combien as-tu d'enfants ? – Deux, me dit-elle. – Que fait ton mari ? – Expert comptable. – Quel âge ont tes enfants ? – Trois ans et deux mois. – Comment peux-tu assumer ça ? »

Je l'ai sentie un peu embarrassée. Je n'ai pas voulu la piéger, mais c'est mon réflexe naturel de père (et de mère aussi !) car je sais combien mes jeunes ont manqué tragiquement de mères au départ de leur vie, de pères ensuite. La docteur m'a dit : « Ne vous inquiétez pas, tout va bien, mon mari et moi on y arrive très bien.» Et elle ajoute: «D'abord mon couple, et mes enfants. Par moments, mes charges de docteur pèsent lourd! Il m'arrive assez souvent de penser à mes enfants. Le dernier en particulier, qui a deux mois.» Elle avait sa faille, derrière cette apparence de femme très sûre d'elle, avec un bon travail, des revenus, une famille, le genre «tout va bien dans le meilleur des mondes». J'ai poussé la discussion. Elle m'a confié qu'elle s'interrogeait sérieusement: «Par moments, je devrais peut être laisser un peu le travail pour me consacrer à mon plus petit. Je l'ai confié à une nounou, une femme très gentille, mais je sais bien qu'il a besoin de moi.» J'ai senti que son instinct de mère n'était pas totalement satisfait. Cette femme, qui vivait professionnellement à égalité avec son mari, venait de révéler quelque chose d'important pour elle.

Je lui ai demandé: «Ne sens-tu pas que le bébé qui est sorti de ton ventre a besoin de toi? – Il a besoin de son père aussi, s'est-elle empressée de me répondre. – Il sort de la chaleur de ton ventre: après neuf mois, est-ce que tu ne sens pas combien c'est difficile de se détacher de cette odeur, de la bonne odeur rassurante de ton ventre?» Elle a fini par convenir que je voyais juste. C'était très touchant de parler avec Odile. Je suis certain qu'elle a emporté quelque chose d'un vieux célibataire atteint d'une fièvre carabinée.

Les femmes sont très proches des réalités. Elles sont très conscientes des problèmes concrets. Je suis certain que les femmes sont aptes à percevoir les attentes des gens et à y répondre, notamment en politique. Aucune loi ne pourra définir ce rôle-là.

L'Église catholique a besoin de femmes. Quand je pense que seuls les hommes dirigent les trois grandes religions mondiales, je me tape le derrière au plafond. C'est nier la puissance spirituelle des femmes. Si les États laïcs avancent, nos religions stagnent tragiquement de ce point de vue. On peut toujours vanter les femmes, saluer leurs mérites et les peloter à l'infini, c'est les chloroformer un peu plus…

On loue interminablement dans l'Évangile la présence discrète des femmes autour du Christ. Même si les anglicans vont trop vite en ouvrant aux femmes les plus hauts sommets de la hiérarchie, ils sont les pionniers qui feront avancer l'Église catholique. J'ai aimé, à l'enterrement de Roger Schutz, embrasser l'anneau épiscopal d'une femme évêque anglicane. Cela m'a fait tout drôle, mais j'ai osé ce geste.

17

La solitude

Un fléau de notre temps

L'Éternel Dieu dit: « Il n'est pas bon que l'homme soit seul; Je lui ferai une aide semblable à lui. »

Genèse II, 18

La solitude est un fléau moderne. Qu'est-ce qui est pesant dans votre solitude ? Comment sortir de la solitude ?

La solitude gagne du terrain

En trente ans, la proportion des solitaires a doublé, et cela dans toutes les classes sociales et dans toutes les classes d'âge. En 1999, 7 400 000 personnes vivaient seules en France. Une personne sur huit, donc. En 2002, ce chiffre devait avoisiner une personne sur sept. La solitude a évolué. On vit de plus en plus vieux, on est autonome plus longtemps. Les jeunes quittent le nid uniquement pour se marier. Ils restent plus longtemps à la maison. Les vieux parents vivent de moins en moins sous le toit des enfants. Les femmes seules sont plus nombreuses que les hommes. Sur dix hommes seuls, six sont célibataires, trois sont divorcés et un est veuf. Dans 85 % des cas de divorces, les enfants sont confiés à la mère. Le mec se retrouve seul. Il y a donc plus d'hommes seuls selon les statistiques. Sur dix femmes seules, cinq sont veuves. Les femmes nous tuent plus vite que nous tuons les femmes, doivent penser certains hommes…

La solitude a évolué

Les lieux d'accueil pour les anciens se multiplient. Les maisons de retraite reçoivent des pensionnaires jusqu'à soixante-douze ou soixante-quinze ans. Il sont acceptés à condition d'être suffisamment autonomes. À soixante-quinze ans, on peut encore refaire une vie, recréer des liens.

Les personnes âgées ne désirent pas habiter des lieux isolés à la campagne ! Elles désirent du bruit, du commerce, de la vie. La plupart du temps, c'est donc en plein centre-ville que se situent les maisons de retraite. Les anciens veulent continuer à vivre au milieu des autres gens.

Qui sont les solitaires ?

Les riches et les pauvres. Je regardais une émission de télévision sur les urgences. Un pauvre vieux était tombé de son fauteuil. C'était étonnant d'entendre le cri de ce vieillard : « Je suis tombé parce que je suis seul. » En se levant, il avait vacillé et il était resté par terre plusieurs heures avant qu'on le trouve.

Je me souviens d'une vieille dame qui m'avait écrit et que j'étais allé voir. Elle vivait toute seule dans le seizième arrondissement, avec son majordome. Elle n'avait personne d'autre. Sa famille la rejetait parce qu'elle était laide, et lui rendait visite très rarement. Elle est morte maintenant. J'avais été très ému par sa solitude. On avait eu le temps de tisser des liens forts. Nous nous écrivions souvent.

Les cœurs blessés, les cœurs trahis sont très seuls

Ceux à qui l'on dit: «Je ne t'aime plus» et que l'on quitte souffrent d'une blessure qui peut rester ouverte toute la vie. Certains renoncent complètement à tout autre amour. Les veufs et veuves sont seuls quand l'un des deux est parti dans l'éternité. Certains se remarient, mais d'autres ne peuvent pas avoir une autre personne dans leur plumard. J'admire cette forme de fidélité. Ils n'ont eu qu'un être aimé dans leur vie et ils n'en veulent pas d'autre. C'est très dur. C'est très beau.

L'âge, l'infirmité, la prison, la maladie peuvent nous isoler. Les malades sur des lits d'hôpital, les mourants abandonnés par leur famille, les prisonniers et prisonnières que je connais bien vivent de grandes solitudes. Autre solitude encore plus difficile: celle de la femme et des enfants du prisonnier.

La peur de la solitude

J'ai eu connaissance de ce fait paradoxal sur la solitude en ville. Un vieux Parisien décide de vivre sa retraite dans sa maison de campagne. Quelques mois passent. Il s'ennuie ferme. Le bruit de la ville lui manque. «Finalement, se dit-il, chaque matin en allant chercher mon pain, je suis obligé de dire bonjour à tout le monde.» Ne pouvant plus supporter le calme solitaire de la campagne, il est retourné à Paris.

Il y a aussi des solitaires heureux

Ce sont de vieux sangliers comme Fernand, notre sanglier de Provence. Certains aussi ne peuvent pas vivre avec une autre personne. Ceux-là ne sont pas malheureux, puisqu'ils ont choisi d'être solitaires.

Il y a la solitude du chef. Nos chefs d'État sont des

hommes seuls. Face à leurs responsabilités, ils vivent une solitude quelquefois écrasante. La solitude du pouvoir est extrême, même si les chefs d'État sont entourés en permanence.

Le cas des moines et des moniales

Je médite souvent ce superbe texte de saint Jean de la Croix sur la solitude d'un homme ou d'une femme qui a voué sa vie à Dieu seul. Mais dans le brouillard.

« Dans la nuit obscure de cette vie, je la connais la source, par la foi. Mais c'est de nuit.

« Je sais qu'il ne peut y avoir de chose plus belle, que ciel et terre y viennent boire. Mais c'est de nuit.

« Je sais que c'est un abîme sans fond que nul ne peut y passer à gué, mais c'est de nuit.

« Sa clarté jamais ne s'obscurcit et je sais que d'elle jaillit toute lumière. Mais c'est de nuit.

« Cette source éternelle est cachée dans ce pain vivant pour donner la vie. Mais c'est de nuit.

« De là elle appelle toute créature qui vient boire dans son eau dans l'ombre mais c'est de nuit.

« Cette source vive de mon désir, en ce pain de vie je la vois, mais c'est de nuit. Je la connais la source, elle coule, elle court, mais c'est de nuit. »

Saint Jean de la Croix

La solitude des moines et des moniales est voulue, par intérêt supérieur, par choix gratuit d'amour. J'aime bien les ermites. J'en ai rencontré plusieurs fois. L'un d'eux vivait dans la forêt de Belgique. Des groupes venaient de temps en temps lui rendre visite. Il m'expliquait comment le renard croquait les lapins qui venaient bâfrer ses salades. Il voyait tout ce qui se passait dans la nature. Le renard s'approchait tout près de lui. Cet étonnant moine-ermite faisait partie du paysage. Il avait apprivoisé les bêtes sauvages de la forêt, comme le faisait saint François.

Les moines et les moniales sont seuls dans leur cellule, les cisterciens notamment. Ils sont des consacrés. Il existe aussi des consacrés laïcs, hommes ou femmes, en plein Paris. C'est l'ordre des moines dans la ville créé par Mgr Marty. Ces gens vivent en pleine ville, par consécration à Dieu. C'est une autre solitude volontaire.

En général, on peut sortir de sa solitude, à condition peut-être d'arrêter de se regarder le nombril. J'ai découvert ce texte plein d'humour, je voudrais vous en faire profiter.

« Ça me tracasse beaucoup, se dit Dieu, cette manie qu'ils ont de se regarder le nombril au lieu de regarder les autres. J'ai fait le nombril sans trop y penser, comme un tisserand qui arrive à la dernière maille et qui fait un nœud. Pour que ça tienne. Un endroit qui ne paraît pas trop. J'étais si content d'avoir fini ! L'important c'est que ça tienne. D'habitude, ils tiennent bon les nombrils. Mais ce que Je n'avais pas prévu et ce qui n'est pas loin d'être un mystère, même pour Moi, se dit Dieu, c'est l'importance qu'ils accordent à ce dernier petit nœud, intime et bien caché. De toute ma création, ce qui M'étonne le plus et que Je n'avais pas prévu c'est tout le temps que les humains mettent à se regarder le nombril au lieu de voir les problèmes des autres. J'hésite, se dit Dieu, Je me suis peut-être trompé. Si ce n'était pas trop de tout recommencer, Je placerais à chaque humain le nombril en plein milieu du front. Comme cela, ils seraient bien obligés de regarder les autres ! »

Je trouve son texte très beau et pas con du tout. Arrêtez de vous regarder le nombril. Un malheur ou une séparation sont toujours terribles, je le comprends, mais nous devons dépasser cela. Le monde est beau malgré les avaries de la vie, ses chocs, ses ruptures et ses imprévus.

Une mère de famille me parlait beaucoup de son fils, comme s'il était mort la veille. Il était mort depuis dix ans. Je lui ai dit : « Ton enfant bien-aimé est dans l'amour maintenant. Cesse de parler de lui. » Elle avait d'autres enfants, ils entendaient toujours parler du petit Jean qui était mort. Eux étaient vivants. Aller vers les autres est le meilleur moyen de sortir de sa solitude.

Ma solitude de prêtre

Je vis moi-même la solitude du prêtre. Je suis pourtant entouré de beaucoup de monde. J'ai un grand besoin de solitude. Je prends régulièrement mes quarante-huit heures de silence, avec mes clébards adorés, Gangster, Vagabond et Brigande. Je n'ai envie de voir personne. J'ai besoin de n'être que moi-même face à Dieu. Je Le prie de toutes mes forces. J'arrive dans la forêt à trois heures du matin et j'écoute le hibou. Je ne peux plus prier tellement je suis cassé, mais le hibou chante à ma place. Parfois aussi le rossignol chante à plein cœur. Ces oiseaux remplacent joyeusement ma pauvre prière. J'aime cette solitude. Mes maîtres au séminaire m'ont appris à l'aimer. Ensuite, je l'ai appris tout seul dans ma vie surbookée. La solitude peut être une prière si nous sommes croyants. Si nous croyons profondément en Dieu, nous pouvons nous répéter sans cesse : « Il est là. »

Le silence est un cadeau de Dieu. Trop de silence peut tuer, mais nous en avons besoin. Demandez à Dieu ce cadeau inestimable. Prenez la résolution d'aménager chaque jour dix minutes de silence.

M'éclipser

Quand je suis à la ferme, beaucoup de gens passent nous voir. Je dois diriger des réunions. Quand je peux m'éclipser, les clébards me suivent. Au début, les mecs me demandaient : « Pourquoi tu te casses comme ça ?
– Je m'en vais parce que j'ai envie de faire silence. J'ai envie d'être seul, mon pote. Je vous aime bien, mais je pars seul un moment. » Dévoré par ma vie d'éducateur, je n'ai jamais oublié ce conseil précieux d'un jeune loubard : « Eh, Guy, t'es imbuvable, t'as trop de boulot. Fous le camp chez tes moines, tu reviens toujours de là-bas tout neuf. »

Un jeune m'a dit un jour : « J'ai envie de faire comme toi. Je voudrais partir seul tout l'après-midi. » Je lui réponds : « D'accord. » Il se prépare. Il prend un sac à dos, de l'eau, du chocolat et nous annonce qu'il part pour quelques heures dans la montagne. Après dix minutes, je le vois revenir. Il me dit : « Non, finalement, le silence, ça me tue ! » Mais il a recommencé.

Quand ils sont jeunes, au début, on ne leur permet pas de nous quitter, seuls. Mais, quand ils commencent à être plus grands, au bout d'un an, un an et demi, nous les autorisons à partir de temps en temps un après-midi entier. Ils reviennent émerveillés, les yeux illuminés.

Un jeune qui aime le silence se prépare un super-avenir. Formons nos jeunes au silence et ils sauront se préserver du bruit infernal de nos villes.

Une part de solitude

Voici pour conclure une citation de frère Roger de Taizé que j'apprécie particulièrement :

« En tout homme et femme se trouve une part de solitude, qu'aucune intimité humaine ne peut combler. Pas même l'amour le plus fort entre deux êtres. Qui ne consent pas à ce lieu de solitude connaît la révolte contre les humains, contre Dieu, contre lui-même. »

De plus, j'ai constaté ceci : un(e) jeune adulte qui assume sa solitude avant de trouver son(sa) conjoint(e) réussira mieux sa vie de couple que celui ou celle qui ne supporte pas sa solitude avant de convoler.

Emplir sa vie de solitude, de méditation, de temps pour soi renforce la personnalité et permet de solidifier ses certitudes. Ne pas supporter d'être seul déstabilise et empêche d'affirmer sa personnalité pour affronter la vie à deux. Bûchez votre solitude, vivez-la comme une attente. Sachez qu'elle n'est jamais stérile si vous pouvez la remplir positivement. Pour un croyant, sa foi lui dira que Dieu est sa consolation et une présence d'amour qu'aucun être ne pourra égaler.

18

L'argent mène-t-il le monde ?

Donner avec amour

Vendez ce que vous possédez, et donnez-le en aumônes. Faites-vous des bourses qui ne s'usent point, un trésor inépuisable dans les cieux, où le voleur n'approche point, et où la teigne ne détruit point.
Car là où est votre trésor, là aussi sera votre cœur.

Luc XII, 33-34

Qui n'utilise pas de l'argent chaque jour ?

Le fric est omniprésent dans nos vies. Au temps du troc, nous avions des étalons de valeur. Les hommes échangeaient des biens. Ta femme contre dix-huit chameaux, mettons. Un kilo de pommes de terre contre une livre de clous. Ensuite, l'homme inventa un instrument de paiement. Les Chinois en sont les initiateurs. L'argent est aussi devenu un instrument d'épargne et, au XXe siècle, un instrument de développement. Le pouvoir de la finance et de la spéculation a permis à l'économie de se mondialiser à la fin du siècle dernier. N'étant ni un économiste distingué ni un homme politique, je me contenterai de vous faire part de quelques expériences par rapport à l'argent.

Nous sommes toujours embarrassés à ce sujet. C'est

une question qui nous gêne. Un chrétien se demande s'il doit donner du fric ou non à un clochard. La France est une société à deux vitesses : d'un côté, ceux qui ont la chance d'avoir un travail leur permettant d'atteindre un niveau de vie correct, voire confortable ; de l'autre, ceux qui n'ont pas accès à un emploi stable et qui subissent une plus ou moins grande précarité.

Est-il maître ou serviteur ?

L'argent mène-t-il le monde ? Dieu sait que l'argent s'étale de plus en plus sous nos yeux, à la télévision et dans les journaux. La publicité est très puissante. Les actionnaires peuvent aider à faire fonctionner l'économie. Mais la plupart se contentent de se remplir les poches. Si l'on en fait un dieu, l'argent peut devenir un maître tyrannique qui sèche le cœur, rend sourd et aveugle, et ne rend pas heureux. Ne soyons cependant pas trop pessimistes, je vois que beaucoup de gens donnent gratuitement de leur temps dans des associations, des syndicats, toutes sortes de mouvements citoyens ou pastoraux. Ce sont des bénévoles qui donnent de l'amour. Toutes les associations caritatives donnent de l'amour. Je trouve très intéressantes les initiatives relevant du commerce équitable. Vous connaissez le principe : des boutiques où l'on trouve des produits achetés un peu plus cher directement aux producteurs du tiers monde afin qu'ils puissent vivre décemment de leur activité. C'est une chose magnifique parce qu'elle est source de développement dans de nombreux villages à travers le monde. Vous choisissez du café, du cacao, du riz : c'est un petit peu plus cher, mais on sait qu'il n'y a pas d'intermédiaire et que le bénéfice revient à ceux qui ont travaillé pour fabriquer le produit.

Nous ne devons pas penser que nous sommes dans un monde de pourriture : en effet, de nombreux exemples montrent que des initiatives économiques positives peuvent aider des gens lorsque l'argent est mis au service du développement. Je pense par exemple à Muhammad Yunus, le banquier des pauvres, au Bangladesh.

Certaines personnes, qui ont de l'argent, s'évertuent à le faire circuler dans les mêmes mains, d'autres participent au progrès de l'homme. Le problème pour les croyants est de participer. Vous vous posez de nombreuses questions sur votre rapport à l'argent. Savez-vous mieux donner? Vous avez un super-salaire, une grosse voiture neuve, des gadgets inimaginables dans votre salon: êtes-vous pour autant décomplexés face à l'argent? Je ne le crois pas. Êtes-vous capables de dire combien vous percevez? Non. Généralement chez nous, en France, l'argent reste un sujet interdit. Quand je demande: «Combien gagnes-tu?», la réponse est évasive ou embarrassée. On a peur de le dire. C'est très caractéristique des Français. Au Québec, province que je connais bien, les gens disent leur salaire sans complexe. D'ailleurs, ils se basent sur le salaire annuel, alors que nous nous référons à notre salaire mensuel.

Argent et religions

La vision de l'argent est différente selon les traditions religieuses. Les grands monothéismes préconisent un certain type de rapport avec l'argent.

Chez les chrétiens: «Malheur à vous, les riches», dit saint Luc après avoir clamé: «Heureux les pauvres.» Le Christ lui-même dit: «Il est plus facile à un chameau de passer par le trou d'une aiguille qu'à un riche d'entrer dans le Royaume de Dieu.» L'image ne peut pas être plus terrible. Sur ce point, le Christ a été saignant. Ainsi il est très difficile à ceux qui ont des richesses de pénétrer dans le Royaume du Seigneur.

Le Christ a été sévère vis-à-vis de ceux qui thésaurisent.

La Torah des juifs institue des lois sur les bénéfices excessifs, le Coran (sourate 9, verset 34) prévient : « À ceux qui thésaurisent l'or et l'argent et ne les dépensent pas dans le sentier de Dieu, s'annonce un châtiment douloureux. » Dans l'Ancien Testament, nous lisons : « La richesse est destinée aux hommes pieux. » C'est très curieux : celui qui se couvre d'or, l'homme très riche est béni de Dieu. La richesse et l'abondance sont des signes de Dieu. Le Nouveau Testament a tout changé. Il apporte une nouvelle dimension avec la notion d'amour des autres : « Quand je distribuerai mes biens en aumône, si je n'ai pas la charité, cela ne me sert à rien. » Il n'est pas nécessaire de donner tout son argent, mais il est nécessaire d'avoir l'amour au cœur. C'est la dimension d'amour des autres qui prime dans le Nouveau Testament.

Racine du mal ?

Timothée le dit bien : « L'amour de l'argent est la racine de tous les maux. » L'argent est un sujet que toutes les religions ont traité avec soin. Il est intéressant d'observer que le prêt n'a pas la même signification. Dans l'Évangile, Luc dit : « Prêtez sans rien espérer en retour. » Je dois reconnaître que mes loubards connaissent parfaitement ce verset. Quand ils me demandent de leur prêter de l'argent et qu'ils ne me le rendent pas, ils semblent connaître saint Luc sur le bout des doigts.

Les traditions s'affinent dans l'Église et l'idéal de pauvreté se propage aux sociétés marchandes. On voit apparaître des ordres mendiants, dominicains et franciscains. Depuis ils ont pu se faire des couilles en or si j'en juge par leurs temples magnifiques. Ces ordres d'une pauvreté extrême au départ ont semble-t-il bien prospéré. Ils ont perdu leurs racines car il est certain qu'ils se sont adaptés au monde. J'ai vu parfois, au milieu de parcs de cinq hectares, des monastères somptueux de cent vingt pièces, où quatre bonnes sœurs semblaient perdues. J'aime bien cette phrase de l'Ancien Testament : « Tu viens de donner à un pauvre, finalement tu lui as rendu l'infime partie de ce que tu lui as volé. » Les Pères de l'Église de cette époque-là n'étaient pas du genre commode, ils n'argumentaient pas au scalpel, mais plutôt à la hache d'abordage. Ils avaient une manière franche de parler aux riches. Ce n'était pas mauvais du tout.

Si Karl Marx proclame dans *Le Capital* : « La propriété c'est le vol », il n'a pas tout à fait tort lorsque les biens enferment sur soi. Mais rêver à sa maison, à son jardin est bon pour l'homme.

Ticket gagnant

Je suis frappé par l'énormité des salaires des vedettes du show-biz aujourd'hui. Les vingt mille euros mensuels, c'est monnaie courante, excusez du peu. Les footballeurs reconnaissent parfois que leurs revenus frisent l'indécence. Qu'en font-ils ? Ils les dépensent probablement en conneries fabuleuses : la dernière Ferrari à coup sûr, et un train de vie de nabab. Quand les millions pleuvent, la plupart arrivent à dépenser plus qu'ils ne gagnent. Ils perdent le sens de la mesure et, si incroyable que cela puisse paraître, la plupart d'entre eux sont en banqueroute. Certains gagnants des grosses cagnottes du loto (mettons trente ou quarante millions) tiennent six mois et puis se retrouvent au RMI. Ils n'ont pas su éviter les escrocs en tous genres qui les ont aidés à « prendre soin » du pactole. Ils se font baiser la gueule et sont très vite fauchés comme les blés. Les gros gagnants du loto, des psychologues les accompagnent durant un an. En effet, faire le deuil de sa pauvreté d'antan n'est pas une mince affaire ! Par contre, je n'ai pas encore entendu que l'ANPE envoyait des psys pour consoler les chômeurs et les RMIstes !

En Allemagne, un type avait gagné dix millions d'euros à la loterie. Il n'a pas donné son nom et a aussitôt reversé l'intégralité de son gain à des œuvres caritatives.

Dans les bars, je vois les gens se précipiter sur les bulletins de loto ou de morpions ; je suis certain que c'est le plus grand vol organisé du siècle ! Mes lascars me tendent des tickets et me demandent : « Gratte, Guy, il y a dix mille euros. » Je n'y comprends rien, je gratte, mais je ne gagne jamais ! Mais le jour où un mec avait touché cinq cents euros, il s'est empressé de tout dépenser en tickets de loto… perdants.

L'argent de poche des enfants

C'est à la maison que l'on apprend la valeur de l'argent. À trente ans, j'avais trente francs en poche. J'ai gagné beaucoup d'argent grâce à mes livres. Tout a été placé en salaires. Mon équipe est financée avec mes droits d'auteur et les dons des gens. L'État ne nous verse que 35 % de notre budget ! Mon minuscule appartement est aménagé avec des meubles récupérés dans la rue. J'ai la honte d'acheter quelque chose pour moi. Enfant, j'ai vécu pauvre. Nous étions quinze, mon père et ma mère nous ont inculqué que l'argent devait être au service des autres. L'éducation joue énormément. Nous devons inventer et montrer aux jeunes des collèges que l'argent n'est pas n'importe quoi.

En Provence, la paie de nos jeunes dépend de leur comportement autant que de leur travail. Cela empêche le Zorro aux super-muscles d'abattre le travail de deux personnes tout en étant chiant dans sa vie quotidienne.

Le petit malingre, lui, convivial et chaleureux, peut gagner le double du Zorro. L'argent pour nous a l'odeur de la vie communautaire où il fait bon vivre, et non celle du rendement qui tue les rapports humains. Il serait chouette que Jacques Chirac ou son ministre du Travail inaugure ce type de paie évangélique ! Je vois d'ici les syndicats et les patrons d'usines scandalisés. On peut rêver. Dans notre Bergerie, le rêve se réalise. Et c'est bien bon.

19

Au service des marginaux

Hommage à père Dominique et sœur Antoinette

C'est ici mon commandement : Aimez-vous les uns les autres, comme je vous ai aimés.
Il n'y a pas de plus grand amour que de donner sa vie pour ses amis.

Jean XV, 12-13

Ces dernières années, plusieurs prêtres ont été assassinés. Tous étaient très généreux. Mais certains manquaient de discernement. Plusieurs d'entre eux auraient pu ne pas se faire tuer s'ils avaient su se montrer plus prudents. Je veux rendre hommage au père Dominique, du quatorzième arrondissement de Paris, assassiné chez lui. Il se défonçait au service des marginaux. Et je veux me souvenir de sœur Antoinette, basée à côté de Toulouse, tuée également.

Coup de poignard

S'occuper de marginaux est quelquefois une activité à haut risque. Je le sais trop bien. Le père Dominique a été étranglé par un marginal. Sœur Antoinette a été poignardée, elle était âgée de soixante-douze ans. Elle s'occupait aussi beaucoup de marginaux. On connaît l'assassin de sœur Antoinette, mais on cherche encore les responsables de la mort de père Dominique. Avec quatre-vingts prêtres et deux évêques dans une église bondée, nous avons célébré ses obsèques, mais il n'y avait pas de corps. Le corps n'a pas pu être libéré à temps par les enquêteurs. Il n'y avait que l'étole et l'aube de père Dominique Nous avons donc célébré sans encensement. La cérémonie était émouvante. J'aurais aimé entendre des intentions de prières plus fortes de la part des nombreux marginaux présents, que père Dominique avait aidés. Je les ai trouvées un peu pâles. Si vous donnez le crachoir à des marginaux qui se souviennent de celui qui les a tant aidés dans les moments les plus difficiles, ils ont en général des paroles qui arrachent. Ce ne sont pas nos paroles sucrées de prêtres ou de religieux, si gentils, si attendris. Quoi qu'il en soit, la cérémonie était belle.

Je voudrais préciser quelques lignes directrices issues de mon métier parfois très risqué. J'ai été cambriolé à vingt-neuf reprises. J'ai aussi été agressé à de nombreuses occasions. Au fil des années, ma générosité instinctive en a pris un vieux coup. Je me suis dit : « Mon pote, si tu veux rester en vie et conserver quelques dents (malgré mes deux râteliers), tu dois rester proche d'eux, mais avec une grande prudence. »

Règle de trois

Trois axes me guident pour rester prioritairement auprès des marginaux. Ces trois éléments essentiels sont : l'équipe, l'adresse, l'argent.

J'attire votre attention sur ce point : on ne s'improvise pas serviteur des marginaux. Il faut faire attention, avoir un grand discernement, être extrêmement prudent. Il est indispensable de travailler en équipe. Jamais seul.

Quand je suis arrivé dans les rues du dix-neuvième arrondissement de Paris, il y a trente-cinq ans, j'ai reçu cette consigne impérative : ne jamais donner son adresse à un marginal. Il suivra partout celui ou celle qui s'occupe de lui. Pour lui demander du fric ou des tas d'autres choses, et aussi par attachement. Il est dangereux de donner une adresse à un gars de la rue.

Enfin, l'argent est une demande prioritaire de ceux qui frappent à ma porte. Veiller donc à en avoir très peu sur soi.

Un curé très « charitable »

Il faut une grande prudence et une pratique. Momo était un voleur. Je m'occupais de ce grand spécialiste de la fauche. Un jour, je lui ai demandé de partir parce qu'il m'avait volé à plusieurs reprises. Un peu plus tard, un collègue curé m'appelle et me dit : « Momo est venu me voir, je le garde, il a l'air d'être un type bien. Il m'a dit que tu l'avais jeté, je trouve que ce n'est pas très chrétien. » Je lui ai répondu que j'étais ravi qu'il s'occupe de Momo, mais je lui ai aussi très vivement conseillé de tout verrouiller. « Comment ? Mais te rends-tu compte ? La charité chrétienne… – Fais comme tu voudras, je l'ai viré parce qu'il m'a volé. Il a volé d'autres prêtres, et je te dis qu'il recommencera chez toi. »

Il trouvait que je n'avais aucune charité chrétienne. Je lui ai souhaité le bonsoir avec cette invitation puissamment prémonitoire : « À très bientôt ! »

Trois jours après, le curé m'appelait. Momo évidemment avait dévalisé son appartement en son absence et… l'église aussi, excusez du peu. Il avait embarqué des chandeliers et bien sûr la sono. Le curé, vexé, me dit qu'il regrettait d'avoir négligé mes conseils. « Mon vieux, je t'avais bien averti. Tu peux te la mettre où je pense, ta charité chrétienne ! » rétorquai-je. La prudence s'apprend. Nous sommes devenus très amis par la suite.

Dans le Lot-et-Garonne, un prêtre a été tué d'une manière brutale. Il avait laissé sa voiture devant le presbytère. Il avait pris l'habitude d'enlever les clés du contact parce qu'on la lui avait déjà volée et il était devenu prudent. Manque de pot, deux mecs frappent chez lui la nuit et demandent les clés de sa bagnole. Le prêtre les connaissait très bien. Il leur a ouvert tout en refusant de leur donner les clés. Les deux mecs étaient bourrés et l'ont battu pour qu'il leur donne les clés. Il en est mort. Voilà comment on meurt bêtement, victime d'une connerie immense. On ne fait pas entrer chez soi deux types complètement soûls qui vous amadouent par quelques phrases. Le curé n'aurait pas ouvert, les gars se seraient découragés et il serait vivant aujourd'hui. En cas de danger, appeler les policiers n'est pas dramatique ni antichrétien.

Bon ne s'écrit pas avec un C

Certains marginaux escroquent des curés. Un gars a réussi à voler en mon nom environ un million de francs. Il est allé en prison trois fois pour cela. Comment s'y prenait-il ? Il imitait ma voix ! Par téléphone il disait : « Je suis Guy Gilbert, il faut que je dépanne un mec tout de suite. Il est dans une merde pas possible, il lui faut absolument du liquide. Je te donne mon numéro et je te rembourse très rapidement ! – D'accord, combien te faut-il ? – Trois cents francs. » Et le mec venait illico prendre l'argent chez le curé. Moi je voyais des lettres arriver les unes après les autres. Cinq, dix, vingt lettres. « Mon cher Guy, j'ai aidé ton mec, mais tu mets du temps à me rembourser ! » Je répondais : « Je regrette, mais le mec t'a baisé la gueule. »

En plus, un des curés escroqués lui avait dit un jour que trois cents francs pour un dépannage urgent, c'était peu. Il s'attendait à une somme plus importante. Le mec ne s'est pas gêné pour réviser ses tarifs à la hausse la fois d'après ! Au culot il est allé demander sept mille francs de ma part à un prêtre, et en liquide ! C'était soi-disant une question de vie ou de mort. Le pauvre vieux curé avait reçu sept mille francs en liquide pour aller à Tamanrasset huit jours après. Il les lui donne en ajoutant même un complément de sa propre poche : « Mon petit, je tiens aussi à t'aider moi-même en ajoutant cinq cents francs. C'est providentiel que j'aie sept mille francs en liquide. Guy me remboursera au plus vite ! »

Les cent cinquante mille euros détournés au total ont été rejoués aux courses. Bon ne s'écrit pas avec un C.

L'original avec la copie

Un curé seul donnera de l'argent pour se débarrasser tout de suite du quémandeur. Se débarrasser d'un marginal est la pire des choses. Surtout avec de l'argent. C'est une autre règle d'or. Si le curé bosse avec une équipe, il s'organisera et lui payera un repas et une nuit dans une chambre d'hôtel.

Voyez la suite de l'histoire de cet escroc doué en imitation. Je tombe en panne de voiture dans une ville où il était passé. Il était deux heures du matin. Je sonne au presbytère. Un curé va toujours chez un curé. Je n'allais pas sonner chez le mufti ou chez le préfet. Je dis : « C'est Guy Gilbert. – Chenapan, bandit, passe ton chemin, j'appelle la police, je lâche les chiens ! – Mais je suis le père Guy Gilbert… je suis en panne ! – Oui, je te connais, va-t'en, espèce d'escroc, ou je téléphone aux flics ! »

Le lendemain, après avoir dormi dans ma voiture, je lui ai envoyé un livre dédicacé, lui recommandant de ne pas confondre l'original avec la photocopie. Le voyou était passé peu de temps avant et l'avait soulagé de huit cents francs.

Costard et borsalino

Je ne donne jamais d'argent aux gens qui passent. Mais, un jour, un mec vient à la permanence rue Riquet, et dit à mes adjoints: «Je suis le petit-fils de Mémé Guérini.» Il était habillé façon costard et borsalino. Mémé Guérini était un grand mafieux, une terreur, un assassin des années soixante. Mes adjoints de vingt ans ne connaissaient pas ce personnage. Le gars repasse plusieurs fois, il a un urgent besoin d'argent. Mes collaborateurs lui signifient que je ne suis pas là. Un jour, il repasse alors que je me trouve à mon bureau. Je vois le type, portant beau, chapeau élégant, imper impec et rasé de près.

«Je suis le petit-fils de Mémé Guérini, me dit-il.

– Ah, c'est toi ! Et moi je suis le fils de Mme Guérin.» J'avais prononcé le nom de ma mère, il n'a pas compris l'humour.

Puis il se renseigne.

«Il n'y a pas de micro ici ?

– S'il te plaît, mon pote, tu te casses d'ici immédiatement si tu crois que c'est l'annexe des flics. On n'est pas dans un commissariat, c'est une permanence.»

Je prends soin de ne jamais recevoir dans mon bureau parce qu'il n'a qu'une seule issue. Je vais donc avec lui dans la cuisine en avertissant discrètement mes adjoints. Il continue:

«Voilà, j'ai un trésor de guerre en Corse, sous un chêne. Il y a dix millions. J'arrive de prison et j'ai pas une tune pour aller là-bas. Je dois prendre l'avion. Aide-moi. Je te donnerai 10% du trésor.

– Je ne te paie pas l'avion, mais demain je pourrai te donner un billet non remboursable. Quant aux 10% je m'en tape.»

Le gars se dégonfle.

«Je t'ai menti, j'ai une voiture devant la porte, il me manque trois cents francs d'essence.

– Pas de problème, mon pote, je viens à la station avec toi et je te paie le plein.

– Impossible, il y a un cadavre dans le coffre ! Imagine, la police nous arrête et prévient les journaux : Guy Gilbert a un cadavre dans le coffre…

– OK ! Si tu ne me rends pas cet argent, tu es le pire des enfoirés.

– D'accord, je te rends ça dans huit jours ! »

Je ne l'ai évidemment jamais revu. En le voyant partir, je lui ai confié que son cinéma était tellement énorme que j'étais content de lui donner ces trois cents francs. Je saluais ainsi cet artiste à l'improvisation fulgurante.

Gare de Lyon, une fille fait la manche. Elle me demande deux euros. « Désolé, pas d'argent, dis-moi plutôt quel est ton problème. – Mon mec est parti sans payer la note de l'hôtel. Je ne peux pas récupérer mes affaires. – Qu'à cela ne tienne, allons à l'hôtel, je vais payer la chambre ! »

J'ai soudain vu la fille s'enfuir. Tous les cas sont possibles : boisson, drogue… Son mensonge était grossier. Elle répétait ça à tous les badauds. On donne deux euros avec une connerie insondable ! Nous manquons dramatiquement de discernement.

Nous sommes souvent rackettés dans les gares. Le lieu est idéal parce que nous sommes pressés. Nous ne voulons pas discuter, alors nous lâchons facilement deux ou trois euros. On peut facilement collecter cent euros dans la journée de cette manière-là. N'importe quel bobard fait l'affaire. Finalement on favorise cette marginalité. Dans une gare je n'accepte que d'acheter aux vendeurs de journaux. Parce que je sais que l'argent ira dans la bonne poche. La vente de ces journaux des rues permet aux vendeurs de se payer l'hôtel tous les soirs. Je les aide très volontiers.

Le couleur de l'argent

Mon équipe m'a sauvé plusieurs fois. Enfermé dans mon bureau avec un gars que je connaissais bien, je refusais fermement de lui donner l'argent qu'il me réclamait et il a commencé à m'attraper. Il m'a fichu un coup d'une grande violence. J'avais l'œil en sang. J'ai pu m'extraire de justesse et mes adjoints l'ont mis en déroute. Il m'a menacé: « Tous les mois, je viendrai te racketter. » J'ai répondu: « Viens, je t'attends de pied ferme. » On ne l'a jamais revu. J'ai appris plus tard qu'il avait été assassiné.

À Nantes, un gars que je connaissais bien, lui aussi, se réclamait de mon action pour vendre des cartes postales. Les policiers ont trouvé dans sa bagnole des tampons à mon nom. Ils travaillaient à plusieurs et prétendaient collecter des fonds pour mes œuvres ! Il va de soi que je n'ai jamais vu la couleur de leur recette.

Face aux marginaux, je vous recommanderais de les diriger dans la mesure du possible vers les services sociaux compétents. Évitez de leur donner de l'argent. Dès que vous leur avez lâché un euro, ils ne voient plus en vous qu'une banque. J'ai par contre toujours un ticket-restaurant à offrir. C'est difficilement monnayable. C'est un simple geste. Il a l'avantage de ne pas trop me donner mauvaise conscience.

Écrire aux prisonniers

Les prisonniers reçoivent des courriers. Dans mon premier livre, *Un prêtre chez les loubards*, je disais: « Écrivez aux prisonniers. » Je manquais d'expérience. Si vous le faites, ne donnez jamais votre adresse. Cette consigne est la même pour tous les visiteurs de prisons. Parce que le mec qui sort de taule n'a personne, alors il se tourne forcément vers celui qui l'a visité. Une femme m'a dit un jour qu'elle avait écrit à un prisonnier après avoir lu mon livre. Elle est allée le voir. Elle est tombée amoureuse de lui. Elle a abandonné ses deux enfants, a divorcé de son mari. Au bout du compte, elle est malheureuse comme la pierre avec le prisonnier. Entamer une relation épistolaire n'est pas pris à la légère par un prisonnier, d'autant plus si c'est avec une femme.

Une visiteuse de prison ou une correspondante doit savoir gérer la relation forcément affective qui va se nouer avec le prisonnier. Et surtout toujours dissimuler son adresse.

Après la prison, les services sociaux doivent accompagner le sortant. Les marginaux ont un passé dur, tortueux, violent. Ils ont une connaissance aiguë des gens. J'ai toujours été fasciné par la psychologie de mes ados de treize-seize ans. Ils ont une finesse extraordinaire parce qu'ils vivent dans la rue. Les mecs des rues ont une psychologie de loups. Le chien donne la patte et s'endort à vos pieds, tandis que le loup est en éveil, il guette. Il faut une attitude de force et ne pas se laisser faire. Au bout du billet de banque, il y a notre mauvaise conscience qui dort. Apprenez à être prudents. C'est une vertu à cultiver, particulièrement dans nos grandes villes.

Prudence

Je mets en garde les anciennes. Quand vous sortez, faites attention : mettez votre porte-monnaie dans votre culotte, pas dans votre sac à main ! Ayez le minimum d'argent sur vous et surtout ne montrez rien. Vous manquez souvent de la plus élémentaire prudence. Je ne parlerai pas des conneries commises sur les trottoirs ou dans le métro par les utilisateurs de téléphones portables qui s'affichent l'appareil à l'oreille. D'où des dizaines de milliers de portables arrachés en pleine rue.

Aimez vos frères et sœurs des rues qui souffrent, écoutez-les, mais soyez prudents. Ils appartiennent à un monde étrange et fascinant, aux règles méconnues de nous. Il convient d'être très vigilant à leur contact.

J'aimerais écrire un jour une brochure intitulée : « De la meilleure manière de se faire escroquer ». En attendant sa parution, soyez prudents et priez pour ceux qui sont des francs-tireurs au cœur d'un peuple de loups qu'il nous faut apprivoiser, non sans risques. Gardez votre douceur de colombe et soyez prudents comme des serpents.

20

Le christianisme

La religion des perdants ?

> Mais Dieu a choisi les choses folles du monde pour confondre les sages ; Dieu a choisi les choses faibles du monde pour confondre les fortes ;
> et Dieu a choisi les choses viles du monde et celles qu'on méprise, celles qui ne sont point,
> pour réduire à néant celles qui sont,
> afin que nulle chair ne se glorifie devant Dieu.
>
> I Corinthiens I, 27-29

Avec des prisonniers en centrale

Je suis allé passer une journée dans une prison centrale. Ceux qui se retrouvent dans ce genre d'établissement sont condamnés à de très lourdes peines.

Une journaliste qui m'accompagnait m'a demandé : « Comment peux-tu passer une journée entière dans un endroit pareil ? » Elle semblait considérer que les prisonniers étaient de la merde.

C'est important de relire saint Paul : « Ce qui est d'origine modeste, ce qui est méprisé dans le monde, ce qui compte pour rien, voilà ce que Dieu a choisi pour détruire ce qui compte pour quelque chose, afin que personne ne puisse s'enorgueillir devant Dieu » (1 Co I, 27-30). Évidemment on trouve en prison des gens qui ont commis de graves délits. Le chemin de croix a d'abord été vécu par les victimes. Nous devons le dire avec force. Il n'en reste pas moins que si j'avais vécu le calvaire que fut l'enfance de maints prisonniers, je serais certainement pensionnaire d'une prison maintenant. Si je n'avais pas été bercé, aimé, cajolé et dorloté par ma mère et mon père, je serais peut-être devenu un bourreau.

J'ai vécu un grand moment de passion dans cette centrale. Dans une cellule, j'ai confessé un gars qui allait faire sa confirmation. Un autre allait être baptisé.

Ted, l'Onu et les dollars

J'ai lu la vie de Ted Turner. Ce mec pèse lourd ! Il ne compte pas pour des prunes. Son père était pauvre, mais lui est devenu un grand génie de la finance. Il incarne idéalement le rêve américain de réussite capitaliste. Ses revenus sont estimés à cinq milliards de dollars par an. Décoré par l'Organisation des Nations unies, il lui a fait un généreux don d'un milliard de dollars. Il a calculé qu'il gagnait six cent mille dollars par heure. C'est ce même type qui a déclaré que le christianisme est la religion des perdants. J'ai trouvé cela très signifiant pour un type qui vit une vie de rêve. Ted Turner possède environ cinq cent cinquante mille hectares, c'est le plus grand propriétaire foncier d'Amérique. Et ce mec super-friqué déclare que le christianisme est une religion de perdants. Étonnante réflexion, mais dans la ligne d'un homme qui avait le don des affaires et qui a dû écraser beaucoup de personnes pour arriver au sommet de la réussite financière.

Ma réponse

Je répondrais à Ted par cette question : pourquoi tant de gens à travers le monde, chrétiens et non-chrétiens, admirent-ils une femme comme Mère Teresa ? Vraiment, elle s'est occupée des perdants ! Son organisation a soulevé les cœurs dans le monde entier. Elle a aidé des milliers de gens à mourir dignement. À Ted, je dis que Mère Teresa est beaucoup plus connue que lui. Pourtant elle a tout donné, vivant elle-même dans une extrême pauvreté. On ne peut pas trouver plus perdants que ceux qui crèvent seuls, dévorés dans la rue par des rats. On ne peut pas aller plus loin que l'abbé Pierre qui agissait seul, lorsque des gens gelaient de froid sur les trottoirs de Paris, il y a cinquante ans. Il s'est occupé d'un mec suicidaire qui sortait de taule. L'abbé Pierre lui a demandé : « Viens donc m'aider. » Ce type est devenu le directeur des Chiffonniers d'Emmaüs. Je parlerais à Ted de sœur Emmanuelle aussi. Et je lui parlerais de tous ceux et celles, en France et sur les cinq continents, prêtres, religieux et religieuses, chrétiens et non-chrétiens, qui s'occupent des perdants de tout poil.

Quand je sors sur mon trottoir, des gens me saluent et me remercient pour le travail que je mène avec mes vingt adjoints. Pourquoi ? Je me charge des pires, les jeunes dont personne ne veut. Aucun centre éducatif n'accepte plus de les accueillir. Pourquoi Don Bosco a-t-il été immensément reconnu ? Il prenait sous son aile des garçons traînant dans les rues de Milan et dont personne ne voulait plus. L'admiration des personnes au cours des siècles va vers ceux et celles qui tentent de sauver les plus abîmés des humains.

L'Église est faite de perdants

Les sept moines assassinés à Tibhirine en Algérie ont été jusqu'à leur dernier souffle du côté des perdants. Ils sont morts. Ils avaient été visités et menacés par l'Armée islamique du salut, mais ils sont restés. Comme le Christ, notre religion tout entière est du côté des vaincus. Quels furent les perdants dans l'histoire de notre religion ? Judas a vendu le Christ pour trente euros. Saint Pierre, alors que le Christ faisait la une de tous les journaux, se frottait les mains en songeant au trône doré qui lui était réservé. Et quand il a vu le Christ menotté dans le panier à salade, il l'a renié à trois reprises : « Ce mec ? Jamais vu ! Connais pas. » Saint Pierre nous a bien montré que Jésus avait perdu. Je me souviens toujours de son exemple, parce qu'il a ensuite réalisé son erreur. Il s'est dit : « Je suis vraiment un pauvre con. » C'est exactement ce que je me dis. L'Église, dès le départ, est faite de perdants. Nos démissions présentes font que nous sommes aussi des perdants dans l'Église. Chaque fois que nous doutons, chaque fois que nous ne voulons plus prier, chaque fois que nous voulons paraître et briller, lorsque nous recherchons le pouvoir, nous sommes des perdants de l'Église. Nous oublions souvent que c'est lorsque nous nous sentons perdus, c'est là que le Seigneur est le plus présent.

Là où tout semble perdu

Nous sommes perdants quand nous nous déclarons croyants mais non pratiquants. Nous mettons notre foi en jachère. Voilà un christianisme de vaincus. Quand nous refusons le sacrement de réconciliation, pensant que se confesser à Dieu suffit, quand nous estimons que des tas de règles dogmatiques de l'Église sont dépassées, nous sommes des égarés et des perdants. Nous critiquons l'Église, parce que nous devons critiquer positivement notre institution. Nous ne sommes pas des moutons bêlants. Quand des choses ne nous semblent pas bonnes, nous devons critiquer sans dénigrer, et formuler des propositions, avec amour et respect.

Quand nous refusons de proclamer notre foi alors que notre religion est salie devant nous, nous sommes une religion de vaincus. Lorsqu'une émission de télévision salit notre religion, nous devrions envoyer un million de lettres le lendemain. Elle ne recommencerait pas. L'audimat est un argument qui compte. Si nous laissons faire, nous sommes des perdants. Si nous proclamons l'Évangile sans le vivre, si nous avons le visage triste, si nous sommes défaitistes ; si la résurrection n'éclate pas sur nos visages, nous continuerons à représenter une religion de perdants.

Quand nous mélangeons tous les dogmes, nous sommes sur une pente dangereuse. Un peu de bouddhisme, un peu de protestantisme et une dose d'islam, le résultat ne mène à rien. Nous ne pourrons aller vers les autres et vers les autres religions qu'à condition que nous conservions intact notre propre dogme. Et que nous le bûchions.

Quand parfois je tente de regarder la croix avec l'œil d'un athée ou celui d'un musulman, je me dis : « C'est quand même dingue, j'adore un mec mort dans un des pires supplices que l'homme ait inventés. » Jésus était un homme, qui a vécu, voyagé, mangé et souffert. Il a connu la souffrance horrible. Une douleur terrible se dégage de certaines croix. C'est une source de méditation infinie. Je reste coi face au talent de l'artiste qui réussit à dégager une telle émotion de la matière brute. Des milliards de personnes ont vénéré ce symbole.

Le Christ est mort et ressuscité. Telle doit être notre méditation.

Chaque jour, le corps et le sang du Christ

L'Eucharistie est le volcan d'amour exprimant la fabuleuse aventure du chrétien. Avant de mourir, le Christ est resté parmi nous dans l'Eucharistie. C'est là que nous sommes gagnants à l'infini. Le Christ est présent à chaque Eucharistie. Il nous propose la résurrection. Là, nous sommes des gagnants. Quand le Christ est mort, un soldat s'est approché. Il lui a ouvert le côté. Il en a jailli du sang et de l'eau. C'est à cette seconde qu'est née l'Église. Cette eau est symbole du baptême et le sang celui du sacrement de l'Eucharistie. L'Église naît de ces deux sacrements : le baptême et l'Eucharistie. L'un est bain de la renaissance, l'autre est mystère sans cesse renouvelé de la mort et de la résurrection du Christ. Nous sommes gagnants, parce que nous pouvons nous nourrir tous les jours du corps et du sang du Christ. Quelle puissance vitale nous donne l'Eucharistie ! Nous sommes des combattants de l'amour. Et je vomis sur les milliards de Ted Turner qui pense que le christianisme est la religion des perdants.

Ce qui est chouette, c'est que si le monde admire des gens pauvres qui ont accédé à des fortunes colossales, il vénère ceux et celles qui ont tout donné au service des lépreux, des clochards et des esclaves de la société. On enviera secrètement les stars qui brillent de leur éclat. On sera illuminé par l'étoile humaine qui scintille, au sein d'un océan d'égoïsme, dans le don total de sa vie au service des plus pauvres. C'est bien ainsi.

« Si vous avez l'amour en vous et que vous croyez qu'il vient de Dieu, alors vous êtes invincible ! » disait Jean-Paul II. Cette phrase m'a toujours soulevé.

Son courage héroïque jusqu'à la dernière heure de sa vie a montré au monde que notre religion, par l'invincibilité de l'amour qu'elle porte, est lumière de vie. Ted Turner mourra. Quelques plaques mortuaires signeront le souvenir de son passage sur terre. Et sa fortune s'envolera. Jean-Paul II, lui, pasteur de la religion des perdants, restera dans le cœur des humains durant des siècles.

21

La troisième guerre mondiale

Pour une civilisation de l'amour

Heureux ceux qui procurent la paix, car ils seront appelés fils de Dieu.

Matthieu V, 9

« Vive la troisième guerre mondiale, le combat contre la haine, pour une civilisation de l'amour ! » prônait Jean-Paul II dès son arrivée au Vatican. Seuls les hommes de paix pourront vraiment nous faire entrer aujourd'hui dans cette civilisation de l'amour. Le paradis peut être vécu dès ici-bas si nous entrons, la joie au cœur, dans cette troisième guerre mondiale. Je voudrais tenter d'actualiser le mieux possible la parole prophétique de ce vagabond de l'amour, ce baladin de l'espérance, notre ancien pape Jean-Paul II.

Bienheureux les pacifiques

Nous pouvons vivre cette si belle béatitude. Soyez convaincus que nous pourrions vivre la civilisation de l'amour si nous étions des hommes et des femmes de paix. Heureux soient les artisans de la paix et les persécutés pour la justice. Les deux termes, paix et justice, sont essentiels. Qui ne souhaite vivre en paix ? Qui ne désire la justice ? Les deux rêves fondamentaux de l'homme sont là.

Bizarrement la société nous pousse vers le contraire de la paix et de la justice. Dès l'instant où la société dit: « Pense à ta gueule, vis pour toi et fiche-toi complètement des autres », c'est exactement le contraire d'une démarche de paix et de justice. Il n'y aura pas de justice dans nos pays si chacun ne pense qu'à soi. Le Christ le dit dans tout l'Évangile: « Oublie-toi pour les autres. » C'est la clé du bonheur et c'est l'ouverture à la vraie paix.

Nous parlons de fraternité

Nous refusons l'intolérance. Mais, en France, nous voyons ceux qui combattent pour la tolérance amener le triomphe de l'intolérance. Car paradoxalement, à force de vouloir lutter contre l'intolérance, on peut devenir très intolérant à son tour, si on accepte tout et son contraire en prônant une liberté capable de saper nos valeurs humaines les plus belles.

Revenons aux faiseurs de paix. Le passage obligé pour ceux qui veulent vraiment bâtir la paix est de sortir de soi et de s'oublier pour les autres. Une formule célèbre de Jean-Paul Sartre dit: « L'enfer, c'est les autres. » Elle m'a toujours titillé. Cette phrase n'est pas conne. Sartre voulait dire que dans notre lutte égoïste, l'autre nous gêne nécessairement. Dès lors, sa présence devient infernale: jalousie, rancune, désir de puissance… On veut écraser l'autre afin de prendre sa place. Le repli sur soi amène la guerre, la rancœur, la haine. Le Christ a été le modèle absolu de la paix. Il reste un exemple indépassable pour nous tous. Nous ne sommes vraiment filles et fils de Dieu que lorsque nous faisons la paix. Dieu est la paix même. Nous rêvons tous d'une famille paisible, d'un voisinage pacifique, d'une usine en paix, d'un bureau serein. Partout, nous rêvons de la paix.

Un combat permanent

À condition de commencer là où nous sommes, le combat ne sera pas vain. Nous avons à nous battre dans tous les coins du monde. Le sang dégouline de notre poste de télévision, tous les jours : des dictatures encore nombreuses, des guerres qui n'en finissent plus, des enlèvements, des attentats à répétition... Nous nous surprenons encore quelquefois à ressentir de l'effroi et nous prenons de la distance pour nous protéger. À force d'habitude, nous finirons par devenir indifférents. Nous subissons d'autres dictatures et d'autres esclavages plus proches : nos passions, l'argent, le besoin de puissance. Je parle de l'argent des affairistes, pas de l'argent nécessaire que nous devons gagner pour vivre. Nous nous enchaînons à des passions toxiques comme les drogues ou l'alcool. Toutes nos nombreuses dépendances, nos multiples esclavages intimes sont nos dictatures intérieures. Tout ce qui nous opprime nous empêche d'aller vers les autres.

Le Christ a lutté contre toutes les injustices. Il commençait à courir sur le haricot des prêtres de son temps et des Romains. Il ne s'exposait pas de façon triomphale. Il avait le visage du pauvre. Sa force n'était pas d'écraser. Le combattant de la paix n'écrase personne. Sa première force était le pardon. Le combattant de la paix n'a pas les mêmes armes que les autres. Les siennes sont celles de la miséricorde.

Le Christ dit que « le Royaume des cieux est à ceux qui bâtissent la paix ». Remarquez bien qu'il ne dit pas « sera » à eux. Il parle au présent. C'est donc que nous pouvons immédiatement bâtir cette civilisation si nous le désirons. Le Ciel descend sur terre maintenant. Décollons de l'actualité, de l'Irak, de la Tchétchénie, du Soudan... Nous sommes bâtisseurs de paix là où nous sommes. Restons sur terre. Celui qui est persécuté parce qu'il défend la justice est toujours un grand prophète. Non parce qu'il dénonce l'injustice, mais par la force qui émane de lui. C'est l'amour invincible de celui, ou de celle, qui veut lutter contre les injustices de son temps. Cette personne est gagnante grâce à son pardon inaltérable.

Figures

Parmi les innombrables saints de l'Église, beaucoup sont des combattants de la paix. Dans l'histoire des musulmans, dans l'histoire des juifs, on trouve aussi nombre de héros de la justice et de la paix. J'aime particulièrement certains exemples de ces êtres qui ne choisissent jamais le côté de la haine.

L'histoire de Simon Wiesenthal, ce Juif revenu par miracle de plusieurs camps de la mort, est un exemple saisissant et paradoxal du combat pour la justice. Dès qu'il a pu surmonter les effets de l'horreur subie dans les camps, il s'est mis à la recherche des bourreaux planqués dans le monde entier. « Sans haine, sans désir de vengeance », le vieil homme indigné, habitant dans un petit deux-pièces viennois, a cherché, traqué et fait arrêter plus de mille bourreaux sadiques. Ce solitaire a fait œuvre de justice malgré des menaces et des tracas innombrables. La paix sans la justice n'est rien. Saluons cet homme libre, inattendu et intraitable, que les officiels n'aimaient pas beaucoup, mais que les victimes des camps vénéraient.

Qui que vous soyez, témoin ou partie prenante dans un conflit, ne vous mettez jamais du côté de la haine. Chaque belligérant se croit investi d'une légitimité et détenteur de la vérité contre son ennemi. Mais rien ne justifie la haine.

Notre contemporain Nelson Mandela, au début de son combat, avant d'être emprisonné pendant un quart de siècle, avait utilisé des moyens violents. Peut-on avoir recours à la violence pour établir la paix ? Sacré problème. Mais on connaît le parcours prodigieux de Nelson Mandela. En tant que chrétien, il a pardonné à ses ennemis et a demandé que l'on fasse justice pour établir la paix. Les bourreaux devaient seulement avouer leurs fautes. Ils étaient pardonnés à l'avance s'ils reconnaissaient leurs turpitudes.

En Algérie, Abdelaziz Bouteflika a fait quelque chose de similaire. La concorde civile déclare que seuls les violeurs et les tueurs seront traduits en justice et que l'amnistie sera prononcée d'office pour ceux qui se sont fourvoyés dans cette guerre fratricide. Au moins l'Algérie semble-t-elle entrée dans une ère pacifiée grâce à la main tendue de son président.

Il faudrait évoquer Gandhi, apôtre de la non-violence absolue. C'était un prophète. Il en est mort.

Comment faire la paix ?

Le portrait du combattant de la paix peut nous inspirer. Nous avons d'abord besoin des autres pour faire la paix. Qui n'éprouve pas une petite malveillance vis-à-vis de quelqu'un ? Qui ne nourrit ni rancœur ni jalousie ? Nous ne pouvons pas trouver seuls la paix en nous-mêmes. Les psychologues, psychothérapeutes ou psychiatres apportent une aide inestimable à ceux qui s'égarent en s'enfermant sur eux-mêmes. Nous ne devons jamais nous enfermer sur nous-mêmes.

Je vais de ville en ville donner des conférences et je vois un peu partout des médiateurs. Des « grands frères » qui pacifient les rapports dans certains quartiers. Au lieu de porter plainte chaque fois qu'un mec fait du bruit ou fume des joints sous les fenêtres, les habitants font appel aux médiateurs. Des hommes et des femmes de paix. Les flics interviennent dans les affaires de sang, dans les cas graves. C'est leur boulot. Les médiateurs empêchent de nombreux affrontements de voisinage. Ils soulagent aussi la justice. Nos « gardiens de la paix » sont normalement parmi nous pour sauvegarder la bonne entente entre les citoyens. Quelle mission splendide ! Un flic me demande un jour lors d'un contrôle : « Monsieur l'abbé, qu'attendez-vous de nous ? » Je n'ai pas pu me retenir : « Que tu n'aies pas une gueule en forme de portail de prison et que tu me souries avant de me demander mes papiers ! »

Nos armes de paix

Les chrétiens, pour faire la paix, ont des armes redoutables ! Par exemple, le sacrement de la réconciliation. J'ai vu, dans les confessionnaux ou ailleurs, quand je confesse des gens, la tronche de ceux qui viennent de se confesser. Quelle joie sur leurs visages ! Ils se retrouvent en paix. J'ai vu des personnes tellement heureuses après leur confession ! Entendez-vous bien à la messe lorsque le prêtre déclare : « Que la paix du Christ soit avec vous » ? Un rituel où chacun serre la cuillère de son voisin ou lui donne le baiser de paix. J'explique longuement ce rituel au cours des messes. Auparavant, je demande aux fidèles s'ils n'ont pas une belle-mère ou un voisin qu'ils n'aiment pas trop. Je leur demande d'y penser. Ils se marrent. Je leur dis qu'ils doivent faire la paix avec eux, et leur donner un geste d'amitié les jours suivants. Sinon le sermon que je fais est bidon, il ne vaut rien. Le prêtre doit bien expliquer ce geste. Pendant l'Eucharistie, il y a des gestes symboliques très forts, il ne faut surtout pas les négliger.

C'est facile de s'abandonner à de grands délires mystiques sur la paix. Je préfère évoquer les moyens pratiques. On ne peut pas apporter la paix aux autres si on ne la possède pas soi-même. Le baiser de paix de l'Eucharistie est essentiel. Est-ce que tous les soirs pour faire la paix l'homme demande pardon à sa femme et vice versa ? Dans votre communauté de vie, au boulot, est-ce qu'en arrivant le matin vous vous dites : « Aujourd'hui je vais faire la paix avec ce mec ou cette gonzesse qui m'emmerde. Je vais trouver le moyen » ?

J'ai quelques techniques bien rodées pour faire la paix. Vous savez que chacun d'entre nous a deux anges : un ange du bien et un ange du mal… Chaque fois que je vais voir quelqu'un pour régler un compte, je dis à mon ange gardien de la paix : « Je t'en supplie, devance-moi. » J'ai remarqué combien cela pouvait être important.

L'humour est un outil indispensable aussi. Et des conflits peuvent souvent se régler simplement : pensez à une qualité de votre ennemi avant de lui reprocher ses défauts. C'est une technique que je préconise avec succès à mes jeunes. Essayez pour voir !

Au cours d'une émission de télévision belge à laquelle je participais, un homme s'acharnait sur Jean-Paul II. Il lui trouvait des poux dans la tête, des morbaks à chaque tour de phrase. Je défendais Jean-Paul pied à pied. Lassé, je la ferme un moment, et j'attaque d'un seul coup : « Pourrais-tu me donner une seule qualité de notre pape ? Une seule. Cet homme n'est pas tout noir, il doit bien avoir quelque qualité secrète ! » Déstabilisé, il en trouva une. D'un seul coup la bataille dans le studio s'arrêta. Une colombe blanche passait.

L'antidote à la guerre

Nous devons cultiver notre goût du silence et de la prière. Je le répète : ce sont des antidotes inégalables à la guerre, à tout ce que nous portons de trouble, de vase et de merde. Faites la paix avec vous-même. Le silence vous aidera. Une aide extérieure peut être efficace aussi, les psys assistent énormément de gens. Ils savent parfaitement nous accompagner dans l'introspection. Ce qui manque à nos contemporains est l'introspection. Quel temps prenons-nous chaque jour pour faire la paix avec nous-mêmes et penser à ce que nous allons vivre ?

Continuez à écouter les informations. Des Américains ont torturé des Irakiens Des bombes explosent ici ou ailleurs. N'oubliez jamais que la civilisation de l'amour vous appartient dès ce soir, pas demain. Vous pouvez toujours vous plaindre de ce sang qui coule. Il coulait avant. Il coulera encore, malheureusement. Mais ne cultives-tu pas toi-même quelques petites guerres d'Irak dans ta famille ?

Saint Paul cite neuf qualités issues des fruits de l'Esprit. Parmi elles, on trouve la paix. Faisons la paix maintenant et nous bâtirons dès aujourd'hui cette civilisation de l'amour si chère à Jean-Paul II. Dès aujourd'hui, on peut faire un geste de réconciliation envers quelqu'un qu'on n'aime pas. Un coup de fil, quelques mots écrits, un sourire ou une poignée de main. Est-ce si dur de pardonner, ou de demander pardon ? Faites ce geste. Nous sommes blessés par la violence du monde. On peut établir le paradis sur terre dès maintenant. Soyons des artisans de paix.

Nous avons parfois tendance à oublier que nous avons des trésors dans nos évangiles ! « Bienheureux ceux qui font la paix », nous a dit le Seigneur. Gandhi a dit un jour que, s'il voyait les chrétiens vivre les béatitudes, un des plus beaux textes de l'histoire des hommes, il serait chrétien lui-même. Et Dieu sait si Gandhi était un homme de paix remarquable ! Il vivait tout simplement les béatitudes. Il n'y a pas que les chrétiens qui peuvent les vivre.

III

Vivre et savoir mourir

22

Face au mal

Pourquoi Dieu n'intervient-Il pas ?

> Aussitôt, s'approchant de Jésus, il dit : « Salut, Rabbi ! » Et il le baisa.
> Jésus lui dit : « Mon ami, ce que tu es venu faire, fais-le. » Alors ces gens s'avancèrent, mirent la main sur Jésus, et le saisirent.
> Et voici, un de ceux qui étaient avec Jésus étendit la main, et tira son épée ; il frappa le serviteur du souverain sacrificateur, et lui emporta l'oreille.
> Alors Jésus lui dit : « Remets ton épée à sa place ; car tous ceux qui prendront l'épée périront par l'épée.
> Penses-tu que je ne puisse pas invoquer mon Père, qui me donnerait à l'instant plus de douze légions d'anges ?
> Comment donc s'accompliraient les Écritures, d'après lesquelles il doit en être ainsi ? »
>
> Matthieu XXVI, 49-54

Témoins des malheurs

Nous sommes témoins du mal et des catastrophes, de très loin, par écrans interposés. Et de très près parfois aussi. Une question lancinante se pose à nous face aux maux du monde : « Pourquoi Dieu n'intervient-Il pas ? »

Nous pouvons penser que Dieu est atterré par les événements tragiques qui bouleversent la planète. Le cœur de Dieu saigne comme le nôtre. Je n'ai aucun doute sur ce point.

Nous savons que le Seigneur nous laisse libres de vivre avec ou sans Lui. Dans de nombreuses situations nous L'excluons. On Lui dit : « Dégage de ma vie, tu n'as rien à faire ici ! » Mais nous avons le culot de nous interroger sur le manque de présence de Dieu face à une injustice ou une catastrophe. Réfléchissons ensemble sur certaines situations d'aujourd'hui, où Dieu est mis à la porte de notre existence.

Humiliation

Vous souvenez-vous de cette gifle que François Bayrou avait donnée à un gamin qui lui faisait les poches ? J'ai lu avec délectation les commentaires de nombreux psy déclarant à qui voulait les entendre : « Nous n'avons pas à humilier nos enfants », « Ils sont fragiles. Une gifle peut les traumatiser ». Une autre psychologue a déclaré : « Il aurait été préférable que François Bayrou donne une fessée au môme en dehors de la place publique, car cette gifle, c'était l'humiliation suprême. »

Tout cela prêterait à rire mais mieux vaut nous poser les bonnes questions. Un père de famille d'Évreux a été tué par des jeunes à la sortie d'une école parce qu'il demandait des comptes aux racketteurs de son fils. Cet adulte tabassé par plusieurs ados avait-il la carrure d'encaisser l'humiliation et le traumatisme provoqués par les coups répétés de ses agresseurs, lui qui a été frappé jusqu'à en mourir ?

Un gosse serait donc humilié par une gifle, mais pas l'adulte par des coups mortels. La presse a fait peu de cas de ce père. Les chrétiens feraient bien de se remémorer le Décalogue, qui nous demande de respecter ceux qui nous ont donné la vie, nous protègent et nous élèvent : les parents, et ceux qui aident les jeunes adolescent(e)s à vivre : maîtres, professeurs, éducateurs, dirigeants du pays. Si les enfants perdent leur père, que transmettront-ils à leurs enfants ? La polémique autour de cette gifle fut caractéristique d'un monde où l'autorité est égarée. A-t-elle changé de camp ? Les adultes ont-ils peur des adolescents ? Ce ne serait pas tout à fait conforme à la loi divine.

Autorisation d'absence

J'ai donné cette année une conférence dans un grand collège. Plusieurs jeunes sont venus me voir pour me dire : « Mireille t'aime bien, Guy, elle a lu plusieurs de tes livres. Elle aurait voulu venir mais elle est à l'hôpital cet après-midi pour un avortement. » Elle était âgée de dix-sept ans. J'ai demandé : « Ses parents sont-ils au courant ? – Non, m'ont répondu ses camarades, la loi permet que les parents ne soient pas au courant. » La fille est donc partie se faire avorter à l'hôpital, avec une autorisation d'absence du directeur. Cette loi récente permet aux mineures de dix-sept ans de se faire avorter sans avertir leurs parents. À son retour le soir à la maison, sa mère lui a sans doute dit : « Tu es un peu pâlotte, aujourd'hui. »

J'ai écrit à Mireille une lettre d'amitié à mots couverts. Ses parents pouvaient lire la lettre, il fallait garder le secret. À côté de cette loi obscène, où est la loi divine ? Nous l'avons exclue depuis longtemps. Le fœtus n'a pas grande valeur dans notre État laïc. Dieu est tout à fait exclu de cette affaire-là.

Nous pouvons dire à Mireille qu'elle aurait dû utiliser un préservatif. Puisqu'elle voulait absolument faire l'amour avec son mec, une capote aurait été un moindre mal par rapport à l'avortement. Alors faut-il que la capote soit distribuée à tout va sous prétexte que de toute façon les jeunes feront l'amour où et quand ils le veulent ? En procurant des capotes à tout le monde, y compris aux enfants des écoles, nous agirions comme des vétérinaires.

Le pape Jean-Paul II n'était pas contre la capote, mais il demandait d'éviter que l'on mette des objets entre les corps pendant l'amour. Si la capote est indispensable pour lutter contre le sida et les autres maladies sexuellement transmissibles, la distribuer à la légère n'est pas une solution. Qui parlera du mystère merveilleux de la sexualité, ce mystère que Dieu a voulu ? On préfère dire à Dieu : « Écoute, Seigneur, T'as rien à foutre là-dedans... » L'Église n'a pas à s'immiscer dans les chambres des adultes, mais elle doit avoir une parole sur la morale sexuelle. Toutes les religions ont une morale sexuelle. À l'humain de vivre sa sexualité en fonction de sa morale et de sa liberté. Évidemment, le peuple de jeunes que j'assume faisant l'amour sans protection, il faut que je leur donne des capotes. J'ai le devoir de leur procurer les moyens de ne pas donner la mort ni de la recevoir. Mais parler avec eux de la beauté de la sexualité est un enseignement que je ne manque jamais de leur offrir.

Passage à l'acte

L'industrie du divertissement produit de plus en plus des films pornos et violents. Certains encouragent incidemment ou explicitement au viol, à la drogue, parfois au meurtre, voire au suicide. Les jeunes sont de plus en plus friands des thèmes sataniques.

Certains psychologues ont un discours rassurant : « C'est un divertissement, c'est virtuel, les jeunes savent faire la différence avec la réalité. » D'autres prétendent que la vision de ces scènes n'a aucun effet négatif sur nos ados. Je suis éducateur depuis quarante ans et je connais très bien les jeunes, garçons et filles. Je discerne clairement la puissance de fascination qu'exercent des scènes pornographiques ou violentes sur de jeunes adolescent(e)s. J'en ai mesuré les effets parfois immédiats. Donner en pâture, à des jeunes qui manient l'informatique avec une extrême dextérité, des pages répugnantes, c'est salir leurs yeux et surtout leur cœur, à un âge particulièrement apte à tout saisir, le meilleur comme le pire. Les parents devraient interdire l'installation d'un ordinateur connecté à Internet dans la chambre à coucher de leur ado. Les marchands de sexualité violente expliqueront-ils aux parents qu'ils n'y sont pour rien lorsque sept jeunes violent une fille de quinze ans, dans un collège sans histoires ? La fille a porté plainte après cette agression terrible. Le rapport de police signale dans la déposition que les jeunes n'avaient aucune conscience du bien et du mal. Non, ils avaient simplement envie de cette fille. Deux jeunes Américains ont tué treize de leurs copains et copines en plein cours, en plein amphithéâtre, à Denver. Toute la presse en a parlé parce qu'elle était révulsée. Ces jeunes n'étaient pas des marginaux, ils n'habitaient pas non plus dans une « banlieue criminogène ». Un jeune Allemand vient de massacrer onze de ses professeurs. Il n'avait apparemment aucune conscience du bien et du mal, lui non plus.

Tendance suicide

Un phénomène particulièrement tragique commence à s'amplifier au Québec. Des jeunes dont les parents ne s'occupent que de leur bien-être matériel et scolaire, perdus, se suicident en groupe. Cette tendance au suicide collectif est récente. Ensemble, ils choisissent un endroit isolé, une petite île, et préparent à quatre ou cinq leur suicide, comment se balancer dans le vide. Puis ils passent à l'acte. C'est effrayant. J'ai découvert cette nouvelle mode la dernière fois que je me suis rendu au Québec. Quelle détresse ces jeunes peuvent-ils donc vivre pour en arriver là ? Et quelle solitude vivent-ils, loin des adultes, pour ne pas pouvoir appeler au secours ? N'ont-ils aucun interlocuteur extérieur à qui confier leur malaise ?

Où sont les adultes à ce moment-là ? La réponse que nous, adultes, donnons est à la hauteur de notre stupeur et de notre impuissance. On s'étonne. Nous pourrions dire que nous récoltons ce que nous semons. Nous récoltons surtout une culture sans Dieu. Si nous biffons Dieu de notre vie, Il est atterré comme nous, mais Il ne peut intervenir directement. Si nos enfants, dès le plus jeune âge, sont élevés dans le respect du corps et le respect de l'autre, si nous avons une morale laïque très forte, basée sur des valeurs humaines, et que nous ajoutions à cela une morale religieuse qui dynamise et donne un sens à la vie, alors ces viols, ces tueries et ces suicides auront moins de risques de se reproduire.

Tous au paradis

Notre réflexe devant de tels faits est de nous interroger : « Mais comment Dieu peut-Il exister ? », alors que nous Lui avons dit : « Fous le camp, bouge de là, Tu n'as rien à faire dans ma vie. » Nous pouvons nous étonner de constater à quel point il est facile de se débarrasser de Dieu et ensuite de se demander comment notre vie peut devenir un enfer. Il n'y a pas que des choses infernales dans la vie. Il n'y a pas que des choses horribles, mais d'année en année nous assistons à des événements qui nous plongent dans une horreur encore plus grande. Nous croyons ce qui est écrit dans les journaux et nous doutons de ce qui est écrit dans la Bible. Dieu se trouve rayé de nos vies. On teste sans cesse le magistère de l'Église. Même les catholiques critiquent violemment des propos du pape, des évêques, de l'enseignement. Pourtant tout le monde veut aller au paradis. On pense qu'il y a un paradis, pourvu qu'il ne faille pas penser, dire, croire, faire ce que dit la Bible.

Notre Livre saint nous fournit un code moral, nous apprend le respect, à s'aimer soi-même, à aimer l'autre dans son cœur, dans son corps et dans ce qu'il est.

Comme il nous est facile de juger ! Nous n'acceptons pas de l'être, mais nous autorisons sans cesse à le faire. Les forces du mal sont en nous. Victor Hugo disait : « Il dort toujours en nous un côté malveillant qui surgit à tout moment. » Notre côté négatif, c'est les forces du mal...

Il est étonnant de voir combien nous pouvons nous inquiéter de ce que les autres pensent de nous, alors que nous nous fichons littéralement de ce que Dieu pense de nous. L'important est ce que Dieu pense de moi, ce n'est pas ce que les autres pensent. Je m'en tape sauf si le jugement est éclairé. Quand je prends une remarque pertinente en pleine gueule, je sais que c'est bon et je tente de m'améliorer.

Fait troublant, l'Église manque actuellement de vocations sacerdotales et religieuses. Beaucoup de chrétiens se cassent la tête pour savoir si des hommes mariés peuvent être prêtres. On fait des plans, des synodes, mais on a oublié la source même des vocations : l'enseignement du Christ, son seul fils, qu'il nous a donné. Jésus n'a pas dit : « Faites des réunions, des sous-commissions et des synodes », mais : « Priez le maître de la moisson d'envoyer des ouvriers dans son champ. » Il faut bien sûr réfléchir au problème des vocations, mais si un milliard de chrétiens priaient chaque jour, croyez-vous que le maître de la moisson ne nous écouterait pas ? Inutile de nous torturer l'esprit. Cherchons les signes de Dieu et prions.

Affronter le mal

Je suis troublé qu'en cas d'épreuve dans la vie, Dieu soit aussitôt attaqué alors qu'Il n'a paraît-il aucune importance dans nos existences ! J'ai entendu à plusieurs reprises : « Dieu ne peut pas exister. » Je ne réponds jamais à ces propos-là. À un moment où les gens vivent une souffrance ou une grande colère, je ne peux pas défendre Dieu. Une présence d'amour est bien supérieure à un grand discours théologique. C'est une réponse formidable dans ces circonstances-là. C'est drôle comme on juge Dieu responsable du mal du monde alors qu'on oublie de Le louer quand on est en bonne santé et que tout va bien. Sa Création devrait pourtant nous faire exploser de reconnaissance ! Pensons-nous à louer Dieu pour Son incomparable Création ? Dans son livre *Entrez dans l'espérance*, Jean-Paul II l'affirmait : « La plupart des souffrances de l'humanité sont en grande partie dues à l'homme. » Bien vu, Jean-Paul.

J'affirme qu'une morale laïque forte, doublée d'une spiritualité qui engage, dynamise et donne un sens à la vie, permet d'affronter le mal. Le bien et le mal ne sont pas des notions personnelles. Il s'agit d'affronter le mal tel qu'il est dans notre monde, sans hésiter à s'engager dans toutes les luttes et à défendre le meilleur de l'homme, le meilleur de tous et toutes, par la solidarité, l'engagement et la présence.

« Que votre lumière brille devant les hommes. En voyant ce que vous faites de bien, ils rendront gloire à notre Père qui est dans les cieux. Un nouveau monde et une nouvelle vie naîtront de la flamme de la charité et de l'amour» (Matthieu V, 13).

À condition que nous soyons sel de la terre et lumière du monde, et que nous mettions vraiment Dieu au cœur de nos vies, alors Il interviendra.

23

Aux côtés de celui qui meurt

Quelle attitude adopter ?

Lorsque ce corps corruptible aura revêtu l'incorruptibilité, et que ce corps mortel aura revêtu l'immortalité, alors s'accomplira la parole qui est écrite : la mort a été engloutie dans la victoire.
Ô mort, où est ta victoire ? Ô mort, où est ton aiguillon ?

I Corinthiens XV, 54-55

Nous sommes si stupides face à celui qui meurt. Nous ne savons pas quoi faire. On est paumé.

Personne n'aime parler de la mort

J'ai reçu cette lettre d'une élève infirmière atteinte d'une maladie mortelle. Elle s'adresse à ses camarades et à tous ceux qui ont pour rôle d'accompagner des mourants. Je vais vous en citer quelques passages qui m'ont particulièrement touché.

« Je vais mourir. Je vous écris dans l'espoir que, par ce partage, vous serez plus capables d'aider ceux qui vivront la même expérience que moi. Personne n'aime parler de la mort. Les soins progressent. J'aimerais qu'ils aillent plus vite. Actuellement, on nous enseigne de ne pas être rassurant à tout prix, d'oublier le "tout va pour le mieux". C'est très bien mais il reste un vide immense. Une solitude terrible. Le malade mourant n'est pas encore considéré comme une personne, de ce fait les soignants ne communiquent pas vraiment avec lui.

« Le mourant est le symbole de toutes les peurs humaines. Ne vous a-t-on pas enseigné en nursing psychiatrique qu'il fallait se connaître soi-même avant d'aider les autres ? Aujourd'hui, pour moi qui vais mourir, la peur est là. C'est moi qui meurs. Vous vous glissez dans ma chambre et en ressortez. Vous m'apportez les médicaments. Vous prenez ma tension. Est-ce le fait que je sois élève infirmière ou le fait que je sois un être humain qui vous rend insécurisé ? Vous ne savez pas quoi dire ni faire. Mais, si vous savez ressentir, vous ne pouvez pas faire d'erreur.

« Osez admettre que vous aimeriez faire quelque chose. Nous qui mourons, c'est ce que nous désirons. Nous pouvons demander "pourquoi" mais en fait nous n'attendons pas de réponse. Je vous en prie, ne vous en allez pas, ne quittez pas ma chambre, attendez. Tout ce que je voudrais savoir, c'est que quelqu'un sera là pour me tenir la main lorsque j'en aurai besoin. Vous savez. j'ai peur.

« La mort peut devenir une routine pour vous, vous avez l'habitude. Mais la mort, c'est nouveau pour moi. Peut-être ne me considérez-vous pas comme unique, mais savez-vous que c'est la première fois que je meurs ? Pour moi, c'est unique. Vous chuchotez à propos de ma jeunesse, mais lorsque l'on meurt, est-on encore jeune ? Il y a tant de choses dont je voudrais parler avec vous. Cela ne vous prendrait pas beaucoup plus de temps, vous avez beaucoup de soins à me donner. Si nous pouvions être honnêtes et admettre que nous avons peur, alors nous nous rapprocherions les uns des autres. Montrer que cela vous touche, est-ce que cela mettrait en danger votre image professionnelle ? Non, cela rendrait la mort moins difficile dans un hôpital, parce que je suis seule et que je sais que vous avez peur. »

Cette élève infirmière écrivait alors qu'elle était en phase terminale. Elle souligne que le mourant n'est pas assez considéré comme une personne. Elle avait besoin qu'on l'écoute. Nous ressentons qu'elle n'avait pas le soutien moral et psychologique qu'elle attendait. Les autres infirmières et infirmiers avaient peur de voir mourir cette jeune femme, infirmière comme eux. Elle le dit bien, c'est la peur que la mort inspire qui est à l'origine de ce défaut de communication. Elle pose de sacrées questions.

La fragile musique de la vie

Avons-nous peur de la mort ? Si la mort nous effraie, nous aurons peur de quelqu'un qui va mourir. Tout petit, au séminaire, on me faisait trembler dans ma culotte. Un prédicateur nous faisait un sermon sur la mort, deux fois par an. Ce n'était pas si mauvais, même si cet enseignement n'était pas très pédagogique. Dès l'âge de treize ans, on me parlait de la mort. Pendant neuf ans, on m'en a parlé à chaque retraite. Certains prédicateurs nous fichaient vraiment la frousse. Voir leur gueule était parfois déjà effrayant… D'autres nous faisaient moins peur, heureusement.

L'élève infirmière malade réclamait une présence. Elle avait besoin d'écoute. Elle attendait une intimité humaine chaleureuse. Elle avait peur d'ennuyer ses copines avec cette maladie qui la rongeait. Elle voyait parfaitement dans leurs yeux qu'elles savaient qu'elle allait mourir. Nous sommes tellement préoccupés de nous-mêmes. Nous parlons souvent trop. Il ne faudrait rien dire. Ou demander spontanément ce que vit la personne. Sans charcuter le mourant sur l'avancement de son état. Sachons faire silence et attendre, en écoutant naturellement. L'écoute profonde est le seul remède qui soulage le cœur. Le mourant parlera librement si l'on sait suffisamment observer le silence. « Faites silence et tenez la main », demande-t-elle.

Nous sommes bien souvent paumés. Par peur de dire, nous parlons trop, ce qui augmente sans doute la peur du mourant. La mort qui avance suscite un émoi profond en nous et souvent le désir de fuir. La peur de la mort entraîne la peur de ceux qui vont mourir, trouble notre jugement et perturbe notre façon d'agir.

Nous savons pourtant que nous mourrons tous. Si la mort est notre deuxième berceau, il vaut mieux nous y préparer. Cela nous aidera à préparer les autres. Comment avons-nous appris à vivre avec la mort ? L'idée de la mort peut nous aider à vivre mieux. Je vous recommande de vivre comme si vous deviez battre le record de longévité de Jeanne Calment, tout en vivant chaque jour comme si ce soir vous deviez avaler votre bulletin de naissance ! Si nous avions cela dans la tronche plus souvent, nous serions prêts à mourir. Nous vivrions autrement.

Erreurs et maladresses

Je vous avoue qu'il m'est arrivé quelquefois de commettre de belles conneries. Une grande amie de ma famille, Nicole, était âgée de vingt ans. J'avais prévu de marier cette grande et belle fille en septembre il y a une quinzaine d'années. Sa mère découvrit trop tard qu'elle avait un cancer du sein. Elle avait voulu cacher une trace noire sur sa peau. Le cancer l'a emportée assez vite. Chaque nuit, vers deux heures du matin, le médecin spécialiste m'avait permis de lui rendre visite. Nous nous installions dans sa chambre un moment avec quelques jeunes. Ils lui faisaient des dessins. Elle ne pouvait plus se passer de nos visites. Un soir, j'ai dit à Nicole qui était chrétienne : « Je prie pour toi. » Et j'ai entendu son cri en forme de réponse : « Je ne veux pas que tu pries pour moi, tu entends, Guy ! » J'ai été bouleversé par ce cri. J'avais dit une sacrée connerie. Si je priais, cela signifiait pour elle, qui était très malade, qu'elle allait bientôt mourir. Elle ne voulait pas que je la place face à cette réalité. Dans mon lien d'amitié avec elle, j'aurais dû savoir fermer ma gueule. Son oxygène était notre visite amicale et joyeuse, et moi, prêtre, signe visible de Celui qui a vaincu la mort, j'avais à me taire. Ma seule présence suffisait. Nicole est morte en m'appelant dans mon enregistreur téléphonique. C'était son dernier cri avant le passage.

Gérard est mort du sida. Il m'avait révélé sa maladie alors que je voyais pour la première fois ce costaud peiner dans les escaliers. Je lui ai rendu visite à l'hôpital. La mort arrivait très vite. Le docteur m'a demandé de revenir le plus souvent possible. Ma visite, semble-t-il, le réconfortait énormément. Il est mort avec ses parents à son chevet, la tête tournée vers la porte. Je n'ai pas pu être présent au moment de son départ. Il m'avait attendu pour partir. J'ai enterré Gérard. Je me souviens que, dans le cercueil, il avait gardé ce rictus qui semblait me dire : « Guy, j'aurais voulu que tu sois là. » J'aurais dû être là. Tout laisser et être là.

Une de mes prières préférées est de supplier Dieu pour ceux et celles qui meurent seuls. En attendant, laissons tout pour celui ou celle qui s'en va. Notre présence est inestimable.

24

La souffrance

Un défi immense

Soyez sobres, veillez. Votre adversaire, le diable, rôde comme un lion rugissant, cherchant qui il dévorera.
Résistez-lui avec une foi ferme, sachant que les mêmes souffrances sont imposées à vos frères dans le monde.
Le Dieu de toute grâce, qui vous a appelés en Jésus-Christ à Sa gloire éternelle, après que vous aurez souffert un peu de temps, vous perfectionnera Lui-même, vous affermira, vous fortifiera, vous rendra inébranlables.

I Pierre V, 8-10

Je voudrais aborder la question de la souffrance sous deux aspects : la souffrance que l'on accepte et celle que l'on subit. Accepter la souffrance est un défi. Se lamenter et la subir nous victimise. Nous avons à transcender la souffrance car la subir est une catastrophe. Nous devons la renverser et lui « faire la peau ».

Comment aborder la souffrance ?

C'est un magnifique défi de dépasser une souffrance. Je côtoie quotidiennement la souffrance depuis quarante ans. Je reçois des jeunes remplis de douleur. En voyant leurs dossiers, je me dis souvent : « Quel paquet de souffrances a vécu ce môme ! » C'est le choix de ma vie, et c'est là que l'Église m'a permis d'œuvrer. J'ai à vivre ma foi au milieu de la souffrance.

À la fin de chaque conférence, je suis sidéré du nombre de personnes qui viennent me dire leurs malheurs. Je me souviens de l'une d'elles, victime d'inceste. D'une autre, divorcée. D'un enfant adopté qui rendait la vie impossible à sa famille et insultait ses parents. Partout où je vais, je rencontre les souffrances. Je vis avec des jeunes à la fois victimes et bourreaux. Un jeune de treize ans qui a commis des centaines de délits a fait d'innombrables victimes. Mais il est aussi victime lui-même de l'éducation qu'il n'a pas reçue. Il ignore tout des limites. Si ses parents avaient su lui dire non, s'ils l'avaient attendu le soir, s'ils avaient été présents, la justice ne m'aurait pas confié ce paquet de haine et de rage. La souffrance a laminé, écrasé ces ados. Leur souffrance me vrille le cœur lorsqu'ils me disent : « Je suis con, je vaux rien, j'ai pas envie de vivre, je préférerais crever, la vie est conne, et puis regarde le dossier du juge ! » D'accord, je sais… Et ils ont parfois pris l'habitude de se complaire dans un rôle de victime. Je n'ai pas du tout envie de les plaindre. J'écoute d'abord leur souffrance, quand ils veulent la raconter, ce qui est plutôt rare au début de notre rencontre. En général, voir leur tronche me suffit pour tout comprendre. J'ai horreur qu'on accuse le destin. C'est un terme diabolique. Je refuse de croire que tout cela devait leur arriver. Ce n'est pas vrai. Le destin n'est pas un terme évangélique. Un tel mot fait des victimes à vie. Certains êtres, je le reconnais, sont particulièrement secoués, comme marqués par le manque de chance. Mais seulement à certains moments de la vie. Un de mes frères a connu un parcours dramatique, victime d'un accident mortel à l'âge de trente ans. Il a laissé une femme et sept enfants en bas âge derrière lui. Son fils de quinze ans est mort noyé dans un canyon en crue. Son petit-fils est décédé à sept ans d'une rupture d'anévrisme. La mort a frappé durement et précisément cette lignée de sang. Aucun autre fils ou petit-fils n'est mort accidentellement dans notre famille. C'est étonnant et nous pouvons nous poser des questions. Comment la mort peut-elle emporter des membres d'une même famille sur trois générations et épargner tous les autres ?

C'est une grande épreuve que d'accepter le traumatisme de la souffrance surtout lorsqu'elle se répète ! On risque d'être anéanti. Mais, si l'on réagit dans ces situations-là, on peut devenir quelqu'un de vivant et respirant d'espérance. Au contraire, si nous subissons passivement une telle épreuve, nous pleurerons toute notre vie.

Fred et Popeye

Je me baigne dans le visage d'un jeune quand il vient de nous être confié et je découvre un océan de souffrance. Il faut voir leur visage lorsqu'ils arrivent chez nous. Une éducatrice qui connaissait Fred m'avait mis en garde : « Il est très suicidaire. » Je le vois maintenant, visage rayonnant, responsable et ardent travailleur. Mes adjoints éducateurs ont fait avec lui un travail remarquable. Leur plus belle réussite, ils la doivent à Popeye notre sanglier. Fred a la spécialité de l'embrasser sur le groin ! La présence de cette bête qu'il aime tant et qui le lui rend bien l'a métamorphosé. Des gens très affectueux et solides autour de lui l'ont porté évidemment, et aidé. Mais Popeye le sanglier a posé une sacrée pierre dans la vie de Fred.

Nous avons le choix : ou bien nous nous laissons emporter et écraser par la souffrance en nous lamentant, ou bien nous relevons le défi. Je me suis aperçu que les plus grands traumatismes de la vie étaient ceux de l'enfance et de l'adolescence, des premiers regards de notre mère jusqu'aux premières heures de l'âge adulte. L'enfant délaissé, battu, les parents qui se trompent, l'adolescent devenu irascible parce qu'il a ressenti un manque d'amour et que les parents frappent parce qu'il est coléreux : la catastrophe programmée commence là. Les accidents, les divorces… Mais les traumatismes d'enfance ne sont pas invincibles. Accepter les souffrances de la vie comme autant de défis nous permet de les affronter.

Je n'ai jamais voulu me satisfaire dans l'écoute des souffrances des jeunes que l'on nous confie. Je les écoute et très vite je tente de les appeler au plus haut. Remuer longuement des histoires purulentes peut amener certains jeunes à ajouter une dose supplémentaire. Je donne pour consigne à mes adjoints : « Écoutez-les et passez à autre chose. » Le jeune risque de se cantonner dans sa souffrance et de s'y complaire. D'innombrables adultes tombent aussi dans ce piège. Des mémés se plaignent sans cesse, pleurent sur leur arthrose et leur foie, leur vue qui baisse et leurs tibias… J'en connais d'autres qui souffrent beaucoup, mais se plaignent très rarement.

Des transfigurations

J'aime revoir chaque mois à la Bergerie de Provence les visages de ces jeunes qui changent. Je me souviens toujours parfaitement des premiers regards que nous avions échangés quelques mois ou quelques années auparavant, à leur sortie de prison. Pâles et maigres, diaphanes même, ce sont souvent des jeunes des banlieues de Paris. Et de mois en mois, j'observe leur figure qui rosit. Faucon est à sept cents mètres d'altitude. Bientôt, leurs yeux s'expriment. Ils ont au début le regard en biais du taureau en chaleur, mais ils apprennent petit à petit à regarder leurs interlocuteurs en face. Dès qu'ils se sentent aimés, leur développement physique est spectaculaire. À treize ou quinze ans, je les recueille sournois, pâlichons et un peu squelettiques. Puis toutes les fonctions psychiques et physiques qui étaient bloquées par la souffrance se libèrent. Les gosses retrouvent la vivacité de leur intelligence et se mettent à grandir, comme s'ils rattrapaient le temps perdu. Ils s'épanouissent musculairement et intellectuellement et affectivement, peu à peu, parce que leur entourage s'intéresse non à leur passé, mais à leur présent et à leur futur. J'admire toujours le développement physique de nos jeunes. Il n'est dû qu'à l'entourage aimant que nous créons pour eux.

Le passage de la petite enfance est déterminant. J'ai vu tant de petits écartelés, écrasés, traumatisés. Lorsqu'ils rencontrent notre route, nous devons les dynamiser, les élever, les renforcer. Le cours de la vie peut offrir des chances superbes après une enfance manquée. J'ai rencontré des gens rayonnants de joie et d'espérance, une fois qu'ils avaient surmonté leur douleur. Au lieu de dire : « C'est la destinée » et de subir, ils ont pris en main leur souffrance et sont devenus de sacrés conquérants.

« La vie est comme une partie d'échecs, disait Anna Freud. Les premiers coups sont importants parce qu'ils donnent la direction, mais tant que la partie n'est pas terminée, il reste de très beaux coups à jouer. » C'est pour moi une très belle définition du défi lancé à la souffrance.

Vous savez combien la trinité d'amour est indispensable. Être aimé par un père et une mère est vital. Mais en cas d'échec, un professeur, un ami ou un éducateur peut tout sauver. Nous avons toujours besoin d'un autre pour devenir soi. On peut toujours recommencer une nouvelle vie grâce à un autre. Si cet autre amène un épanouissement que le père et la mère n'ont pas pu ou su donner, alors nous pouvons assister à des miracles.

Pendant les bombardements de Londres par Hitler, durant la Seconde Guerre mondiale, des médecins se sont aperçus que les nourrissons orphelins mouraient moins dans certaines nurseries que dans d'autres. C'était dû à la qualité d'attention que les nourrices leur portaient. Là où les employées se contentaient de les nourrir et de les nettoyer, ils mouraient plus que là où on les berçait, les pouponnait…

L'ornière

J'ai accueilli une fille qui, durant des mois et des années, avait erré de centre en centre. Elle était devenue impossible, ça ne collait nulle part. Alors on me l'a confiée. Cette fille m'a dit un jour qu'elle avait eu la chance de rencontrer une éducatrice qui avait sauvé tout le reste de sa vie. Bien qu'elle n'ait été en sa présence qu'une quinzaine de jours, l'éducatrice l'avait sortie de son ornière. J'aurais voulu connaître cette femme.

Des petits Chiliens ont vu leurs parents être torturés devant eux. Certains sont devenus fous. Beaucoup d'entre eux sont devenus très militants. De toute souffrance, nous pouvons faire une libération. Nous avons la liberté de prendre notre vie en main. Dites-vous : « Je souffre et je suis très malade, mais je prends ma vie en main.» Certains artistes chantent leur histoire. Barbara, qui avait subi un inceste, a défié sa douleur de cette manière. Des prisonniers ont écrit des livres sur leurs souffrances. Les portes de sortie sont nombreuses : le combat, la création, l'expression ou l'engagement social. Je rencontre dans des mouvements et des associations de nombreuses personnes qui ont souffert pendant l'enfance, et qui prennent cet engagement social, humanitaire ou politique comme un défi face à leur souffrance. Ce sont des exemples à suivre. Il ne faut pas se laisser dévorer par ses souffrances, quelles qu'elles soient. Vous verrez d'extraordinaires métamorphoses se produire en vous.

Quels que soient nos traumatismes, si nous les acceptons, si nous en faisons des défis, nous pouvons être des combattants toute notre vie. La souffrance est un mystère pour les chrétiens, elle l'est aussi pour d'autres croyants. Dieu étant bon, Il n'envoie pas la souffrance aux hommes, mais Il permet la souffrance pendant notre passage sur la terre, tout comme Il permet le bonheur. Pour le chrétien, la mort du Christ permet de comprendre la souffrance. Trop de gens se complaisent dans la souffrance faute de la comprendre. Si nous ne la comprenons pas, faisons confiance au Christ. Il a connu la souffrance avant nous. Nous pouvons partager sa croix. Nous pouvons prier quand nous souffrons.

Si par moments nous n'avons plus envie de prier, sachons dire à Dieu que nous Lui offrons notre souffrance pour les autres, nos frères humains, que nous acceptons la souffrance, si elle permet à d'autres de mieux vivre. Quand on ne peut plus faire face à la douleur, il nous restera toujours ce recours : « Déchargez-vous de tous vos soucis sur Lui, Il prendra soin de vous » (Pierre V, 5).

Oui, Dieu est là au cœur de toute souffrance. Le chrétien qui le sait et le croit saura assumer les épreuves de la vie et en faire un tremplin pour s'élever. Il y a en effet des hauteurs que la souffrance ne peut plus atteindre. La résistance spirituelle d'un être lui permet d'atteindre ce sommet.

25

Tenir la main jusqu'au bout

À ma mère

Près de la croix de Jésus se tenaient sa mère et la sœur de sa mère, Marie, femme de Clopas, et Marie de Magdala.

Jésus, voyant sa mère, et auprès d'elle le disciple qu'il aimait, dit à sa mère : « Femme, voilà ton fils. »

Puis il dit au disciple : « Voilà ta mère. » Et, dès ce moment, le disciple la prit chez lui.

Après cela, Jésus, qui savait que tout était déjà consommé, dit, afin que l'Écriture fût accomplie : « J'ai soif. »

[…]

Après cela, Joseph d'Arimathie, qui était disciple de Jésus, mais en secret par crainte des Juifs, demanda à Pilate la permission de prendre le corps de Jésus. Et Pilate le permit. Il vint donc, et prit le corps de Jésus.

Jean XIX, 25-28 et 38

Une mère, c'est si beau

Je voudrais vous parler de la mort récente de ma mère. Elle me manque beaucoup. Mon père, lui, a disparu il y a vingt-quatre ans.

Ma mère m'a marqué, comme mes quatorze frères

et sœurs. J'ai retenu cette phrase que je trouve superbe: « Une mère, c'est si beau que même Dieu en a voulu une. » Puisque le Christ, pour nous fils de Dieu, avait Marie pour mère. Ma prière et ma pensée vont vers tous ceux et celles qui l'ont perdue, parce qu'il faut peut-être perdre sa mère pour savoir ce qu'elle représentait. Ma pensée va vers ceux et celles qui ne l'ont pas connue, une maman qui est morte en couches ou lorsque l'enfant était trop jeune pour s'en souvenir. Pour certains de mes jeunes, que leur mère a maltraités, celle-ci reste sacrée.

Je fais de nombreuses conférences le week-end. Il y a un an et demi, j'en avais une de prévue dans ma ville natale. Étrangement, elle est tombée juste au moment où ma mère est morte.

Permettez-moi quelques souvenirs pour illuminer ces moments de tristesse et de joie. Ma mère n'aimait pas que l'on parle d'elle. Pourtant, chacun de mes livres parle d'elle. Elle lisait mes écrits avec une grande attention. La dernière fois que je l'avais vue, elle m'avait demandé deux livres brochés qui lui manquaient. Elle savait aussi que mon travail avait permis à de jeunes adolescents de mieux aimer leur mère ou de se réconcilier avec elle. Au fond, elle aimait que je parle de ce qu'elle avait été pour moi. Au début du livre sur le Rosaire, je parlais de notre lien et elle l'avait particulièrement apprécié.

Mauvaises nouvelles

La semaine précédente, les nouvelles n'étaient pas bonnes. En arrivant, bizarrement, j'étais tranquillisé et pourtant je pensais que l'agonie commençait. Le mardi, d'un seul coup, pressé de la voir, de bondir à son chevet, je fonce. Elle est morte un quart d'heure après dans mes bras. Vous savez, on se souvient toujours de ces moments. Plusieurs de mes frères et sœurs étaient là. Quelques minutes auparavant ils étaient partis chercher une autre sœur. Il y avait eu une rémission ce matin-là. Les nouvelles que l'infirmier m'avait données étaient les suivantes : « Votre mère tente de parler depuis cinq à six jours. » Mes frères et sœurs ne comprenaient pas ce qu'elle disait. Sans cesse elle voulait parler, mais elle se fatiguait énormément. L'infirmier avait été formel : « Deux minutes chacun, c'est tout ! »

Je refuse et décide de rester avec elle nuit et jour, s'il le faut.

Je lui dis : « Écoute, maman, tu veux revenir à la maison, c'est ça ? » Je vois qu'elle ouvre les yeux. Je lui dis : « Maman, ouvre bien les yeux et ferme-les deux fois pour oui. » Ce qu'elle a fait. Pour confirmation, je lui dis : « Serre-moi la main » et de sa seule main valide, elle m'a nettement serré. J'ai dit : « Maman, il y a pas de lézard, tu vas revenir à la maison. »

Dans mes bras

Elle s'est apaisée d'un seul coup. Je l'ai bénie. Ma sœur, à mon côté, l'a rassurée : « Maman, tu sais, on t'aime beaucoup. Ils vont tous venir, mes frères et sœurs, ne t'inquiète pas. » Je lui ai dit : « Tu as tellement souffert, Maman, tu as toujours souffert. Cette souffrance a été rédemptrice pour nous. Tu sais comme on s'aime. Je te bénis, maman, pour tout l'amour que tu nous as donné, au nom du Père et du Fils et du Saint-Esprit. » Elle est morte à ce moment-là. Deux heures après, comme je lui avais promis : « Ce soir, tu seras à la maison », elle était à la maison. Morte, mais à la maison. En rentrant, dans le jardin, je vois les mésanges qu'elle aimait tant. Les oiseaux grappillaient les graines qu'elle avait fait mettre dans des corbeilles.

C'est une grâce de voir sa mère mourir et de la

prendre dans ses bras. Cette grâce, je l'ai eue. Je ne la méritais pas, car j'étais celui qui venait le moins souvent, une à deux fois par an. Mais elle m'avait dit: « Mon fils, viens de temps en temps. Nous savons que tu vas vers les autres. » J'étais le moins apte à être là, et pourtant, j'y étais.

Larmes et sourires

Le corps était à la maison, comme elle l'avait demandé dans ses derniers instants. La veillée mortuaire fut joyeuse et triste. Nous étions tous réunis dans la salle à manger et chacun a exprimé ce qu'elle lui avait apporté. Il y eut quelques larmes, beaucoup de sourires et quelques rires. C'était de l'histoire vivante. Elle nous rappelait souvent des faits de nos vies. Je me suis souvenu qu'elle m'avait dit, à quatre-vingt-dix ans, quelques mois auparavant: « Mon petit Guy, tu étais le premier à être debout dans ton berceau et tu faisais des discours ! »

Elle rappelait à chacun des faits précis de son enfance, qu'elle avait parfaitement gardés en mémoire. Elle récitait le chapelet tous les jours. Sur son cercueil, j'ai posé celui que le pape m'avait donné. J'ai aussi déposé *Prions en Église*, ce livre que les chrétiens connaissent, parce qu'elle lisait la messe chaque jour. L'évêque de La Rochelle est venu et a récité avec moi le *Magnificat*. Il m'a dit: « Guy, ta mère était si sainte. »

Puis le croque-mort qui avait transporté le corps m'a vu pleurer. Évidemment, j'ai éclaté en sanglots quand ma mère est morte. La femme qui aidait à préparer le corps, Corinne, m'a appris qu'elle avait perdu sa mère quinze jours plus tôt. Alors je l'ai prise par la main et nous avons prié ensemble. Corinne pleurait aussi.

Maman avait demandé un enterrement communautaire, mais, avait-elle précisé fermement : « Pas de grand discours, que chacun dise ce qu'il pense ».

Chacun, avec ses mots, a dit ce qu'il pensait. Je vois encore dans le chœur le petit Marc, huit ans, le fils de Géraldine, l'assistante médicale qui s'occupait de ma mère tous les jours depuis deux ans. Il ânonnait joliment les mots qu'il avait écrits, demandant pardon d'avance pour les fautes. À la messe, j'avais mis le chapelet de ma mère sur l'autel. J'ai donné le chapelet à ma sœur Malou, qui avait perdu tragiquement son mari André et sa petite fille Marine, en lui disant que la chaîne de prière continuerait.

Retour au berceau natal

« Nous avons la tristesse et la joie de vous annoncer que notre mère est dans le Royaume de Dieu. » Ainsi était formulé le faire-part. Il y eut deux cérémonies parce que ma mère était de Crazannes, à vingt kilomètres de Rochefort. C'est là qu'elle était née, dans une ferme, quatre-vingt-dix ans plus tôt. Nous nous sommes rendus au berceau natal pour une petite cérémonie. Dans ce village se trouvaient tous ses vieux amis et ses voisins. La deuxième cérémonie et la deuxième messe eurent lieu à Rochefort.

À la ferme de notre enfance, quelque chose de bizarre, comme un flash extraordinaire et inédit, s'est produit. Je me suis dit : « Nous sommes tous les quatorze réunis, il faudrait faire une photo. Après le cimetière tout le monde va se disperser. Faisons une photo avec mes treize frères et sœurs. » Nous ne nous étions jamais revus tous ensemble depuis la mort de mon seul frère disparu, mort accidentellement à trente-trois ans. Comme le cercueil était dehors, nous nous sommes groupés autour et une photo a été prise, tandis qu'une foule de gens attendait d'entrer dans l'église, avec maman et nous. C'était étonnant. Quelqu'un serait passé sur la route, il aurait pu se demander ce que nous faisions. Cette photo voulait dire: « Eh bien, les vivants, tissons ensemble des liens de plus en plus forts tant que nous sommes en vie. »

De là-haut

Lors de la veillée funèbre, nous étions une quarantaine en comptant les petits-neveux. Du jardin où je m'étais retiré un moment, on entendait des rires, de la guitare et des chants. Si quelqu'un était passé par là, il aurait pu croire que nous célébrions un mariage. Nous venions d'enterrer notre mère. Je pense qu'elle était heureuse de voir cela de là-haut, parce cette réunion était très joyeuse, pleine d'humour, de chants, d'histoires familiales les plus drôles. C'était émouvant de voir les quatorze frères et sœurs réunis. Pourtant, certains étaient malades, d'autres vivaient à mille kilomètres. Chacun passait un week-end à tour de rôle avec notre mère et nous nous cotisions pour qu'une assistante médicale s'en occupe à plein temps. Je pense que ma mère serait morte depuis longtemps si elle avait été dans une maison de retraite. Nous avons tenu à ce qu'elle soit avec ses mésanges jusqu'au bout.

Quelqu'un m'a présenté une lettre

C'est un peu personnel mais je vous le raconte parce que ça m'a vraiment fait une drôle de surprise. C'était une lettre que mon père et ma mère avaient envoyée en octobre 1948 à un grand ami. Ma sœur m'a donné cette lettre juste après que maman a été mise en terre. Elle avait un rapport avec mon entrée au séminaire, le 4 octobre 1948. Mon père disait à son ami : « Nous avons le grand honneur d'annoncer que Guy veut être prêtre, il couve ça depuis deux ans, il ne nous l'avait pas dit. » Quand j'indique que ma vocation est née à treize ans, c'est faux, elle est née à onze ans. J'avais fermé ma gueule pendant deux ans, et d'un seul coup, j'ai annoncé, le 1er octobre, que je voulais entrer au séminaire. Le 4 octobre, j'y étais. Mon père avait ajouté sur la lettre : « à l'étonnement général de toute la famille », parce que j'étais particulièrement insupportable.

Lorsque l'on enterre un être cher, on dit toujours ce qu'il y a de meilleur. Parfois on se souvient d'un fait qui définit cet être avec une grande perfection.

Un de mes frères nous a raconté cette merveilleuse histoire. Il avait fait une grosse bêtise. Maman le punit, puis entre dans sa chambre, dont elle ferme la porte. Pierrot lui décoche alors une grave insulte. Elle l'entend et rouvre la porte. À ce moment-là, Pierrot éclate en sanglots et maman lui dit : « Tout à l'heure, pour la bêtise que tu as faite, je t'ai donné une punition. Je te l'enlève parce que ta punition, ce sont tes larmes. » Cela signifiait : « Pierrot, tu ne m'as pas blessée par l'insulte que tu m'as lancée, mais tu t'es blessé toi-même parce que tu m'aimes. Alors je te pardonne. »

L'œuvre de sa vie

J'ai rappelé ce fait à son enterrement, parce que c'était vraiment elle. L'œuvre des parents, c'est d'abord de s'unir. Être unis et unir les enfants. Les parents ne peuvent offrir que ce qu'ils ont reçu. Si nous avons reçu beaucoup, nous transmettrons beaucoup. Parfois je vois des familles où les deux ou trois marmots sont désunis. À quatorze, nous sommes vraiment unis. C'est un petit miracle que nous devons à notre mère, à son action, à ses gestes et à sa prière. N'oubliez jamais que l'on ne pourra pas donner plus tard ce que l'on n'a pas offert à ses enfants dès le berceau et jusqu'à l'adolescence. Quand ils seront sortis du nid, jamais on ne pourra remplacer ce qu'on ne leur a pas offert pendant qu'ils y étaient.

On ne transmet que ce que l'on reçoit.

26

Nous devons tous mourir

Préparons-nous à ce passage

Prenez garde, veillez et priez ; car vous ne savez quand ce temps viendra.
Il en sera comme d'un homme qui, partant pour un voyage, laisse sa maison, remet l'autorité à ses serviteurs, indique à chacun sa tâche et ordonne au portier de veiller.
Veillez donc, car vous ne savez quand viendra le maître de la maison, ou le soir, ou au milieu de la nuit, ou au chant du coq, ou le matin ; craignez qu'il ne vous trouve endormis, à son arrivée soudaine.
Ce que je vous dis, je le dis à tous : veillez.

Marc XIII, 33-37

André et Henri

J'ai dû enterrer, à quelques jours d'intervalle, deux personnes chères à mon cœur. J'aimais beaucoup André, ce vieux renard de quatre-vingts ans. Il m'avait dit l'été dernier qu'il se sentait partir. Il avait beaucoup de mal à marcher et m'avait demandé : « Allez, tu m'enterreras, curé. – Prenons le temps », lui avais-je répondu.

Six mois plus tard, je l'ai fait, avec tout le village réuni. J'ai vu son corps. Nous voulons toujours voir le cadavre de la personne. Le masque mortuaire m'émeut toujours. On l'embrasse une dernière fois, c'est fini.

Quelques jours plus tard, j'ai enterré Henri Macé, prêtre de quatre-vingt-dix ans. J'ai été très marqué par cet homme. Supérieur à Saintes en 1950, il représentait beaucoup pour moi. Au séminaire, son regard étincelant me transperçait. Il ne glaçait pas: il avait une tendresse dans les yeux qui me traversait. Il m'engueulait souvent parce que je contournais le règlement. Ses remontrances étaient fermes, mais pleines d'amour. J'avais quinze ans. Le vendredi où je le vis dans son cercueil, son visage semblait éclairé d'un sourire. Il était resté parfaitement lucide jusqu'à la fin. Deux jours avant de mourir, il avait fait une chute alors qu'il était seul chez lui. Toute la nuit il a souffert et, en deux jours, il a cédé. Sur son visage, j'ai lu qu'il était pacifié. Il avait aidé de très nombreux jeunes séminaristes. Des dizaines de jeunes prêtres m'ont dit combien ils devaient à Henri leur joie d'être prêtres. Il a laissé des traces très profondes en tant que supérieur à Paray-le-Monial. Tous reconnaissent qu'il était très humain, très spirituel. S'il masquait sa sensibilité, il avait l'humour au bord des lèvres. Il était professeur d'histoire. Une chose chez lui m'a frappé: «Il faut vouloir l'œcuménisme», proclamait-il. Pour lui, la volonté d'œcuménisme devait s'exprimer par des gestes simples. Il voulait dire qu'il ne suffisait pas de déclarer qu'il serait souhaitable par exemple de s'entendre avec les protestants ou les orthodoxes. Les gestes d'abord.

Sa plus belle prédication

Son enterrement réunit de nombreux prêtres. Pierre-Yves, un jeune prêtre, nous rappela qu'il lui avait écrit: «Souvenez-vous de ceux qui vous ont dirigés: ils vous ont annoncé la parole de Dieu. Imitez leur foi.» Nous pouvons dire qu'il vivait ce qu'il accomplissait. C'est une formule du rituel de l'ordination. J'ai envoyé une lettre à Jean-Marie Lustiger pour lui dire que toute ma vie je me souviendrai des trois cent cinquante ordinations auxquelles j'ai assisté à Notre-Dame de Paris depuis 1970. Sa façon de dire lentement, ses mains dans les mains du séminariste devenu prêtre: « Vis ce que tu as accompli », m'a marqué. Le père Henri Macé avait une joie profonde, mais le souvenir que je garderai de lui est extraordinaire. Quand j'étais petit, j'épiais souvent les prêtres qui récitaient la messe en latin. Je subissais deux messes par jour. Dans ma vie de prêtre, il a été le premier, lorsqu'il faisait descendre le fils de Dieu, à me donner l'intuition que le Christ était au bout de ses doigts. C'était stupéfiant: il ne faisait pas l'Eucharistie, il vivait l'Eucharistie. Il la vivait avec un grand bonheur qu'il m'a transmis. C'est ce qu'il m'a appris de plus grand, de plus fort et de plus lumineux, sa plus belle prédication.

La mort sereine

« Je viendrai comme un voleur », a dit le Seigneur. Je vous ai parlé d'André et d'Henri. Ils étaient âgés. Une personne m'a écrit que son enfant bien-aimé de deux mois était mort pendant son sommeil. Les parents d'une fille de treize ans m'écrivent qu'elle est morte d'une leucémie foudroyante. Que pouvons-nous dire ou faire face à des faits comme ceux-ci ? Nous préparer est notre seule parade. C'est ce que j'aimerais vous aider à faire. Un ancien Père de l'Église disait: « L'homme qui garde sans cesse l'image de la mort devant les yeux surmontera toujours sa lâcheté. » Il ajoutait: « Il est impossible de passer dans la foi la journée qui vient si nous ne la tenons pas pour la dernière de la vie. »

Tout petit, mes yeux ont vu des Allemands brûler vifs

dans leur voiture, à Limoges. J'ai vu aussi Oradour-sur-Glane. Au séminaire, on nous parlait beaucoup de la mort. Comment nous y préparer? Je crois que nous devons penser à la mort. Je n'aurai pas le culot de vous demander d'y penser tous les jours. Mais cette réflexion nous aide immensément parce que, si l'on pense que ce soir c'est fini, on met une tout autre puissance dans ses gestes et ses actions. Saint Jean Bosco rapporte que, lorsqu'on demandait à Dominique Savio, un de ses jeunes, ce qu'il ferait s'il devait mourir le soir même, le jeune répliquait qu'il continuerait à jouer au ballon. Je trouve cette réponse magnifique parce qu'elle montre parfaitement qu'il se sentait prêt à mourir à tout moment.

Souvenons-nous de la fin du *Je vous salue Marie*: «Prie pour nous, pauvres pécheurs, maintenant et à l'heure de notre mort.» Si nous méditons notre chapelet tous les jours, nous pouvons mieux prendre conscience que nous mourrons et mieux nous y préparer.

Jésus est vainqueur de la mort. C'est la puissance du chrétien. «Que la mémoire de la mort soit présente quand tu t'endors et quand tu t'éveilles. Ainsi seras-tu gardé pendant ton sommeil», recommandait un Père de l'Église. Imaginez qu'en tombant dans les bras de Morphée vous pensiez: «Seigneur, je T'aime», et que vous fassiez de même aussitôt éveillé...

Une très belle parole de Jean Chrysostome dit: «Celui qui prie dans l'angoisse pourra, après la prière, connaître dans son âme une grande joie.» Ceux qui meurent et ceux qui savent leur heure programmée peuvent penser que, même dans leur angoisse, le Seigneur est là plus que jamais.

Monique demandait à son mari qui allait mourir: «Sincèrement, as-tu peur de mourir?» Jacques répondit avec un sourire: «Je suis tellement curieux qu'il me tarde de voir enfin.» Sa femme lui répliquait, en larmes, mais non sans humour: «Tu es un veinard, Jacques, tu vas voir avant moi.» Quand la mort inéluctable frappe un couple aussi uni, je trouve qu'il est beau de savoir que nous allons vers quelqu'un qui s'appelle Dieu. Alors la mort n'est plus à craindre.

Dieu est un mendiant de notre amour. Il attend à la porte de chacun d'entre nous avec une patience infinie. Le Christ sera en agonie jusqu'à la fin du monde, avec tous ceux qui souffrent et qui meurent maintenant.

Se balancer dans le vide

À la fin d'une messe, je rencontre un couple en pleurs. Pendant le sermon, j'avais évoqué le désarroi de parents dont l'enfant s'était suicidé. Les pompiers étaient venus les chercher au milieu de la célébration. Ils n'ont reconnu que le pull-over de leur gosse. À la maison, il ont retrouvé un mot: «Je hais mes parents.» Ce jeune que je connaissais m'avait dit: «Mon père n'est qu'un chéquier. Il ne m'a jamais refusé la moindre somme d'argent, mais il ne me regarde jamais.» Devant le cercueil, le père m'a dit: «Je n'ai jamais pris le temps de m'en occuper, maintenant il est trop tard.» Dans ce cas précis, le message était net. Ce couple rencontré à la fin de la messe me confia que leur enfant était parti à quinze ans, en leur laissant un simple mot sur son bureau: «Je vous aime.» Rien de plus.

Nous sommes désemparés devant un acte aussi douloureux et grave que le suicide. Nous cherchons à comprendre en nous appuyant sur tous les indices possibles. Parfois, le disparu en a laissé, comme un ultime message de détresse. Un suicide n'est pourtant jamais totalement déchiffrable. Les parents, enfermés dans l'interrogation après le départ d'un être jeune, vivent un drame terrible. On se heurte au choix ultime de la liberté de leur enfant. Dieu seul connaît le secret de nos cœurs. Acceptons de rester sur le seuil.

Vivre autrement

Les morts des adolescents sont parmi les plus terribles. Vous avez peut-être suivi les obsèques de Noémie et de Clémence, qui se sont jetées d'une falaise. Et tout dernièrement, deux autres adolescentes qui, après s'être attachées, se sont précipitées du dix-septième étage de leur immeuble. Les jeunes qui se suicident sont selon moi en rupture affective. Les statistiques nous apprennent que l'on compte un suicide toutes les quarante secondes dans le monde. Chaque année en France, onze mille personnes mettent volontairement fin à leur vie. Les permanences d'aide téléphonique ont vu leurs chiffres doubler ces cinq dernières années. J'ajoute à cela que les actes suicidaires touchent nos enfants de plus en plus jeunes. C'est un problème très important dans notre pays. Il sera toujours difficile de connaître les idées mortifères des jeunes, parce que l'acte suicidaire reste un geste intime de liberté, souvent caché, parfois même masqué, derrière un visage avenant, plein de vie.

J'ai enterré cinquante-sept jeunes morts de façon violente, mais les loubards ne se suicident pas. Ils vivent de manière violente et risquent souvent leur vie. C'est la raison pour laquelle j'en ai tant vus mourir. Mais dans l'existence merdique qui est généralement la leur, ils ont un instinct de survie très développé. Je me demande comment certains survivent dans l'enfer qu'ils subissent.

L'adolescent suicidaire n'est pas un malade. Nous devons comprendre qu'il se pose à un moment la question du sens. Le geste décisif de l'adolescent qui se suicide n'exprime pas le désir de mourir mais celui de vivre autrement. Et comme fréquemment il n'y a pas d'adulte près de lui à ce moment-là – les structures des familles sont si souvent éclatées –, il se retrouve face au vide et s'y précipite.

Confidences sur le web

Il faut voir que, malgré les moyens de communication sophistiqués de notre société, l'adolescent est de plus en plus laissé seul face à lui-même. La pratique des *blogs* est caractéristique de cet enfermement. Ce sont de petits sites internet accessibles à tous. Les jeunes déposent des messages, des photos. C'est un journal personnel virtuel. Il est courant qu'ils y hurlent secrètement leur désespoir, attendant sans doute que quelqu'un va le saisir. Nous n'y prêtons pas suffisamment attention. On ne laisse pas tout faire dans la rue ; il ne faut pas laisser tout faire sur le net. Cela nous regarde.

Si les adultes pouvaient comprendre les messages que leurs jeunes déposent sur la toile, certainement que le nombre d'adolescents accueillis cette année aux urgences pour tentative de suicide diminuerait. Écoutons les jeunes : il est urgent de décrypter leurs messages.

Nous sommes stupéfaits et paralysés devant le dénouement tragique de la solitude d'un jeune. Comme parents et responsables, nous devons être présents maintenant plus que jamais, face à l'angoisse de nos jeunes. Il suffit de si peu de choses.

Sur leur blog, Noémie et Clémence avaient tout préparé, tout annoncé. Elles avaient dit à leurs copains qu'elles allaient mourir. Sur leurs bras, elles avaient écrit le compte à rebours : J moins 3, J moins 2, J moins 1. Seuls leurs copains savaient ! Seuls…

Testament d'un moine

C'est important de réfléchir fortement à sa propre mort, au sens de la vie. Si nous bouffons la vie à pleins tubes, nous ne considérons pas la mort de la même façon. À condition d'avoir des idéaux assez forts pour assumer le relativité des choses, en ayant la certitude que nous sommes des passagers sur terre.

Tout le monde se pose un jour ou l'autre la question, souvent à l'occasion d'un décès. Certains pensent qu'après la mort il y a peut-être quelque chose. « On verra bien. » Je pense qu'il vaudrait peut-être mieux voir avant. D'autres passent leur existence sur terre à préparer la vie après la mort. Nous avons toutes et tous une appréhension de la mort, car nous sommes faits pour la vie. Mais qu'est-ce que la vie et que pouvons-nous en savoir ? Personnellement, j'ai bien aimé le testament du père de Chergué, l'un des sept moines assassinés de Tibhirine en Algérie. Un an avant le drame, il avait écrit son testament. « J'aimerais le moment venu avoir ce laps de lucidité qui me permettrait de solliciter le pardon de Dieu. Cette vie perdue totalement mienne et totalement leur, j'en rendrai grâce à Dieu qui semble l'avoir voulue tout entière pour cette joie-là envers et contre tout. » Ce prieur avait une prescience extraordinaire. « Et toi, l'ami de la dernière minute, qui n'auras pas su ce que tu faisais [il parlait du bourreau], oui, pour toi aussi je le veux ce merci et cet adieu envisagé de toi, et qu'il nous soit donné de nous retrouver là-haut heureux en paradis. S'il plaît à Dieu notre Père, à tous les deux. Amen, inch Allah. » Quelle extraordinaire sérénité ! Quand je le rencontrais à Tibhirine, je gardais toujours en mémoire l'éclat apaisé de son regard. Une grande sérénité l'habitait. Il était un vivant, un athlète de Dieu, prêt pour le grand bond vers l'au-delà.

J'aimerais partager avec vous une autre citation qui m'a marqué : « À l'heure de la mort, c'est un enfant qui tombe dans les bras de son père. »

Le spiritisme et la communion des saints

Je remarque que chez les jeunes l'attrait du spiritisme est très fort. Ils veulent parler aux morts. Une mère m'a écrit que sa fille aînée de dix-huit ans était particulièrement attirée par les phénomènes paranormaux. Au lycée, elle avait rencontré un jeune qui partageait la même passion. Ils ont commandé un livre sur leur sujet favori. Ils se rencontraient fréquemment pour des séances de spiritisme. Au début, la mère n'y a pas prêté une grande attention. « Mais, m'écrivait-elle, plus le temps passait, plus je ressentais un malaise à la maison. Un jour, alors que je m'étais absentée plusieurs heures de mon domicile, j'ai ressenti une très grande tension chez nous. J'ai demandé à ma fille ce qui se passait. Elle a éclaté en sanglots et m'a révélé qu'elle faisait venir des esprits. Nous avons ensuite vu un prêtre qui l'a exorcisée et tout s'est apaisé à la maison. Le Seigneur a repris Sa place dans notre foyer. » Nous devons bien dire à nos jeunes qu'il ne faut pas s'amuser avec cela.

Nous, chrétiens, pensons qu'il existe des relations avec les morts. Le *Credo* récité à chaque Eucharistie parle de la communion des saints. Il faut que le prêtre martèle qu'il s'agit de la présence des morts parmi nous pendant l'Eucharistie. Nous avons une très grande puissance en intercédant pour eux par la prière. Nous pouvons parler à ceux qui nous ont quittés. Nous pouvons leur confier nos peines et nos soucis, leur demander de prier pour nous. Un de mes très proches amis est parti dans l'éternité. Je n'étais pas toujours d'accord avec lui sur certaines questions. Et, pendant des années bêtement, je n'ai pas prononcé son prénom pendant le memento des morts. Un jour, je m'en suis aperçu. Je prononce maintenant son prénom et je ressens quelque chose comme une libération et une union avec cette personne. C'est pour moi un sentiment très vrai. Les morts ne nous envoient pas des messages sous forme de paroles directes, mais il y a communion. Nous vivons quelque part avec nos morts.

Vingt-quatre heures de plénitude

En rejetant la mort chaque jour plus loin, grâce à la médecine et aux multiples progrès de la science, nous obtenons un âge que l'on peut qualifier de fantasmé. Nous voulons toujours paraître plus jeunes. Combien de personnes m'ont demandé : « Quel âge me donnez-vous ? » Si j'ai envie de faire plaisir, je rabote dix ans. Si je me trompe et suppose un âge plus avancé, c'est la vexation assurée. Il a été calculé que douze ans au dix-septième siècle correspond à vingt-cinq ans aujourd'hui. De nos jours, on nous raconte que cinquante ans c'est le milieu de la vie et qu'on peut tout recommencer comme un adolescent. La réponse évangélique est la suivante : « Insensé, ce soir même ta vie te sera redemandée. »

Chaque jour est unique comme une vie entière, et si nous devions avoir une inquiétude ce serait de ne pas l'avoir vécu pleinement. Quel que soit votre âge, si vous vivez pleinement, la mort ne vous atteindra pas. Vingt-quatre heures suffisent. Les remplir d'amour et de paix jusqu'au dernier jour prépare à notre fin, joyeusement.

27
Le suicide
Énigme douloureuse de notre temps

Pères, n'irritez pas vos enfants, de peur qu'ils ne se découragent.

Colossiens III, 21

Valérie

On m'appelle un jour au téléphone. Une femme, aumônière d'un lycée, pétrie d'angoisse, me supplie de venir la rejoindre : « Une fille s'est suicidée. Il y a déjà eu trois suicides dans ce collège. C'est le quatrième. » Je ne connaissais pas cette femme, mais elle savait qui j'étais pour avoir lu mon premier livre, *Un prêtre chez les loubards*. J'y suis allé. Je me souviendrai toujours de cette HLM. Des jeunes attendaient dans tout l'escalier jusqu'au deuxième étage, là où se trouvait Valérie, pendue. Partout des jeunes, jusque dans sa chambre bondée. Au-dessus de son lit, des phrases écrites : « La vie n'a pas de sens », « La vie est conne », et toutes sortes de signes cabalistiques ou ésotériques récupérés sur les pochettes de disques de ses groupes préférés qui appelaient au suicide, à la destruction, à la drogue ou à la mort. J'étais effrayé. Je me souviendrai toujours de ces centaines de paires de jeans ceinturant les abords de la tombe, quand Valérie a été mise en terre au cimetière.

Il n'y a pas eu d'autres suicides après celui-là. À

l'église, j'ai mis un morceau de leur musique destroy, complètement déstabilisante. Les jeunes tenaient absolument à cette musique de révolte et de haine. J'ai accepté, mais j'ai proposé d'autres choses, d'autres morceaux porteurs de vie. Et j'ai dit d'autres choses, prononcé une autre parole. J'ai dit, en citant Malraux, que la vie ne vaut pas grand-chose, mais qu'il n'y a rien de plus grand que la vie.

Traînée de poudre

Sur une période de six à sept ans, chaque adolescent connaîtra au moins un copain de son âge ayant fait une tentative de suicide, qui parfois aura réussi.

L'aumônière qui m'a demandé de venir à la suite du suicide de Valérie était bien inspirée. Ce quatrième suicide d'adolescent en quelques mois dans ce lycée ressemblait à un phénomène de contagion.

De tels chiffres doivent inviter tous les acteurs de la société civile et politique à ne surtout pas laisser les parents seuls face aux interrogations et aux angoisses des jeunes. Le terrible sentiment de culpabilité qu'éprouvent les parents et l'entourage de la victime nous impose d'être présents, en particulier quand l'enfant se suicide sans laisser un mot ni un signe. Les parents sont souvent les plus mal placés pour détecter et évaluer les risques que courent leurs adolescents. Ils mettent beaucoup de choses sur le compte de la crise d'adolescence. En s'empêchant de réfléchir, ils ne voient pas qu'il y a peut-être un mal profond, caché, qui les ronge.

Comment peut-on enrayer ce drame ? La disparition chaque année de huit cents jeunes Français doit nous alerter. Les taux de suicide en Suisse, au Japon, au Canada et dans la plupart des pays industrialisés sont aussi anormalement élevés.

La journée mondiale de prévention contre le suicide nous a fait prendre conscience du nombre aberrant de cas dans notre monde. Notre société actuelle, en France, revendique le suicide et l'euthanasie comme des actes de liberté. C'est une folie complète, mais c'est une réalité. Certains invitent à choisir l'heure et le moyen de sa mort. La mère de Lionel Jospin l'a fait, lettre à l'appui, à l'âge de quatre-vingt-dix ans environ. Onze mille décès par suicide se produisent en France chaque année. Soixante mille tentatives sont répertoriées chez les jeunes, et huit cents partent vers l'éternité. La France est un des pays les plus touchés par ce fléau, par ce problème de société, disons-le : cette maladie. La question se pose : voulons-nous prévenir un geste fatal, ou démissionner en aidant un être qui souffre à se balancer dans le vide ? Voulons-nous prévenir ce geste ou le favoriser ? C'est une question essentielle.

Le suicide est une question particulièrement délicate. J'aborde ce sujet avec précaution parce que le suicide contient des drames, des angoisses, des détresses. Ceux qui tentent ce geste fatal doivent être secourus.

Qui d'entre nous n'a pas un jour pensé au suicide ? C'est une question que tout le monde connaît, probablement. Un moment très difficile, une solitude mal vécue, un événement déstabilisant, le choc d'un deuil, et l'on peut y penser. Je préciserai, en ce qui concerne les jeunes, qu'ils ne se suicident pas seuls.

Un jeune est capable de faire le saut de la mort sans réfléchir. Un adulte, généralement, réfléchira. Pour un jeune, une mauvaise note suffit, une réflexion cinglante en public, un amour qui se dérobe…

Un garçon de quinze ans rentre chez lui, pâle, la gueule en biais. Sa mère et son père qui regardent la télévision en mangeant l'accueillent : « As-tu vu la tronche que tu as ? Que s'est-il passé ? – Ma gonzesse est partie. » Sa mère hausse les épaules : « Pour une de partie, tu en retrouveras dix ! » Et son père de renchérir : « De toute façon, elle était moche, elle ne me plaisait pas. » Le gosse monte dans la chambre du père. Il prend son pistolet. Ses parents entendent un claquement sec. Leur fils s'est tué. S'ils avaient pris une demi-heure pour discuter en arrêtant la télévision, ce jeune serait vivant. Ne minimisons pas la force destructrice qu'un jeune peut renfermer par moments et l'attention extrême qu'il réclame.

Nous savons que le phénomène du suicide s'amplifie chez les jeunes dans nos pays industrialisés, et de façon très préoccupante depuis trente ans. C'est la première cause de mortalité chez les 25-34 ans, la deuxième chez les 15-24 ans. Dans les huit à neuf cents décès par suicide chaque année, les trois quarts concernent des garçons. Les tentatives concernent beaucoup plus les filles. Le garçon passe à l'acte, la fille tente de le faire.

Quelle prévention faut-il inventer ?

Une jeune fille me faisait remarquer que les philosophes écrivent des quantités de choses à propos du suicide, mais la vraie question, c'est : « Quelle parole trouver pour l'éviter ? »

Quelles réponses apporter aux parents démunis lorsque l'un de leurs enfants menace de se tuer ? Comment éviter les tentatives ? Et ensuite les récidives ? Dans un tiers des cas, les six mois suivant une tentative voient le jeune tenter un nouveau geste suicidaire.

Il faudrait d'abord lutter contre le tabou qui entoure le suicide. Je suis satisfait qu'il y ait depuis 1997 une journée mondiale de prévention qui lui est consacrée. J'ai noté qu'une chape de silence assourdissant s'abat sur des familles après qu'un jeune a tenté ou réussi à se tuer. Sur les milliers de lettres que je reçois par an, combien de parents me confient que leur enfant s'est suicidé ou a tenté de le faire, et que personne n'en parle dans la famille… C'est une seconde tragédie pour les parents. Et l'on nie complètement le comportement du suicidaire. Quand le jeune est parti dans l'éternité, on l'infantilise.

Il ne s'agit pas de parler du suicide pour en dire n'importe quoi, mais de convaincre chacun du rôle qu'il doit jouer en matière de prévention. Il faut oser dire que toute tentative et tout suicide, en même temps qu'ils expriment un mal-être personnel, montrent la fragilité du lien social. Ces actes soulignent les failles de notre société tellement individualiste ! Prévenir le suicide consiste à combattre avec acharnement les idées reçues ou fausses qui circulent encore à son propos.

Les jeunes qui tentent de se suicider veulent avant tout être reconnus. Les parents d'adolescents doivent-ils tous s'inquiéter ? Je tiens à vous rassurer : 75 % des adolescents vont bien ! Mais, en vingt ans seulement, le taux de suicide des jeunes a été multiplié par deux. On ne pourra jamais mettre en place une réelle prévention du suicide, ne rêvons pas. Mais nous pouvons vraiment limiter la progression du phénomène. La récidive est très fréquente quand il n'y a pas de prise en charge. Quand un jeune a tenté de mettre fin à ses jours, il lui faudrait des psychiatres libres pour l'écouter… avant quatre mois, par exemple. Car c'est très vite après sa tentative que l'enfant doit trouver une aide appropriée, l'accueil d'un adulte, en dehors de la famille si possible.

Dans chaque département, estiment les analystes du phénomène, il serait souhaitable qu'il existe une unité spécialisée dans la prise en charge immédiate d'adolescents présentant des symptômes de souffrances psychiques. Il ne faut surtout pas attendre des mois pour obtenir un rendez-vous.

Leurs yeux enfin rayonnants de vie

Quand nos jeunes arrivent à la Bergerie de Faucon, il est très fréquent qu'ils me parlent de suicide. Au début, ils n'ont envie de rien, ils ne veulent rien faire. L'un d'eux me disait : « J'ai envie de me buter, j'ai pas envie de vivre. Je veux rien. Je me fous de tout... » Quelques mois passent. Je dois l'accompagner au tribunal. Le juge ne reconnaît pas son visage. Il regarde son interlocuteur en face, il est calme, il s'exprime clairement, il décrit ce qu'il fait à Faucon. Il parle des autruches et des lamas dont il s'occupe. Ses beaux yeux bleus sont enfin rayonnants de vie. Pourtant, quatre mois auparavant, il était suicidaire. La proximité chaleureuse de mes adjoints, leur énergie et leur présence forte sont le meilleur des traitements psychiatriques même si nous devons demander à un psychiatre son aide éclairée.

Le juge conseille souvent au jeune : « Il faudrait que vous alliez voir un psychiatre. – Jamais, je ne suis pas fou ! » Alors, selon une technique bien rodée avec mes adjoints, j'explique au mec que ce n'est pas forcément parce qu'on est fou que l'on prend rendez-vous avec un psy. Les ados aiment mieux les psychologues parce qu'ils comprennent mieux ce qu'ils représentent : « C'est simplement un mec ou une femme qui t'écoute. »

Il serait faux de penser que, quand sa petite copine lâche un mec, c'est pas grand-chose pour lui. Et qu'un zéro en maths, c'est anodin pour un collégien. N'oublions pas que le tiers des filles qui tentent de se suicider ont connu dans leur enfance des violences sexuelles. Il est grand temps d'en tenir compte, même s'il existe bien sûr d'autres explications.

Autre problème : comment les parents peuvent-ils convaincre leur enfant de se faire aider quand il le refuse ? Ce n'est pas une mince affaire. Que les parents lui répètent qu'ils s'inquiètent pour lui, c'est une évidence. Qu'ils l'informent aussi qu'ils se font aider eux-mêmes est une bonne chose. C'est important. La pire attitude serait de dire à son lardon : « Qu'est-ce que tu nous fais là ! Tu nous a pris les somnifères. Mais on t'aime. » Ce serait le culpabiliser davantage. Il y a souvent au départ un grave problème familial. En plus du malaise qu'ils ont provoqué chez leur enfant, si les parents l'accusent de ce geste, c'est la pire catastrophe. L'aide doit venir de quelqu'un d'autre.

Comment expliquer que ces jeunes veuillent mourir ?

Contrairement à ce que l'on pense trop souvent encore, paradoxalement les adolescents suicidaires sont parfois pleins de projets et animés d'une vitalité formidable. Certains sont atteints de pathologies psychiques réelles souvent cachées. C'est une autre question.

Les jeunes cherchent à se débarrasser de ce qui les bride et les empêche d'être eux-mêmes. Ils cherchent à fuir les problèmes qui leur semblent insurmontables. Ils veulent exister autrement et être reconnus dans leur identité. Quitte (et c'est effroyable) à ne plus exister que dans la mémoire de leurs proches. Je repense au mot terrible qu'un jeune avait laissé à sa sœur et à sa mère : « Restez avec moi. Mais je ne peux plus vivre sur cette terre. »

Une fois résolue leur crise suicidaire, ces jeunes talentueux et sensibles deviennent des adultes formidables et équilibrés, parce que des gens non culpabilisants les ont aidés à sortir de l'ornière.

Il faut éviter absolument de vouloir régler le problème seul ou en famille, sans consulter un médecin généraliste ou spécialisé. Une tentative de suicide ne doit pas rester dans la maison. En cas de prise de médicament, il ne faut jamais banaliser le geste en minimisant la quantité absorbée. Ne vous dites pas : « Il a voulu dormir pour oublier son chagrin d'amour. » Évitez de tenir secret ce geste comme s'il était honteux ou par crainte qu'en en parlant on incite le jeune à passer à l'acte. Évitez les réflexions du genre : « Comment, tu m'as fait ça à moi qui t'aime tant ? » Ou : « Qu'est-ce que c'est que ce chantage ? » L'attitude à privilégier consiste à prendre au sérieux tout geste suicidaire, quel que soit le moyen employé. La prise en charge hospitalière doit durer aussi longtemps que l'état du jeune le nécessite. Demandez un entretien avec le psychiatre du service, même s'il ne l'a pas proposé. Redites votre amour à votre enfant et votre désir de l'aider. Sachez attendre le moment propice pour lui parler afin de savoir ce qui a motivé son geste. Maintenez le dialogue. Enfin acceptez une thérapie familiale. Cela ne signifie pas que les parents sont responsables et encore moins coupables, mais examiner le problème ensemble avec le jeune est important. J'ai vu que des groupes de parole d'adolescents concernés par les tentatives de suicide avaient lieu couramment au Canada. C'est très libérant de s'apercevoir que l'on n'est pas seul à avoir vécu le désir d'en finir avec la vie.

Ne trichons pas avec nos jeunes

Discuter librement avec les professeurs de son enfant est très important. Il est fréquent qu'un jeune ait une attitude différente chez lui et au lycée. Son comportement à l'école peut éclairer très utilement les parents. Enfin, il est capital d'être présent à la sortie de l'hôpital. Restez vigilants et ne trichez pas avec les ados. Ne laissez jamais seul un jeune qui a tenté de se foutre en l'air. Si vous savez accueillir et écouter, alors vous leur rendrez confiance en eux.

Je m'occupe d'un jeune depuis quinze ans. Trouvé

dans la rue à seize ans, il m'a tout de suite confié qu'il ne voulait pas vivre. Jeune adulte, il continue à me répéter deux ou trois fois par jour au téléphone son refus de la vie. J'écoute, je l'apaise. Il tient le coup. Sa foi le tient. Une maladie incurable s'est en plus greffée sur son mal de vivre. Face à lui, je suis paumé. Seul le coup de téléphone journalier l'accroche à la vie, joint à une aide matérielle forte. Sans elle, il sombrerait irrémédiablement. Comme elle est fragile, mon épaule, face à une telle détresse ! Et si elle était la seule…

Aux parents qui m'écrivent de temps à autre leur désespoir face au départ terrible de leur enfant, je réponds toujours : « Il est dans l'amour. » C'est impossible que Dieu n'accueille pas des êtres jeunes et souffrants, qui ont jugé impossible de trouver l'amour sur terre. Dieu les illumine de Son amour. Mystère de la foi, mais mystère d'espérance qui me maintient fort et solide. À une mère inconsolable du départ brutal de son petit, j'ai écrit : « Tu déprimes, tu ne vis plus depuis qu'il est parti. Il est heureux en Dieu. Il te fait un bisou tous les soirs pour te le dire. » Profondément marquée par cette simple phrase, elle a retrouvé peu à peu la joie de vivre.

Blessés irrémédiablement par le départ de leurs enfants, les parents doivent vivre dans l'attente de la rencontre là où leur gosse a voulu les devancer tragiquement. Seule une foi forte les aidera à assumer un départ dont la brutalité les a assommés.

Mon passé, c'est une tombe

Laissez-moi vous narrer, en signe d'espérance, cette très belle histoire.

Fort de ses dix-huit ans révolus, il semble prêt à partir

Un sourire apaisé estompe le souvenir du masque dur, angoissé de ses débuts parmi nous il y a plus de deux ans. Je garde inscrits dans ma mémoire les premiers moments du jour de son arrivée. Devant moi, un gosse perdu, las de tout, ne désirant rien, inaccessible. « On ne sait plus quoi en faire, je vous en prie, prenez-le », me supplie l'éducateur.

Dès les premiers jours, à la ferme de Haute-Provence, il me fallait l'appeler de Paris chaque jour, pour qu'il s'occupe du fumier, qu'il fasse la vaisselle ou qu'il accepte une punition. Ce n'est pas dans mes habitudes de commander à distance lorsque le responsable de la ferme a toute autorité pour le faire.

Mais c'était ainsi. Mes équipiers, lassés de tant d'inertie et de refus, se retranchaient derrière moi. Sinon, c'était la porte. Et pour moi, il n'en était nullement question.

Après de longs mois, Steff sut enfin se lever à l'heure, travailler avec rigueur, accepter nos règles, et il fallut en douceur l'aider à prendre son avenir en main.

Cela allait s'avérer un dur chantier. En effet, il s'était lové peu à peu dans une vie communautaire où il s'installait douillettement, ainsi qu'au milieu des animaux qu'il chérissait fortement

Mais les sangliers ne sont pas aptes à assurer un avenir solide, comme chacun sait !

On a donc tenté les stages. Steff humait l'air du dehors avec appréhension. Les deux premiers furent un échec retentissant. Je l'ai mis en demeure d'en tenter un troisième avec le risque que nous refuserions de le prendre en charge s'il sabotait notre acharnement à l'aider à se prendre en main.

Stage réussi suivi de bien d'autres.

Sa frénésie de faire vibrer ses muscles et son intelligence là où il sentirait enfin ce pour quoi il était fait, nous étonnait et nous ravissait à la fois.

Arriva son départ de la ferme.

La DDASS qui est responsable de lui le convoque, à

sa majorité, pour établir un bilan et l'aider financièrement à prendre ses ailes. Nous resterons là bien évidemment près de lui tout le temps qu'il faudra.

Sa seule demande écrite à la DDASS fut la suivante : « Je veux aller sur la tombe de ma mère le jour de mes dix-huit ans. Retrouvez-la. »

L'organisme n'a rien fait pour cela. Il a sans doute jugé que cette demande incongrue n'avait aucune importance. Fureur de Steff. « Mon passé, c'est cette tombe », me dit-il, au bord des larmes. Son père disparu dans la nature ainsi que ses deux frères, Steff est seul au monde, sans racines, sans lieu où se reposer, sauf là ou repose sa mère adorée.

Mais dix fois, vingt fois il m'a demandé : « Eh Guy, tu me laisseras revenir à la Bergerie hein ? – Oui, Steff, c'est le lieu où tu as su que tu comptais pour quelqu'un. Des vivants t'aiment. T'inquiète ! On retrouvera la tombe de ta mère. Mais on ne te lâchera jamais. »

Son regard apaisé me dit clairement que son passé n'est plus une pierre tombale.

28

Animaux et réinsertion

La magie des bêtes

Chasses-tu la proie pour la lionne, et apaises-tu la faim des lionceaux, quand ils sont couchés dans leur tanière, quand ils sont en embuscade dans leur repaire ? Qui prépare au corbeau sa pâture, quand ses petits crient vers Dieu, quand ils sont errants et affamés ?

Job XXXVIII, 39-41

J'ai toujours aimé les bestioles. À vingt ans, séminariste, je traversais la France et l'Allemagne en soutane et en auto-stop pour aller voir un zoo à Berlin. À cette époque c'était beaucoup plus rapide que le train. De plus, c'était un voyage passionnant : je rencontrais toutes sortes de gens grâce au stop.

J'ai éprouvé un très fort amour des bêtes dès mon plus jeune âge. Vous connaissez l'histoire de notre bergerie en Provence. En effet, je me suis lancé dans la zoothérapie, après avoir acheté une ruine en 1974. Au milieu de ces montagnes magnifiques, j'ai vu avec quel amour des jeunes détruits pouvaient se reconstruire grâce à nos trente groupes de bêtes. J'ai pu étudier les rapports extraordinaires qu'ils entretiennent avec les animaux.

Fidel et les zébus

Je me souviendrai toujours de Fidel, ce jeune d'origine africaine qui avait commis de nombreuses violences dans tous les centres où il était passé. On me le confie en me prévenant vivement : « Attention, attention, attention ! Pendant quelques jours vous allez voir ce que vous allez voir ! » Sitôt arrivé, il est allé vers les zébus nains. Nous en avons plusieurs, mâles et femelles. Il est resté des heures dans leur enclos. Le zébu n'aime pas tout le monde. Le clergé, par exemple, donc, moi, je n'ai jamais pu les approcher. Ils me chargent. Ce sont des zébus anticléricaux. Ces petites bêtes de cent cinquante kilos peuvent nous renverser très facilement. On les aime beaucoup, ils sont mignons avec leur bosse. Fidel était toujours avec eux. Pendant quatre mois, il a tenté de les apprivoiser, chose que nous n'étions pas parvenus encore à faire. Il a remarquablement réussi. Pendant les premiers mois, nous n'avons eu que très peu d'incidents avec lui. Son ancienne éducatrice m'appelait sans cesse pour demander si ça allait. « Ça va ? Vous êtes sûr ? Il va vraiment bien ? – Mais bien sûr que ça va, Fidel est dans l'enclos des zébus nains, ils s'entendent à merveille ! »

Blessures et cicatrices

J'ai souvent vu mes jeunes s'occuper de bêtes abîmées ou blessées. Les volailles en particulier sont terribles entre elles et s'acharnent sur celle qui présente une blessure. Une poule, martyrisée par ses congénères, était atteinte à la crête, qui saignait. Le mec qui s'occupait d'elle voulait pratiquement faire venir l'hélicoptère ou le Samu. Il a fallu la soigner, lui mettre des bandes. Il aimait sa poule. On a réussi à faire tenir un pansement. Je me disais : d'ici deux minutes, il n'y aura plus de pansement, mais bon… Et pendant qu'on fignolait le bandage, le mec me montre sa tête au crâne rasé. Du doigt il me désigne une cicatrice : « Là, c'est le couteau de mon père. » La cicatrice est importante. Puis il me montre quatre points très marqués : « Ça, c'est la fourchette de ma mère ». C'est hallucinant d'entendre quelque chose d'aussi terrible. Puis nous sommes passés à autre chose. Il profitait de la crête abîmée par une poule pour me décrire ce qu'il avait vécu petit avec ses parents. Il ne pouvait pas supporter qu'un animal soit blessé, alors qu'il avait été martyrisé de façon particulièrement grave par ses parents.

Un autre jeune s'occupait d'une oie aveugle, la nourrissant à part, avant les autres, avec une tendresse touchante. J'ai vu, j'ai observé longuement. Je passe beaucoup de temps à regarder. J'admire sans me lasser ces jeunes violents aller vers les bêtes qui ont du répondant : les sangliers, les chevaux, les zébus…

La plupart de ces mômes viennent de la ville et ne connaissent les bêtes qu'à travers la télévision. Ils n'en ont aucune expérience, à part parfois celle des chiens. Nos trente espèces d'animaux sont pour eux un univers extraordinaire. Certains animaux sont impressionnants : deux ou trois cents kilos, jusqu'aux mille kilos de Lulu, notre buffle asiatique. Au début, les jeunes sont sur leurs gardes et, de mois en mois, je vois qu'ils s'approchent. Parfois certains s'approchent même beaucoup trop vite d'animaux potentiellement dangereux.

Bêtes de sexe

Pour les adolescents, il est toujours très intéressant d'assister aux saillies des bêtes. Cela leur donne peut-être quelques idées pour se comporter avec leurs copines. Chaque espèce a son rythme, sa saison. Chez les sangliers, l'accouplement se passe en octobre. La laie porte trois mois, trois semaines et trois jours. Le lama a une gestation de trois cent soixante-deux jours. Quand on a constaté une saillie, on note et on calcule le jour d'arrivée des petits.

En trente ans, j'ai pu voir ce que la bête apportait de très important aux jeunes délinquants sans qu'ils s'en rendent compte. Les maladies les intéressent beaucoup. La mort d'une bête et son enterrement sont des moments qui les captivent particulièrement.

Nous n'avons pas de bêtes inapprochables à Faucon.

La maladie

Certains jeunes font souffrir les animaux. C'est le cas des jeunes perturbés. Ils tirent les poils des chats ou des chiens, frappent les lapins. L'un d'eux tuait près d'une poule par jour. Certains jeunes ont une pulsion de mort mal dominée. On apprend beaucoup en observant ce qui se passe avec les animaux. Si j'arrive dans l'enclos et que la bête fuit en apercevant le mec qui m'accompagne, je n'ai pas besoin d'un dessin. Par exemple, le chameau vient toujours à ma rencontre. Mais quand je ne suis pas là, un coup de balai par-dessus le grillage est vite arrivé. Les animaux ressentent très bien la pulsion de violence d'un jeune. Nous punissons durement ceux qui martyrisent les animaux.

La bête meurt

Les jeunes s'attachent aux animaux dont ils s'occupent. Nous évitons de manger les bêtes qu'ils ont caressées. Les marcassins étant trop nombreux, on les mange. C'est pourquoi, je demande à mes jeunes de ne pas les apprivoiser. Même problème avec les chèvres et les moutons : tout à coup, ils sont confrontés à la réalité de la bête et de la bouffe. Avant, ils allaient au supermarché ou au fast-food sans se demander quels animaux ils consommaient : steak congelé, saucisses... Ils sont à présent saisis par l'être vivant. Ils ont vu ses réactions, ils ont observé qu'un animal était un être vivant, pas un paquet sous vide.

Lorsqu'un animal meurt, souvent on l'enterre. Les petites croix qu'on rencontre sur la propriété, n'imaginez pas que ce sont des jeunes ou des éducateurs... C'est un chat par-ci, une poule par-là. On l'aimait bien, alors on lui trouve un endroit à l'écart.

« L'animal ne reprend jamais ce qu'il a donné », disait Marco. J'ai retenu cette belle phrase parce qu'elle est très vraie. Ce jeune Belge avait bien compris les bêtes. Lorsqu'on est attentif, qu'on la caresse, qu'on sait lui donner à manger, la bête vous sera éternellement reconnaissante. En été nous rapportons des restaurants des sacs pleins de pain sec. Les bêtes adorent ça. Couper un peu de leur herbe favorite aux sangliers, apporter des pommes aux ânes, c'est à coup sûr établir une relation solide avec la bête. L'animal nous reconnaît et se dit : « Voilà mon hors-d'œuvre favori. »

L'animal accepte le jeune tel qu'il est

La zoothérapie a acquis des titres de noblesse par ses méthodes de guérison. La particularité de notre lieu de vie, c'est qu'en trente ans, en communion avec les jeunes, rien n'a changé. Depuis le commencement, je suis le seul témoin avec les éducateurs qui restent quelques années. Pas une ride : notre travail avec les bêtes est toujours le même. Nous aurions monté des ateliers de menuiserie : les mecs auraient été dégoûtés par le travail. Le jeune qui arrive se dit : « Toi ou un autre, le curé, je m'en fous, c'est mon quinzième centre. » Et il se précipite sur les bestioles. Les asociaux, les suicidaires, les dangereux, c'est étonnant de les voir aller au-devant des bêtes. L'animal accepte le jeune tel qu'il est. Je lis dans les yeux du bon buffle asiatique : « Voilà autre chose, il n'a pas l'air gros celui-là, mais qu'est-ce qu'il va nous faire chier ! » Et il l'attend de pied ferme. Le jeune est accueilli tel qu'il est, donc son regard va changer. Certains animaux ont leurs préférences. C'est sans doute une affaire d'odeurs. L'animal est un puissant régénérateur par la confiance qu'il tisse avec les humains. Les bêtes poussent nos jeunes à s'ouvrir au monde, à se montrer patients. Si le jeune entre comme un taureau en chaleur dans le parc des daims, évidemment ceux-ci s'enfuient. En les accompagnant, je leur explique : « Ne te gratte pas la tête mon pote, si tu lèves le bras, c'est fichu. » Les daims sont très attentifs et sauvages. Il faut avancer très doucement.

L'animal montre une grande patience, un amour inconditionnel. Bip-bip par exemple, le mâle autruche, est un inconditionnel, mais il aime certains mecs et pas d'autres.

Oreilles d'ânes

Nous, adultes, avons perdu cette notion de relation avec les animaux, tandis que des jeunes caractériels sont capables d'établir un lien immédiat avec les bêtes. Je me souviens d'un mec qui parlait très peu. Un jour, je le vois raconter longuement sa vie à l'âne. L'âne était immobile, ses grandes oreilles ouvertes. Si le mec calculait l'écoute au prorata de la dimension des oreilles, il était comblé. L'âne avait, selon lui, une puissance d'écoute que nous n'avons pas. Le jeune avait des confidences à faire, il allait voir l'âne.

Marcel s'occupait des sangliers, qui l'aimaient beaucoup. Mais comme Marcel ne respectait pas les règles de la communauté, je lui ai parlé et je lui ai annoncé qu'il devait faire son sac et se préparer à nous quitter.

Le lendemain, il s'est précipité vers moi en s'exclamant: «Lisa a eu ses petits, je reste! Je te jure, Guy, je me tiendrai tranquille.» Il a tenu six mois de plus. La laie Lisa avait mis bas six petits. Alors j'ai changé aussi. Je lui ai dit: «Si vraiment tu veux rester, tu dois bien t'occuper de Lisa et de ses marcassins.» C'est l'animal qui l'a poussé à changer et à respecter les règles, alors que nous prêchions dans le désert, avec ce mec. Il se foutait complètement des règles de vie. Les jeunes choisissent leur animal. Il se produit donc un apprivoisement mutuel et un attachement fort.

J'ai noté que les animaux pouvaient avoir une aptitude à la télépathie. Les chats sont très doués pour ça. Vous êtes triste, le chat vient vous réconforter. Ma chienne Brigande sait quand j'ai reçu une sale nouvelle, elle vient deux fois plus que d'habitude. Nos animaux perçoivent l'angoisse, la tristesse, la joie.

Un jeune qui n'a pas reçu d'affection ne sait pas aimer. L'animal, par son amour – si l'on peut appeler cela de l'amour – provoque la tendresse. Cette communication avec l'animal, éloigné de nous autres, les hommes, nous y ramène. Trois décennies de zoothérapie m'ont montré combien cela bonifiait nos jeunes. J'ai observé des gestes irremplaçables. Cent fois j'ai vu les mecs revenir à Faucon, après une absence de plusieurs jours, et foncer vers la bête qu'ils aiment. Ensuite, ils viennent saluer l'équipe. Ils se renseignent: «La jument a-t-elle accouché?» On voit bien leur intérêt dans ces moments-là. Je ne les imagine pas fonçant vers un atelier de menuiserie ou de poterie.

Qui apprivoise qui?

L'animal possède un magnétisme, et tout notre système éducatif est fondé sur cette rencontre avec les animaux. Les faire aller vers l'humain est l'étape suivante. Il est naturel que l'enfant s'entende bien avec l'animal, qui n'a pas la dureté de l'adulte. L'adolescent réagit encore par instinct, il rencontre la bête directement. L'animal l'accueille et agit sans calcul. Un fabuleux dialogue s'instaure sans paroles. Les sons, les odeurs, les gestes ont leur importance dans cet intense échange énergétique et mental. Un jeune qui a un problème ira volontiers vers sa bête afin de la caresser longuement, parce que cela l'apaise. Il ne lui viendra pas à l'idée d'aller à l'atelier caresser l'enclume ! Ces potentialités de communication avec le monde animal, si fortes chez les enfants et les adolescents, sont souvent endormies ou éteintes chez l'adulte.

Plusieurs étapes se succèdent : une période où l'animal reconnaît la personne, puis une période de séduction où il faut savoir caresser l'animal à ses endroits favoris, lui donner sa nourriture préférée ; ensuite l'animal manifeste un instinct protecteur. Le jeune est tout ondes pour l'animal. C'est cette spontanéité qu'a perdue l'adulte. L'animal pense une pensée sans langage, et pour nous c'est une voie royale pour renouer avec notre propre nature.

Retrouver une sécurité affective

L'animal apporte aussi une sécurité affective à nos jeunes : « Enfin, on me reconnaît. Je suis aimable puisque le sanglier fonce vers moi dès que j'arrive. » Il aime ou n'aime pas, mais il se tient à l'accrochage affectif qu'il a demandé.

Cet élément est primordial et permet à nos jeunes de progresser à pas de géant. Depuis trente ans, les animaux de la bergerie de Faucon réconcilient nos jeunes avec eux-mêmes. Les violents réagissent selon l'émotion du moment, car l'émotion est privilégiée dans la relation du jeune à l'animal.

Sans exagérer son importance, un animal peut réfléchir, aimer, aider et au total soigner. Sa réflexion est instinctive. Le dauphin ne guérit pas un autiste, mais il favorise tellement sa confiance en lui-même que l'individu parvient à s'ouvrir, alors que des humains ne parviennent pas à ce résultat. J'ai observé un cheval blessé légèrement handicapé qui attendait un jeune autiste. Le cheval d'habitude rétif se laissait monter et n'a jamais renversé ce jeune, pourtant maladroit. Il sentait la faiblesse de ce petit. Nous apprenons aux jeunes à respecter la vie animale. Mais aussi toute vie.

Vers la sérénité et la réconciliation

Certains disent qu'une certaine mode consiste à exagérer le rôle de l'animal pour l'homme. Je ne le pense pas. L'animal nous ramène aux valeurs essentielles de la vie. Je suis le témoin de cet amour profond et partagé. Nous avons beaucoup à faire pour laisser l'animal nous éduquer.

L'animal rend nos jeunes plus altruistes, plus heureux et plus sereins. Le jeune sera scandalisé de voir la mère sanglier dévorer ses petits surnuméraires. Elle les bouffe parce qu'elle ne pourra pas les allaiter, ou plus souvent parce que le marcassin est infirme. C'est là l'immense différence entre les humains et les animaux : nous protégeons le plus faible, l'animal l'élimine ou l'abandonne. Une femelle lama ignore un petit handicapé, elle le laisse dépérir. Plusieurs fois nous avons sauvé et allaité au biberon un petit lama abandonné par sa mère. Et ils sont devenus de beaux animaux particulièrement proches de nous. Nos jeunes trouvent une sérénité grâce aux animaux, ils se réconcilient avec eux-mêmes. C'est un long travail.

Clapiers ouverts…

Les animaux rendent les jeunes responsables et créatifs. Un jeune qui sortait de la prison de Fleury-Mérogis me déclarait qu'il voulait s'occuper des lapins. Il me dit : « Guy, je veux les lapins, mais ils sont en prison. Moi, je sors de prison. Les lapins sont dans des clapiers, ça ne va pas. Je ne peux pas supporter de voir ça. » Je lui explique que les lapins sont bien comme cela. Le lendemain, il nous lâche tous les lapins dans la nature : il avait ouvert tous les clapiers. Je lui ai proposé : « Mon pote, tu ne veux pas qu'ils soient dans le clapier, OK. Alors j'ai une idée : on va construire un château. » Comme ce mec était africain, on a bâti un château malien miniature. On a choisi un beau morceau de terrain près de l'entrée. C'est maintenant magnifique de voir toute la journée les lapins se promener autour du château et rentrer le soir.

Mon amour des animaux est passé en eux. Plusieurs de nos jeunes exercent un métier où la bête est reine. Ils n'oublieront jamais que c'est en partie grâce aux bêtes qu'ils ont réussi à tenir à un moment où tout déraillait pour eux. Mystère de la création, où Dieu a peuplé la terre de nos compagnons à quatre pattes. Ils sont inestimables pour la rencontre avec l'humain. Pour nous, ils sont des compagnons de travail parfaitement adaptés pour aider nos jeunes à vivre debout et libres.

29

Après moi, l'espérance

Quel héritage pour nos enfants ?

Car c'est en espérance que nous sommes sauvés. Or, l'espérance qu'on voit n'est plus espérance : ce qu'on voit, peut-on l'espérer encore ?
Mais si nous espérons ce que nous ne voyons pas, nous l'attendons avec persévérance.

Romains 8, 24-25

Inspiré par le célèbre : « Après moi, le chaos » de De Gaulle, je renverse la formule et je déclare : « Après moi, l'espérance ».

Louis XIV avait lâché avant le grand Charles : « Après moi, le déluge ».

As-tu fait ton testament ? Vis-tu pour que ton enfant ait les diplômes que tu n'as pas réussi à obtenir ou es-tu prêt à te battre pour qu'il puisse vivre ce pour quoi il est fait ? Rêves-tu qu'il soit heureux jusqu'à la fin de ses jours ? Prends-tu le temps qu'il faut pour l'aimer ? Quel héritage veux-tu transmettre à tes enfants : un compte en banque bien garni, une belle baraque ou tes valeurs morales et spirituelles ? Vis-tu donc pour donner à tes enfants un héritage de force, d'amour, de tolérance, de respect et de partage ?

« Après moi, l'espérance » : cette phrase testamentaire a de quoi nous faire réfléchir. Si vous vivez en couple, avez-vous pensé à une disparition accidentelle ? Parfois des problèmes terribles surgissent dans les affaires lorsque l'on n'a pas pensé à sa succession… Même jeune adulte, je pense qu'il est préférable de prévoir un testament pour ceux et celles qu'on laisse.

Que restera-t-il ?

Demandons-nous si nous avons bien mis nos affaires en ordre, au top, afin que nos héritiers n'aient pas d'emmerdements. Quel héritage leur laissons-nous ? Des parents me confient qu'ils travaillent comme des dingues pour que leurs enfants ne manquent de rien, et qu'ils font des heures sup' pour leur offrir une résidence secondaire… Je les mets en garde : « Ne vous inquiétez pas, ils pisseront dessus. Travaillez plutôt à ce qu'ils aient une morale d'enfer, une spiritualité extraordinaire. Le reste est peu de chose. Et surtout partagez ce que vous possédez avant de mourir. Ainsi ils ne se battront pas, après votre mort, avec des larmes de crocodile sur vos cercueils. » Il n'est pas question de déshériter ses gosses, mais de conserver ce qui nous est indispensable tout en offrant aux enfants ce qui doit leur revenir.

L'avenir de Faucon

« Après toi, que deviendra la Bergerie de Faucon ? » me demande-t-on de plus en plus souvent. Nos vingt-cinq hectares de paradis sont gérés par une association que je préside. Juridiquement la structure est bien ficelée. Je dis parfois à mes compagnons que je suis le ramasse-merde. Je suis là pour serrer ou desserrer les boulons. Ils me donnent des idées, on en discute, et on tranche à la majorité. C'est avec cette méthode que Faucon a évolué depuis trente ans. Que deviendra

Faucon après moi ? Si tout est préparé avec soin avant mon départ vers des vacances éternelles, il n'y a aucune inquiétude sur l'avenir de l'association. Mes successeurs, je l'espère, garderont la ligne tracée avec leur propre charisme.

Des anciens me décochent parfois : « Tu es éternel, Guy » face à ma verdeur de septuagénaire et à mes tempes qui tardent selon eux à blanchir. Ces anciens-là sont très gentils, et même flatteurs, mais ils ne sont pas cons et ils connaissent l'échéance inéluctable. Moi aussi.

Un combat spirituel et humain

Mes maîtres m'ont imprégné tout jeune de cette vérité : ma destinée terrestre est vouée à une autre vie sans fin, superbe, heureuse au-delà du bonheur imaginable sur terre. N'allez pas croire que je travaille pour ce bonheur-là. Je travaille pour l'amour. Seul l'amour inséparablement lié à la justice me hante. Le combat que l'on me présentait au séminaire était spirituel. La guerre d'Algérie l'a rendu humain. Et la rencontre en Algérie d'un jeune martyrisé m'a mis tout de suite les pieds dans la glaise.

Mon cocon familial et les études au séminaire m'avaient éloigné des dures réalités du monde. Lors de la guerre d'Algérie, j'ai su que toute lutte spirituelle d'un être n'allait de pair qu'avec une lutte sociale, humaine : un combat terrestre. Les deux combats, spirituel et humain, sont inextricablement liés. La tête dans le Ciel, c'est certain, et les deux pieds profondément enfoncés dans la boue de l'humanité blessée aussi.

Un serviteur inutile

Juste après mon jeune sacerdoce, vinrent l'aventure dans les rues d'Algérie et de Paris, puis la naissance de la Bergerie de Provence. « Vous êtes irremplaçable », cette phrase me blesse toujours. Appliqué à un humain, ce mot irremplaçable est de trop dans le vocabulaire français. Chacun accomplit sa mission au mieux de ses dons. C'est la meilleure manière de signifier vers où l'on va, vers qui l'on tend. D'autres suivront obligatoirement et nous remplaceront. J'aime en revanche ces deux termes de l'Évangile : « Serviteur inutile ». Le mot inutile est aussi vrai que faux. Vrai, parce qu'une trajectoire humaine, si grande soit-elle, est toujours limitée et périssable, donc vouée à la succession. Faux, parce que nous laissons tous et toutes une trace sur terre. Elle peut être celle d'un météore ou bien celle d'un vermisseau. Mais chacun creuse sa trace, pourvu qu'il la suive. Mon aventure humaine sur terre a suivi un parcours assez inédit. Moi qui voulais être curé de campagne. Je me retrouve en blouson noir à m'occuper de délinquants depuis quarante ans... Je détestais la ville, et je vis en partie à Paris. J'ai obéi à de multiples appels que les plus petits de mes frères et sœurs loubards m'ont lancés. L'Église m'a laissé libre en me faisant confiance dans ce chemin périlleux, escarpé et fabuleux à la fois. Je voue à l'Église une reconnaissance immense pour cela.

La relève doit s'opérer un jour. De mon vivant ou après, je ne sais. Mais je ne dois ni l'estomper, ni la manquer, ni l'escamoter. Je dois la préparer seulement. C'est fait. Mon combat peut continuer sans inquiétude.

Des pierres et des ombres

On ne devrait jamais s'accrocher à des pierres. Un jour, un laïc me demanda instamment d'aller visiter l'œuvre d'un prêtre tout à fait remarquable. Je partis donc à sa rencontre. Je découvris un vieillard de soixante-quinze ans, vivant avec sa gouvernante, une femme qui l'avait beaucoup aidé dans sa tâche. Il voulait céder des bâtiments somptueux à une association. Une dizaine d'associations s'étaient présentées. Il les avait toutes rejetées sous des prétextes dérisoires. Seul avec cette vieille femme, il s'accrochait désespérément à des pierres habitées par deux ombres qui se lézardaient aussi sûrement que la façade de la ferme. Je suis parti, comprenant l'appréhension du laïc qui m'avait envoyé à eux, car il voyait dépérir des bâtiments, seuls témoins d'une œuvre vivante et belle. J'aime les pierres de la Bergerie de Faucon. Au coucher du soleil, elles prennent les couleurs du ciel de la Haute-Provence, orangés, rose pâle ou rougeâtres. J'aime les pierres de Faucon autant que j'en suis détaché. Elles m'ont trop fait souffrir à travers des épreuves multiples. Tant de fois j'ai cru que les travaux ne finiraient pas. Il a fallu stopper deux ans, faute d'argent. C'était vraiment difficile. Puis tout a fini par s'arranger. Mais, si je suis détaché de ces pierres, par contre, l'esprit de Faucon survivra, j'y crois dur comme fer. Comme l'esprit qui reste dans une famille. Ma plus sûre relève est là. Cette Bergerie, en tant que bâtiment, peut servir pour de nouvelles aventures. L'important est que mes successeurs n'en fassent pas un Club Méditerranée ou un hôtel quatre étoiles. Mais la décision leur appartiendra. Puisse l'esprit de Faucon, lui, rester intact !

Je voudrais vous citer cette anecdote restée très fraîche dans ma mémoire. J'ai acheté cette ruine en mars 1974. Juste après avoir signé l'acte de vente, je me suis assis seul en face des bâtiments et j'ai prié ainsi : « Seigneur, cette ruine et cette terre ne m'appartiennent pas. Elles sont à Toi pour aider les plus pauvres. Qu'elles servent pour manifester Ton amour au service des blessés de la vie. » Plus de trente ans après, parfois je me retrouve seul, assis devant ce superbe mas provençal, et je poursuis la même méditation, en ajoutant : « Merci, Seigneur d'avoir manifesté Ta présence dans ces pierres qui suintent d'amour. Tu en restes le cœur.»

L'esprit de Faucon

Quel est l'esprit de Faucon ? Christian, un de mes plus anciens équipiers, me l'a dévoilé un jour. Une équipe de jeunes du moment, particulièrement turbulents et perturbateurs, détournait sans cesse les règles de la communauté. Nos règles sont élaborées grâce aux expériences des jeunes et de mes équipes successives. Christian me martelait : « Guy, ce n'est pas l'esprit de Faucon, ça ! » J'ai mis bon ordre dans le petit groupe de trublions, avec mes compagnons du moment. L'esprit de Faucon a d'abord valeur de symbole. Une chose m'a particulièrement marqué. Nous sommes d'abord des hommes et des femmes ordinaires, confrontés à des jeunes difficiles. En dépit de tous les problèmes, mes équipiers maintiennent intacte leur foi dans les adolescents blessés et n'hésitent pas à assumer auprès d'eux, si perturbés, une tâche apparemment insurmontable. La plupart ne sont pas des éducateurs spécialisés de formation, ni n'ont connu auparavant les types de situations souvent très complexes qu'ils rencontrent là. Mais ils s'en sortent très bien la plupart du temps. Des hommes et des femmes dotés d'un solide équilibre physique, psychique et affectif, d'une autorité naturelle, d'un bon discernement, d'un profond sens de l'écoute et d'une espérance pas possible, peuvent apporter à nos jeunes ce qui leur manque le plus : un amour gratuit, distancé, mais qui les mettra debout.

Je n'ai rien fondé

Pour moi, décideur et responsable, le choix de mes compagnons est déterminant. Mais je reste émerveillé, depuis tant d'années d'aventures avec des équipes successives, par les capacités extraordinaires que des adultes ordinaires révèlent pour éduquer des jeunes extrêmement complexes.

La majorité d'entre eux, après deux ans de travail à nos côtés, suivent une formation d'éducateurs. Tout est décidé en équipe. La plupart de nos lois sont élaborées par et pour nos jeunes, et avec eux. Les grandes options comme les moindres détails sont choisis par tout le monde. Je n'en suis que le témoin. À moi de les maintenir dans la pérennité que j'assume depuis le début. Mes équipiers sont jeunes. Ils entretiennent en moi une jeunesse qui tente de se dérober année après année. Si j'avais gardé mes équipiers d'il y a trente ans, Faucon serait rabougri comme mes artères. Ce sang nouveau empêche la sclérose. Il relance la communauté de Faucon et lui apporte le vent neuf du temps. Si l'expérience n'a pas pris une ride depuis le début de l'aventure, ce n'est pas grâce à moi, mais grâce à ces jeunes adultes qui se relaient. J'admire leur don d'eux-mêmes. Même payés au smic, ils apportent le meilleur de ce qu'ils sont. C'est l'honneur de la jeunesse adulte d'aujourd'hui de consacrer un ou deux ans de sa vie à tout donner. Appeler des adultes au plus haut d'eux-mêmes est payant au-delà de l'imaginable.

Je n'ai rien fondé et je ne revendique absolument pas le titre de fondateur. Inspirateur, OK. J'ai simplement happé des appels des jeunes loubards : « Guy, loin de Paris, de la drogue, des tentations, donne-nous des pierres, on construira. » J'ai entendu les appels de mes jeunes loubards d'abord et de mes compagnons ensuite. L'âge moyen de mes compagnons est actuellement de vingt-quatre ans. Faucon a été créé quand ils n'étaient pas encore nés.

Nos lois jamais écrites

Amandine et Damien sont deux jeunes que je viens d'amener à la Bergerie. Je leur ai dit qu'il y a quatre lois là-bas: «Pas de violence, pas d'alcool, pas de drogue, et pas d'actes sexuels entre jeunes.» Rien de nouveau dans ces quatre règles qui sont au cœur de toute communauté mixte de jeunes marginaux. Seulement, elles sont appliquées avec la même fermeté qu'au début de l'aventure, sans appel et sans lassitude de notre part. Nos jeunes le savent parfaitement. Aucune de nos règles n'a jamais été écrite. C'est capital pour l'échange. L'ancien dira au nouveau ce qu'il a à lui dire. Le dialogue s'instaure dès le début sur les raisons des interdictions et leurs applications. Ces règles évoluent parce qu'elles sont faites par et pour des humains qui en trois décennies ont changé. Par exemple, les walkmans sont apparus, ainsi que les indispensables portables. Des mini-sonos sont offertes aux anniversaires, civilisation musicale oblige. Sans gêner le silence du voisin ou la musique de l'autre, elles sont acceptées. Nous avons instauré des cours volontaires de rattrapage scolaire. Les jeunes arrivent complètement cassés et quasiment analphabètes. On leur propose deux à quatre heures de cours par semaine, sur la base du volontariat. Ces cours d'un genre particulier sont suivis assidûment. Avant d'être scolarisés, nos jeunes peuvent enfin intégrer l'école qu'ils ont quittée ou séchée durant des années avant de nous être confiés.

L'exercice de la responsabilité

Les jeunes ont aussi la possibilité unique de diriger notre communauté, notamment en été. Entendre Hind, jeune fille mineure de quinze ans, donner des ordres à tous, adultes compris (une quarantaine de personnes sous sa responsabilité), est un pur enchantement. En regardant cette gamine reprendre publiquement un compagnon avec doigté et fermeté, je repensais à ses débuts chez nous un an auparavant. Un ordre lui déplaisait, et la vaisselle valsait dans la cuisine. Après nombre de débris qu'elle dut ramasser et remplacer de sa poche, elle finit par comprendre de l'intérieur le bien-fondé de nos règles et leur nécessité. Elle était enfin devenue capable de les faire appliquer pour le meilleur et dans l'intérêt de tous et de toutes. Parents qui me lisez, la plus belle part de votre héritage n'est pas votre baraque super bien équipée. C'est le sens des responsabilités que vous aurez fait naître chez un être, et qui restera plus sûrement derrière vous et pour longtemps. C'est ça, l'espérance. La responsabilité qui est née dans un être lui permet de se jeter dans l'avenir avec confiance. Le sens de la responsabilité peut s'exporter partout et les droits de douane sont gratuits.

Fin de repas

Le mise en commun de la vie est régie par interpellations « à la loubarde ». Voici quelques exemples de nos maximes :

« T'as fini tes bêtes, va aider tes copains. – Si tu baisses, mon pote, tout le monde baissera. – Si tu triches, et si en plus tu balances tes copains, on devient tous des flics. – Si tu penses qu'à ta gueule, tu fais de nous une bande de loups. – Si tu voles un copain, on n'est plus des frères et des sœurs, mais tous des suspects. – Si tu juges sans cesse les autres, t'es devenu notre procureur. »

Cette correction fraternelle a lieu le soir en fin de repas. Elle reste pour moi le meilleur de ce qu'ils emporteront dans leur famille d'accueil, et plus tard dans leur foyer. À la dernière réunion que j'ai présidée, nous étions quinze. Pendant deux heures, chacun a parlé de son comportement et de son travail. Et les quatorze autres l'ont critiqué ou valorisé. Mettre en commun jour après jour ses joies, ses peines, ses chutes, celles des autres, est une formidable libération intérieure. Cela rend clair en soi, net. Cela apprend à pardonner, à se faire pardonner, et à repartir tout neuf, en gardant sa part de mystère. Nous avons tous notre part intime qu'on ne peut pas juger, une part intouchable. Tout le reste provoque l'échange, qui permet d'avancer.

Nos idéaux sont simples

Nos jeunes disent ce qu'ils veulent. Au début, c'est très dur, violent. Les premières fois ils s'adressent souvent à un autre et lui balancent : « Espèce d'enculé, t'as vu le coup de vice que tu m'as fait, je vais te démolir la gueule… » Ce type d'interpellations change peu à peu. Je suis émerveillé d'entendre le même, quelque temps plus tard, dire : « Toi, t'es un bel enfoiré de m'avoir fait ça. Dis-moi un peu pourquoi, je t'écoute. » Ce mot dans la bouche d'un adolescent m'émerveille : ils s'écoutent. Une communauté où des jeunes n'écouteraient que leurs éducateurs serait bancale ou atrophiée. Dès que des jeunes apprennent à s'écouter, ils découvrent qu'ils ont autant à apprendre de ceux de leur âge que d'un adulte de vingt-cinq ans ou d'un dinosaure de soixante-dix. Différemment, bien sûr, mais partout ils emporteront le respect que nous tentons de leur inculquer comme le plus grand trésor qui soit. Ma relève dans ce sens est somptueuse.

Tous les ans, nous organisons notre fête traditionnelle pour remercier les deux communes qui, depuis trois décennies, nous ont accueillis, supportés, puis portés. Mes successeurs la maintiendront-ils ? Je n'en sais rien.

L'important dans cette fête, c'est que nous jouons chaque année des scènes où nous montrons l'esprit de Faucon. Les bêtes y participent, ce qui est parfois d'une drôlerie inénarrable. À travers quelques sketches comiques, on se marre un bon coup. Des centaines de gens descendent des deux communes pour y assister et passer un moment festif avec nous. C'est très important. Chacun aura participé. Orateur-né ou bégayant son texte, chacun aura traduit nos idéaux. Ceux-ci sont simples : nous voulons être pétris d'amour, d'égalité, de liberté et de bon sens. Un feu d'artifice et un bal prolongent le spectacle et la fête à la nuit tombée.

« J'ai besoin de toi »

La plupart des jeunes qui nous arrivent ont entendu toute leur enfance qu'ils ne valaient rien, qu'ils comptaient pour de la merde. Ils ont si bien intégré le message qu'ils nous répètent : « Je suis personne, je vaux rien. » Quand nous leur demandons humblement : « J'ai besoin de toi, viens m'aider », c'est leur faire comprendre qu'ils trouveront ici de quoi vivre, et surtout des raisons de vivre. Ce qui est merveilleux, c'est de voir ces quinze jeunes et adultes, confrontés à cent trente bêtes, déclarer le soir à table qu'il faut faire attention à tel animal parce qu'il semble boiter ou que tel autre mange moins que d'habitude. La plupart des jeunes n'avaient jamais vu une bestiole de près avant d'arriver, ils deviennent rapidement très compétents en ce domaine. Certains ont su sauver des animaux. Quand un de nos jeunes s'appesantit sur son passé, je lui dis : « Regarde nos cent vingt pigeons-paons, ils sont blancs, neufs. Tu es comme eux. » Ils comprennent plus tard pourquoi je m'acharne à écarter les pigeons-voyageurs gris ou noirs, qui viennent s'accoupler à nos pigeonnes d'un blanc immaculé…

Je sais que les pierres de Faucon se lézarderont un jour. Mais un idéal ne doit pas se lézarder. Nous mourrons et nos baraques seront utiles à d'autres, mais l'idéal que nous vivons laisse un héritage éternel, parce que transmis.

Notre réalité intérieure

« C'est bien, ce que tu fais. » J'entends cette phrase trop souvent. Elle me hérisse toujours. D'abord, ce n'est pas ce que nous faisons sur terre qui est forcément bien. C'est la réalité intérieure de ce qui nous fait vivre et nous anime qui fait la puissance d'une vie. Cette réalité peut devenir un modèle à suivre. Quand on me demande comment j'ai pu vivre quarante ans avec des délinquants, je réponds que j'y comprends que dalle. C'est apparemment trop dur, normalement impossible. Si Dieu n'avait pas été au cœur de ma tâche, j'aurais tout laissé tomber depuis très longtemps. Je me recharge et je renouvelle mon énergie lors des retraites silencieuses que je me réserve tous les dix jours. La puissance de ma vie est là.

Lorsqu'on me dit que ce que je fais est bien, je réponds aussi que ce sont eux, les jeunes loubards, qui m'ont appelé sans cesse pour construire autre chose. En me mettant sur la route et à leur écoute, ils ont fait de moi leur serviteur. Le jeune Alain, que j'ai rencontré en Algérie, bouffait dans une gamelle de chien. Je l'ai hébergé pour une nuit et je l'ai gardé sept ans. C'est lui qui a empli mon presbytère de ses copains traînant dans les rues.

Je me sens blessé quand on me dit que ce que je fais est bien, parce que sans les compagnons, sans les familles capables d'accueillir nos jeunes, sans les milliers de donateurs, du plus modeste au plus généreux, nous serions fichus. Des croyants, des incroyants nous aident et nous rendent visite sans relâche.

« La beauté sauvera le monde »

Un type osa un jour me confier qu'il ne comprenait pas pourquoi j'avais construit une propriété aussi belle pour des délinquants. Je lui ai fait remarquer que c'était justement ces délinquants qui l'avaient bâtie, et que la beauté appartient aux riches comme aux pauvres. Il a fermé sa grande gueule. Il n'avait pas compris que, comme l'affirmait Dostoïevski, « la beauté sauvera le monde ».

Nous avons des frais considérables. Nous portons Damien, Amandine et tant d'autres, de l'âge de douze ans jusqu'à dix-huit ans. Mais, à dix-huit ans, ils ne volent pas de leurs propres ailes. Pourtant, l'État arrête de les aider. Il est impensable que, dans notre civilisation, on puisse dire à un jeune de dix-huit ans : « Maintenant casse-toi et débrouille-toi. » Des donateurs nous aident, heureusement, pour assurer ce moment capital dans la vie d'un jeune adulte, quand il prend pied dans le monde.

C'est bien, ce que Dieu fait par nos pauvres mains. Faire vivre des jeunes dans la beauté, c'est les faire grandir.

Priant parmi les priants

Mon sacerdoce a fait de moi un prêtre au milieu de jeunes souvent non-chrétiens et musulmans. Cela pourrait être une provocation, voire une tare dans une certaine mesure, si je donnais une seule couleur religieuse, chrétienne, à Faucon. J'ai toujours voulu que d'autres religions vivent avec nous. Un jeune m'a dit un jour que j'étais un grand chêne et que, quand je serai foudroyé, les petits chênes prendront leur essor. J'ai répondu : « Bien vu. »

Notre Bergerie appartient à l'association et tout lui

reviendra de droit. J'ai tout donné à cette association. La part inestimable de mon héritage n'est pas dans ces pierres, mais dans l'amour que j'ai donné. Il en va de même pour l'amour que vous, parents, donnerez à vos enfants. Le sens du partage, voilà une succession sublime. Alors les pierres de Faucon et les murs de votre baraque chanteront l'amour.

Depuis 1978, j'ai écrit vingt bouquins. Près de deux millions d'exemplaires vendus en dix langues, pour nous appeler à un regard d'amour, pour contempler la part de cristal de chacun, et de votre enfant d'abord. Nous mourons avec nos charismes, nous ne les laissons pas sur terre. Mais nous pouvons imprégner les autres de nos dons. Le plus beau jour de ma vie sera la rencontre avec l'amour que j'ai tenté passionnément de vivre le temps de ma vie terrestre, sur un des terrains les plus durs qui soient : celui des oubliés, des cabossés, des désespérés. Leurs visages printaniers m'ont toujours fendu le cœur.

Je veillerai au grain

Je dis souvent en forme d'humour à mes adjoints : « De là-haut, si telle est ma place, je veillerai au grain. Mais je vous en supplie, j'ai assez bossé sur terre pour ne pas avoir un portable céleste bourré de messages quotidiens. Si Dieu a un compte en banque bien garni, sollicitez-Le. Et Dieu vous donnera ce que vous Lui demanderez : un discernement qui ne doit pas baisser sa garde, une énergie sans faille, un amour le plus gratuit possible et une espérance invincible. Tout le reste arrivera naturellement si vous possédez l'amour. » Un jour, un de mes adjoints, musulman, me dit qu'à mon contact il avait découvert que seul l'amour vécu à donner et à recevoir compte dans la vie. « Je reste musulman, a-t-il ajouté, mais ça, personne ne me l'avait appris auparavant. Vous chrétiens, vous avez là un trésor fabuleux. » Il avait compris que l'amour peut être la valeur principale de la vie. En le manifestant, on le multiplie. Pour aller à la source de l'amour qu'est Dieu, ma devise est la plus militante qui soit : « Vivre de telle façon qu'à ma seule façon de vivre on pense que c'est impossible que Dieu n'existe pas. »

IV

Convictions d'un croyant

30

Parle à Dieu comme au meilleur de tes amis

La prière est un combat

Tenez donc ferme : ayez à vos reins la vérité
pour ceinture ; revêtez la cuirasse de la justice ;
mettez pour chaussure à vos pieds le zèle que
donne l'Évangile de paix ;
prenez par-dessus tout cela le bouclier de la
foi, avec lequel vous pourrez éteindre tous les
traits enflammés du malin ;
prenez aussi le casque du salut, et l'épée de
l'Esprit, qui est la parole de Dieu.
Faites en tout temps par l'Esprit toutes sortes
de prières et de supplications. Veillez à cela
avec une entière persévérance, et priez pour
tous les saints.
Priez pour moi, afin qu'il me soit donné, quand
j'ouvre la bouche, de faire connaître hardiment
et librement le mystère de l'Évangile,
pour lequel je suis ambassadeur dans les chaînes,
et que j'en parle avec assurance comme je dois
en parler.

Éphésiens VI, 14-20

En revenant de Marseille-Marignane, Gilles, le commandant de bord, et Bertrand, son second, m'invitent à pénétrer dans la cabine pour décoller et atterrir avec eux.

Le commandant prépare le décollage. Il tape ses codes, programme ses machines. L'appareil commence à rouler lentement sur la piste. Je me prépare intérieurement. C'est le moment de rechercher des idées pour ma prière.

Attachez vos ceintures

La conversation s'engage avec Gilles et Bertrand. Le commandant est marié, il a deux enfants. Bertrand, plus jeune, n'a pas encore d'enfants. L'avion roule, accélère et décolle en bout de piste.

C'est une manœuvre délicate. Je commence un cœur à cœur avec Dieu. Au-dessus des nuages, je me mets à nu devant le Seigneur. Je vide mes détritus, je nettoie mes saletés. Les nuages semblent nous purifier. L'appareil file maintenant à sa vitesse de croisière. Soudain nous arrivons en plein soleil. Branché directement sur Dieu, je Lui dis que je L'aime. Je n'ai rien d'autre à Lui dire dans un moment comme celui-ci.

Sur la plage ou dans le métro

Il est important de se préparer à la prière. Nous pouvons prier n'importe où, au travail, sur la plage ou dans le métro. Mais nous devons bien nous préparer à cette intimité avec Dieu. Après avoir décollé, nous sommes installés dans un lieu choisi, dans la position qui nous convient, avec le livre qu'il nous faut. J'aime bien prier au sommet d'une montagne. Assis calmement en altitude, je contemple. Un athée peut contempler de la même façon, c'est une très belle forme de prière.

Une prière exaucée

À Compiègne, au début de la messe, un curé m'indique une dame, au fond de l'église, dont la fille avait été violée d'une manière particulièrement sauvage. Le curé me recommande de faire attention à mes paroles afin de ne pas la blesser. J'ai vu cette femme. Elle est venue en pleurs à la sacristie à la fin de l'Eucharistie. Elle voulait me parler de son mari. Il éprouvait depuis la mort de sa fille une haine inimaginable envers le criminel. J'ai rencontré le père, non-croyant. Il est venu partager un moment à Faucon. Je lui ai dit: « Ce monstre qui a massacré ta fille te tue toi aussi, parce que la haine te déchire. Je prierai pour toi et je prierai surtout pour que l'on retrouve le criminel. » On a découvert quelques jours après une première trace. Le père m'a dit que la prière avait été exaucée. Je n'aurais jamais demandé à ce père blessé de pardonner à l'assassin. Mais comme homme et prêtre, je lui devais d'être à ses côtés dans un tel moment. J'ai prié avec son autorisation pour qu'on retrouve l'assassin de sa fille. Cette prière en partie exaucée l'a remué très fort. Moi aussi. Dieu peut parfois répondre à notre prière au millimètre près. Mais ce n'est pas dans ses habitudes ordinaires.

Tout quitter

Dieu est un trésor caché dans notre cœur. « Prie ton père dans le secret », dit Jésus (Matthieu VI, 6). Un autre verset dit: « Quand vous êtes réunis en mon nom, je suis au milieu de vous ». Je voudrais mettre ces deux phrases en liaison. Dieu aime le silence que nous lui offrons. Dans une église le dimanche, une mosquée le vendredi ou une synagogue le samedi, les croyants sont réunis pour prier. On peut aussi prier individuellement les autres jours. Dans tous les cas, Dieu est follement amoureux de notre silence. Dans nos chambres ou dans nos voitures, sous la douche ou au restaurant, nous pouvons prier en faisant silence à l'intérieur de nous. Le Christ s'en allait, dit l'Évangile, quand la foule l'oppressait. Il allait prier dans le silence, dans la montagne ou au milieu d'un lac. Dieu demande que nous nous cachions comme des amoureux. Je vis les meilleurs moments de prière dans le silence, en regardant l'horizon, sur un sommet ou dans la profondeur d'une forêt. Nous devons tout quitter pour Dieu et nous pouvons le faire partout. Il suffit que ce soit une priorité pour nous. Malheureusement, souvent bouffés par nos activités, nous mettons la prière en dernière position.

Du temps pour Lui

Donc, d'une part, l'Évangile nous demande de prier Dieu dans le secret et, d'autre part, Dieu nous a promis d'être là chaque fois que nous nous réunissons pour prier ensemble. Nous avons besoin de tout quitter pour Dieu, de nous retirer dans le silence, et de nous réunir pour Le chanter. « Aimez Dieu comme vous aimez votre bien-aimé. » Qu'est-ce qui résisterait à l'amour d'un homme pour une femme ou d'une femme pour un homme ? Rien ne vaut les yeux d'une mère regardant son bébé. Rien ne vaut le regard d'un enfant pour son père. Ils n'ont pas besoin de se dire beaucoup de mots. Leurs yeux parlent, leurs cœurs parlent. Il est difficile de parler de la prière, mais nous savons comment communiquent deux êtres qui s'aiment. C'est exactement la même chose qui se produit lorsque nous prions Dieu. La prière est simplement un cœur à cœur avec Dieu. Quel que soit le nom qu'on Lui donne.

Ce qui jaillit de votre cœur est l'essentiel pour rencontrer le cœur de Dieu. Il faut du temps pour cela, mais sainte Thérèse d'Avila disait: « Ne croyez pas que si vous aviez plus de temps à consacrer à votre oraison, celle-ci aurait plus de valeur aux yeux de Dieu, détrompez-vous. Le temps bien employé au service des autres ne nuit pas à la prière. Et Dieu donne souvent plus en un instant qu'en de longues heures. » Lors d'une apparition, Marie lui aurait dit: « Réciter lentement et avec son cœur un "Je vous salue Marie" ou un "Notre Père" vaut mieux que des dizaines de prières chaque jour. » Inutile de réciter un chapelet à toute vitesse. Bâcler un geste liturgique ne sert à rien et votre prière est bidon si vous ne cherchez pas à entrer dans la relation avec Dieu par le silence d'abord.

Une rencontre est une prière

Chaque être est un ostensoir. Si nous regardons chaque personne avec le regard de Dieu, nous n'aurons ni péril ni peur à la regarder. En cherchant en chaque être sur cette terre la transparence mystérieuse de Dieu, nous n'avons absolument rien à redouter. Pour cette raison, nous pouvons dire que toute rencontre est une prière. Quel temps accordez-vous à la télévision ? Combien pour écouter vos proches ? Combien de minutes consacrez-vous à la prière ? Imaginez que, ce soir, vous décidiez de prier au lieu de regarder une émission de plus...

Toute rencontre avec un être humain est une forme de prière. Tout regard doit faire jaillir la prière en nous. Rien n'est plus simple ni plus profond que cette contemplation. Nous sommes entourés d'humains. Que chacune de vos rencontres soit une prière.

Dieu ne répond pas ? Impossible !

Quand nous prions à pleins tubes et à plein cœur, nous attendons une réponse à nos prières. Nous avons soif des réponses de Dieu. Elles sont mystérieuses parce qu'Il est caché. Nous ne Le voyons pas. Nous ne pouvons que Le ressentir. Nous ne pouvons L'atteindre que par la prière et Il ne nous répond que par des signes. Nous pouvons voir Dieu à l'intérieur des êtres. Il ne répond pas ? Impossible ! Il ne résiste pas à une prière faite à plein cœur. Il répond à chacun… J'ai observé qu'Il exaucait nos prières aux moments où nous nous y attendions le moins. Ce sont les surprises de Dieu. J'en ai été le témoin en plusieurs occasions. Et parfois Il nous répond au-delà de ce que nous avions espéré.

Dieu n'est pas un flipper. Il ne fonctionne pas à coups de pièces de deux euros : « Donne-moi trois billes pour jouer ma partie. » L'Évangile nous apporte des indications précieuses sur la puissance de la prière. « Si tu as la foi, disait Jésus, tu peux déplacer cette montagne, tu peux déplacer cet arbre. » Cette image nous indique que nous avons un pouvoir prodigieux, qui dépasse celui des plus grands chefs du monde. Dans l'éternité d'amour, nous verrons et nous comprendrons la puissance d'une prière.

« Je crie vers toi de tout mon cœur »

Les technologies modernes de communication sont magnifiques. Mon site internet a permis à des milliers de personnes de s'adresser à moi directement. Je suis ravi de pouvoir répondre si rapidement à leurs e-mails. Je dirais que, dans cette époque, plus nous devenons techniciens, plus nous devons nous efforcer d'être des adorateurs. Nous sommes des signes si nous sommes priants. Le signe le plus fort aujourd'hui est d'être un chrétien engagé. C'est le plus vrai et le plus efficace. Soyons impliqués et compromis jusqu'au cou dans la construction du monde en même temps que nous sommes contemplatifs. Si nous savons que notre prière est plus grande que notre action, alors nous sommes des signes vivants et parlants. C'est un combat jusqu'au dernier soupir.

Dieu nous demande de L'aimer et de Le prier partout. Ne pensons pas seulement à Lui quand nous faisons une erreur ou lorsque nous sommes blessés.

La prière, enfin, ce n'est pas tirer Dieu vers soi, mais monter vers Lui. Toute notre vie est un apprentissage de la prière, car elle se cultive. Si on la délaisse, on devient désert intérieur. Si on la cultive avec constance, avec acharnement, on ne peut plus s'en passer. Elle devient aussi nécessaire que notre respiration. Je te souhaite de « respirer Dieu ». Et comme respirer ne fatigue pas, la prière ira de soi. Cet échange entre Dieu et Sa créature est sublime. Parce que le Seigneur nous visite. Il nous attend sans cesse. Ne manque pas de Lui ouvrir la porte de ton cœur.

31

Le pardon dans la famille

De la rancune à l'apaisement

Si vous pardonnez aux hommes leurs offenses, votre Père céleste vous pardonnera aussi ; mais si vous ne pardonnez pas aux hommes, votre Père ne vous pardonnera pas non plus vos offenses.

Matthieu VI, 14-15

Dans la masse de courrier que je reçois, je remarque très souvent des phrases comme : « Je ne pardonnerai jamais à mon père », « Je ne pardonnerai jamais à ma mère », ou « Je ne pardonnerai jamais à mon frère »... Les haines familiales sont parmi les plus fortes et les plus tenaces. Absoudre un membre de sa famille serait-il le plus difficile des pardons ?

L'art de tuer son père

Un de mes jeunes venait d'une famille plutôt aisée. Son père était ingénieur. Il n'était pas vraiment loubard mais il traversait une période de détresse très grave. Je l'avais accueilli à Faucon à la demande de son père. Chaque fois qu'il montait dans ma voiture et m'accompagnait, il disait : « Tu sais, Guy, je t'ai dit la dernière fois que je tuerais mon père au couteau, mais c'est pas bon, je crois que je vais choisir une autre méthode, plus efficace.» Et il me décrivait chaque fois une nouvelle façon de tuer son père. Après la mort-aux-rats, il y eut la défenestration, l'électrocution, le couteau de boucher et je ne sais plus quoi encore. J'écoutais, stupéfait. Je ne disais rien... Et puis, une fois qu'il m'avait dit ça, il mettait sa musique dans la voiture. Il nourrissait une haine démesurée envers son père. Il avait d'assez bonnes raisons pour cela. Quelque chose de grave l'avait choqué et il voulait se venger. Comme il m'avait été confié justement par son père, j'ai dû me taire jusqu'au bout. Un an après, j'ai dit à ce jeune: «Tu ne deviendras adulte que le jour où tu auras pardonné à ton père. Si tu n'y parviens pas, tu risques de rester ce petit merdeux qui cherche sans cesse un nouveau moyen de buter ton vieux. Ça te bouffe de l'intérieur.» Je l'ai vu quelque temps plus tard embrasser son père. Je crois que mon silence très long, et ma brève et forte interpellation l'avaient appelé à réfléchir. Il avait découvert comment régler en lui-même son compte avec son père. Il avait surtout découvert qu'il était rongé par la haine. Ça ne lui laissait aucun répit.

Une fille de dix-huit ans, dont le père se remariait, insulta toute la noce le jour du mariage, en commençant par son père et sa belle-mère. Le choc fut terrible dans la famille. Le père décida de rompre les liens avec sa fille. Puis, après avoir réfléchi, il s'avoua qu'il n'était pas un mari très brillant ni un père très présent. Il a pris conscience de son attitude. Il a commencé à pardonner à sa fille, mais ce fut très dur.

Je n'aborderai pas longuement les histoires d'héritages! Une vieille dame m'écrivit un jour: «Monsieur l'abbé, j'ai quatre-vingt-sept ans, je possède un château de trente-trois pièces dont trois sont habitables, je vous le donne.» Surpris et flatté, je me dis que ce genre de cadeau ne se refuse pas. Je poursuivis ma lecture et, tout en bas de sa lettre, je lus: «Ne me remerciez pas, c'est pour me venger de la belle-fille du gendre de ma mère qui m'a traitée de vieille salope il y a trente ans.» Je lui ai simplement répondu que les ruines remplies de fumier ne m'intéressaient pas. On a souvent voulu me faire ce genre de don pour exercer une vengeance familiale. Je risquerais d'ailleurs, en acceptant de tels cadeaux empoisonnés, de me faire poursuivre par les héritiers déshérités et leurs avocats... Je suggère donc aux donateurs de faire la paix avec leur famille ! De plus, une œuvre qui ne se multiplie que grâce à des biens matériels offerts court droit au désastre. Elle perd vite la belle inspiration du départ. Quant à nous, Faucon nous suffit.

Notre capacité à pardonner

Nous avons une vision idyllique de la famille... Il faudrait peut-être qu'elle soit moins idéalisée. La réalité est souvent différente de notre idéal moral ou philosophique. Les jeunes sont parfois blessants. J'entends fréquemment : « Je n'ai pas demandé de naître. » Des parents préfèrent ouvertement un aîné brillant en études à un second moins doué : « Regarde-le, comme il est intelligent, il se tient bien à table, j'admire ses notes... ! » Des années durant, ces refrains sont distillés et la haine s'accumule. La rancune sera tenace.

Les parents nous donnent la vie. Nous nous figurons qu'ils sont parfaits. Le gamin voit son père comme Rambo et sa mère comme Madonna ! Si cette image se fracture dans le cœur de l'enfant ou de l'adolescent, apparaîtront une grande douleur et une grande rancœur. Je me souviens de cette femme qui m'interpella brusquement à l'aéroport de Roissy. Elle me raconta qu'elle était allée revoir son fils à Londres. Mais celui-ci l'avait jetée dehors. Elle pleurait : « Je n'ai jamais été là quand il était petit et adolescent. Il ne veut plus jamais me revoir. » Elle me demanda conseil : « Que faire ? » C'était une situation très difficile et j'étais bien embarrassé. Je l'ai écoutée longuement en lui souhaitant qu'un jour son fils veuille la revoir. Mais quel calvaire vivra-t-elle ? J'ai remarqué que nombre d'adolescents et d'adolescentes qui m'ont écrit qu'ils ne pardonneraient jamais à leur père ou leur mère finissent néanmoins par passer l'éponge. En général, ils m'annoncent la naissance de leur petit et tout s'apaise. Ils se rendent compte que ce n'est pas facile d'être père et mère. On peut avoir ses raisons de reprocher des défauts à ses vieux. Quand on devient soi-même un vieux, on acquiert la capacité de pardonner. Les Arabes disent *chheir*. Pour eux, vieux signifie « celui qui a un enfant », donc celui qui acquiert la sagesse.

Reconquérir sa liberté

Le pardon est une promesse de liberté et ouvre à l'avenir. Dévoré de haine, on stagne et l'on recule. Le pardon donne la liberté d'avancer. Sans pardon, on se retrouve bloqué, coincé, rongé et l'on se condamne à fuir.

Pourquoi est-ce si difficile de se pardonner entre parents et enfants ? Ça l'est moins lorsqu'on a affaire à des étrangers. Le poids de l'origine, de la généalogie pèse lourd dans les rapports familiaux. Le pardon entre conjoints est parfois très ardu. Un homme que je connais avait avoué à sa femme qu'il avait fait l'amour avec une autre pendant un voyage. Après une vingtaine d'années de fidélité, elle avait très mal reçu cette nouvelle. Je suis resté en contact avec eux un certain temps. Après des reproches véhéments à son mari, elle s'est souvenue que ça n'allait déjà pas très bien dans leur couple. Elle a relativisé et a pu comprendre qu'elle avait une part de torts. Inconsciemment elle avait peut-être poussé son mari dans les bras d'une autre femme.

Le vrai pardon est exigeant. Nous devons d'abord savoir ce que nous pardonnons. Il faut pouvoir en parler, aussi. Et nous avons à nous regarder nous-mêmes en face. La femme trompée par son mari a aussitôt fait lit à part. Puis, en réfléchissant, elle s'est regardée elle-même au lieu d'accuser. Nous devons nous faire aider pour pouvoir pardonner. De nombreuses personnes me demandent ce genre d'aide. Dans l'Église, des experts conjugaux peuvent assister les couples en difficulté relationnelle.

Nous devons aussi prendre garde à ne pas écraser la victime par un pardon trop arrogant. Il faut savoir se mettre dans la peau de l'autre. Un pardon qui sécrète une forme de pouvoir est un pardon piégé qui n'a pas de valeur. Il s'agit de pardonner sans en tirer profit. Nous devons respecter l'autre et pardonner par une démarche d'humilité. Il faut renoncer à toute possession et toute emprise sur l'autre.

Chargeons Dieu de l'impossible

J'utilise une tactique que je propose souvent. « Tu ne peux pas pardonner, c'est trop difficile pour toi. Alors je te suggère de confier à Dieu la tâche de pardonner à celui qui t'a offensé. Car Il t'aime comme Il l'aime. Confie cette mission à Dieu si tu n'es pas capable de la remplir toi-même. Dis simplement à Dieu : "Je ne peux pas, Toi Tu peux." » Et n'oublions pas que l'on ne pardonne pas à la faute mais à la personne. Pardonner quelqu'un signifie que l'on condamne l'acte commis et que l'on respecte la personne. Cela revient à dire à l'individu : « Tu vaux plus que ta faute, tu es plus grand que ton péché. »

Toutes les religions que je connais préconisent le pardon. Comme nous vivons dans une société qui perd progressivement ses repères religieux, le pardon devient une notion presque étrangère. On ne pardonne plus. Notre société manque de plus en plus d'espaces de miséricorde. Dans l'affaire du sang contaminé par le virus du sida, la ministre de la Santé de l'époque, Georgina Dufoix, a été jugée, puis s'est déclarée « responsable mais pas coupable ». Ce mot surprenant est resté dans les esprits. Quelle curieuse réaction ! Comment peut-on faire un tel distinguo, comment définir de telles limites ? Pour moi, cette phrase terrible signifie avant tout qu'elle ne demande pas pardon.

Faisons notre possible et chargeons Dieu de l'impossible. C'est parfois extrêmement pénible. Des injures ou certains faits qui ont lieu dans les familles sont difficiles à avaler. Dans cette situation, nous avons le recours de demander à Dieu : « Je T'en prie, occupe-Toi de l'impossible, je ne le peux pas. » C'est une prière très belle et c'est la seule qui nous sauve lorsque l'on ne peut pas pardonner. Dieu étant là, toujours à l'affût, saura absolument nous apaiser et nous permettra de trouver les mots pour délivrer ou être délivré.

Deux phrases essentielles

Souvenons-nous que notre saint Livre contient deux phrases essentielles. Le « Notre Père » dit : « Pardonne-nous nos offenses comme nous pardonnons aussi à ceux qui nous ont offensés. » Dans cet état d'humilité, nous reconnaissons que nous avons des choses à nous reprocher, alors nous demandons pardon à Dieu et nous Lui demandons qu'Il nous pardonne. L'autre phrase est : « Vous serez pardonné à la mesure du pardon que vous aurez donné sur terre. » Je vous invite à bien méditer cette phrase. Elle est implacable parce qu'elle indique que, si en ce bas monde nous ne pardonnons pas, on ne nous pardonnera pas au ciel. Dieu nous condamne sur terre à être des êtres de miséricorde capables de dire : « Je te pardonne » ou : « Je te demande pardon », ou encore : « Tu es plus grand que tes fautes. » Phrase magique s'il en est et que j'ai utilisée d'innombrables fois. Bloquer le pécheur avec son péché est source de haine et élimine le pardon. Après la mort tragique de frère Roger, comme j'ai aimé la prière dite à l'enterrement du prieur de Taizé : « Seigneur, donne Ta miséricorde à la personne malade qui a osé faire cela. » Cette formule d'intercession déliait le bourreau de la victime. La justice suivra son cours, évidemment. Mais le bourreau saura qu'il est plus grand que sa faute.

32

La prière

Une force invincible !

Et il vint vers les disciples, qu'il trouva endormis, et il dit à Pierre : « Vous n'avez donc pu veiller une heure avec moi !
Veillez et priez, afin que vous ne tombiez pas dans la tentation ; l'esprit est bien disposé, mais la chair est faible. »

Matthieu XXVI, 40-41

Si nous connaissions la force de la prière !

Comment prier ? Quelles sont les postures de la prière ? À quel moment prier ?

Dans notre saint Évangile, les appels de Jésus sont incessants. Il nous dit : « Priez sans cesse. » C'est le Seigneur qui nous encourage à insister par la prière. « Demandez en priant et vous obtiendrez. » Toute prière est exaucée. Que l'on soit seul, dans sa piaule, dans sa voiture, ou que l'on soit ensemble, toute prière sera exaucée.

Après la prière universelle dans l'église, lorsque les gens ont donné leurs intentions, j'aime bien dire : « Seigneur, Tu as entendu notre prière. Tu es là au milieu de nous, alors exauce-nous. » Où nous sommes réunis en Son nom, Il est au milieu de nous, absolument.

C'est dans l'Eucharistie que nous vivons notre plus puissante prière. À condition d'y venir avec un peu d'avance plutôt qu'avec un peu de retard. Et à condition de ne pas en repartir avec précipitation. Si vous savez arriver à l'heure pour un rendez-vous avec votre banquier, soyez ponctuels à la messe ! Venez à l'avant, au premier rang, et restez quelques minutes à la fin pour l'action de grâces. On ne peut pas terminer la prière et repartir comme si on sortait du métro.

L'Eucharistie est la plus pressante, la plus belle prière. Le curé d'Ars disait aux prêtres : « Quand vous avez le Christ dans les mains, le Seigneur ne peut pas refuser de vous exaucer. » Cette prière m'a toujours vrillé. Quand je fais descendre l'amour dans mes mains nues, je sais que le Christ est présent et qu'il écoute plus qu'à un autre moment notre prière.

Où prier ?

La prière se pratique dans un lieu sacré. À la mosquée, à la synagogue ou dans tout sanctuaire où votre religion vous guide. À l'église, si vous êtes chrétien. Il existe des prières puissantes, des prières de fête propres à chaque religion. Mais nous pouvons et devons prier partout. C'est notre relation personnelle avec Dieu vivant. Il nous jugera aussi sur notre prière.

C'est un élan de miséricorde, un élan du cœur, un élan d'amour, c'est dire à Dieu que nous L'aimons. C'est une conversation directe. La prière n'est pas une corde que l'on tire à soi pour attraper Dieu : « Ramène Ta fraise, écoute-moi et exauce-moi. » Le Seigneur n'est pas un distributeur automatique. Non, la prière nous fait monter. La prière du cœur des chrétiens, « De profundis », dit : « Seigneur, je crie vers Toi de toutes mes entrailles. » Évagre le Pontique, un Père de l'Église, disait : « La prière est fille de douceur et fruit de joie et de gratitude. » Il ajoutait : « Si tu veux prier, tu as besoin de Dieu qui donne la prière à celui qui prie. »

La prière et la théologie sont inséparables. La théologie est la science de Dieu. C'est bûcher sa foi. Elle n'appartient pas aux grands émirs du pétrole de l'Église catholique et romaine. La théologie est la lumière : creusez votre foi. Le plus petit des chrétiens peut bûcher sa théologie.

La prière est un feu

Priez ensemble. On peut prier seul. Des gens me confient qu'ils aiment bien aller seuls dans les églises. C'est très beau, mais cela ne remplacera jamais la prière commune du samedi ou du dimanche, lorsque tout un peuple de croyants se réunit. J'aime beaucoup l'ambiance de la messe le dimanche avec les anciens, les couples, des rejetons et des petits qui interpellent tout le monde parce qu'ils braillent ! Du P-DG au RMIste, on peut trouver tout le monde. C'est le grand moment de la prière des vivants. Et la prière des morts est la communion des saints. Je crois en la prière des vivants en communion avec les morts. Je crois que nos disparus sont vivants dans l'au-delà.

Les épreuves de la prière sont nombreuses. De nombreux croyants m'envoient des lettres et des e-mails pour me dire qu'ils sont dans les ténèbres. Ou bien dans le gris. C'est dans ces moments qu'il faut prier le plus. Certains me disent qu'ils souffrent tant qu'ils n'ont plus envie de prier. Dans ces moments, vous devez dire au Seigneur que vous souffrez et que vous lui offrez vos vieux os, votre maladie. C'est une prière superbe. La tentation du démon est toujours identique : nous n'avons pas envie de prier. Je m'en aperçois dans mon tas de ferraille. En bagnole, il me vient toujours l'envie de réciter mon chapelet. Mais j'entends une musique superbe, alors je me dis que je réciterai mon chapelet après. À la fin du morceau, il faut que je me force à attraper la prière. Nous sommes toujours en lutte contre cet appel de la tentation à repousser la prière.

Qui ne connaît pas l'angoisse et le désespoir ? Le Christ lui-même n'a-t-il pas dit à son père sur la croix : « Mon Dieu, pourquoi m'as-Tu abandonné ? » Le Fils de Dieu a dit cela. Alors, *a fortiori*, nous pouvons l'exprimer aussi. Mais tout de suite, nous nous reprenons : « Non, c'est un mauvais moment, Tu es là, même dans le brouillard. »

« Reste avec moi »

J'ai très tôt perçu que nous, croyants, si nous avions l'évidence de Dieu, ce serait trop beau ! Dieu refuse de nous submerger de son évidence et nous donne la possibilité de la rencontre et du libre amour. Sinon, la rencontre avec le Christ disparaîtrait puisque nous le connaîtrions déjà.

Abordons la posture. Dieu se moque bien du lieu ou de la posture de votre prière. Il passe au-dessus de tout ça, parce que nous pouvons prier partout. Il y a bien sûr des lieux privilégiés. J'ai remarqué que les musulmans se lavent avant une prière. En voyage avec un ami à Istanbul, je l'ai accompagné à la mosquée, je l'ai vu respecter le rite du lavement des mains et du visage. Avant l'Eucharistie, je me lave les mains et le visage en signe de purification. Ce geste est très important.

Chaque matin, dès que je me réveille, je prie pour que toute la journée j'essaie d'aimer. Je dis : « Seigneur, je T'aime, je sais que je vais en baver toute la journée, j'en suis sûr. Avec les jeunes emmerdeurs dont je m'occupe et que j'aime tant, je suis sûr que je ne vais pas m'ennuyer une seconde. Reste avec moi. »

Le soir, j'aime bien dire : « Seigneur, je T'aime » et je

m'endors aussitôt. Ainsi je crois que toute ma nuit ne sera que prière.

À genoux ou debout, c'est comme vous voudrez

Je sais simplement que l'on ne prie pas dans une attitude ramollie. Sainte Thérèse d'Avila raconte une anecdote charmante. Elle était sur son trône pour un besoin naturel, et priait Dieu dans cette position. Soudain le démon lui apparut et lui dit : « N'as-tu pas honte de faire une prière dans les toilettes ! » Sainte Thérèse lui répondit avec élégance : « Mon âme monte vers Dieu et ma crotte est pour toi ! »

Nous pouvons prier les mains étendues. J'aime voir les mains levées des priants pour réciter le « Notre Père ». À genoux ou debout, c'est comme vous voudrez. J'aime bien le geste des mains des musulmans. Il est le signe de la grandeur de Dieu. Le corps doit être prière. Ma préférence, c'est d'être dans la nature pour prier. Assis sur le bord d'un rocher, en pleine forêt, ou en grimpant sur un arbre. Quand je suis en haut de mon arbre, je prie. J'explose de prière. En pleine forêt, j'ai taillé un vieux pin pour grimper plus facilement. En haut, comme il a été coupé par la foudre, je peux quasiment me mettre debout sur le sommet. Ma prière éclate là, dans la beauté et le silence de la nature. Ce sont de grands moments pour moi. Je peux rapporter ce trésor de silence dans le bruit de la ville.

J'aime aussi prier devant le saint-sacrement. À Paris, de jour comme de nuit, vous pouvez vous rendre en plusieurs lieux pour prier et adorer.

Quelle prière choisir ?

Le « Notre Père » est la plus grande et la plus belle prière. C'est celle du Christ. Après elle, la plus prestigieuse pour un chrétien, nous avons les psaumes. Les moines et les moniales connaissent très bien les psaumes. Ils les chantent dès quatre heures du matin. Quand je vais me coucher à cette heure-là je termine ma journée en priant et je me dis que les moines prennent la relève.

Certains psaumes sont un peu difficiles. Je choisis une phrase, je la lis et j'arrête. Le psaume 50 par exemple. « Seigneur, fais que je sois plus blanc que neige, restaure en moi un esprit ferme… » Personnellement je suis fasciné par les psaumes. J'y plonge et j'arrête tout ! Mais ne vous inquiétez pas, je ne lévite pas à trois mètres du sol. Le bréviaire reste, pour un prêtre, son livre de chevet.

La prière de contemplation se pratique sans paroles, sans mots. Vous êtes branché directement sur Dieu. Ce n'est pas donné à tout le monde. À chacun son trip.

La prière de demande : « Votre Père sait de quoi vous avez besoin, avant que vous le Lui demandiez. » Cela signifie que vous sollicitez quelque chose, mais que Dieu sait d'avance ce dont vous avez besoin. Alors sommes-nous stupides de demander ? Pas du tout ! Le Seigneur sait infiniment mieux que nous ce qu'il nous faut mais Il a besoin que nous Lui demandions. Nous allons Lui demander par exemple que le collègue maussade arrête de nous importuner. Mais ce collègue, ou ce voisin, ou cette cousine revêche sont là peut-être pour notre sanctification.

Jésus s'en allait à l'écart pour prier. Quand les gens lui couraient trop sur les talons, quand il en avait assez, il s'enfuyait. Il partait sur la colline, il montait dans une barque au milieu du lac. Il priait son Père sans arrêt. Faites comme le Christ nous l'a demandé : priez sans cesse. Respirez Dieu.

Si vous aimez Dieu, dites-le-Lui sans cesse

Quand un amoureux aime sa gonzesse, il le lui dit quarante fois par jour. À longueur de temps, mon adjoint Thomas appelle sa Cécile avec son portable: «Je t'aime, je t'aime...» Alors je lui dis: «Il y a du boulot, vieux.» Vingt minutes après, il recommence. Il ne dit pas autre chose.

Si vous êtes en panne de prière, puisez dans les psaumes ou dans ce que vous voudrez. Il n'est pas nécessaire de lire beaucoup pour avoir une vie intérieure plus riche et plus intense. François Mauriac disait: «Tout dépend de l'esprit dans lequel vous êtes pour accueillir en vous ce que vous lisez.» J'adhère beaucoup à cette parole. Peu de livres vous apporteront des révélations spirituelles. J'ai quelques ouvrages de chevet. Je les garde depuis longtemps. L'*Imitation de Jésus-Christ* est un de ceux-là. J'aime passionnément ce livre.

Le prêtre est l'homme de la prière avant d'être l'homme de l'action. Je crois tellement plus à la puissance de ma vie intérieure qu'à mon action éducative! On vante souvent cette dernière. Je réponds: «C'est ce que je suis qui est important, pas ce que je fais.» La qualité de ma prière, sa profondeur, mon intimité avec Dieu dynamisent ma vie. Rien d'autre.

Dans mon agenda, au seuil d'une année nouvelle, je réserve tout de suite mes rendez-vous avec Celui qui est tout dans ma vie. Ces soixante-douze jours choisis sont les seuls intouchables. Je sais depuis longtemps que j'y rencontre l'amour. Les scories de ma vie apparaissent alors. Je repars dynamisé, fort, épuré. Intraduisibles moments. Ce sont eux qui me font vivre au plus haut de moi-même. C'est mon secret. Puisse-t-il être le tien.

Prière pour un jeune

D'accord, Seigneur, pour ton invitation superbe : « Aimez-vous les uns les autres. » C'est cool, c'est facile. J'aime ma famille, mes copains et copines, mon voisin super-gentil et mon voisin de palier un peu grincheux. Je fais des efforts pour être sympa avec lui, et ça marche.

Mais là où je ne suis pas d'accord avec toi, c'est quand tu nous dis : « Aime tes ennemis. » C'est pas simple, c'est même impossible ! Je vais t'expliquer pourquoi. Si quelqu'un me fait un super-vice, ou si un autre est mauvais comme la gale, comment veux-tu que je l'aime ? Ton commandement est impossible à vivre ! Faire des efforts pour aimer quelqu'un qui ne t'aime pas et que tu n'aimes pas, c'est impensable. Et puis j'ai essayé, ça ne marche pas. Là, tu nous cherches mais je ne suis pas partant pour aller plus loin.

D'accord, tu as pardonné à tes ennemis. Tu en avais à la pelle. Ils t'ont insulté. Ils t'ont fait souffrir. Et ils t'ont tué pour rien. C'est vrai que tu as dit avant de mourir : « Pardonne-leur, Père, car ils ne savent pas ce qu'ils font. » Quel juge tu aurais pu faire au tribunal ! Tu aurais gracié tout le monde ou presque ! Les prisons auraient été vides avec toi.

Ce qui me gêne toujours, c'est que tu nous as dit : « Suis-moi. » Faut-il que je te suive jusque-là ? OK, tu as toujours dit, si on ne peut pas aller plus loin : « Je serai toujours avec vous et je vous exaucerai sans cesse. »

Si c'est vrai, alors il me faut apprendre à mieux prier et prendre du temps pour tout ça, mais ne me lâche pas, je t'en supplie. Puisque tu me cherches, tu me trouveras. Je vais noter sur mon carnet le nom de toutes les personnes que je ne peux pas piffer. Et il y en a !

Voilà ce que je vais faire. « Cet enfoiré de… », que je

ne peux pas sentir, je vais prier pour lui d'abord. C'est obligé que tu me donnes la force de lui reparler, de renouer contact et de lui pardonner. Si je vais le voir en ruminant ce qu'il m'a fait de mal, ça ne marchera jamais, apaise-moi. Aide-moi à trouver ses qualités. Au fond, il doit bien en avoir. Ça m'apaisera et je le verrai autrement. Mais reste là avec moi. Sinon, je pète les plombs.

Si c'était vrai ce que tu as dit : « On est toujours plus grand que ses fautes », alors j'ai d'abord à me regarder dans mes saloperies et je serai plus indulgent pour celui qui est mon ennemi.

Donne-moi ta force, Seigneur, je t'en prie. Et donne-moi ton regard. Le dernier. Le plus beau de tes regards. Celui que tu as eu pour le bandit attaché à la croix près de toi et à qui tu as dit : « Ce soir tu seras au paradis avec moi. » Oui, ton dernier regard m'a toujours fait fondre. Il me donnera la force d'aimer mes ennemis.

Je commence aujourd'hui. Demain, Seigneur, il sera trop tard. C'est sûr que si je me réconcilie avec ma rancune et parfois avec ma haine, mes ennemis intérieurs seront balayés. C'est si chouette, Seigneur, que je sois en paix avec moi-même. Ce sera un peu le paradis sur terre. Et ce paradis-là, j'ai bien envie de le vivre dès aujourd'hui.

Accroche-toi, Seigneur ! Dès aujourd'hui, j'essaie de n'avoir plus aucun ennemi. Amen.

33

Faire la charité

Les grandes étapes de l'amour

Et quand je distribuerais tous mes biens pour la nourriture des pauvres, quand je livrerais même mon corps pour être brûlé, si je n'ai pas la charité, cela ne me sert de rien.

I Corinthiens XIII, 3

Le père Philippe Maillard, âgé de plus de quatre-vingts ans, est un homme extraordinaire. Il a été durant de nombreuses années aumônier de prison. J'ai vu l'amour de ce prêtre pour son peuple. Je me souviens de son regard.

Les aumôniers sont les grands veilleurs des prisons. Ils amènent une présence d'amour et une espérance pas possible aux détenus de toutes les prisons du monde.

Ce n'est pas évident d'aimer. Faire la charité, porter secours : est-ce aimer ? Le philosophe Jean-Paul Sartre disait : « La charité est dangereuse. La charité, c'est pratique, cela tient à distance, surtout quand on l'organise. » Je pense qu'il n'était pas con de dire cela.

On ne peut éviter la grande tentation, celle contre laquelle le Christ n'a pas arrêté de nous mettre en garde. Elle reste la grande tentation de l'Église : celle de flirter avec la puissance et avec les puissants en pensant qu'on va aider les petits. Pour moi, c'est de la connerie en bouteille. Se mettre dans la poche les puissants pour aider les petits revient à pisser dans un violon.

Souvenez-vous de la mère de Jacques et de Jean dans l'Évangile. Elle demande à Jésus d'arranger quelque chose pour ses fils quand il sera au pouvoir. J'imagine qu'elle pensait que Jean serait ministre de l'Intérieur et peut-être Jacques Premier ministre ou président du Secours catholique de ce temps-là. Les apôtres n'avaient vraiment rien pigé. Ils étaient complètement bouchés. Le Christ avait beau leur montrer que son royaume n'était pas le royaume de la terre et qu'il n'avait pas besoin de fric ni de limousine, et encore moins de couronne couverte de diamants, puisqu'il allait pieds nus, les apôtres ne comprenaient pas !

Quand on veut faire le bien, on pense qu'il faut avoir le pouvoir, avoir de l'argent et être en bons termes avec la puissance publique. Si nous avions raisonné de cette façon, la Bergerie de Faucon n'aurait jamais vu le jour. Des pauvres m'ont dit un jour : « Guy, on en a marre de Paris. Dans cette putain de ville, la tentation est partout, on trouve la drogue partout, on fait des cambriolages, on est arrêté, c'est le bordel permanent : achète une ruine loin de Paris. » Je n'ai pas acheté et restauré une ruine avec eux en pensant que cela pourrait déporter des loubards loin de leurs conneries ! Ce sont eux qui l'ont demandé. Alors je leur ai dit : « Soyez les maîtres artisans et bâtissez. » Ils ont mis dix ans pour rebâtir Faucon. Deux cent cinquante jeunes ont contribué aux travaux. C'est la joie de ma vie. Aucun milliardaire n'est venu nous signer un chèque pour que la ruine devienne en un temps record la magnifique bâtisse qu'elle est aujourd'hui.

Que des gens nous aient aidés en cours de route, OK. Les gens nous aident beaucoup, c'est vrai. C'est capital. Je ne sais jamais ce qu'ils vont donner dans un mois. Leur libre participation est variée. Il y a de gros chèques. Il y a surtout de petits chèques. C'est la multitude de petits chèques qui nous permet de boucler le budget du mois. J'insiste sur ce point. Je ne sais jamais de combien nous disposerons, mais cette somme providentielle nous permet chaque fois de boucler le budget. L'État nous en offre généreusement 35 % ! Ma joie, c'est que ce sont des petits qui aident des petits.

Les réflexions des jeunes sont quelquefois terribles. À la fin d'une conférence, un couple m'interpelle : « Monsieur l'abbé, nous avons une résidence en campagne. Si vous voulez vous reposer, vous pouvez en profiter. Venez donc dîner chez nous. » Les mecs m'ont souvent dit : « Nous, on ne nous propose rien. Toi, Guy, tu pourrais dormir chaque nuit dans une maison différente. Tu pourrais manger dix fois par jour tellement les gens t'invitent. » Je mange un seul repas par jour et je prends très peu de rendez-vous parce que, lorsqu'un mec sort de taule le soir, ou qu'il est en rade, s'il a besoin de moi, je peux lui dire : « Je suis libre et je t'attendais. »

Mais bien sûr, aller me régaler un soir d'un pot-au-feu amical, c'est chouette.

Le Seigneur n'est pas venu nous dire d'avoir du pouvoir, d'avoir de l'argent pour aider les plus pauvres, mais de nous mettre du côté des plus pauvres. Je suis ravi d'être reçu par des princes ou des ministres, ou par le roi et la reine de Belgique, et, bien sûr, par mon archevêque, mais je vais d'abord voir les prisonniers. Ils sont les trésors de l'Église.

Interrogeons-nous à nouveau, nous autres professionnels de la charité et du secours : aurons-nous aimé ? L'amour est une longue patience. On pense que l'on a aimé parce que l'on a fait des choses, passé du temps, renoncé à faire carrière ! Mais l'amour est bien autre chose.

Éprouver les choses

Quelques repères nous disent cela.

La première étape de l'amour : il faut éprouver les choses dans son ventre, dans son cœur et dans son corps. C'est la compassion. Je dis que, tant que la misère des petits n'est pas passée en nous, on n'a rien pigé. Nous devons ressentir ce qu'ils vivent. Ne passons pas au-dessus des pauvres, des exclus ou des mendiants de nos rues. Souvenons-nous du mystère du Christ : il ne s'est pas installé à Jérusalem. Il n'a pas choisi un secteur privilégié, brillant, comme une capitale. Il est allé à Capharnaüm, une ville dont on disait qu'elle était un ramassis de bouseux illettrés incapables de respecter une loi. Jésus n'est pas resté avec les super-théologiens de Jérusalem qui prétendaient savoir tout de Dieu. Il a voulu vivre avec les exclus, être avec eux en priorité. Il a regardé les enfants et il a dit : « Ils seront les premiers au Royaume des cieux. Ils savent plus que les sages et les puissants ! » Cette proximité de la pauvreté doit nous habiter. Et que le pauvre nous appauvrisse dans le meilleur ! C'est cela, aimer le plus pauvre. Parce que donner et se casser sans même regarder la couleur des yeux de celui qui nous tend la main, ce n'est pas donner. Jeter deux euros et passer son chemin, autant donner à un parcmètre ou à une borne kilométrique.

Chacun est unique

La deuxième étape de l'amour est d'appeler les gens par leur nom. Nous avons des distinctions : Madame, Monsieur, Maître, Docteur, mon Père, Monseigneur, Votre Éminence, Professeur, Sa Sainteté, Son Altesse… et j'en passe. Les pauvres, les exclus, les détenus, les loubards n'ont pas de titre, ils n'ont que leur prénom ou leur surnom. À chaque mec et chaque gonzesse qui m'interpelle et me pose une question, je demande toujours : « Quel est ton prénom ? » Je le fais même s'il s'agit d'un dinosaure de quatre-vingts balais !

À Vendôme, un beau mec se lève à la fin d'une conférence et me dit avec un accent pointu :

– J'ai une question assez importante, je voudrais vous la poser sans détours, je n'irai pas par quatre chemins, n'est-ce pas ? L'intégration de délinquants parmi la…

Je l'interromps et lui demande :

– Quel est ton prénom ?

– Marcel.

– OK, alors pose ta question, Marcel !

– L'intégration des délinquants dans le système aléatoire d'un État…

Agacé, je l'interromps :

– Marcel, que fais-tu dans la vie ?

– Préfet du département.

La réponse secoue de rire toute la salle.

Je puis vous assurer que les taupes et les dinosaures du coin n'ont jamais oublié ce moment ! Ils se sont souvenus de ma gueule, c'est sûr. Mais surtout que j'ai appelé le préfet par son prénom. Ils n'en sont pas revenus. Je me suis un peu payé sa tête parce que sa question me semblait légèrement trop sophistiquée et que personne ne la comprendrait.

Appeler quelqu'un par son prénom rappelle son baptême et lui montre qu'il est un être unique. Les êtres sont uniques. Si pour vous chaque être que vous rencontrez est irremplaçable, alors vous êtes dans le cœur de Dieu, parce qu'Il aime infiniment chacun d'entre nous.

Une goutte d'eau

La troisième étape de l'amour, c'est faire le peu qui est en notre pouvoir mais le faire à fond. Mettre en œuvre ce que l'on peut et mener une politique de la goutte d'eau. Tant de fois des gens ont tenté de me démoraliser en me disant que la ferme de Provence n'était rien devant l'immensité des malheurs de la jeunesse du monde. Je réponds toujours que ce n'est rien, mais que c'est tout en même temps, parce que si mes vingt équipiers et moi faisons quelque chose, cela peut donner un élan formidable à d'autres ! Si Faucon est une goutte d'eau dans l'océan de la détresse, l'océan n'est fait que de gouttes d'eau.

On m'a demandé de construire vingt bergeries comme Faucon. J'ai toujours refusé. J'aurais été obligé d'acheter un hélicoptère blanc comme le pape pour jeter des dollars sur chaque ferme. Je créerais cent bergeries de Faucon et je deviendrais le Charles de Gaulle de la délinquance. Je m'occuperais alors de jeunes sans en connaître aucun.

C'est impossible pour moi parce que je veux amener chacun au bout de la route. Aller jusqu'au bout avec de petites équipes, c'est la politique de la goutte d'eau. Je vous assure que cette action me conforte. J'en ai assez des analyses des gens qui sans cesse attaquent les responsables au pouvoir. Si vous leur demandez : « Et toi, tu fais quoi pour changer quelque chose ? Tu peux bien attaquer Jacques, Dominique ou Nicolas, mais qu'est-ce que tu fiches, toi, là où tu es ? »

L'Évangile est de l'ordre de la fécondité, pas de l'efficacité

Dans l'Évangile, j'aime bien le miracle du pain et des poissons. Le Seigneur n'a pas demandé un semi-remorque de quarante-quatre tonnes ou un Airbus 380 de poissons. Non, il a pris ce qu'il y avait là. Trois vieux poissons et deux pains et il les a multipliés pour une foule de cinq mille personnes. Le Seigneur prend le peu que nous avons. Il ne demande pas des efforts énormes. Donne ce que tu as. Il le multipliera. Partez de ce que vous avez et Dieu le multipliera.

Évidemment il faut s'associer. Pour faire le bien aux autres, il faut s'unir en petits groupes, en petites cellules. Le Christ le fait. Dans les guérisons, il impose les mains et les boiteux courent comme des lapins, les aveugles voient, les sourds entendent. Il n'avait que douze disciples, pas un de plus. L'Église d'aujourd'hui a l'apparence de la puissance. Elle doit sans cesse revenir à ses origines, vivre les premiers temps de l'Évangile.

Au début de sa mission, en 1954, l'abbé Pierre n'a-t-il pas demandé à un pauvre type qui voulait se suicider : « Viens d'abord me donner un coup de main » ? Cet ancien clochard est devenu un des plus grands responsables de son mouvement. Geste de génie.

Rendre responsables les plus pauvres est essentiel. Quand mes jeunes à Faucon me demandent comment me remercier, je réponds : « Rends aux autres ce que je t'ai donné, c'est tout. » C'est passionnant. Autrement dit : « Rends-toi responsable et à ton tour aide les autres à l'être. » C'est de cette façon que l'on multiplie l'amour.

Jean-Paul II a déclaré aux deux millions de jeunes réunis à Rome en l'an 2000 : « Ce n'est pas le nombre qui compte. C'est le signe que vous êtes. »

Pardonner et demander pardon

La quatrième étape de l'amour est : « Aimer, c'est pardonner. » Nous devons pardonner soixante-dix-sept fois sept fois, demande l'Évangile. Si l'on songe que saint Paul disait : « Vous êtes tous habités par les démons », on a compris. Au lieu d'aller chercher des poux chez l'autre, essayons de regarder notre connerie et soyons aptes à demander pardon. On peut tuer d'un regard, on peut tuer en disant : « Tu ne changeras jamais. » Pardonner, c'est faire confiance. L'hymne à l'amour de saint Paul (première épître aux Corinthiens) me porte au plus haut sommet mystique. Dire au pire des criminels qu'on l'aime… Marteler que « tout être est toujours plus grand que ses fautes » est essentiel pour oxygéner le monde.

Savoir durer

La cinquième étape est : « Aimer, c'est durer. » Tant de fois on m'a dit : « Vous savez, j'ai aidé des gens, mais maintenant je n'en peux plus. On m'a baisé la gueule, je suis las. » Ceux qui ont aidé des gens pour obtenir de la reconnaissance, ils attendront longtemps, je peux vous le dire. Aimer, c'est durer. Seul je n'arriverais pas à durer. C'est certain. Mais le Christ nous appelle à durer. La vertu principale de l'amour est d'aimer gratuitement et de durer ! Le moyen, c'est essentiellement le compagnonnage. Que ce soit à deux dans un couple ou à plusieurs dans une équipe. Je répète inlassablement que sans mes équipiers je suis fichu. Vouloir faire le bien seul, on peut. Mais à de jeunes délinquants, c'est suicidaire. À plusieurs, c'est tellement plus chouette, et on a un meilleur discernement. Sans mon équipe, tant de choses n'auraient jamais été réalisées. Des approches et des regards différents sont indispensables.

Les autres moyens sont la prière et les sacrements. C'est ce qui nous permet de durer dans l'amour. Sinon, il y a longtemps que j'aurais tout envoyé balader. J'ai trop souffert. J'ai subi trop de coups bas. C'est trop difficile. J'aurais tout arrêté. Humainement, c'est impossible. Seuls la prière et les sacrements m'ont aidé à dépasser les trahisons, les blessures, les souffrances. Ils ont renforcé mon audace.

Savourer la joie

Sixième étape de l'amour : « Aimer, c'est prendre son plaisir. » Une sœur m'avait dit, alors que j'étais au petit séminaire : « J'aime les autres. Mais que les autres ne m'aiment pas, cela m'indiffère. » Je pensais que ce n'était pas normal. Elle aimait : ça, je comprenais. Mais n'avait-elle pas besoin d'être aimée comme tout le monde ? Le père Philippe Maillard rapporte qu'une malade lui avait fait une réflexion intéressante, dans un hôpital tenu par des sœurs : « Nous avons l'impression que nous leur servons de marchepied pour aller au Ciel ! »

Un mec me demande un jour : « Pourquoi tu m'aimes ? » Il m'avait tellement importuné ! Je lui réponds : « Écoute, je t'aime. T'es une ordure et tu m'as vraiment baisé la gueule. Si Dieu n'existait pas, il y a longtemps que je t'aurais dit de dégager et de ne plus respirer mon oxygène à moins d'un kilomètre de moi. C'est grâce à Dieu que je t'aime malgré tout. »

Réponse : « J'aime pas être aimé par personne interposée ! »

Pour lui cela voulait dire que Dieu n'avait rien à faire là-dedans. Alors que pour moi, sans Dieu qui est amour, il ne nous serait pas permis de durer. Il ne s'agit pas d'aimer par pitié ou par devoir. Rien n'est pire. J'aime parce que Dieu m'a demandé d'aimer. J'essaie d'aimer gratuitement, car c'est ça l'amour pur et vrai.

Acceptons le plaisir de la réussite et de la joie satisfaite. Quand un de mes mecs s'en sort, je me dis : « Seigneur, il m'en a fait baver, ce mec », mais quelle joie de savoir qu'on a permis à quelqu'un de se libérer ! Acceptons le plaisir de réussir et la joie qui nous tombe dessus.

Un jour, quelqu'un m'a dit ne pas pouvoir croire en un Dieu qui permettait tant de souffrances. Un autre jeune a répondu : « Moi, c'est à cause de cela que je crois en Lui, car quand je me tourne vers Lui en disant : "Qu'est-ce que Tu fiches ?", le Seigneur me répond : "Et toi, qu'est-ce que tu fiches ?" »

Le Seigneur nous donne la possibilité à nous, fils et filles, frères et sœurs de Jésus-Christ, de partager toute souffrance. C'est ça, être chrétien : aimer sans compter jusqu'au bout, comme le Christ l'a fait lui-même. Nous avons tous et toutes besoin de gratification. Elle viendra sans que nous la cherchions. Plus l'amour et le don aux autres est pur, plus la joie reçue comme un boomerang est l'ultime récompense de celui qui donne dans la joie, sans recours. On a toute une vie pour apprendre à aimer.

34

Action et prière

Que choisir ?

> Comme Jésus était en chemin avec ses disciples, il entra dans un village, et une femme, nommée Marthe, le reçut dans sa maison.
> Elle avait une sœur, nommée Marie, qui, s'étant assise aux pieds du Seigneur, écoutait sa parole.
> Marthe, occupée à divers soins domestiques, survint et dit : « Seigneur, cela ne te fait-il rien que ma sœur me laisse seule pour servir ? Dis-lui donc de m'aider. »
> Le Seigneur lui répondit : « Marthe, Marthe, tu t'inquiètes et tu t'agites pour beaucoup de choses. Une seule chose est nécessaire. Marie a choisi la bonne part, qui ne lui sera point ôtée. »
>
> Luc X, 38-42

La prière est-elle au-dessus de l'action ? Comment prier, comment agir et quelle place peut-on attribuer à la prière par rapport à l'action ?

Visite à mes sœurs

Je rends souvent visite à des moines et à des contemplatives. Lors des conférences que je donne pendant les week-ends, je vais voir mes sœurs ou mes frères, clarisses ou cisterciens. J'en ai rencontré des centaines et ces moments sont parmi mes préférés. Les sœurs étant enfermées, elles ne peuvent venir à moi. Alors elles prient lorsqu'elles apprennent que je dois venir dans leur ville.

Je demande à des carmélites de la région parisienne si je peux venir les saluer. Quelques-uns de mes jeunes veulent m'accompagner.

« Que fais-tu cet après-midi ?

– Je vais voir les bonnes sœurs.

– Ah ouais ! Celles qui ont des peines d'amour. Leur mec est parti et elles se sont enterrées dans le couvent…

– Tout à fait, tu es bien renseigné et tu as presque tout compris.

– C'est des boiteuses, des vieilles, des tordues. Et l'Église les met là-dedans ne sachant pas quoi en faire.

– Tu as une information de première qualité, je suis stupéfait ! »

Je téléphone et je demande l'autorisation à la mère prieure d'amener mes jeunes : « Mais bien sûr, foncez ! Nous vous attendons avec vos jeunes ! »

Nous arrivons et une trentaine de frangines sont là. La plupart d'entre elles sont jeunes. La mère sup' est une très belle femme. Un de mes mecs me dit en la montrant : « T'as vu la gonzesse, elle est canon, celle-là. » On discute un moment à bâtons rompus. Mes jeunes posent différentes questions, sous le charme de la joie dégagée par ces femmes qui vivent dans une propriété de quatre hectares et semblent libérées et joyeuses. À la fin de la rencontre, un des mecs demande : « Mais quand vous avez envie de voir votre mec ou d'aller au cinéma le samedi soir, vous faites le mur ? » Une vieille mère de quatre-vingt-six ans lui répond : « Je voudrais bien, mais à mon âge… et puis les murs mesurent quatre mètres de haut… » Éclat de rire général et, en partant, le mec me dit : « Elles sont folles. » Oui, folles de Dieu. Cette folie-là, évidemment, mes loubards ne la comprennent pas bien et peu de gens, même chrétiens, la saisissent.

Distinguons cinq approches

Pour certains, l'action prime. Ce qu'ils touchent est essentiel. Ils croient à ce qu'ils voient et la prière n'a aucune influence. Ils ne sont pas ou peu croyants et ne prient jamais.

Pour d'autres, croyants peu fervents, l'action prime et ils prient de temps en temps. L'action est indépendante de leur prière. À Noël et à Pâques, ils vont à la messe. Ils restent dehors pour les enterrements. Certains de ces chrétiens vont à la messe occasionnellement et, le reste du temps, ils ne prient jamais. Dieu n'a plus rien à voir avec ce qu'ils vivent au quotidien. On va Le prier dans les églises, c'est tout. Donc Il n'a pas beaucoup d'influence sur leur action.

Pour ceux qui considèrent que l'action est étroitement liée à la prière, les chrétiens convaincus, l'action est inséparable de la prière. L'une dynamise l'autre. L'action, par nature limitée, pousse à dire au Seigneur : « Que fais-Tu ? Il va falloir que Tu m'aides ! » En demandant de l'aide au Seigneur, l'homme d'action prend un souffle nouveau.

Pour d'autres, très croyants, la prière est plus forte que l'action. Elle transforme toute action. C'est penser que sans la prière on est une sorte de zombi. La prière est donc totalement déterminante dans leur action.

Une cinquième catégorie rassemble les purs contemplatifs. Pour eux, il n'est pas question d'action. La prière seule suffit. Ces contemplatifs s'engloutissent hors du monde de l'action. Ils mènent une vie entière de prière. Leur action est très limitée. Ces fous et ces folles de Dieu donnent tout pour le Christ. Moines, clarisses, carmélites, cisterciens... vivent de la devise latine bénédictine *Ora et labora*, « prie et travaille ». Ils vivent au rythme des trois-huit : huit heures de prière, huit heures de travail et huit heures de repos. Ils font leur jardin, leur pain, des bouquins, des enluminures... La prière est omniprésente dans leur quotidien. La plus grande prière peut d'ailleurs se faire en travaillant. C'est la plus haute forme d'amour : tout pour Dieu.

Si nous sommes chrétiens et si nous pensons que la prière est plus forte que tout, et au-dessus de l'action, nous pouvons comprendre leur folie. Voir des moines et des moniales, qui existent en priant depuis plus de mille ans, nous convainc définitivement qu'ils ne sont pas fous.

La prière contemplative est un regard du cœur et de la foi. C'est une foi extraordinaire. Rester dans les quatre hectares d'un monastère pendant soixante-dix ans ou plus est un défi humain et spirituel. Les contemplatifs sont parmi les plus vivants d'entre tous les croyants du monde. Ils ont choisi de demeurer dans un seul endroit pour pouvoir tout donner à Dieu. Le prêtre est voué à Dieu pour les humains. Les religieux priants contemplatifs sont voués à Dieu seul. Ils prient pour l'humanité qu'ils ne verront pas. Le contemplatif est un voyant. Il voit au-delà de l'apparence. Il se trouve dans les couvents, mais aussi à l'extérieur. Plus on est englouti dans la vie active, professionnelle, affective, ou personnelle, et plus nous devons devenir un adorateur priant. Des gens stressés à un niveau dingue par la famille, le boulot, les transports n'ont plus le moindre sens de la contemplation. S'ils faisaient oraison et priaient un peu, ils pourraient arriver facilement à gérer leur couple, leur profession, leur vie quotidienne. La prière donne un discernement hors du commun. La contemplation n'est pas réservée aux moines et moniales.

Je crois que la prière est plus forte que l'action

Je ne commence pas ma journée sans une heure de méditation. Gandhi disait: « Sans la prière, j'aurais perdu la raison. » Je dis simplement que j'aurais pété les plombs si je n'avais pas pu prier chaque jour. Vivre dans la violence et la haine, dans le désespoir, avec des jeunes à bout de souffle n'est pas humain. Seule la prière a pu me faire tenir.

La plus grande prière est l'Eucharistie, celle qui unit les chrétiens. « Si la prière de demande est nécessaire à l'homme, c'est qu'elle exerce une influence sur celui qui l'utilise », disait saint Thomas d'Aquin. C'est donc nous-mêmes et non Dieu que la prière change.

Pour le monde d'aujourd'hui, le signe le plus important et le plus efficace sera le chrétien, le croyant engagé et compromis dans la construction du monde. Qu'il se nourrisse d'authentique contemplation en pleine mêlée. À l'exemple de mère Teresa et de tant d'autres, mouillés jusqu'au cou avec passion. L'acte de charité était possible parce qu'elle était une très grande contemplative. La prière dynamise l'action. La prière authentifie l'action. Cet aller et retour donne une puissance pour mieux agir et mieux prier. Ceux qui sont les signes les plus visibles dans le monde d'aujourd'hui sont engagés et adorateurs priants. Cet équilibre est à rechercher en permanence, et moi-même je ne l'ai jamais trouvé parfaitement. Je le cherche, et il est passionnant de lutter pour cette recherche. La prière est ce combat. Ce que j'ai fait avec mes jeunes et mon équipe a été possible parce que la vie intérieure qui m'anime donne de la puissance à mon action éducative. Elle sera d'autant plus riche que sans cesse je demanderai à Dieu cette part d'impossible qui Lui appartient. Dieu est un mendiant de notre prière.

35

L'étranger est une grâce

Sachons l'accueillir

Celui qui vous reçoit me reçoit, et celui qui me reçoit, reçoit celui qui m'a envoyé.
Celui qui reçoit un prophète en qualité de prophète recevra une récompense de prophète, et celui qui reçoit un juste en qualité de juste recevra une récompense de juste.
Et quiconque donnera seulement un verre d'eau froide à l'un de ces petits parce qu'il est mon disciple, je vous le dis en vérité, il ne perdra point sa récompense.

Matthieu X, 40-42

Nous sommes tous des voyageurs

Quand je passe dans le dix-neuvième arrondissement de Paris, je vois à quoi ressemble notre pays d'accueil. Il y a une permanence où les sans-papiers doivent se présenter. Elle ouvre à huit heures du matin. La veille, à dix-neuf heures, par tous les temps, été comme hiver, ils sont là. Il n'y a rien pour les abriter. Deux cents personnes passent la nuit sous la pluie, sous des morceaux de carton, emmitouflés dans de mauvais manteaux. Ils arrivent d'Afrique ou d'ailleurs, ils doivent penser de belles choses sur notre chaleureux accueil.

Qu'il soit d'Afrique ou se présente sous les traits de votre vieille cousine qui vous importune chaque fois qu'elle vient vous voir, l'étranger est un don, une chance pour nous. L'étranger peut être votre femme, votre mari ou votre gosse, à qui vous avez pris l'horrible habitude de dire : « Tu ne changeras jamais. » L'étranger est peut-être dans votre maison.

L'étranger est un don

Élément déterminant : il faut d'abord apprivoiser notre peur de l'autre. Un jour, dans une cour de récréation, je faisais remarquer à un petit Blanc que son copain était noir. Il m'a répondu qu'il ne s'en était pas aperçu. Le petit n'avait pas prêté attention à la couleur de peau de son camarade. Nous, adultes, voyons qu'une personne est noire. Bien sûr, ce n'est pas pour autant que nous sommes racistes, mais je souligne que les mômes n'ont pas le même regard que nous. Quand je croise des gens colorés, je m'adresse à eux en disant : « Tu es Camerounais, tu viens du Bangladesh, tu es Congolaise. » Ils sont ravis que je reconnaisse leur origine. La plupart d'entre nous les distinguons assez mal. Je reconnais très vite un Kabyle d'un Tunisien. Je connais bien le monde maghrébin. Pour la majorité d'entre nous, tous les Chinois se ressemblent, tous les Vietnamiens ont la même tête. Mais une infinité d'ethnies composent les peuples. Reconnaître un faciès m'a toujours passionné. Les prénoms donnent aussi une information sur l'origine d'un individu. Je la devine facilement à partir d'un prénom typiquement marocain ou berbère. La personne est heureuse d'être reconnue par son origine, sa nationalité.

S'étonner de la différence et apprivoiser sa peur. S'ouvrir à l'inattendu et accueillir l'étranger. L'histoire de la naissance de la foi commence par un ordre de séparation, l'injonction d'un départ. Dieu dit à Abraham : « Allez, mon pote, quitte ton pays, quitte tes vieux, ta grand-mère, ton chat et ton chien. Quitte la maison de ton père pour le pays que je t'indiquerai. » Les textes bibliques ne se lassent jamais de rappeler le temps des origines, de la pauvreté, de l'oppression et de l'exil. Quand Dieu envoie Abraham sur la route, il lui dit de dégager, de quitter sa maison, sa télévision, son internet et son téléphone : « Fiche le camp ! » C'est l'histoire d'Israël. Le récit biblique devient l'histoire de la migration, de l'arrachement. Jésus est né là où personne ne voulait l'accueillir. Obligé de foutre le camp dès sa naissance vers l'Égypte, ses parents poursuivis par Hérode, la peur au ventre.

Quelques textes à méditer

Au Ier siècle, Philon d'Alexandrie dit : « Chacun est entré dans un univers comme dans une cité étrangère. Une fois qu'il est entré dans la cité étrangère, c'est un hôte de passage. »

Un père du désert raconte qu'un homme vint dire à l'abbé : « Je désire cohabiter avec des frères, dis-moi comment cohabiter avec eux. » Le vieillard lui répondit : « Comme au premier jour de ta venue parmi eux, garde ainsi la condition d'étranger, tous les jours de ta vie. »

Quand j'arrive en Provence, je prends deux jours pour regarder vivre la communauté. Je suis un étranger. Elle a vécu un mois sans moi. J'essaie de ne prendre parti sur rien. J'ai inspiré ce lieu magnifique mais j'y suis toujours étranger. Cela permet un regard neuf.

Comment considérer l'étranger ?

Saint Jean Chrysostome : « Pense qu'il s'agit aussi du Christ vivant lorsqu'il s'en va errant, étranger sans abri, toi qui as omis de l'accueillir. »

Saint Augustin: « Retiens l'étranger si tu veux reconnaître le Seigneur. »

Le cardinal Etchégaray: « L'immigré est l'un des tests les plus sûrs aujourd'hui de la fidélité de l'Église à l'Évangile. »

Si nous repoussons l'étranger aujourd'hui, c'est un signe que nous repoussons le Christ de nos vies.

Au jugement dernier

À quatorze ans, je lisais l'Évangile. Mes maîtres, très inspirés, n'étaient pas tous très clairs et je ne comprenais pas tout. Mais un jour, un prêtre a lu le passage de saint Matthieu: « Quand j'étais un étranger, es-tu venu me voir ? Quand j'étais en taule, es-tu venu me voir ? Quand j'étais dans la merde, m'as tu secouru ? » J'ai saisi le message chrétien applicable à tout moment.

Et le Seigneur, au Jugement dernier, nous dira: « Chaque fois que tu es allé visiter un prisonnier en taule, un malade, la grand-mère solitaire ou le conjoint abandonné, c'est moi que tu as rencontré. » Identification totale du Christ à l'étranger. Comment peut-on être raciste quand on est chrétien ?

L'identification aux plus humbles, aux plus abandonnés, aux plus perdus: Dieu s'incarne en eux. Accueillir l'étranger, c'est accueillir le Christ. Refuser l'étranger, c'est rejeter le Christ.

Bruno Chenu dit: « L'hospitalité doit être une nouvelle conquête de l'homme. » Je me souviens que dans les anciennes familles paysannes, on gardait toujours une écuelle prête pour celui qui passait. Le chrétien doit se faire le Samaritain de tout être humain, parce que nous-mêmes avons été rencontrés, secourus, guéris. Alors nous devons aussi secourir et guérir..

Les étrangers sont nombreux. À Paris, aux heures des marchés, vous voyez des étrangers partout. Le prince

Laurent de Belgique voulait un jour visiter la capitale avec moi. Il arrive dans le dix-huitième et découvre des foules d'Africains et d'Arabes dans les marchés. Il était stupéfait.

L'étranger nous fait entrer dans l'inattendu. L'Arabe n'est pas comme nous. Les musulmans nous surprennent, ils pensent et écrivent différemment. Ma foi chrétienne me fait dire qu'ils sont à l'image de Dieu. Seul l'amour que nous avons pour l'étranger peut unir nos différences. S'occuper des étrangers est souvent mal compris. À Faucon, j'ai toujours un bon nombre de délinquants d'origine étrangère. C'est certain : sur quatre cents demandes par an, trois cents me supplient de me charger de jeunes Africains ou Maghrébins. Ailleurs, ils sont trop souvent rejetés. Différents, certes, ils manifestent une violence supplémentaire pour les regards hostiles qu'ils ont rencontrés. Cela les rend repoussants. Ce sont ceux que je préfère.

Incompréhensions

J'ai remarqué que l'étranger écoute. Ce n'est pas un hasard. L'Arabe ou le Noir qui arrive en France est mal accueilli. Il a peur de se tromper. Il connaît l'importance et le risque des mots. Il se méfie d'une parole maladroite. Il écoute.

Un juge était là. J'étais venu défendre un de mes jeunes. Cette chambre de justice ressemblait un peu à un abattoir. Le juge commence à l'interroger : « Alors, qu'avez-vous fait ? » Le jeune bafouille. D'une phrase sèche, le juge prononce : « Vous avez commis un délit : deux mois de prison. » Mais le mec insiste pour parler. C'était trop tard, le jugement était tombé. Il dit : « Je parle pas bien la France. – Trop tard ! » renchérit le juge.

Le dernier arrivé

La figure de l'étranger est fondamentalement une figure christique. Si je pense que je suis un étranger de passage sur terre, j'aurai une vibration formidable avec le type d'origine étrangère qui passe dans notre pays. Dans des villages où les gens comptent leurs ancêtres au cimetière jusqu'à la sixième génération, les autres ne valent pas plus que des crottes de bique ! Il existe des lieux où l'on ne peut se sentir intégré qu'à la troisième ou quatrième génération. Dans un vieux village, une personne me disait que j'étais l'un d'eux. J'ai répliqué : « Non, je suis un étranger ! Vous pouvez être là depuis neuf ou dix générations, je m'en tape, le dernier arrivé n'a aucune chance chez vous. Pourquoi serais-je des vôtres ? Parce que je suis un prêtre ? »

Le combat des sans-papiers

« Vous êtes des hommes libres, vous êtes comme des gens de passage, des étrangers », dit l'évangile de saint Jean.

Ce qui est très intéressant dans l'Église, c'est le combat des sans-papiers. C'est bien sûr un problème d'ordre politique, mais nous constatons que les populations immigrées cherchent de l'aide du côté des églises. Même à Saint-Nicolas-du-Chardonnet qu'ils ont squattée et où ils ont rencontré des paroissiens furieux qui les ont jetés dehors ! C'est très marrant de voir ces musulmans envahir nos églises alors qu'ils n'oseraient pas squatter les quinze cents mosquées de France ! Preuve que les musulmans comprennent que l'Église a cette capacité d'accueil. On ne peut évidemment pas héberger ces milliers de personnes sans papiers. C'est une question complexe. Il est important que l'Église montre qu'elle peut accueillir les réfugiés. Elle doit être solidaire des étrangers que l'on reçoit mal. C'est bon signe que nos églises soient terre d'accueil. Au moins pour interpeller la société.

Nous sommes tous des frères et sœurs. Si nous-mêmes nous nous prenons pour des étrangers sur terre, dans la ligne parfaite de l'Évangile, alors nous aurons un regard serein et ouvert sur l'étranger.

36

Face à la pauvreté avec une mentalité de riche

Réveillez-vous !

Au milieu de beaucoup de tribulations qui les ont éprouvées, leur joie débordante et leur pauvreté profonde ont produit avec abondance de riches libéralités de leur part.
Ils ont, je l'atteste, donné volontairement selon leurs moyens, et même au-delà de leurs moyens, nous demandant avec de grandes instances la grâce de prendre part à l'assistance destinée aux saints.
Et non seulement ils ont contribué comme nous l'espérions, mais ils se sont d'abord donnés eux-mêmes au Seigneur, puis à nous, par la volonté de Dieu.
[…]
Car il s'agit, non de vous exposer à la détresse pour soulager les autres, mais de suivre une règle d'égalité : dans la circonstance présente votre superflu pourvoira à leurs besoins,
afin que leur superflu pourvoie pareillement aux vôtres, en sorte qu'il y ait égalité,
selon qu'il est écrit : celui qui avait ramassé beaucoup n'avait rien de trop, et celui qui avait ramassé peu n'en manquait pas.

2 Corinthiens VIII, 2-5 et 13-14

Que faites-vous ?

Nous vivons dans un pays riche où la pauvreté est omniprésente. Dans les villes, nous sommes partout sollicités. Du matin au soir, des quémandeurs nous réclament du fric. Au feu rouge, vous êtes dans votre bagnole et un mec frappe à la vitre. Que faites-vous ? J'achète la revue qu'il me tend parce que c'est un moyen de savoir ce que devient l'argent. Il gagne la moitié du prix de la vente. Ce n'est plus de la mendicité. J'encourage chacun à acheter les revues des rues.

Charité télévisée

Dans le métro, à la sortie des églises, on est sollicité. Au clochard habituel qui attend à la sortie, je tends un ticket-restaurant. Il vaut sept euros. C'est mieux qu'une pièce de cinquante centimes.

Les boîtes aux lettres sont remplies d'appels à l'aide : les estropiés, les anti-mines…

Craignons à juste titre les détournements de notre argent. Quand des millions de personnes répondent comme des fourmis à des appels à l'aide pour le cancer ou le tsunami, elles ont le droit de savoir où va leur participation. J'ai refusé de donner un seul sou pour le tsunami. Mais alerté par un article du *Monde*, j'ai cherché l'adresse d'une Française témoignant de ses vacances au Sri Lanka où le village avait été rasé. Avec des amis, nous avons récolté quinze mille euros. Il est bon de recevoir les photos des trois barques de pêcheurs achetées et des trois maisons construites. Du moins l'argent récolté a donné du travail et relogé des rescapés.

Je ne vais pas partir en guerre contre les Téléthons, mais comme il est facile, vautré devant sa télévision avec un bon verre, de décrocher son téléphone pour promettre un chèque qui aidera la recherche sur les maladies ! Cette tonitruance et ces millions déversés me font mal quelque part quand nous ne sommes pas capables d'aider la femme du prisonnier qui habite sur le même palier que nous.

Faisons plutôt marcher à fond nos Téléthons personnels dans notre environnement.

Partout nous sommes sollicités. Si nous rencontrons des gens qui font la manche quand nous rejoignons notre appartement chauffé et confortablement équipé, nous nous sentons coupables. Quand dehors on se gèle à moins dix degrés, on se demande quoi faire. Pourtant nous savons que si nous donnons quelque chose à celui qui passe, nous restons des riches puants qui donnons aux pauvres, enfermés dans nos contradictions.

Nous avons tant d'alibis

Je suis un riche puant, même si à titre personnel je ne possède rien. Dans l'année des centaines de gens m'invitent à profiter de leur résidence secondaire. Face au mendiant on se dit : « Ce n'est tout de même pas ma faute. Je trime, j'économise un peu. Ce type pourrait être un profiteur. Il me dit qu'il a faim, mais il devrait écrire : "J'ai soif" sur sa petite pancarte. » On se dit que ce sont juste des alcoolos. Mais nous sommes démunis sachant que quelques sous sont l'alibi de notre bonne conscience.

Donner une pièce n'est pas la meilleure façon d'aider. Un riche qui donne à toute vitesse à un pauvre se met dans une impasse. Il se dédouane, puis il regrette d'avoir manqué un geste. Le pire est de ne pas regarder celui qui tend la main.

Comment se sortir de ce dilemme du riche donnant au pauvre ?

Essayons de réfléchir. Nous pouvons toujours faire un état géopolitique de la misère dans le monde. Cela ne nous servirait à rien. Les peuples des pays pauvres nous lorgnent. Notre société va mal parce qu'elle est inégalitaire. Certains se souviennent que Jésus-Christ a dit qu'il y aurait « toujours des pauvres parmi les hommes ». Pauvres de fric, d'eau, de nourriture, mais aussi pauvres à cause de leur solitude, de leur souffrance.

Menons plutôt une réflexion personnelle. Grâce à Jean-Paul II, Mère Teresa et tant d'autres, nous avons des exemples qui nous servent de boussole. Nous savons que Jean-Paul est allé jusqu'au bout, c'est parfaitement net. Mère Teresa est allée jusqu'au bout après avoir vécu parmi des filles riches. Elle a plongé dans la misère après le spectacle terrible d'un homme vivant qui se faisait dévorer par des rats. Elle est allée jusqu'au bout sans retour. C'est un exemple extraordinaire que très peu de gens sont capables de suivre. Elle n'avait qu'un sari de rechange et ses sandales. Une petite sœur de Teresa qui doit voyager a pour consigne de n'emporter que ce que peut contenir un seau. Imaginez une telle simplicité ! Je suis toujours sidéré de voir ce qu'accumulent les gens dans leur salle à manger. Les verres en cristal de l'arrière-grand-mère, le plateau du mariage… Je sais, ce sont des souvenirs.

Nos valeurs communes

Ce qui est remarquable chez Mère Teresa, et ce qui peut être un formidable exemple pour nous maintenant, c'est qu'elle s'occupait de personnes non-chrétiennes. Elle se fichait de la religion de ceux dont elle sauvait la vie.

Jean-Paul II aussi a réuni toutes les religions du monde, non pour dire qu'elles sont égales, mais pour dire que nous devons arrêter de nous envoyer la Bible, le Coran ou la Torah dans la gueule. Puisons dans nos livres saints toutes les valeurs de paix, d'amour, de partage. C'est un geste magnifique. En Inde, Mère Teresa a été accusée de convertir, alors qu'elle s'est contentée de soigner. C'est le jour où elle a trouvé un prêtre hindou malade et abandonné et qu'elle l'a soigné, qu'un renversement s'est fait. Cela s'est su, il est mort dans son hindouisme.

Comment aider les pauvres avec notre mentalité de riches ? Premièrement, commençons à dégager le superflu de notre vie. Lisons l'Évangile et décidons en famille. Si les émirs du pétrole donnaient dix pour cent de leurs revenus aux plus pauvres, il n'y aurait plus un musulman pauvre dans le monde.

Ne donnons pas notre superflu. Notre association de la Bergerie de Faucon vit grâce à de nombreux dons. Quand des âmes bien intentionnées s'adressent à moi en me disant qu'elles me donnent : « un peu de leur superflu », je les envoie sur les roses plus ou moins aimablement. Auparavant, je répondais : « Écoute, ta merde, je n'en veux pas. » Aujourd'hui, mes cheveux blancs me rendent plus cool, mais je corrige ceux qui m'adressent leur superflu. Donner est une tout autre chose, c'est donner quelque chose de soi. Si les deux milliards de chrétiens et de musulmans faisaient ainsi, il n'y aurait plus un seul pauvre dans le monde.

Le partage du travail

Un ami, père de deux filles, gagnait deux mille euros. Sa femme était fleuriste de formation dans un petit village. Un magasin de fleurs lui propose de venir travailler. Elle décline l'offre : « Je préfère que vous l'offriez à quelqu'un d'autre. » En passant devant le magasin de fleurs quelques semaines plus tard, elle s'est réjouie d'y voir une jeune fille travailler.

L'emploi est un des pires drames de notre temps. Mais si nous avons un salaire suffisant dans le foyer, pourquoi ne pas mieux partager le travail ?

J'ai connu quelques vieux bourgeois, dans les Pyrénées, qui avaient donné la possibilité de travailler à deux jeunes sans emploi. Ils ont monté une petite entreprise pour l'entretien et la rénovation des propriétés du village. Deux salaires, ce n'est pas rien. Mais la retraite des ancêtres devait être belle quand ils voyaient ces deux adultes sans travail décorer le jardin !

L'accueil et l'oubli

En Algérie, il y a trente-cinq ans, quand j'arrivais chez un habitant à l'improviste, on m'invitait immédiatement à manger. Dans le réfrigérateur, seulement un peu de beurre, de l'eau et du lait. On se précipitait chez la voisine pour trouver une poignée de couscous et une côtelette de mouton. Quant à nous, notre frigidaire déborde de victuailles et le vide-ordures marche à plein, avalant tant de restes encore consommables.

Au IVe siècle, saint Basile écrivait : « À l'affamé appartient le pain que tu gardes, à l'homme nu le manteau que tu conserves dans tes coffres, au va-nu-pieds la chaussure qui pourrit chez toi, au besogneux l'argent que tu mets de côté. Ainsi tu commets autant d'injustices qu'il y a de gens à qui tu pourrais donner. »

Participons avec tous ces riches puants qui disent : « Ça suffit ! » et qui se mettent en marche. Et ne me demandez pas : « Comment faire pour partager ? » Si vous mettez autant d'intelligence à aider les autres qu'à chercher à vous enrichir, vous ne serez jamais riches. Restez en éveil. Partagez. Le vrai bonheur est à ce prix. Et vous dormirez bien.

37

Réussir sa vie, c'est réussir celle des autres

À quoi rêvent nos jeunes ?

> Ne devez rien à personne, si ce n'est de vous aimer les uns les autres ; car celui qui aime les autres a accompli la loi.
> En effet, les commandements : Tu ne commettras point d'adultère, tu ne tueras point, tu ne déroberas point, tu ne convoiteras point, et ceux qu'il peut encore y avoir, se résument dans cette parole : Tu aimeras ton prochain comme toi-même.
>
> Romains XIII, 8-9

« La personne humaine ne se construit qu'en relation avec les autres. » Cet axiome d'Emmanuel Mounier, je l'ai fait mien car il contient une notion fondamentale.

Réussir quoi ?

Notre époque est celle de la réussite individuelle. Une chose m'exaspère quand je vais dans des collèges. La plupart du temps, il s'agit d'établissements privés. Quand le directeur a le malheur de me dire : « Mon père, nous avons 85 % de réussite au bac », je l'informe que je m'en tape absolument ! Je m'en contrefous.

Parce que je sais ce que ça veut dire : on fait bachoter à mort ces jeunes et on se fout complètement qu'ils participent à la réussite de la vie des autres. C'est un des grands dangers de l'enseignement d'aujourd'hui. Tu t'occupes de toi, et les autres tu t'en fous... Quand on ne leur suggère pas : « C'est en t'appuyant sur la tête des autres que tu y arriveras. C'est en diminuant ceux qui t'entourent que tu te grandiras. » Ces non-valeurs, véhiculées dans notre système, tuent notre pays à petit feu.

Quel est ton rêve ?

Nous demandons souvent aux jeunes : « Que veux-tu faire plus tard ? » S'il y a bien une chose qui m'indiffère quand je parle avec un jeune, c'est ce qu'il veut faire ! Jamais je ne lui pose cette question. En revanche, quand je lui dis : « Quel est ton rêve ? », c'est entrer beaucoup plus profond dans ce qu'il désire secrètement. J'ai vu tant de jeunes ingénieurs, nantis de leurs diplômes, ne sachant quoi choisir ensuite pour bâtir leur vie.

L'épanouissement personnel, d'accord, c'est très beau, mais la dimension collective ne doit pas être oubliée. Nous devons interroger nos jeunes sur leurs rêves, en suggérant que ce rêve-là ne pourra pas être bâti tout seul. On ne construit pas ses rêves à coups de bachotage, à coups d'examens. Trouver sa vocation, c'est tout autre chose.

Qu'est-ce qui vous fait grandir ?

Nous ne devons jamais réduire un enfant ou un adolescent à son histoire antérieure. Il est impossible de le faire grandir si on l'enferme dans ses résultats scolaires, dans ses défauts, dans ses carences... et même dans ses qualités. Lui répéter: « Tu es le meilleur » ne l'aidera pas beaucoup plus. Surtout ne réduisons jamais un jeune à ses échecs… Car dire à une personne qu'elle est nulle dans une matière, c'est anéantir son espérance.

Prédire à un jeune qu'il sera délinquant ou criminel, c'est l'identifier à ce qu'il fera. Dites-lui qu'il tuera et, effectivement, il pourra tuer. Dites-lui qu'il a quelque chose de bien, qu'il sait s'occuper des moutons comme personne, il deviendra un berger hors pair.

Nos jeunes sont écartelés entre de nombreux messages contradictoires. Les médias, l'internet, l'école, les parents… Le professeur doit ramener sa science, c'est son boulot. Mais c'est un travail limité s'il ne rencontre pas ses élèves au-delà de la matière qu'il enseigne. L'enseignant doit faire grandir ses élèves dans toutes leurs dimensions, pas uniquement dans la matière scolaire. Il doit les voir comme des hommes et des femmes en devenir. L'enjeu est qu'ils réussissent leur vie, et justement, qu'ils la bâtissent avec les autres.

Enseigner, c'est éduquer

Anciennement, l'héritage moral et spirituel était fort. De nos jours, nos jeunes n'ont pas beaucoup de sens moral collectif. Aujourd'hui, nous les renvoyons à la sphère privée. Le mot d'ordre est: « Réussis coûte que coûte », sans barrières ni règles communes. On transmet un savoir à l'école, mais on doit faire grandir ensemble des jeunes qui sont bombardés de messages encourageant l'individualisme. Les parents vivent une certaine souffrance. Ils sont souvent les témoins maladroits de ce que vivent leurs enfants et dressent des barrières là où ils devraient construire des ponts: « Tes copains sont nuls, ta radio est débile, tes fringues sont ridicules… »

J'ai trouvé intéressant que l'on distribue aux jeunes un livret destiné à les aider à décrypter les médias. Il est très important de les aider à ne pas prendre tout ce qu'ils voient ou entendent pour argent comptant. La plupart des médias font beaucoup de mal à nos jeunes : ils les poussent à l'universel tout en les ratatinant sur eux-mêmes. Ils ont soif de sens et de vérité. Lorsqu'ils posent une question essentielle, on ne leur répond pas souvent. C'est un sacré problème pour les adultes.

Que s'est-il produit après le 11 septembre ? L'horreur que Ben Laden a provoquée a engendré un cauchemar universel. Tant de jeunes ont voulu réfléchir et débattre sur la violence et le terrorisme, sur la religion, l'islam, la souffrance, la mort... Partout dans les collèges je les ai rencontrés. Ils se questionnaient. Les problèmes métaphysiques n'ont pas disparu chez eux. L'humain, jeune mais aussi jusqu'à son dernier souffle, a toujours eu besoin d'exprimer les questions essentielles qu'il se pose. Il a besoin d'être entendu. Il attend quelques réponses. Alors l'adulte doit dire ce qu'il pense. Il doit s'opposer aussi, résister, c'est certain. Les jeunes ont besoin d'adultes qui leur font face, qui leur font front et qui les écoutent : des adultes qui osent dire leurs convictions.

De puissance et de fragilité

Dans les aumôneries, dans les mouvements religieux et dans les rassemblements, les jeunes se questionnent, interpellent, débattent. Je vois aussi mes loubards se poser des questions existentielles. Nous devons les aider à sortir d'une certaine désespérance qui les hante. C'est magnifique d'assister à leurs questionnements à un âge où ils ont autant de puissance que de fragilité. Écoutez les jeunes à pleins tubes même s'ils ont parfois des mots malhabiles. Il s'agit d'entendre leurs questions même si vous ne savez pas répondre à tout.

« Guy, c'est pas la peine de venir me voir à Fleury, je suis fichu, ça fait sept fois que je retombe. » J'y vais quand même : « Éric, tu es meilleur que tes conneries, un jour tu sortiras. » Plus tard, il m'écrit : « Je n'ai plus d'espérance en moi, mais toi tu espères en moi. Garde bien l'espérance que tu as pour moi. Un jour je te la prendrai peut-être. » J'ai conservé précieusement cette lettre. Cela fait douze ans qu'Eric est sorti de taule, il a deux petits garçons magnifiques. Il est fou de bonheur. Quand je vois son regard, parce qu'il ne parle pas beaucoup, Éric, je comprends que l'espérance qu'il m'avait confiée est passée en lui.

Adultes, osons, soyons présents pour que les jeunes réussissent leur vie. Nous devons leur dire que leur réussite s'accomplira lorsqu'ils feront réussir les autres : « Ta vie compte, mais, sans les autres, elle est bancale. »

Une autre citation d'Emmanuel Mounier : « Je n'existe que dans la mesure où j'existe pour autrui. À la limite : être, c'est aimer » est superbe parce qu'elle transforme les êtres en militants. Nous n'avons qu'une vie. Combien de vies manquées parce que repliées sur elles-mêmes ? Combien de vies réussies parce que pleines des autres, de leur cri, du partage de leurs joies et de leurs peines ? C'est le sens que j'ai donné à la mienne. Pour rien au monde je ne changerais. J'ai récolté assez de bonheur pour que la joie des autres, portés, aidés, me tienne debout et heureux.

Il me reste toujours le désir de m'éloigner de la tourmente quotidienne pour me retrouver et me pacifier. Pour ne pas être écrasé et demander à Dieu, qui est ma source de vie, de m'encourager à faire aux autres ce que je voudrais qu'ils me fassent.

38

Le mystère des miracles

Dieu en fait, nous aussi

Lorsqu'ils furent arrivés près de la foule, un homme vint se jeter à genoux devant Jésus, et dit : « Seigneur, aie pitié de mon fils, qui est lunatique et qui souffre cruellement ; il tombe souvent dans le feu et souvent dans l'eau. Je l'ai amené à tes disciples, et ils n'ont pas pu le guérir. – Race incrédule et perverse, répondit Jésus, jusqu'à quand serai-je avec vous ? Jusqu'à quand vous supporterai-je ? Amenez-le-moi ici. »

Jésus parla sévèrement au démon, qui sortit de lui, et l'enfant fut guéri à l'heure même.

Alors les disciples s'approchèrent de Jésus, et lui dirent en particulier : « Pourquoi n'avons-nous pu chasser ce démon ? – C'est à cause de votre incrédulité, leur dit Jésus. Je vous le dis en vérité, si vous aviez de la foi comme un grain de sénevé, vous diriez à cette montagne : "Transporte-toi d'ici là", et elle se transporterait ; rien ne vous serait impossible. »

Matthieu XVII, 14-20

Des millions de malades sont allés à Lourdes. Parmi ceux qui ont été guéris, beaucoup disent qu'ils ne voulaient pas obtenir la guérison de leur corps souffrant. Ils se sont présentés comme ça, à Lourdes, à Fatima ou ailleurs, avec une foi nue. C'est quelque chose de très beau et de très puissant. Des malades ont été estomaqués d'être guéris instantanément. Le saint-sacrement passe devant les malades. Soudainement le paralytique se lève.

Le corps est fondamental. Corps blessé, corps handicapé, corps malade, corps paralysé : Dieu peut intervenir. Nous croyons qu'Il nous a faits. Nous pouvons croire qu'Il intervient. Le doigt de Dieu intervient.

Il faut se méfier du miracle physique. Il y a eu soixante-six miraculés authentifiés à Lourdes sur les milliers de personnes disant avoir été guéries dans ce lieu saint. Le soixante-sixième s'appelle Jean-Pierre, c'était en 1999. Il a vécu une guérison subite, complète et durable. Il disait : « Savoir que l'on est libre et aimé d'un amour infini, c'est ça mon véritable cadeau. Ma route est devenue un chemin de lumière sur lequel je marche dans la certitude que le Seigneur est à mes côtés. » Le bureau médical de Lourdes a été fondé en 1883. Plus de sept mille personnes se sont déclarées physiquement miraculées. Deux mille guérisons ont été reconnues comme inexpliquées. Soixante-six authentifiées : l'Église est prudente !

On me demande souvent mon avis sur Medjugorje. Je ne réponds pas. On m'a offert le voyage au moins quatre fois. J'ai refusé, je peux prier Marie là où je suis et je n'ai pas besoin d'aller voir. Mais des gens sont revenus transformés de là-bas. Il y a eu de grands miracles physiques, et surtout des miracles « intérieurs ». J'ai vu des gens bouleversés par ce lieu.

Il arrive que des personnes qui étaient allées à Lourdes n'aient pas été instantanément guéries. Mais il y avait une démarche, donc une dimension spirituelle. Il est arrivé aussi que des personnes non croyantes aient été guéries à Lourdes. C'est un premier mystère. Le second est que nous disposons d'énergies extraordinaires. Si nous pouvions connaître la puissance que possède l'être humain, ce serait fabuleux. Quand elle s'ajoute à la foi, c'est prodigieux.

Les lépreux s'adressent au Christ. Celui-ci ne leur dit rien. Il les envoie chez le curé du coin ou l'archiprêtre du secteur, et un seul revient. Il vient remercier le Seigneur. Jésus le renvoie à lui-même en lui disant: « Ta foi t'a sauvé, mon pote. »

Dans l'Évangile, il est dit: « Impose les mains aux malades, guéris les malades. Enlève les démons. » L'Église avait complètement oublié cela. Et puis les charismatiques sont arrivés il y a une vingtaine d'années. Ils ont pris à la lettre ce passage de la Bible sainte. Ils se sont aperçus qu'il se produisait d'extraordinaires guérisons. Comme Jésus-Christ en faisait.

Des guérisons données

J'ai assisté un jour à une messe du père Tardif à Lyon. J'étais derrière lui. À un certain moment de la messe, il a écarté ses mains légèrement tremblantes. Il a dit: « Je sens qu'un sourd va entendre. Un aveugle va voir. » Intérieurement, je me demandais s'il était vraiment sérieux. Et il demande à l'assistance: « Que ceux qui se sentent guéris viennent à la sacristie pour nous le dire. » Arrive une personne qui entendait de nouveau, arrive une autre qui revoyait nettement... Il existe ce genre de personnes, comme les pères Tardif et Alter, morts tous deux en 1999, à qui le Seigneur donne ces capacités exceptionnelles.

Il n'y a aucune méthode de guérisseur. Il y a simplement la guérison donnée. Le père Tardif insistait sur la nécessité de prier d'abord. Toute l'assemblée chante, prie et demande la guérison. Et l'un d'entre eux, celui qui a le don, impose les mains. Alors des personnes guérissent. C'est le charisme de la guérison. Tous le disent: « Le seul médicament, c'est l'amour de Dieu. »

Quelles conditions faut-il réunir ?

Il y a quatre conditions pour obtenir des guérisons: la prière d'abord; une attitude d'abandon et de confiance dans le Christ; la présence de croyants formant un corps vivant pour le Christ; et Dieu agit par l'intermédiaire d'une personne qui a le charisme.

Le porteur du charisme de guérison n'est pas meilleur que les autres, c'est juste le passeur de Dieu, grâce à la prière collective. On ne pratique pas en catimini dans un coin tranquille. Cela doit avoir lieu devant une assemblée, condition *sine qua non*.

Le père Tardif disait: « Je prie et Jésus guérit. »

Pourquoi l'un est-il guéri et pas l'autre ? C'est une question importante. Il faut accepter que certains soient guéris et d'autres non. On demandait au père Tardif: « Pourquoi parmi ceux à qui tu as apposé les mains, certains guérissent et d'autres restent malades ? » Il rétorquait qu'il n'avait pas de réponse. « Là-haut, ajoutait-il, je poserai la question et j'aurai la réponse. »

Si les gens sont prêts à vivre cette apparente injustice, nous pouvons aller plus loin. Il faut une foi solide. On a constaté à Lourdes ou ailleurs que des plaies guérissent et se cicatrisent instantanément. La peau brûlée se régénère. Des os dévorés par le cancer se ressoudent. La fièvre tombe. Les germes d'infection sont éliminés. Il est bien difficile de savoir d'où vient la guérison. Un détail intéressant: les guéris ont aussitôt une fringale incroyable. Cela rejoint l'Évangile. Le Seigneur, après avoir guéri quelqu'un, prononce: « Donnez-lui à manger. » Les forces de vie s'éveillent tout à coup et grillent toute l'énergie.

La foi suppose une adhésion de tous au même Christ.

Un théologien, le père Hugueux, disait : « Il faut croire pour guérir et guérir pour croire. » C'est un joli paradoxe. Il ajoutait : « Les deux ont une force d'entraînement mutuelle. »

La phrase du Christ est : « Va, ta foi t'a guéri. »

L'Église n'a pas le monopole des miracles. Des personnes non chrétiennes guérissent aussi de façon étonnante. La foi n'est pas non plus une médecine. Cependant, tous les médecins vous diront que le meilleur auxiliaire aux traitements est la foi du patient en sa capacité de guérir. Il se produit des choses étonnantes. Certains malades bien préparés acceptent sereinement leur mort. Mais il arrive aussi que les « condamnés » survivent à l'échéance et même guérissent de maladies considérées comme incurables. Des années après, ils continuent à vivre.

L'Église et le monde médical ont une vocation à être des espérances pour notre société, chacun à sa manière. On ne dira jamais assez qu'entre le médecin et la personne atteinte d'un mal, la relation est déterminante. La façon d'être du docteur ou de l'infirmier peut aider le malade de manière décisive.

Nous savons malheureusement que trop de médecins et de soignants sont débordés de travail et ne peuvent se consacrer qu'à des visites express. Les gens pensent qu'ils ne sont plus qu'un corps malade, alors qu'ils sont simplement souffrants.

Que vous soyez chrétiens ou non, votre regard, votre attitude et la considération que vous avez envers le malade, le handicapé ou le souffrant ont une force. L'Église et le monde médical sont très liés pour cette raison.

Celui ou celle qui retrouve des raisons positives de vivre peut parfois guérir de façon parfaitement imprévisible. Aller de l'avant et aller vers les autres, c'est sans doute là que se situe le miracle de Dieu.

Et surtout, trouver en soi des forces insoupçonnées qui redonnent vie et effacent le mal. Dieu nous a créés, nous laissant jusqu'à la fin des temps la possibilité de Le chanter et de Le louer dans le mystère de ce que nous sommes.

V

Une Église et une morale pour notre temps

39

Morale chrétienne et morale humaine

Complémentaires ou incompatibles ?

> Quand les païens, qui n'ont point la loi, font naturellement ce que prescrit la loi, ils sont, eux qui n'ont point la loi, une loi pour eux-mêmes ;
> ils montrent que l'œuvre de la loi est écrite dans leurs cœurs, leur conscience en rendant témoignage, et leurs pensées s'accusant ou se défendant tour à tour.
>
> Romains II, 14-15

Aux frontons de notre République

Quand Jean-Paul II est venu en France, il a salué ces trois mots magnifiques qui ornent les frontons de notre République : Liberté, Égalité, Fraternité. Ces trois mots humains sont au cœur de notre France laïque.

Ces idéaux sont inscrits dans l'Évangile. Malheureusement, souvent bafoués, ces trois mots exigent que les hommes et les femmes se lèvent en permanence pour les défendre. Car au nom de la liberté, de l'égalité et de la fraternité, à quels dérapages avons-nous assisté !

Au nom de la liberté, par exemple, des femmes nous disent : « Nous voulons disposer de notre corps et pouvoir avorter, c'est notre droit absolu. » Face à la liberté et à la morale humaines, comment vivre une morale chrétienne ? Je pourrais aussi dire une morale bouddhiste, une morale juive, une morale musulmane ou athée.

Nous avons besoin d'un support religieux pour essayer de dépasser notre morale humaine. À condition que notre vision de l'homme ne soit pas confinée dans la seule défense de notre confession mais dans celle de l'intérêt de l'humanité. Une religion absorbée par les seules affaires internes de son institution se fourvoie gravement.

Au fond de sa conscience, l'humain découvre la présence d'une loi qu'il ne s'est pas donnée à lui-même, mais à laquelle il est tenu d'obéir. C'est une loi inscrite par Dieu au cœur de l'homme.

Nous assistons à des victoires importantes sur le plan matériel, à des conquêtes techniques sidérantes. Mais nous devons veiller à ne jamais sacrifier l'humain dans ces domaines. La morale chrétienne doit être vécue, dite et proclamée. Elle passe parfois pour rétrograde mais nous sommes en face de la survie de l'humanité. Chaque chrétien doit entreprendre un travail de purification et d'élévation. Jean-Paul II a prôné la civilisation de l'amour pendant tant d'années, car c'est la base de l'Évangile.

Les taloches de mon père

« Fais ceci, évite cela », nous transmettent nos géniteurs et nos maîtres. Quand j'étais allé voler des pommes sur l'arbre de notre voisin à Rochefort-sur-Mer, j'ai reçu des taloches monumentales de mon père. Il m'a dit : « Ça ne se fait pas ! » Il faut que nous ayons une morale de base. Normalement les gens ont cette morale naturelle. Chez nous, elle est à base de liberté, d'égalité et de fraternité.

Nous cherchons la vérité ensemble sur terre. Dans n'importe quelle culture, que nous appartenions à une religion ou une autre, et même si nous n'avons pas de religion, nous cherchons la vérité, et une réponse à cette question mystérieuse: « Qui a fait cette nature ? » À Faucon, avec un de mes éducateurs, athée, j'admirais le paysage et nous discutions assez énergiquement. Je dis : « Regarde les milliards de choses qui composent la nature, quel est le principe premier de tout ça ? » Je n'ai pas les yeux d'un athée, car je crois que Dieu est créateur de toutes choses, mais j'aimerais les avoir un peu par moments pour savoir, pour comprendre ce qu'il y a dans le cœur d'un athée. Croire qu'il n'y a rien, je ne peux pas. Je plonge dans un abîme de réflexion devant quelqu'un qui me dit ne croire en rien.

Même non-croyant, un individu peut avoir de très grandes valeurs. Donc, nous pouvons chercher ensemble la vérité. Nous cherchons des solutions à tous nos problèmes, dans notre vie privée, notre vie sociale, notre vie publique ou politique. Je me rends compte, en pensant aux plus anciens d'entre nous, des extraordinaires changements qui ont eu lieu dans notre société. Cela nous pose des problèmes moraux importants. Si nous n'avons pas une morale d'acier, précise et nette, nous risquons de vaciller et de tout admettre. Nous, chrétiens, avons la réponse par l'Évangile, source de toute règle morale. Nous pouvons y puiser absolument tout ce dont nous avons besoin pour nous élever au-dessus de nous-mêmes. Le juif dit la même chose de la Torah, le musulman du Coran.

Quelle morale dans l'économie ?

Tout est organisé dans notre société capitaliste française pour favoriser l'activité économique et gagner de l'argent en vendant n'importe quoi le plus vite possible.

L'argent prime, et ni la morale humaine citoyenne ni la morale chrétienne n'y retrouvent leur compte. Les grands capitaux s'entre-dévorent et les plus pauvres sont laminés par les rachats d'entreprises.

Le combat est énorme. L'Église doit ramener sa fraise sur le plan de la morale. Sa morale passe pour démodée. Elle n'est pas «tendance» et ne caresse personne dans le sens du poil. Ni le pape ni les évêques ni les prêtres ne sont élus par un vote du peuple. Nous sommes consacrés de la tête aux pieds au service de Dieu, de l'Église et de l'humanité. Nous ne cherchons pas à plaire aux gens. Saint Paul disait: «Si vous n'êtes pas des fous dans ce monde, vous n'arriverez jamais à vivre l'amour que prêche l'Évangile.»

Comment vivre sa spiritualité ?

La France est le cinquième vendeur d'armes dans le monde. L'homme politique dira que ce commerce fait vivre six cent mille personnes. Et cela permet au bébé palestinien de se faire trouer la paillasse à l'âge de trois mois. Cela permet à des Israéliens de se faire tuer par des bombes humaines dans les bus des écoles. Certains pays vendent des armes de guerre aussi bien aux uns qu'aux autres.

L'Église enseigne des principes d'ordre moral, et nous disons que la perfection et le bonheur sont atteints quand ces règles sont vécues. Nous en avons la preuve en étudiant la vie des saints. J'aime beaucoup lire la vie des saints et la vie des grands hommes, des mecs comme de Gaulle, par exemple. Ils ont eu une ligne de conduite et une morale prodigieuses. Gandhi, Mandela… tous ont proclamé qu'ils vivaient parfois douloureusement l'incompatibilité de leurs valeurs religieuses par rapport à leurs valeurs humaines. Je ne voudrais pas être à la place d'un président de la République. Je me demande comment on peut se battre pour accéder à cette fonction.

Comment un chef d'État ayant une éthique, des valeurs morales humaines et spirituelles, peut-il accepter que des innocents soient tués quand son pays vend des armes aux peuples belligérants ?

Morale et politique, une alliance difficile

L'exercice de l'autorité politique est difficile à combiner avec la morale chrétienne. Le bien du peuple est le domaine de la morale humaine. Quand des adversaires politiques s'affrontent pour le bien du peuple, ils doivent aussi éviter d'écraser les autres. L'enjeu des hommes politiques se résume souvent au slogan : « À moi la France » ou « À moi l'Amérique ». George Bush n'a pas ratifié les accords écologiques de Kyoto sur les émissions de gaz à effet de serre : il s'en fiche ! Au nom des intérêts industriels et économiques des États-Unis, il a choisi de raisonner étroitement, sans prendre en compte l'avenir de l'humanité. Il a osé dire récemment que, s'il mettait en place dans son pays (premier pollueur au monde) les moyens pour la protection de la planète, son économie baisserait dangereusement. Avec un certain humour noir, on peut lui rétorquer : « OK, mais alors pense à tes successeurs qui devront investir lourdement pour fournir un masque à gaz à chaque habitant de la planète pour qu'il puisse respirer ! »

Dernièrement, le président Bush a timidement découvert et affirmé que la révolte des pauvres au Moyen-Orient pouvait venir de leur pauvreté même et non des forces du mal.

Et ce mec ose se proclamer chrétien ! Mitterrand, lui au moins, a dit que la fabrication et la vente des armes lui posaient un problème d'éthique fondamental.

Que dit la morale chrétienne sur la torture ? L'Église

dit que la fin ne justifie pas les moyens. Je me souviens de ma fureur quand j'étais troufion en Algérie. J'entendais l'aumônier général justifier la torture aux côtés de Bigeard et compagnie. « Pour sauver des Français, la torture est bonne », disait-il. Alors que l'Église a toujours dénoncé la torture.

La justice

Elle doit s'appliquer aux grands criminels. Je pense par exemple à Patrick Henry. La charité et la miséricorde ont fait que, malgré ses crimes, il a pu bénéficier de la liberté conditionnelle. C'est un très bon signe de rédemption. Pendant vingt-cinq ans, il en a bavé derrière les barreaux, et la justice lui indique que les juges pensent qu'il ne récidivera pas. Cette mesure ne ressuscitera pas le gosse assassiné, mais nous deviendrions des bourreaux perpétuels, si nous emprisonnions des hommes jusqu'à la fin de leur vie. Une morale chrétienne peut aider à s'élever bien plus haut que soi-même et que ses crimes. Patrick Henry s'est malheureusement fourvoyé à sa sortie de prison.

La peine de mort est une autre question : prenons le cas d'un Guy Georges. Selon une morale humaine, si on ne le tue pas, au moins faut-il lui brûler les couilles. Les crimes qu'il a commis sont effectivement les pires actes que l'on puisse imaginer. Une bête sauvage ne les aurait pas faits. Pour la morale chrétienne, ce mec a plutôt besoin de rédemption. Aux USA des évêques ont lutté pour que George W. Bush limite la peine de mort. L'Église refuse fermement la peine de mort pour permettre la rédemption de tout être, y compris celui qui a commis des choses horribles. Parce que, un jour, chacun peut se racheter. Accepter la peine de mort nous place à notre tour dans la position du tueur. Tuer un assassin reste un crime. Comment arrêter la boule de neige dans ces conditions ?

Où en sont nos valeurs collectives ?

Lorsqu'une personne se fait attaquer ou arracher son sac, la plupart du temps, les passants laissent faire l'agresseur. Cela veut dire : « Tu te démerdes, on s'en fout. Ton sac, on n'en a rien à cirer ! » La valeur commune numéro un dans nos métropoles ? L'indifférence ! Un peuple solidaire saurait gueuler, manifester, entourer et mettre en déroute deux ou trois loubards dont le courage extraordinaire consiste à agresser à plusieurs une vieille à la sortie de la caisse d'épargne.

Ces valeurs communes manquent cruellement. Tout est fait pour satisfaire l'individu au détriment du collectif, et nous nous renfermons de plus en plus, alors que les peuples pauvres gardent des valeurs collectives. Notre morale chrétienne peut nous permettre de nous élever au-dessus d'une morale humaine en perdition. J'observe que plus les richesses croissent, plus les valeurs collectives reculent. C'est pour cette raison que des dérapages sont possibles sur les sujets les plus difficiles, comme l'avortement ou l'euthanasie.

Les maillons les plus faibles de la vie sont les premières victimes du recul des valeurs collectives : l'enfant qui dort dans le ventre de sa mère et le vieillard qui s'éteint.

Face à l'avortement

Je suis toujours sidéré quand des jeunes dans des salles de conférences me demandent, à moi, prêtre : « Que penses-tu de l'avortement ? » Parfois même : « Es-tu pour ou contre l'avortement ? » Pour eux, c'est clair. Avorter est permis. Donc c'est moral. Nous, chrétiens, devons affirmer qu'avorter, c'est tuer. Ces mots choquent terriblement certaines personnes. Car au nom de la liberté, on croit pouvoir dire que l'avortement est un droit. Évidemment nous ne devons pas désigner la femme comme coupable. Lorsqu'un mec dit : « Dégage et débrouille-toi avec ton gosse », il peut condamner une femme à l'avortement si celle-ci n'a ni moyen de subsistance, ni travail, ni logement. J'ai rencontré ce cas de figure de nombreuses fois dans ma vie d'éducateur. C'est injuste d'accabler la femme alors qu'elle n'est parfois que la victime d'un beau salaud.

La loi sur l'avortement que nous jugeons immorale ne doit pas nous faire perdre de vue la vie des êtres concernés. La parole publique de l'Église ne peut pas concéder d'exceptions. Si le pape avait dit de faire des exceptions pour les cas de viol ou d'enfants très handicapés, il aurait ouvert une brèche. Il faut simplement accompagner la personne qui se trouve en situation difficile. Lorsque j'ai eu à recueillir des filles enceintes, j'ai tenté de trouver une famille pour les accueillir et éviter l'interruption volontaire de grossesse. Mais bien souvent d'autres éducateurs avaient déjà pris les devants, les décourageant de garder le petit. « À quinze ans, t'es trop jeune. Tu vas te retrouver dans un centre de filles mères. Largue donc ça, sinon ton avenir sera foutu. »

Des principes et des personnes

Il y a vingt-cinq ans, Évelyne était venue me voir en disant : « Je ne peux pas garder cet enfant car j'ai été violée, mais je ne veux pas me faire avorter. » Je lui ai répondu que je le prendrais. Six mois après, sans prévenir, elle m'a amené son bébé de huit jours. « Je te présente Nathalie. » Je l'ai confiée dans l'heure à un couple sans enfants. Dans ces cas extrêmes on peut trouver des solutions. Ce fut une décision un peu sauvage. Le juge pour enfants s'arrachait les derniers cheveux qui lui restaient parce que cette adoption était totalement illégale. Finalement, tout est rentré dans l'ordre. Nathalie est maintenant infirmière diplômée et a eu un fils magnifique, prénommé Julien.

Je demande à ceux qui se disent fermement opposés à l'avortement d'avoir les moyens de leur morale. Je les salue dans leur combat, mais je leur demande d'aider jusqu'au bout une fille qui est dans une situation difficile. Il y aura alors beaucoup moins d'avortements. Pratiquons cette morale de solidarité élémentaire et humaine. Sinon, nous serions des enfoirés et des menteurs. Ce combat rejoint la morale chrétienne selon laquelle toute personne est sacrée. Se défoncer pour être des champions de la vie, telle est la logique du chrétien militant.

Au-delà des limites de notre morale

Il y a des cas de figure très douloureux : lorsqu'un enfant va naître grabataire et vivre comme un légume, ou quand une fille qui s'est fait violer ne veut pas garder son enfant. La famille chrétienne pense qu'une personne est inestimable, quelle qu'elle soit. Et encore plus parce qu'elle est handicapée. Je vois certaines familles adopter un enfant handicapé après avoir eu déjà trois ou quatre enfants. C'est un geste extraordinaire. C'est là que la morale chrétienne donne un plus prodigieux. Ce sont de superbes témoignages qui disent qu'il n'y a rien de plus grand que la vie.

Le dernier maillon de la fragile chaîne de la vie est le vieillard. L'euthanasie est déjà légalisée aux Pays-Bas. Les gens ont désormais ce droit. À ceux qui demandent à mourir, on ne peut leur refuser. L'Église s'insurge contre l'avortement et contre l'euthanasie. Elle a raison parce que, dans ce combat, c'est elle qui peut permettre la survie de l'humanité.

La loi française sur l'euthanasie est belle et bonne.

Ne pas donner la mort même si la morphine qui apaise la souffrance la précipite. Nos voisins belges, hollandais et autres sont allés au-delà de cette morale humaine. Puisse la terre ne pas continuer à être un champ de bataille où la vie est massacrée dans ses deux maillons les plus faibles, l'enfant qui dort dans le ventre de sa mère et le vieillard qui s'éteint. Soyez des champions de la vie, de toute vie.

40

Croyants dans la cité

Les chrétiens doivent-ils prendre le pouvoir ?

Je vous le dis, quiconque me confessera devant les hommes, le Fils de l'homme le confessera aussi devant les anges de Dieu; mais celui qui me reniera devant les hommes sera renié devant les anges de Dieu.
Et quiconque parlera contre le Fils de l'homme, il lui sera pardonné; mais à celui qui blasphémera contre le Saint-Esprit il ne sera point pardonné.
Quand on vous mènera devant les synagogues, les magistrats et les autorités, ne vous inquiétez pas de la manière dont vous vous défendrez ni de ce que vous direz; car le Saint-Esprit vous enseignera à l'heure même ce qu'il faudra dire.

Luc XII, 8-12

Tout ce qui touche à l'homme, à son bien-être, à son avenir, à son présent, à la nature et à sa survie est politique. La création divine s'étend de la coccinelle à l'ours blanc, dont le territoire diminue à toute vitesse. On tente de préserver la planète, on veut protéger le fœtus : c'est de la politique.

Le terme « politique » a été galvaudé. Pourtant, il est au cœur d'une société civile qui peut déraper ou aller au plus haut de ce que nous sommes, selon ce que les hommes et les femmes font du mandat qui leur est assigné pour notre bien.

La phrase du Christ, reprise depuis deux mille ans, « Rendez à César ce qui est à César et à Dieu ce qui est à Dieu », reste d'actualité. L'implication du croyant dans la politique est essentielle. Il peut alors défendre ses idéaux même quand l'esprit de l'Évangile est foulé aux pieds.

L'Église a organisé la société civile de façon remarquable. Elle a inventé la plupart des institutions qui nous régissent aujourd'hui : écoles, universités, hôpitaux, état civil, droits de l'homme.

En Haute-Provence on trouve des traces de vie de plus de mille ans. Nous décelons les marques de l'organisation humaine dans les registres de baptêmes. Nous possédons les plus anciens actes d'état civil établis par l'Église et par les prêtres. Un tel se mariait, tel autre était né. Les curés tenaient les registres.

Dans ce temps où l'on oblige des herbivores à se nourrir de farines animales, on touche à l'équilibre de l'écosystème. Toute personne, chrétiens compris, a des choses à dire sur les vaches folles. Les hommes deviennent-ils fous ? Le bien commun est-il toujours vu sous le seul angle de l'appât du gain ?

Ces gouvernants qui dérapent

L'Église n'est pas qu'un buisson d'interdits et de consignes. L'ex-archevêque de Paris, Jean-Marie Lustiger, déclarait : « Le regain de crédit des politiques ne dépend pas d'une campagne de communication mais d'un surcroît de vertu. »

La politique demande un très haut niveau de conviction et de discipline. C'est une vocation belle et vertueuse qu'il conviendrait de réhabiliter. Il ne s'agit pas de mettre son vote dans l'urne pour se désintéresser de la politique immédiatement après. Il n'y a pas de vie sociale sans respect de l'autre. Le respect et l'estime des hommes et femmes politiques sont plus que jamais nécessaires malgré les dérapages que nous lisons trop fréquemment dans la presse.

En lisant trois quotidiens chaque jour, je vois bien le terrible discrédit dont souffrent les hommes politiques. Ce n'est pas parce que certains ont déraillé que nous devons penser que tous sont puants. Cessons de "guignoliser" les politiciens. Ils doivent servir utilement le bien commun dans le respect des convictions de chacun, même si certains dérapent.

Quelle attitude adopter ?

Je me souviens d'un homme politique me disant : « Moi, je n'aime pas cette loi, elle n'est pas morale, mais je suis obligé de la voter à cause de la pression de mon groupe. » Je lui ai demandé : « Mon pote, comment peux-tu être chrétien ? »

Des femmes et des hommes neufs doivent pouvoir se déclarer chrétiens, même si on les traite de ringards ou de conservateurs. Le chrétien peut être prophète en politique. S'engager au service de la société est de l'ordre du prophétisme car il s'agit de défendre ce qui est bon pour l'homme.

L'Église ne fait pas de politique, mais les chrétiens, hommes ou femmes, peuvent agir en politique conformément à l'Évangile, c'est-à-dire agir comme des chrétiens, c'est aussi simple que cela. Servir le bien commun, c'est gérer la cité dans l'harmonie et la concorde. Ce n'est pas facile. Il faut se mouiller même si, pour certains, christianisme rime avec étroitesse d'esprit, dogmatisme, intolérance.

Le courage de s'affirmer

À un conseiller du président de la République, catholique pratiquant, on demandait sa vision du christianisme. Il a refusé l'interview, en prétextant un devoir de réserve. Laïc, d'accord, mais laïcard buté, non !

Les communistes disent pourtant bien qu'ils sont communistes ! On les entend et on les voit souvent. Ils ont une idéologie et nous la respectons. Nous qui avons une idéologie chrétienne, pourquoi ne l'affirmons-nous pas ?

Une femme a osé s'affirmer chrétienne : Christine Boutin. Elle a même présenté une Bible à l'Assemblée nationale : « C'est au nom de l'Évangile du Christ que je dis non à cette loi ! » J'ai bien aimé sa façon d'agir. Évidemment, elle s'est fait huer, mais reconnaissons qu'elle a fait preuve d'un certain courage.

Je ne suis pas sûr qu'il faille brandir une Bible à l'Assemblée. Cela ne me semble pas très indiqué. Mais, de temps en temps, dire : « En tant que chrétien, par mon éthique chrétienne, je refuse ce projet de loi », cela serait plus cohérent et honnête que d'agir en pensant : « Les loups vont dans ce sens, j'y vais aussi. »

Un engagement chrétien dans un état laïc

Il ne faut pas se décourager ni baisser les bras. Ne pensons pas que le christianisme imprégnera un jour toute la société. Faut-il avoir un poste de député, de sénateur ou de maire pour changer les choses ? Je ne pense pas qu'il faille aborder la politique par ce côté-là. Mettons immédiatement en œuvre ce qui est à notre portée pour faire évoluer les consciences. Il faut agir sur l'opinion et les mentalités. Cela me semble le plus important.

L'Opus Dei est un mouvement d'Église que je connais bien. Je ne suis pas d'accord avec sa théorie selon laquelle les plus forts d'entre nous doivent faire de la politique pour changer la société. Le Christ n'a pas pris douze grosses têtes pour changer le monde, mais douze pauvres types, douze apôtres, des pécheurs. Grâce à la succession apostolique de ces douze hommes, il y a tout de même vingt siècles après un milliard deux cents millions de chrétiens à travers le monde. Si le Christ avait choisi des grosses têtes, je ne pense pas que l'Église en serait à ce stade aujourd'hui.

La politique a d'abord vocation à organiser le bien de chacun d'entre nous, mais il faut des hommes politiques neufs. Chrétiens, engageons-nous en politique sans oublier que notre mission n'est pas de militer pour une politique purement chrétienne. Les papes-empereurs dominaient et régissaient le corps et l'âme des gens. C'était un désastre. Khomeyni, en Iran, a commis l'horreur absolue. Les chefs à la fois religieux et temporels deviennent toujours des dictateurs. Rien n'est plus terrible.

Nous ne devons pas souhaiter l'avènement d'une politique chrétienne ou musulmane, juive ou bouddhiste, mais encourager des bouddhistes, des musulmans, des juifs ou des chrétiens à entrer en politique. De cette manière nos valeurs spirituelles chrétiennes, musulmanes, juives ou bouddhistes peuvent être vécues à l'intérieur de notre République.

Dans ce cas-là, le croyant peut affirmer : « Du point de vue de mon éthique chrétienne ou musulmane, je ne peux pas voter cela. » C'est une mission superbe parce qu'elle montre le chemin. Cette mission va souvent à contre-courant. Ce n'est plus la défense des intérêts privés qui doit primer. Donnons l'exemple. La France doit construire l'Europe. Les intérêts de la France sont inclus dans les intérêts européens.

Aux États-Unis d'Amérique, la foi religieuse des présidents est plus que jamais mise en avant. Interrogé pour savoir quel penseur ou philosophe l'avait inspiré, George W. Bush, alors prétendant à la présidence, a répondu : « Jésus. » C'est une réponse un peu courte… À cette même question, Al Gore, lui, a répliqué : « À chaque décision importante, je me demande ce qu'aurait fait Jésus à ma place. » Je crois qu'il serait plus pertinent de se demander : « Qu'est-ce que Jésus attend de moi ? »

Personnellement, dans la pétaudière américaine, je ne sais rien de ce que Jésus aurait fait ! Mais la guerre en Irak, il ne l'aurait jamais entreprise.

Un banquier pas comme les autres

Muhammad Yunus n'est pas un leader politique, mais son action est éminemment politique. En 1983, au Bangladesh, il a fondé la Grameen Bank. Ce mec, que l'on appelle le banquier des femmes et des pauvres, avait remarqué que les pauvres étaient les laissés-pour-compte du crédit. Comme tout banquier, il était soucieux d'accroître ses bénéfices et ses parts de marché, mais il a ciblé le monde des pauvres. Vous savez que, si vous allez voir une banque pour demander un crédit, elle vous réclame des garanties, elle tient à s'assurer de votre capacité à rembourser. Muhammad Yunus, lui, prête aux plus pauvres vingt-sept dollars, remboursables sur un an, en versements hebdomadaires. Le taux de recouvrement des micro-crédits qu'il propose aux plus pauvres parmi les pauvres est de 98,7 %. Ce chiffre fait pâlir d'envie tous les banquiers de la planète. C'est une prouesse extraordinaire ! Dans ce pays très pauvre, il brasse des sommes colossales. Il a plus de trois millions quatre cent mille clients dans sa banque. Le montant annuel des prêts dans une année est voisin de sept milliards de dollars.

Yunus a voulu stopper les usuriers qui ne prêtaient

que pour s'enrichir. Il a voulu d'abord aider les plus pauvres. Sa motivation, c'est de sortir ses clients de la misère, d'aider des gens. À la fin de l'année, les vingt-sept dollars sont remboursés avec les intérêts. C'est un geste politique grandiose. Muhammad Yunus a justifié cette remarquable façon d'agir dans le Coran où il est dit que l'usurier est condamné et le plus pauvre, chéri.

Quelques exceptions

Jean-Paul II n'a jamais voulu que des prêtres soient des hommes politiques. Des évêques ont été nommés présidents intérimaires dans certains pays d'Afrique, parce que, devant le chaos qui régnait, on les a suppliés. On leur a demandé de mettre en place un gouvernement. Deux évêques l'ont fait, avec la bénédiction du pape, parce que aucune autre autorité morale n'était capable de réunir les gens dans ces pays. C'est une exception.

Inspiré et prophète du temps de son sacerdoce dans les favelas, et devenu tueur politique quand il a été élu, le président Aristide en Haïti ordonnait que l'on fasse brûler des pneus autour du cou de ses opposants. C'est indigne d'un homme politique, et *a fortiori* d'un chrétien.

Par principe, un prêtre ne peut pas avoir un rôle politique car il ignore la langue de bois. Dans les journaux, les hommes politiques déclarent souvent le contraire de ce qu'ils ont dit l'avant-veille. Le prêtre a une parole libre parce qu'elle est issue d'un plus grand que lui : le Christ. « La vérité libère » de saint Paul doit inspirer chaque prêtre. Nous ne devons avoir peur de rien ni de personne. C'est une superbe et périlleuse tâche pour les prêtres et les évêques qui sont morts d'avoir voulu une liberté totale de parole au Chili, en Argentine, au Salvador et dans maints autres pays.

Le président algérien, Mohamed Boudiaf, fut un homme politique remarquable qui ne désirait pas le pouvoir. Il avait une petite usine. Il s'est installé au Maroc pendant trente ans, dégoûté par la corruption qui avait gangrené tous les domaines de la société algérienne. Il est parti, en déclarant : « Je ne peux plus rester là. » On est allé le chercher au Maroc, on l'a supplié. Il est finalement revenu et a tenté de s'attaquer au pourrissement de la société algérienne. Il savait qu'il risquait sa vie. Huit mois plus tard, il était tué. Mohamed Boudiaf est un saint qui a donné sa vie au service de ses idéaux. C'était un homme politique particulièrement courageux.

Nelson Mandela a dit : « Il faut un procès pour tous ceux qui ont tué des Noirs parce qu'ils étaient noirs. » Il a ajouté : « Nous leur pardonnons d'avance, mais il faut qu'ils soient jugés. » Les condamnés furent amnistiés par avance, mais leurs actes devaient être jugés aux yeux de tous. Voilà un grand homme politique qui a osé mettre en avant la miséricorde à condition que les assassins passent en jugement.

Je terminerai par une dame politique extraordinaire : Mère Teresa. Elle n'appartenait à aucun parti politique. Elle était simplement religieuse. Son œuvre, aider des hommes et des femmes à mourir dans la dignité, est une des plus belles et des plus cruelles de notre temps. Essuyer une larme et magnifier Mère Teresa est la meilleure façon d'étouffer son action. Sa démarche est la condamnation sans appel de notre égoïsme, et nous la portons aux nues. C'est sans doute une façon pour nous de ne pas voir que la mort des affamés nous concerne. Une œuvre est un combat pour la justice. C'est une grande œuvre politique si elle est exemplaire. Mais Mère Teresa a manqué de paroles fortes qui auraient soulevé le monde et dénoncé, au-delà de son œuvre, les phénomènes politiques qui génèrent la misère du monde.

Je m'adresse aux jeunes

N'ayez pas peur de choisir le monde politique. Ne pensez pas que vous changerez facilement les choses. Tentez de faire changer les mentalités avec un cœur pur, désintéressé. Un mandat politique, c'est s'engager de manière cohérente et aller jusqu'au bout. Ne cherchez pas à faire une carrière en politique, sachez vous retirer et laisser la place aux autres. Trop de vieux dinosaures peuplent les hémicycles du pouvoir. Ils ont fait leur temps. Qu'ils se cassent et laissent la place aux quinquagénaires. Cela éviterait d'entretenir de vieux éléphants et autres rhinocéros qui s'accrochent désespérément aux fauteuils dorés et aux tapis rouges.

Le « tous pourris » qui qualifie hommes et femmes politiques a fait et continue de faire des ravages. Saluons l'abnégation et le travail de fourmis de ceux et de celles qui se défoncent à notre service à tous les niveaux. Quant à ceux qui profitent d'une place d'exception pour des magouilles multiples, que les juges passent et sanctionnent. Et surtout, qu'ils ne réapparaissent plus dans le champ du service de la nation. Ce mal français est bien connu : on fait la une de l'actualité pour des affaires sordides, on est jugé, on paie, et on recommence comme si on était tout neuf en politique !

Jeune, la France a besoin de toi ! L'Europe a soif de serviteurs qui donnent le meilleur d'eux-mêmes au service de la politique. Le mot « politique » veut dire « bien public ».

41

Lutte des classes et béatitudes

Tout mettre en commun?

Heureux les pauvres en esprit, car le royaume des cieux est à eux!
Heureux les affligés, car ils seront consolés!
Heureux les débonnaires, car ils hériteront la terre!
Heureux ceux qui ont faim et soif de la justice, car ils seront rassasiés!
Heureux les miséricordieux, car ils obtiendront miséricorde!
Heureux ceux qui ont le cœur pur, car ils verront Dieu!
Heureux ceux qui procurent la paix, car ils seront appelés fils de Dieu!
Heureux ceux qui sont persécutés pour la justice, car le royaume des cieux est à eux!
Heureux serez-vous, lorsqu'on vous outragera, qu'on vous persécutera et qu'on dira faussement de vous toute sorte de mal, à cause de moi.
Réjouissez-vous et soyez dans l'allégresse, parce que votre récompense sera grande dans les cieux; car c'est ainsi qu'on a persécuté les prophètes qui ont été avant vous.

Matthieu V, 3-12

Je ne souhaite pas me présenter comme maire ou comme député. Des gens me disent : « Vous êtes un bon orateur, vous pourriez faire changer les choses ! » Soyez tranquilles, je ne m'aventurerai jamais sur le terrain glissant d'une carrière politique. Cependant, approfondir les sujets de société à la lumière des béatitudes est un exercice passionnant.

Parler de la lutte des classes n'est pas exactement ma spécialité. J'ai eu souvent l'occasion de débattre avec des communistes. J'ai croisé Arlette Laguiller lors d'une émission télévisée épique. Je l'aime bien, mais ses idées me hérissent le poil.

Révolutionnaire

On dit quelquefois que le plus grand révolutionnaire de tous les temps était Jésus-Christ. Je crois que c'est vrai, parce qu'il ne disait pas : « Bousillez les riches et sauvez les pauvres. » Il appelait à nous aimer les uns les autres. Il a interpellé ceux qui possédaient la puissance et le pouvoir : « Vous ne pouvez pas vivre comme ça. » L'hymne à l'amour des béatitudes n'est rien d'autre que ça.

J'ai vu un très beau film : *Mission*. Des images superbes, une musique admirable. Deux scènes nous font comprendre comment l'Église, qui doit aimer toute personne humaine, riche comme pauvre, peut agir en luttant. Dans l'Ancien Testament, avant l'Évangile, la richesse était un signe de Dieu. Celui qui réussit à prospérer sur terre est béni de Dieu. On demande cependant aux riches de partager. Dans l'Évangile, la réussite du riche n'est pas magnifiée.

Dans ce film, des prêtres tentent d'évangéliser des Indiens. Les esclaves deviennent des hommes libres. Au lieu d'obéir à un maître, ils construisent sur leurs terres, fondent des coopératives, définissent leurs propres lois à l'intérieur de petites sociétés autonomes. Désormais, ils raclent leur terre pour leur compte. Évidemment, les anciens propriétaires terriens, les colonisateurs qui ont bien accueilli les missionnaires, commencent à changer d'avis en voyant qu'ils perdent d'énormes bénéfices. Ils s'organisent et commencent à exterminer les Indiens. Alors, deux prêtres réagissent. L'un prend la tête d'un groupe armé pour défendre les Indiens menacés, tandis que l'autre prie. Le premier prêtre meurt au combat, le second se fait fusiller avec les fidèles alors qu'il porte le saint-sacrement. Deux figures apparaissent : l'apôtre de l'amour qui voulait rétablir l'égalité en envoyant des balles dans la tête de l'oppresseur, et celui qui brandit le Christ au nom de l'amour, de la miséricorde, pardonnant d'avance aux bourreaux qui vont le tuer.

« Mettez tout en commun »

Il y a beaucoup de choses à dire sur cet excellent film. Parmi ceux qui l'ont vu, quelques-uns réagissent violemment. Je vois que le Christ a été un des plus grands communistes de l'histoire humaine. Son communisme n'était pas athée, puisqu'il agissait au nom de son Père. Il a vécu très pauvre. Il a parlé des pauvres avec passion et amour. Il est dit dans l'Évangile : « Mettez tout en commun. » Les premières communautés appliquaient ce principe-là. Depuis mille ans, le moine qui s'engage n'a rien dans sa cellule. Je me souviens de celle de frère Luc assassiné à Tibhirine en Algérie. Sa paillasse devait avoir au moins trente ans : elle était si usée qu'il l'avait réparée avec des morceaux de cordes. J'ai pris une photo de ce tapis de misère tant ce dénuement m'a marqué. Il vivait dans la même pauvreté qu'un clochard. Il donnait tout son temps aux autres.

On peut dire que le Christ était communiste dans la

mesure où il recommandait de mettre le maximum de choses en commun. Son génie est de ne pas avoir érigé ce principe en système : l'Évangile n'est pas un système politique. Le Christ a voulu dire aux hommes : « Vous êtes libres de faire cela. » Alors qu'en URSS, en soixante-dix ans de communisme athée et forcé, des dizaines de milliers de personnes ont été tuées parce qu'elles ne pensaient pas comme le pouvoir marxiste en place. La liberté religieuse a été annihilée. Les chrétiens, les bouddhistes, les protestants, les musulmans, les animistes sibériens ont été persécutés. Depuis la disparition du rideau de fer, nous avons vu Boris Eltsine puis Vladimir Poutine se faire baptiser ! Ce dernier, qui se flatte d'appartenir à la religion chrétienne orthodoxe, a fait construire à grands frais une cathédrale à Moscou. Les communistes avaient rasé l'ancienne basilique pour construire une gigantesque piscine.

Ces actes peuvent être contestés par le peuple russe encore très démuni. La basilique de Yamoussoukro en Côte-d'Ivoire avait coûté des centaines de millions aussi. Des constructions aussi coûteuses sont des insultes à la population pauvre des pays alentour. À l'occasion de l'inauguration de la superbe cathédrale de Yamoussoukro, le pape serrait les fesses, sachant qu'il pactisait avec une Église africaine critiquable. Jean-Paul II a profité de son voyage pour rendre visite, à quatre cents mètres de la basilique flambant neuve, aux malades d'un dispensaire délabré. Une petite fille venait d'y mourir faute de pénicilline. Par cet acte, il montrait que l'on pouvait construire en l'honneur de Dieu un superbe temple, mais que, si des gens mouraient de faim ou de maladies, ces temples devenaient une insulte à Dieu.

Aujourd'hui il ne reste plus guère que la Chine, Cuba et la Corée du Nord pour revendiquer un régime communiste. La Chine est en pleine conversion économique vers le capitalisme. Pendant le XXe siècle, l'idée de la lutte des classes a complètement ravagé certaines parties du monde. Ce mot d'ordre des communistes, érigé en système politique totalitaire, a été un chemin de destruction dramatique. Le monde capitaliste ne vaut pas mieux. Sauf que l'on a la liberté de dire, d'écrire et de penser.

La grande idée de l'égalité

Jean-Paul II a donné un sacré coup de pied dans le mur de Berlin, même s'il a un jour vanté quelques vertus du communisme. Vouloir appliquer le communisme complètement était une idiotie absolue. On peut désirer partager tout, mais on ne peut imposer l'égalité. Nous naissons inégaux, c'est une évidence. Vous naissez beau ou laid, dans une famille riche ou pauvre, dans un pays en paix ou une région en guerre… La grande idée de l'égalité consiste à construire l'égalité. Cela dépend de nous. C'est vrai chez les hommes et chez les femmes de tous les temps. Je n'aime pas qu'un riche m'aborde et me dise : « Il faut des riches et des pauvres, il y en a toujours eu et il y en aura toujours. » Je lui réponds : « Tu dis ça parce que tu es riche, les pauvres ne pensent pas la même chose ! »

Vouloir lutter contre une classe riche et la supprimer, c'est initier une nouvelle classe dominante qui deviendra probablement riche à son tour et détournera le pouvoir à son profit. L'histoire a montré que la classe pauvre devenue riche et dominante peut être encore plus putride que le régime de riches héritiers qu'elle a renversé. Le terme « dictature du prolétariat » est signifiant.

Lutter contre les inégalités est très important. C'est l'enjeu de ma vie. Mais lutter contre une classe ne fera que déplacer le siège du pouvoir. Le combat pour le maximum d'égalité entre les êtres me semble une des meilleures formules. On peut fustiger le communisme athée, et Jean-Paul II l'a fait fermement, mais on peut tout autant contester une société capitaliste où chacun se démerde et où ne règne aucune égalité. Si vous avez de la chance, vous profitez totalement du système. C'est le problème de la France. Nous sommes parmi les plus grands pays capitalistes et nous voyons des mendiants partout. C'est tout de même extraordinaire ! Se pose la question de la répartition des richesses, du partage : 90 % des richesses sont détenues par 5 % de la population mondiale. Des millions de personnes meurent de pauvreté, d'insuffisance alimentaire ou médicale : comment ne pas contester cet état de fait ?

Très longtemps, l'Église n'a pas été du côté des perdants, mais du côté des possédants. Vatican II a produit un effet extraordinaire en parlant des plus pauvres en priorité. Des prêtres et des chrétiens se sont complètement engagés dans la lutte des classes. Che Guevara a voulu détruire tous les tyrans et potentats d'Amérique du Sud et d'ailleurs. Des prêtres sont morts en suivant son exemple. Les armes à la main, ils ont failli à leur mission. Par contre, souvenons-nous de Mgr Romero, évêque du Salvador, tué en pleine messe pour sa défense des plus pauvres, ou de dom Helder Camara. Plus récemment, au Brésil, l'assassinat de la sœur américaine Dorothy Stang, soixante-treize ans, abattue par des pistoleros à la solde d'un grand propriétaire, alors qu'elle défendait des sans-terre a marqué les esprits. La Bible à la main, elle a tenu tête à ses assassins qui l'ont tuée de sang-froid.

Lorsque Jean-Paul II prônait une théologie de la libération non violente, il ne demandait pas d'écraser une classe pour le bien d'une autre, mais de donner la priorité aux plus pauvres. Le pape a nommé des cardinaux dans ce sens-là, justement. À mon goût, il aurait dû aller plus loin. Pour nous, les béatitudes sont l'essentiel. La théologie de la libération, la priorité donnée aux plus pauvres sont notre repère. Par la lecture de la Bible, à partir de l'exemple du Christ qui fut le premier parmi les pauvres, nous comprenons la souffrance des pauvres.

L'Église n'a pas à faire de politique et n'a pas à entrer dans un schéma politique. Elle doit interpeller les politiques jusqu'au bout sur les choix de notre société, au nom de l'Évangile. L'Église doit encourager les politiques à créer des lois humaines, à partager. La loi doit être faite pour l'homme. Et non l'homme pour la loi. Que l'Église interroge les politiciens. J'aime que l'Église se prononce et s'engage sur tous les phénomènes sociaux de l'époque : l'euthanasie, l'avortement, le divorce, etc. Les religieux produisent parfois des textes superbes. Ils vont quelquefois très loin. Je pense à Mgr Sin, cardinal des Philippines. Quand Ferdinand Marcos, ce tyran, ce fou, opprimait le peuple philippin, le cardinal Sin a été une grande et magnifique voix qui a su dire non ! Grâce à lui les choses ont changé. Il a refait la même chose avec le président Joseph Estrada, tricheur et voleur. Dans toutes les églises, Mgr Sin a dénoncé ses fraudes et ordonné au président : « Partez, vous êtes indigne de votre mission ! » Il a été loin dans sa prise de position, mais comment faire autrement ? Comment aurait-il pu se taire ? C'est un très grand honneur pour l'Église. Mgr Sin ne s'est pas immiscé dans la vie politique, il a simplement dit : « Vous êtes corrompus, fichez le camp ! » Ce rôle critique est essentiel. Nous devons respecter profondément les chrétiens qui luttent partout où l'injustice et l'inégalité oppriment. Nous devons nous souvenir que le combat de la théologie de la libération a été suivi par des personnages immenses : l'abbé Pierre et tant d'autres.

Une goutte d'eau

Ceux qui m'interpellent sur mon boulot d'éducateur me font parfois remarquer que ça ne pisse pas loin : « Vous aidez combien de jeunes ? Vous obtenez quel taux de réussite ? » Oui, c'est presque rien, je ne suis qu'une goutte d'eau. Mais il y a tant d'autres qui font la même chose que moi ! Interpellez vos décideurs politiques et dites-leur de donner des moyens à ces gens ! En conférences, je tonne devant des centaines de personnes : j'ai devant moi des maires, des députés, parfois des ministres... De droite ou de gauche, je m'en tape ! Je leur dis : « Ce n'est pas à coups de flics ni en envoyant des fourgons partout que vous étoufferez la violence : allez au contact des jeunes violents. Donnez-leur les moyens de vivre leurs rêves. Ne les maintenez pas dans des ghettos et prévenez leur violence par une politique qui leur permette de ne plus vivre enchaînés. »

Parler ainsi n'est pas faire de la politique : c'est interpeller les pouvoirs au nom des béatitudes. C'est au nom du Seigneur, au nom de l'homme bafoué que je les apostrophe.

J'ai travaillé avec des communistes dans mon quartier du dix-neuvième arrondissement de Paris. On ne parlait pas souvent de nos théories, ce n'était pas la peine. Mais quand nous, chrétiens, chantions les béatitudes le dimanche matin à la messe, les communistes, eux, étaient à sept heures devant les HLM pour empêcher que l'huissier de justice expulse des pauvres gens qui ne pouvaient plus payer leur loyer. Qui vivait les béatitudes à ce moment-là d'après vous ? Eux ou nous ?

Les béatitudes peuvent être vécues par beaucoup d'autres que des chrétiens. Ce souci prioritaire des pauvres n'est pas un langage politicien. Je le martèle. Un chrétien doit aimer toute personne, riche ou pauvre.

Le Seigneur a mangé à la table des riches mais il a été terrible envers ceux qui gardaient leurs richesses.

L'hiver, mes jeunes et mon équipe vont quelques jours en camp de ski. On n'a pas beaucoup de blé. J'ai rencontré un directeur de banque qui a acheté une maison dans les Hautes-Alpes. Au pied des montagnes des Écrins et des pistes de ski, c'est un lieu magnifique. Il a aménagé un dortoir au premier étage et un appartement sous le toit. Il prête ce logis gratuitement huit mois par an à des jeunes venus de tous les horizons. Cette maison pourrait lui rapporter des milliers d'euros de loyer par mois. Il préfère l'ouvrir gratuitement. Ceux qui viennent laissent ce qu'ils veulent. Philippe, tu es un riche selon le cœur de Dieu.

Il a aménagé ce lieu en pensant : « Que vais-je faire d'une maison utilisée quinze jours en hiver et un mois d'été ? » Nous pouvons le saluer. Voilà le bon riche de l'Évangile !

Quelques béatitudes particulières

Je voudrais aborder quelques béatitudes particulières, ciblées par rapport à la lutte des classes. C'est pour dire que nous, chrétiens, ne sommes pas des béni-oui-oui proclamant : « Vive les pauvres ! » Les pauvres s'en tapent, ils ont à payer leur eau, leur électricité pour survivre. L'Évangile vivant ne consiste pas à abêtir les pauvres en les rassurant, parce que, selon l'Évangile, ils seront heureux au paradis. Il s'agit de donner à manger à ceux qui ont faim ici et immédiatement. C'est très important d'être des combattants de l'amour maintenant.

Les béatitudes font de nous des combattants extraordinaires. Nous avons à interpeller ceux qui détiennent le pouvoir et l'argent pour aider le peuple des pauvres en France, d'abord. Au nom de l'homme bafoué. Au nom du Christ qui a chanté les béatitudes.

Voici un texte du père Jean de Bruynne que j'aime beaucoup.

La loi et les béatitudes

La loi est une limite.
Les béatitudes sont un chemin.
La loi peut être enfermée dans son texte.
Les béatitudes ouvrent tous les possibles.
La loi définit les détails. Les béatitudes inventent.
Comme disait saint Vincent de Paul, l'amour invente à l'infini.
La loi condamne.
Les béatitudes sauvent la loi par le langage de la raison parce que les béatitudes parlent le langage du cœur.
La loi est pour la société.
Les béatitudes sont pour l'homme.
La loi pose les limites de la liberté, cette liberté que l'on ne doit pas dépasser.
Les béatitudes fondent la liberté.
La loi est un fardeau parfois pesant.
Les béatitudes sont toujours une chance.
La loi est garantie par les forces publiques.
Les béatitudes sont garanties par les plus pauvres.
La loi protège le citoyen contre lui-même.
Les béatitudes sont un pari sur l'homme et la femme.
La loi est une porte fermée.
Les béatitudes déverrouillent toutes les portes.
La loi fait de chaque homme et de chaque femme un suspect.
Les béatitudes en font un saint.

« Heureux les pauvres en esprit »

Il ne s'agit pas des fêlés de la tête. Ce sont ceux qui vivent une grande pauvreté dans leur cœur, dans leur nécessaire et dans leur quotidien. C'est aussi celui qui cherche l'*a priori* favorable chez l'autre. C'est celui qui ne veut pas toujours avoir raison. Le pauvre est humble, discret, effacé. Le vrai pauvre ne se proclame pas pauvre. La vraie pauvreté est d'accepter celle qui vient, pas celle qu'on se donne. Accepter la vieillesse, la maladie, les difficultés de la vie, c'est vivre la pauvreté des béatitudes.

« Heureux les doux »

Qui peut résister à la douceur ? Soyez doux et humbles de cœur, nous demande le Christ. Souvenons-nous de la douceur d'un regard. J'ai toujours à l'esprit le regard infiniment doux de ma mère. Jamais elle n'a eu une parole blessante à l'égard de quiconque. Elle a fait des merveilles.

« Heureux les affligés »

Plus difficile à comprendre : peut-on croire heureux celui qui souffre et qui est affligé ? Comment penser que celui qui vient de perdre son conjoint est heureux ? Ou celle dont le conjoint est parti, divorcé…

Ces paroles nous permettent d'accepter la souffrance, en fonction de la souffrance que le Christ a vécue. Je dis souvent, et mes jeunes ne le comprennent pas toujours bien : « Si tu souffres tant, c'est que Dieu t'aime. » Je le crois. Certains me répondent : « Je voudrais que ton Dieu m'aime un peu moins. » Il nous aime dans la souffrance parce que Son fils a connu une souffrance extraordinaire. Le Dieu du Coran est lui aussi très proche des gens qui souffrent. Le chrétien sait que le Christ a souffert avant lui. S'il étreint la croix et se souvient du calvaire, il aura alors le regard tendu vers la lumière, celle de la Résurrection.

« Heureux ceux qui ont faim et soif de justice »

On peut passer son temps à maudire le mal du monde, ces centaines de millions de gens qui subissent la guerre, les déportations, le déracinement, la répression. Combien de sans-papiers en France venus vers l'Eldorado meurent dans des hôtels crématoires ! Le chrétien n'est pas un mouton qui dit : « C'est comme ça : il y a des riches et des pauvres. » Les militants de tout poil, des syndicalistes et des prêtres qui défendent les moins bien traités dans les usines, sont très mal vus. La plupart des prêtres-ouvriers ont fait un travail remarquable. Il y a de très nombreux autres exemples. Les pompiers, que l'on bombarde de pierres et d'objets, ont pour seul but de sauver ce qui peut l'être autour de nous, quand un accident se produit. D'innombrables éducateurs luttent dans des conditions difficiles. Ils ont faim et soif de justice. D'innombrables associations combattent sans relâche des maladies. Des groupements soutiennent des femmes enceintes en situation de difficulté qui voudraient avorter. Des bénévoles leur trouvent des logements et du travail pour qu'elles s'en sortent. Je suis à genoux devant ces militants-là.

Des politiciens, des maires, des élus se battent avec acharnement dans certaines communes. Cela existe Dans le monde des affaires et même chez les banquiers certaines personnes œuvrent remarquablement pour la justice entre les hommes. J'ai évoqué Muhammad Yunus au Bangladesh, qui a fondé la banque des pauvres. Un banquier musulman d'Égypte a instauré dans les villes les plus fréquentées par les touristes une forme de taxe : 2 % des recettes des hôtels luxueux qui trônent au milieu des quartiers délabrés reviennent aux habitants afin qu'ils puissent construire des ateliers ou des petites usines.

Le plus grand voleur de mon arrondissement

Lorsque je rends visite à mon banquier, je ne manque pas de lui rappeler qu'il est le plus grand voleur que je connaisse dans mon arrondissement. « Je sais, monsieur l'abbé, je connais très bien votre déontologie », répond-il en éclatant de rire. Chacun sait que les banquiers déroulent le tapis rouge à ceux qui ont de l'argent. Mais si vous devez acheter une maison et que vous êtes un peu fauchés, vous ne pourrez pas compter sur eux. Ceux qui osent vous aider sont rares ! Ce système mondialisé reposant sur le pouvoir de l'argent fait que c'est toujours le plus riche le plus favorisé, le mieux accueilli, le plus gâté.

À Faucon, j'ai voulu établir un salaire identique pour chacun de façon à éviter l'idée de performance. Tous ceux qui travaillent avec moi savent que mes droits d'auteur ont été mis au compte de leurs salaires depuis plus de vingt-cinq ans. C'est une joie pour moi parce que nous avons voulu vivre cela ensemble. Nous avons voulu vivre ces béatitudes. Faim et soif de justice : il n'y aura pas chez nous un grand chef qui a droit à un salaire supérieur.

« Heureux les miséricordieux »

Heureux ceux qui effacent les dettes. Ne nous battons pas pour les héritages.

« Heureux les cœurs purs »

Des cœurs d'enfants, c'est-à-dire ceux qui n'ajoutent pas d'huile sur le feu et cherchent l'union partout, au travail, en famille et en société.

« Heureux ceux qui sont persécutés par la justice »

C'est plus dur à comprendre. Le prêtre dominicain Henri de Rosiers, a été condamné à mort en Amérique latine, parce qu'il défendait des paysans pauvres. José Bové est persécuté parce qu'il milite pour que l'on bouffe mieux. OK, il a cassé un Mc Do, il n'aurait peut-être pas dû. Mais c'est un type persécuté par la justice, alors que ses intentions sont pures. La loi est implacable, les béatitudes inventent. José Bové illustre ces béatitudes. Je ne le béatifierai pas quand même…

« Heureux êtes-vous quand on vous insulte »

Calomnies subies… quelles qu'en soient les raisons. Je pense aux paroles racistes. Je pense à ceux dont la religion est minoritaire dans des pays intolérants.

Ne faisons pas l'erreur d'une lecture sentimentale des béatitudes. Les médias le font souvent. Les béatitudes sont un hymne d'élévation pour l'humanité. Elles ne parlent pas de liturgie ni de religion. Elles prennent au sérieux l'humanité. Elles considèrent aussi la personne immensément riche qui vit une profonde tristesse parce qu'elle a tout sauf Dieu, et peut-être personne autour.

Les béatitudes sont un appel, un choix de vie, pas une charte de jugement. Elles nous rendent libres, à nous de nous dépouiller, de partager. Il n'y a pas d'amour sans justice. Il n'y a pas de justice sans amour. Ne perdons pas une seconde pour les vivre.

Trouver Dieu seulement dans le culte ou les cérémonies religieuses est un peu court. Les obligations ou traditions de l'Église suivies à la lettre mais sans les mettre en vie sont nulles. Même pire, puisque Jésus a tonné contre ceux qui emplissaient les temples et refusaient de vivre le fameux : « Aimez-vous les uns les autres. » Ce message de salut universel lié à aucun culte ne rejette personne et sauve quiconque tente de le vivre. L'amour et la justice envers le prochain "sont" l'Amour de Dieu. Les béatitudes les magnifient et peuvent convaincre celui ou celle atteint au plus profond par cet hymne unique.

Lisez ce superbe poème de François de Villiers et méditez-le.

Les petits enfants qui meurent de faim sont très bien élevés

Ils sont si bien élevés les gosses qui meurent de faim.
Les enfants qui meurent de faim sont très bien élevés.
Ils ne parlent pas la bouche pleine.
Ils ne gâchent jamais leur pain.
Ils ne jouent pas avec la mie pour en faire des boulettes.
Ils ne font pas des petits tas au bord de leur assiette.
Ils ne font pas de caprices.
Ils ne disent jamais : « J'aime pas ça. »
Ils ne font pas la grimace quand on amène un plat.
Les enfants qui meurent de faim ne trépignent pas pour avoir des bonbons.
Ils ne donnent pas au chien le gras de leur jambon.
Ils ne courent pas dans vos jambes, ils ne grimpent pas partout.
Ils ont le cœur si lourd et le corps si fragile qu'ils vivent à genoux.
Pour avoir le repas ils attendent sagement.
Ils pleurent parfois quand ça dure trop longtemps.
Rassurez-vous, les enfants qui meurent de faim ne vont pas crier.
Ces petits sont bien élevés.
Ils pleurent sans bruit, on ne les entend pas.

Ils sont si petits qu'on ne les voit même pas.

Ils savent ne rien attendre de leur père et de leur mère.

Soyez tranquilles, ils ne vont pas crier, ils n'en ont plus la force.

Seuls leurs yeux peuvent parler.

Ils vont croiser leurs bras sur leur ventre gonflé,

Ils vont prendre la pause pour faire un beau cliché pour nous Européens, et pour nos télévisions.

Ensuite ils mourront doucement sans bruit, sans déranger.

Les petits enfants qui meurent de faim sont très bien élevés.

42

La foi nomade des jeunes d'aujourd'hui

Des Indes à Saint-Jacques-de-Compostelle

> À cette nouvelle, Jésus partit de là dans une barque, pour se retirer à l'écart dans un lieu désert ; et la foule, l'ayant su, sortit des villes et le suivit à pied.
> Quand il sortit de la barque, il vit une grande foule, et fut ému de compassion pour elle, et il guérit les malades.
>
> Matthieu XIV, 13-14

Il y a trente ans, combien de jeunes adultes européens m'annonçaient : « Je pars aux Indes ! » Plusieurs de mes adjoints ont succombé à cette tentation du moment. L'odeur de l'Asie les attirait irrésistiblement pour une recherche spirituelle, odeur liée à d'autres… hallucinogènes. Ces caravanes de jeunes épris d'un ailleurs asiatique semblaient tourner le dos à la religion de leurs pères. Ils paraissaient en avoir ras le bol d'une chrétienté fatiguée qui semblait ne pas répondre à leur soif de Dieu. Aujourd'hui, ce sont d'autres caravanes qui font le chemin inverse. Elles replongent dans la tradition chrétienne. En 1980, ils n'étaient que 400 pèlerins à cheminer chaque année vers Saint-Jacques-de-Compostelle. En 2005, ils sont 700 *par jour* à arpenter les sentiers conduisant à ce sanctuaire millénaire d'Espagne ! Le lieu sacré du clocher paroissial est de plus en plus déserté pour l'extérieur, où les jeunes notamment semblent prendre leur pied.

L'immense transhumance des JMJ

Depuis le rassemblement autour de Jean-Paul II à Saint-Jacques-de-Compostelle en 1989, j'ai participé à cinq autres. Non par effet de mode. J'ai vraiment aimé suivre ces nomades de la foi que sont devenus les jeunes chrétiens d'aujourd'hui. Notre vénéré pape polonais a copié le modèle de Taizé, mais autrement et en plus gigantesque. Le prophète nonagénaire Roger Schutz a été en effet un pionnier en faisant depuis 1950 de Taizé (et sans le vouloir) un lieu de halte pour des millions de jeunes. De plus, il a su avant quiconque répondre à la soif inextinguible de Dieu chez les jeunes des pays de l'Est. J'étais à Cologne, bien entendu. Finies les liturgies trop formelles et l'obligation morale de la messe tous les dimanches. Messe à laquelle les ados assistent, quand ils en ont envie dans leur paroisse. Et ils en ont de moins en moins envie. Les jeunes, en Allemagne, se nourrissaient de l'Eucharistie... Tous les jours. Et très tôt le matin. Après une nuit écourtée par les fêtes nocturnes et par les transports bordéliques allemands qui nous ont proprement éreintés.

Miracle des JMJ !

Autre miracle : l'assistance aux enseignements après la messe. Dispensés par les évêques, ces derniers n'étaient pas tous à la hauteur des têtes et des cœurs adolescents. Qu'à cela ne tienne, les jeunes arrivaient à glaner quand même quelques riches phrases qu'ils emportaient et méditaient. Il est vrai que pour l'essentiel les foules de jeunes appartiennent à des mouvements dont les membres, de la foi tiède des débuts, sont revenus à une pratique forte et régulière. Il suffisait de les voir envahir les lieux d'adoration. Une foule de jeunes les emplissait. Avec une file d'attente très longue.

Les oubliés des JMJ

Ils viennent pour voir et ne sont pas légion. La foi pour un certain nombre d'entre eux n'est qu'un vieux souvenir, si même elle les a effleurés. L'un d'entre eux, pourtant assidu à chaque messe et enseignement, me disait : « Vous parlez toujours de Dieu et de l'amour ! Dieu, je n'y crois pas et à l'amour non plus. » Écouter son désert affectif a été pour moi la seule « évangélisation » possible. Un contact durable avec lui a suivi. Seule ma tâche éducative l'intéressait. La fête les passionne tous et toutes. Le soir, à Cologne, autour de la cathédrale, elle battait son plein. Immenses tourbillons de cris et de chants, que les 194 nations coloraient bellement. Qu'un jeune non-croyant vibre avec toutes les nations représentées en Allemagne était un moment unique, inoubliable. Le drapeau de mon équipe mentionnant « Les loubards de Paris » avait de quoi attirer leur attention. Je précise que ce drapeau avait les couleurs du Vatican. Ce qui m'a semblé rassurer les traditionnels de l'Église !

Il n'empêche qu'un commissaire de police, responsable des JMJ de Paris en 2000, m'avait signalé avec ahurissement qu'aucun vol de portefeuille n'avait été commis à Longchamp, où un million de jeunes s'étaient réunis. Espérons qu'il s'en est remis depuis.

JMJ et BCBG

Combien de journalistes se sont étonnés de ma présence aux JMJ : « Mais qu'est-ce que vous faites là dans ce monde de BCBG ? » Dès les premières, en 1989 à Saint-Jacques-de-Compostelle, où la communauté de l'Emmanuel m'avait prié d'accompagner trois mille jeunes, j'ai su que le peuple juvénile que je servais n'était majoritairement pas fait de pauvres. Si depuis j'ai récidivé cinq fois, et avec quelle joie, c'est que j'ai appris à connaître un peuple globalement nanti mais cachant des passés de plus en plus lourds et d'inquiétants problèmes de vie. Le divorce de leurs parents ou, sans doute pire, des parents se déchirant à belles dents en refusant la séparation (une tache vis-à-vis de leur statut social ou ecclésial) ne laissent pas ces jeunes indifférents. J'en ai trouvé certains en loques, proches du suicide. Ce qui caractérise les adolescents qui n'ont aucun souci matériel ou d'avenir, mais vivant une vraie mort affective au cœur de leur famille, c'est le suicide. Leur violence, ils la retournent contre eux bien qu'ils soient « friqués ». Ils vivent une solitude dingue qui peut les amener vers la mort, ne sachant plus à qui confier leur mal-être. Mon côté atypique et mon apostolat au cœur des marginaux les attirent et provoquent leur confidence ou leur confession. Les loubards, eux, malgré les horreurs qu'ils peuvent vivre dès l'enfance, ont la bande comme refuge ou confidente. Leur violence, alors partagée par leurs copains et copines, ira vers les autres. En bande (j'oserais dire « en famille ») ils combattent leur mal-être grâce aux agressions vers les personnes et le partage qu'ils font de leurs multiples exactions.

Sortir de mon peuple habituel et partager, lors de ces gigantesques rassemblements, mille et une confidences, est une évangélisation forte à ne pas manquer. Ces jeunes qui n'ont pas le ventre vide mais le cœur atrophié se livrent, loin de tout, à une fête où la prière et l'enseignement sont apparemment rois. Il m'est bon d'être là pour les écouter. De plus, la plupart éprouvent une vraie recherche du sens chrétien à donner à leur vie, face au monde des opprimés et des exclus. C'est une de leurs questions prioritaires. Les loubards qui ont leur âge provoquent des interrogations multiples auxquelles il est passionnant de répondre. À l'heure où des choix peuvent se dessiner pour un partage réel, ma présence sacerdotale a un sacré sens. J'essaie d'être là, avec la certitude qu'un peuple de riches a, plus que jamais, besoin d'une parole humble et forte puisée dans mon action parmi les plus défavorisés. D'où ma joie d'avoir rejoint à travers six JMJ mes frères et sœurs qu'on dit « BCBG » !

Un fait marquant

Le fait le plus marquant pour moi mérite de vous être conté. Partout où les drapeaux français ou autres fleurissaient, des appels nous parvenaient de jeunes me reconnaissant. Riches contacts. Brèves rencontres. Je repère dans la foule un groupe tout en bleu clair autour de son drapeau versaillais. Je m'avance, ce que je ne faisais pas d'ordinaire. Le chef de groupe me rapporte ceci : « Partie à vélo de la banlieue parisienne, une des filles du groupe s'est fait écraser dès le départ. Anéantis, nous avons rebroussé chemin et enterré Marie. Et nous sommes repartis pour Cologne, finir cette route que Marie aurait tant aimé faire. » J'ai salué le courage héroïque de ce groupe de jeunes. J'ai béni affectueusement les deux sœurs et le frère de la défunte. Ce culot prophétique mérite d'être salué. Aller vers l'espérance en laissant derrière soi le désespoir, c'est être chrétien en acte. C'est aussi pour nous un témoignage hors pair.

Le pape et les jeunes

À son arrivée à l'aéroport de Cologne, il est sorti de l'avion furtivement, soucieux de ne pas rater les marches. Un vent malicieux a fait s'envoler sa calotte, ce qui a semblé le perturber. Pas de grands gestes embrassant tout l'espace. Ses mains timides allaient de pair avec son regard humble et presque anxieux. Il s'est détendu peu à peu, semblant gagné par la chaleur adolescente qui l'ovationnait. Mais à plusieurs reprises, avec le geste d'un professeur agacé, il a fait signe d'interrompre la litanie scandée de son nom : « Benedetto ». Les premiers pas de Benoît XVI sur son sol natal « rendaient à l'Allemagne sa pleine dignité », a commenté justement le cardinal Lustiger. Grâce à un scénario imprévisible et providentiel, Jean-Paul II avait choisi l'Allemagne comme prochain rendez-vous. La présence de Joseph Ratzinger, nouveau pape, enlevait un énorme poids sur la conscience allemande après la tragédie d'il y a soixante ans. Visite capitale qui a permis, grâce à l'un des enfants les plus prestigieux de l'Église, d'assumer une réconciliation à la portée symbolique énorme. Les ados, par contre, étaient trop jeunes pour en comprendre la signification. Certains attendaient un « gendarme » de l'Église, l'interdit au bord des lèvres. Ils ont entendu un pasteur au verbe clair, à la voix douce, recommandant de mettre « l'Eucharistie au centre de leur vie » ou posant une question cruciale : « Qu'est-ce qui pourrait nous sauver, sinon l'Amour ? » Benoît XVI se blottissant humblement derrière son message, les jeunes ont été vite apprivoisés. Ils ont écouté son discours « pacifiant », clair et spirituel, en se laissant apprivoiser eux-mêmes par leur pasteur. Notre vieux pape tout neuf a même osé appeler à critiquer l'Église, « comme on le fait dans une famille ».

Le chanteur s'étant effacé derrière la chanson, les jeunes sont partis avec des pistes spirituelles fortes et simples. C'est là que le nouveau pape a fait entendre humblement sa différence. Si les JMJ n'ont jamais rempli les églises, elles ne sont pas une « vitrine » trompeuse, comme les médias le prétendent. La foi nomadisante des jeunes laisse des traces profondes, que ce soit avec les JMJ, enracinées sur tous les continents, ou sur la terre de Bourgogne à Taizé, qui essaime bellement en envoyant des frères s'enfouir au milieu des peuplades les plus pauvres de la Terre.

Et Roger s'envola…

Elle a bondi comme l'éclair et a frappé deux fois. Il était le dernier de la longue file des frères accroupis en prière. Tous tournant le dos au vénéré nonagénaire, ils n'ont pu empêcher le geste meurtrier d'une femme roumaine. Un seul cri les a fait se retourner. Il était déjà trop tard. La mort arriva peu après. Les 2 500 jeunes qui priaient ce soir-là avec frère Roger ont assisté au meurtre dans le chœur de l'église. Le frère Roger avait préparé, comme lui seul savait le faire, une simple phrase à méditer. « L'amour le plus profond vainc le mal le plus sombre. » Cette mort brutale, tellement inattendue, donna raison jusqu'au bout à la dernière phrase préparée par le vieux berger. Fait extraordinaire : les jeunes continuèrent leur prière toute la nuit, défiant la mort de l'inspirateur prophétique. Manoelle, témoin direct, a écrit : « J'étais à Taizé durant la tragique soirée. Ma première réaction fut très forte, l'incompréhension, la tristesse, la rage forçaient ma porte. Je n'arrivais pas à réaliser qu'une telle horreur pouvait arriver dans ce lieu où je me trouvais pour la dix-septième fois et qui avait toujours été pour moi une île au goût de paradis et de paix. Cependant, c'est dans l'horreur la plus absolue que l'humain sort ce qu'il cache de meilleur en lui. Les gens se sont donné la main, se sont réunis, serrés dans les bras. Un amour infini se partageait entre nous. Nous étions liés par la même peine, par le même désarroi mais, ensemble, nous faisions bloc pour ne pas céder au désespoir. Il n'y avait aucune haine, juste de la tristesse et une grande envie de remercier frère Roger pour ce qu'il a laissé derrière lui… »

Gunther, le prêtre allemand qui nous hébergeait, nous annonça la tragédie qui stupéfia le monde, et particulièrement l'Allemagne où un million de jeunes participaient à l'inspiration première du pasteur de Taizé. Inspiration reprise par Jean-Paul II et continuée, au moment de la tragédie, avec Benoît XVI. Dans la nuit qui suivit, nous étions dans le métro de Cologne. Furieux, nous attendions l'arrivée d'un train problématique, fissurant par son horaire capricieux la légendaire organisation du pays qui nous accueillait. Des chants de Taizé, d'un seul coup, envahirent le hall souterrain.

Une simple sono posée sur une colonne de la gare rappelait les chants du pays de Bourgogne où s'était implanté Roger Schutz en 1940. Une bougie et un portrait de lui disaient tout. Des jeunes, dans un silence parfait, s'agglutinaient peu à peu autour de l'image de celui qui était devenu d'un seul coup « icône ». Ces chants de Taizé, qui réinventaient une liturgie rythmée et forte de silence, nous saisissaient. On ne pouvait alors qu'attendre patiemment le train.

Le Christ est ressuscité

C'est ainsi que nous accueillit un des frères de la communauté de Taizé. Comment, en effet, ne pas être là au moment où Roger allait être conduit, au milieu d'une grande foule, à sa dernière demeure ? Le lendemain de mon retour de Cologne, avec deux de mes adjoints qui, à ma grande surprise, avaient avec insistance désiré m'accompagner, nous sommes partis rendre hommage à l'apôtre de la réconciliation. Joie de revoir une dernière fois le visage de Roger et embrasser le front de ce prophète inspiré que j'avais déjà rencontré. La cérémonie fut sobre et dans la ligne de ce que Taizé avait longuement semé. La hiérarchie traditionnelle et inversée de ce haut lieu était marquante. Pas de procession donnant la première place aux clercs. À part le cardinal Kasper représentant le pape, précédé de quelques évêques et hauts dignitaires des Églises chrétiennes, les prêtres étaient à l'écart. Par contre, l'église était remplie, comme un œuf, de jeunes qui, autour des frères de Taizé, ont alterné prières et chants. Le moment le plus fort fut un silence absolu de sept minutes. Un caméraman d'une des télés présentes m'a confié son désarroi devant ce « vide » à remplir. J'ai tenté de lui expliquer qu'il constituait le plus grand moment de cette cérémonie. En vain. Elles étaient la nourriture de cette foule de jeunes abasourdis par le bruit assourdissant du monde.

Taizé, c'est la prière, la fête, mais surtout le silence.

Le ministère de la réconciliation

Champion du dialogue œcuménique et remarquable passeur, le frère Roger a entraîné pendant des décennies des générations entières de jeunes. Il les appelait à traduire le silence en vie et la vie en silence. C'est le miracle d'une communauté qui, de plus, ne reposait pas sur le charisme d'un seul homme. Le martyre inattendu de frère Roger scelle une œuvre exemplaire de réconciliation. D'ailleurs, au cours de la cérémonie, le nom de l'auteur du crime n'a été prononcé que dans le cadre de l'intercession.

La justice passera, certes. Mais la prière a la force d'un tsunami en refusant de séparer la coupable de sa victime.

Le « printemps » et la « source »

Jean XXIII disait de Taizé qu'il était « un petit printemps dans l'Église ». Jean-Paul II, venu lui-même, affirmait « qu'on y venait comme on passe près d'une source. » La « dynamique du provisoire » si chère au fondateur est visible à l'œil nu. L'église, au cours de décennies, a été agrandie par morceaux. Pas de cathédrale gigantesque, pas de temple triomphant. Les frères travaillent pour vivre, n'acceptent aucun don et distribuent leur héritage. La communauté vit chichement. Les bâtiments et l'environnement signent le strict nécessaire pour vivre. La mort de frère Roger est à l'image de sa vie. Vieillard fragile, il était vulnérable et « abandonné » comme on peut l'être à quatre-vingt-dix ans. Son invincible espérance a porté des fruits étonnants. Ne serait-ce que cette communion reçue des mains du cardinal Ratzinger à la veille du conclave. Puisse Benoît XVI poursuivre l'espérance que son geste de cardinal avait fait entrevoir. « Santo subito ! », réclamait une timide banderole dans la foule venue aux obsèques ! Si la sainteté du frère Roger est évidente, gageons que les frères de Taizé proscriront statues et sanctuaires à la gloire de leur aîné.

Au cours de la messe des funérailles, pasteurs et orthodoxes ont communié à la même table que les catholiques. Une femme, évêque anglicane, ne passait pas inaperçue. L'unité dont avait rêvé toute sa vie frère Roger se réalisait autour de son cercueil. Parce qu'il parlait à tous les chrétiens d'une « seule foi ». C'est ce que me disaient deux nomades de Dieu à notre retour à Paris. L'un protestant, l'autre qui me semblait fuir l'Église catholique. C'étaient mes deux adjoints : Charles et Thomas ! Je comprenais enfin pourquoi ils avaient tant tenu à m'accompagner à Taizé. Pudiques, ils n'avaient pas osé me dire que Taizé était pour eux

« printemps et source ». Je les préférais évidemment voir arpenter les collines lumineuses de la Bourgogne plutôt que de s'immerger dans les eaux du Gange !

43

La sainteté

Elle est à ta portée

Puis, ayant appelé la foule avec ses disciples, il leur dit : « Si quelqu'un veut venir après moi, qu'il renonce à lui-même, qu'il se charge de sa croix, et qu'il me suive. Car celui qui voudra sauver sa vie la perdra, mais celui qui perdra sa vie à cause de moi et de la bonne nouvelle la sauvera. Et que sert-il à un homme de gagner tout le monde, s'il perd son âme ? »

Marc VIII, 34-36

Madeleine et Josemaria

Deux témoins contemporains peuvent nous indiquer comment trouver la voie de la sainteté : Madeleine Delbrel et Josemaria Escrivá de Balaguer. Ces deux personnages m'ont fasciné, ils ont été des saints dans leur vie au quotidien.

Madeleine Delbrel est née le 24 octobre 1904. Chrétienne laïque et assistante sociale, elle est arrivée en 1933 à Ivry-sur-Seine. Elle y est restée jusqu'à sa mort en 1964.

Josemaria Escrivá de Balaguer a été le fondateur de l'Opus Dei. Comme vous savez, l'Opus Dei n'est pas toujours en odeur de sainteté de nos jours. Des tas de gens critiquent et soupçonnent cet organisme d'être une sulfureuse société secrète. Josemaria Escrivá de Balaguer est mort en 1975. Nous pouvons faire des rapprochements très intéressants entre les vies de Madeleine Delbrel et de Josemaria Escrivá de Balaguer.

Ils sont morts à onze ans d'intervalle. Escrivá de Balaguer a été béatifié par le pape Jean-Paul II le 17 mai 1992, puis canonisé le 6 octobre 2002. Madeleine Delbrel le sera peut-être. Elle n'a jamais voulu fonder un ordre. Sept personnes seulement vivent ce qu'elle a impulsé à Ivry-sur-Seine. Alors que quatre-vingt mille membres composent l'Opus Dei. Ces différences sont pourtant peu de chose. Tous les deux ont eu la même voix de maître pour indiquer les chemins de la sainteté.

Chacun peut devenir saint

Nous sommes tous appelés à la sainteté dans la vie ordinaire. Mais nous croyons qu'être saint est un chemin difficile, compliqué, presque inaccessible. Nous sommes vraiment cons si nous pensons cela. La sainteté est à la portée de tout le monde. Aujourd'hui, je vous donne un morceau du chemin, grâce à Madeleine Delbrel et saint Josemaria Escrivá de Balaguer.

L'Église nous a induits en erreur. On voit de nombreux saints papes, des évêques par dizaines, des tombereaux de prêtres béatifiés, des paquebots de bonnes sœurs canonisées... et très peu de chrétiens ordinaires, mariés, laïcs... À la limite, on pourrait penser que l'Église nous a montré que la sainteté consistait à mettre un voile et à s'enfermer dans un couvent.

Mère Teresa et d'autres agissent de manière extraordinaire. Mais c'est une erreur grossière de croire que seuls des gens exceptionnels sont des saints. Chacun peut le devenir. Vieux ou jeunes, vous pouvez devenir des saints.

Un chemin de sainteté exemplaire

Étudions leurs parcours et leur appel à la sainteté. Toute leur œuvre et leur profonde spiritualité reflètent la sainteté au quotidien.

« Madeleine Delbrel n'était pas un charisme, elle était une spiritualité », disait Gilles François, un prêtre du Val-de-Marne. Elle n'a pas laissé de grands monuments, mais un esprit : une manière d'être et de prier. Elle nous indique un chemin de sainteté exemplaire. Elle était perdue en milieu communiste athée, très hostile à l'Église. Elle était engagée en terre de mission au cœur de l'athéisme comme assistante sociale. Derrière elle, on ne trouve ni fondation, ni la moindre organisation, mais de sa vie émane une spiritualité très originale.

« En haut d'un grand escalier de métro, missionnaire en tailleur ou en imperméable nous voyons de marches en marches, à cette heure où il y a une grande foule, une étendue de têtes frémissantes qui attend l'ouverture du portillon. Des centaines de têtes, des centaines d'âmes. »

Quand le métro est en grève et que la foule est retenue, est-ce que vous voyez des milliers d'âmes ? Nous piétinons et enrageons, mais qui sait voir des âmes à travers une foule ? Madeleine Delbrel nous aide à vivre notre baptême comme laïcs dans la vie de tous les jours. Elle avait le grand désir en arrivant à Ivry que dans la vie simple du chrétien ordinaire l'absolu soit vécu. « Nous croyons que cette rue peut être le lieu de notre sainteté. » Je peux dire qu'en quarante ans de parcours dans les rues d'Alger et de Paris, j'adhère totalement. Voir le Christ à travers le visage d'un mec violent, dans les yeux imbibés de sang d'un clochard ou sur les gueules défoncées des types qu'on rencontre dans les bars malfamés… En refusant de fonder une congrégation, Madeleine Delbrel témoignait de façon étonnante. L'un des aspects les plus modernes de son enseignement, et sans doute encore le plus difficile à digérer aujourd'hui, est qu'elle était laïque au cœur de l'Église. Elle s'était rendue à Rome en mai 1952, parce qu'elle était convaincue que la prière de tous les chrétiens manquait aux prêtres-ouvriers. En novembre 1953, le pape a fait la connerie d'interdire les prêtres-ouvriers.

Madeleine a passé vingt-quatre heures à Saint-Pierre pour prier en faveur de l'unité des chrétiens et soutenir les prêtres-ouvriers dont elle se sentait très proche.

Une parole que l'on emporte en soi

Elle a gardé une conception très élevée du rôle des évêques, du caractère construit de l'Église et du rapport à l'autorité. Elle refusait que l'Église soit un ghetto et portait un regard d'amour très fort sur les communistes dont elle admirait le sens de la justice. Elle avait un regard apolitique, un regard de missionnaire, de tendresse souriante. Ses liens avec les élus étaient très beaux. Certains lui confiaient: «On ne croit pas à ce que tu crois, mais on t'aime beaucoup.» Elle ne s'est jamais laissé convaincre par le marxisme, même si elle admirait l'humanisme des communistes. Elle sentait puissants en elle le sens de la parole et l'incarnation. Elle agissait presque seule, accompagnée de quelques copines et collègues de travail, dans un milieu marxiste très opposé à l'Église.

Elle disait qu'elle refusait d'emporter la parole de Dieu dans une mallette: «Cette parole, on la porte en soi, on l'emporte en soi.»

Sa spiritualité nous touche aujourd'hui plus que jamais, car elle vivait une théologie adaptée aux laïcs. Elle refusait de s'insérer dans une organisation d'Église:

ni JOC, ni autre chose. Elle craignait tous les ghettos d'actions spécialisées. Pas question de participer au comité de défense des culs-de-jatte, des putes ou des ouvriers. Elle voulait que l'on sorte de tout cela et qu'on vive comme laïc. Elle pensait : « Nous, laïcs, sommes responsables du visage que l'Église donne à voir au monde extérieur. Là où l'Église n'est plus, les laïcs doivent y être. » Sans le savoir, elle annonçait Vatican II, tout comme Josemaria Escrivá. Elle était ulcérée de voir que les évêques avaient balayé les prêtres-ouvriers, mais elle respectait profondément la hiérarchie. Elle disait de l'Église qu'elle est une personne avec des doigts et un cerveau. Le cerveau étant la hiérarchie et les doigts les simples chrétiens, les deux sont inséparables. Vatican II a repris l'idée du peuple de Dieu : les doigts. La spiritualité de Madeleine Delbrel nous touche fort : elle vivait ordinairement des choses extraordinaires. Son parcours est remarquable, sans concession dans son dialogue avec les communistes, mais son cœur d'amitié emportait l'adhésion de tous.

Une place pour Dieu

« Un péril majeur s'approche pour l'Église, sans bruit. Le péril d'un temps, d'un monde où Dieu ne sera plus nié, où Dieu ne sera pas chassé mais exclu, où Dieu sera impensable, d'un monde où nous voudrons crier Son nom mais où nous ne pourrons pas aller pousser ce cri parce que nous n'aurons plus de place où mettre les pieds. » Ce prophétisme nous touche très fortement. « Dans ce vent glacial des rues d'Ivry est le lieu de notre sainteté », concluait-elle.

L'inspiration de Josemaria Escrivá de Balaguer

Mgr Josemaria Escrivá de Balaguer a suivi un tout autre parcours. On dit que l'Opus Dei rassemble des tendances traditionalistes, passons. Je ne pourrais pas vous expliquer toutes les subtilités des tendances et des mouvements de l'Église et ce serait inutile. L'inspiration de son fondateur me semble plus digne d'intérêt. Balaguer disait : « Nous sommes tous appelés à la sainteté dans la vie ordinaire. » Tout comme Madeleine Delbrel, il avait anticipé de manière étonnante Vatican II : « Tout homme est appelé à l'apostolat dans le milieu dans lequel il vit à travers son travail et sa vie quotidienne. » Jean-Paul II disait aussi que tout homme est appelé à la sainteté. Il a gueulé aux deux millions de jeunes rassemblés à Rome, en l'an 2000, à l'occasion des Journées mondiales de la jeunesse : « Soyez des saints ! » De tous les milieux, ils ont été profondément interpellés. En 1930, la sainteté exigeait une vie retirée du monde, des exercices spirituels, la contemplation… C'était réservé aux curés, aux bonnes sœurs, aux évêques et au pape. Point final. Lui renverse tout cela : la sainteté dans la vie ordinaire. Le chrétien n'a pas à se retirer du monde, sauf s'il veut vivre comme moine. Par le travail, noble activité de l'homme, nous avons un moyen de participer à la Création. Jésus s'est tu pendant trente ans en vivant caché, sans faire quoi que ce soit d'extraordinaire, à quelques exceptions près. Il faisait avec beaucoup d'amour des choses tout à fait ordinaires. C'est la spiritualité du fondateur d'Opus Dei : sanctifier le travail en le réalisant avec le meilleur de soi-même. Il convient de ne pas oublier que la dignité du travail se fonde sur l'amour. Le grand privilège de l'homme est de pouvoir aimer, et dépasser ainsi l'éphémère et le transitoire.

« Alors mets-toi au service de l'autre, disait Josemaria Escrivá, et par le travail bien fait tu deviendras saint. »

Une vie sacramentelle intense

Saint Josemaria parlait du travail bien fait, il parlait de liberté et de responsabilité. Parmi les quatre-vingt mille membres de son organisation, l'immense majorité est laïque. « Il faut une vie sacramentelle forte, inscrite dans le quotidien », disait-il. Le style de vie est déterminant.

Une nébuleuse de coopérateurs et d'adhérents non chrétiens compose la périphérie d'Opus Dei. Saint Josemaria Escrivá de Balaguer recommandait « un lien étroit avec le Christ, une vie de prière et sacramentelle serrée qui soit totalement partie prenante de la vie quotidienne. » Le refus de séparer vie quotidienne, familiale, professionnelle et vie spirituelle était au cœur de son message. Eucharistie quotidienne et pratique hebdomadaire du sacrement de réconciliation : il demande à chaque membre d'assister à la messe tous les jours. Un véritable effort ! Pour lui, l'Eucharistie est le centre et la racine de la vie chrétienne. Que chacun, là où il est et quels que soient son emploi ou sa fonction, fasse de son mieux avec amour. Il appartiendra alors à l'élite. On tape facilement sur l'Opus Dei, lui reprochant cette notion d'élite, mais je crois qu'elle est souvent mal comprise : c'est avant tout l'élite de ceux qui veulent vivre dans la discrétion. C'est une idée qui inspire la crainte. Cela se comprend assez bien.

Saint Josemaria disait aussi que les gens doivent pousser leurs études et aller au cœur même de l'économie, de la politique et des pouvoirs afin d'influer sur la société. L'appel à la sainteté de Josemaria Escrivá de Balaguer est une chose remarquable. Laissons de côté la polémique.

La sainteté à portée de main

La sainteté est à ta portée : « Lutte, aime et prie là où tu es » est ma devise. Inutile de quitter ton travail, ta femme et tes enfants pour te jeter à corps perdu dans une grande cause. Lutte, aime et prie là où tu es, et sois certain qu'on te béatifiera un jour, c'est garanti !

44

Charles de Foucauld

Un frère universel

Mais je vous dis, à vous qui m'écoutez: Aimez vos ennemis, faites du bien à ceux qui vous haïssent,
bénissez ceux qui vous maudissent, priez pour ceux qui vous maltraitent.
Si quelqu'un te frappe sur une joue, présente-lui aussi l'autre. Si quelqu'un prend ton manteau, ne l'empêche pas de prendre encore ta tunique.
Donne à quiconque te demande, et ne réclame pas ton bien à celui qui s'en empare.
Ce que vous voulez que les hommes fassent pour vous, faites-le de même pour eux.

Luc VI, 27-31 et 36

Au séminaire, la vie de Charles de Foucauld m'avait beaucoup intéressé, en particulier quand j'étais en Algérie. Après la guerre, en 1960, j'ai décidé d'aller à Tamanrasset. Le voyage d'Alger à Tamanrasset fait trois mille kilomètres. Je voulais me rendre à l'ermitage du père de Foucauld, dans la région du Hoggar. J'y suis allé en stop. J'étais en soutane, dont la couleur était devenue gris-orange, à cause des sables du Sahara. J'ai voyagé à bord d'énormes camions, sur des pistes, à côté de chauffeurs d'une extraordinaire gentillesse. Ce pèlerinage a été très dur, à cause du désert et des routes défoncées. Mais c'était un pèlerinage, avec tout ce qu'il comporte de difficile et de découverte. J'ai été plutôt bien servi par la dureté de cette démarche.

Je suis arrivé à l'Assekrem, à l'ermitage de Charles de Foucauld, à 2700 mètres d'altitude. Le paysage est un spectacle étourdissant de pics de pierre. Une vision lunaire. Il n'y a pas un seul arbre, seulement des centaines de rochers qui piquent vers le ciel. Pour arriver là, il faut prévoir trois heures de route après Tamanrasset et six jours de marche. Si vous naviguez à dos de chameau, il en faut quatre.

Le silence priant du Hoggar

Les couchers de soleil sont une pure merveille. Il y a beaucoup de pèlerins qui désirent monter là-bas. Mais l'insécurité est réelle. Il y a eu des prises d'otages encore récemment. Dès que la situation politique se stabilisera, les pèlerins reviendront en plus grand nombre parce que la béatification du père Charles de Foucauld fait une sacrée publicité à cet homme de Dieu, et à ce haut lieu du Hoggar où il nichait.

Il y a un autre haut lieu chrétien important en Algérie : Tibhirine, où je suis allé me recueillir sur la tombe des sept moines martyrs. Là aussi, la région est dangereuse. Dès que la sécurité sera revenue, je pense que Tibhirine et Tamanrasset seront deux très hauts lieux de pèlerinage en Algérie.

Qui est Charles de Foucauld ?

Le 13 novembre 2005, sa béatification est prononcée à Rome. Le théologien dominicain Yves Congar disait que les deux phares qui ont illuminé le XXe siècle sont le père Charles de Foucauld et sainte Thérèse de l'Enfant-Jésus. Charles de Foucauld n'est pas mort à cause de sa foi.

Sa vie est totalement extraordinaire. Son nom à particule révèle ses origines sociales. Il est devenu officier de cavalerie. Riche et doté d'un bel héritage, il a vécu en baisant comme un castor et en dépensant tout son argent. Ses frasques de jeunesse et ses faux pas d'homme mûr donnent un visage humain, voire une certaine fragilité à la sainteté, et c'est tant mieux. Il a fini par ne plus rien posséder. Il est allé au Maroc et en Algérie après avoir été en Palestine. Le monde arabe l'attirait irrésistiblement.

Ce qui m'a fasciné chez cet homme est le dialogue islamo-chrétien. Son père en était un précurseur. Le respect et l'amitié du père de Foucauld pour le monde musulman étaient inédits à son époque. Je dirais que Charles de Foucauld a été un précurseur de Vatican II parce qu'il vivait ce dialogue islamo-chrétien en franc-tireur. Il n'était pas de ceux qui planchent interminablement sur la rencontre avec les autres religions. Lui l'a fait d'instinct avec les musulmans. Nous avons des photos de lui où l'on a vraiment l'impression qu'il est arabe. Il porte une barbe et le costume du pays. Dépouillé plus que lui, tu meurs. Il vivait et travaillait au milieu des pauvres. J'ai aimé que le cardinal Joseph Ratzinger, en 1976, salue ce prêtre-ouvrier précurseur de ceux dont l'expérience française a été stoppée par le Vatican. Il a eu des mots très forts pour celui qui voulait suivre le Jésus silencieux, pauvre et travailleur. Cela a servi de point de départ à l'idée comme à la réalisation du prêtre au travail. Ce fut pour l'Église une redécouverte de la pauvreté. Chapeau, Joseph ! Puisses-tu, devenu pape, continuer dans cette ligne prophétique.

Charles de Foucauld était un frère universel qui avait une passion de l'Eucharistie. Il fut un héros de l'Eucharistie. Il passait plusieurs heures par jour devant le saint-sacrement. C'était un type assez étonnant. Officier de cavalerie, il se convertit. Un prêtre (l'abbé Huvelin) le voit, lui parle et il tombe à genoux. La scène s'est produite à l'église Saint-Augustin à Paris. On l'a accusé d'être le chantre de la colonisation. Mgr Henri Tessier, archevêque d'Alger, a répondu à cette critique par cette phrase : « Non, il a été le chantre de la fraternité dans le contexte de la colonisation. » Bien vu, Henri !

Il avait une incroyable tendresse humaine envers les hommes et les femmes. Il n'a pas fait de miracles, il n'avait pas de dons surnaturels, mais il s'est mis au cœur de l'islam et a vécu comme le peuple musulman. À El Abiod en Algérie, il avait un monastère, puis il s'est implanté à Béni Abès. J'ai vu ses deux ermitages. C'est exactement l'habitat du pays, avec un petit jardin. Une chapelle sommaire où il passait des heures par jour. Rien ne le distinguait du peuple pauvre avec lequel il vivait.

Assassiné par des voleurs

En 1914, il y avait beaucoup d'incidents et il avait dû bâtir un fort pour éviter que des voleurs viennent piller les biens des gens du village. Mais des voleurs l'ont attaqué. Ils l'ont attaché, et, pour une raison inconnue, le garde qui s'occupait de lui l'a tué.

Trois semaines après sa mort, on a retrouvé sur le lieu du crime son pauvre ostensoir avec une hostie, enfouis dans le sable. A-t-il adoré jusqu'au dernier moment ? A-t-il demandé à son bourreau d'aller chercher une hostie et l'ostensoir à la chapelle ?

Il reste l'un des phares qui ont illuminé le XXe siècle aux côtés de sainte Thérèse de Lisieux. Cette dernière a été canonisée trente ans après sa mort. Charles de Foucauld est béatifié quatre-vingt-dix ans après la sienne.

Il avait beaucoup de qualités et une grande curiosité. Bouleversé par sa rencontre avec les musulmans, il disait qu'ils étaient dans la continuelle présence de Dieu. Les petits musulmans sont élevés dans l'amour et la crainte de Dieu. Il n'avait pas trouvé chez les chrétiens un tel sens de Dieu.

Charles de Foucauld se convertit donc, mais comme il était passionné par la pauvreté intégrale au cœur des plus pauvres, il a mis son exigence et sa fougue au service du Christ en renonçant à tout. Il n'a vécu que pour Dieu. Il a d'abord séjourné à la Trappe de Notre-Dame-des-Neiges en Ardèche, désirant devenir cistercien. Puis il a demandé au pape l'autorisation de quitter l'ordre car il voulait suivre Notre Seigneur dans son abjection et sa pauvreté, c'est-à-dire, dans son abaissement et son humilité. Il voulait vivre une vie cachée. Il a commencé comme domestique chez les clarisses de Nazareth. Sa vie ensuite s'est orientée totalement vers le monde arabe. Il avait pensé, un temps, fonder un ordre. Son confesseur le lui avait déconseillé. Depuis sa mort, il a fait d'innombrables Petits Frères et Sœurs des pauvres. Sa seule présence solitaire est un météore fulgurant pour l'Église. Son seul exemple a fait signe à tous ceux et celles qui veulent vivre au cœur des plus pauvres avec la radicalité de l'Évangile.

Une vie offerte

Il a voulu offrir sa vie pour la conversion des peuples du Sahara. Dans le même temps, il a réalisé un travail scientifique très utile. Le seul dictionnaire touareg-français a été rédigé par Charles de Foucauld. Il s'est aussi intéressé à la pharmacie, à l'agriculture, à la météorologie, au tracé des routes…

Il a combattu l'esclavage. Bien que le peuple touareg fût extrêmement réticent vis-à-vis des étrangers, il a vécu parmi les nomades qui font pâturer leurs chameaux dans les montagnes. Le père de Foucauld a voulu imiter le Seigneur, rendre un culte à l'Eucharistie et travailler à la conversion des hommes, mais sans bruit, sans prosélytisme. En ces temps de colonialisme – en 1914 – il a eu quelques maladresses dans son langage quand il a dit qu'il fallait convertir les musulmans. En ce temps-là le prosélytisme était la règle. Dans ce contexte, il ne pouvait guère parler autrement. Mais il n'y a chez lui aucune forme réelle de prosélytisme. Sa vie dit tellement mieux son approche de la pauvreté, au milieu des peuplades d'une extrême simplicité. Il a même contribué à maintenir une certaine stabilité entre les tribus qui avaient tendance à s'entre-déchirer.

Il a résumé sa vie ainsi : « On n'aime jamais assez. » Comme c'est vrai. On n'aimera jamais assez. Le journal algérien *El Watan* a publié un bel article sur Charles de Foucauld. L'évêque du Sahara y déclarait : « Incontestablement, la béatification de Charles de Foucauld a attiré l'attention sur le désert algérien. Je crois que ce sera un plus pour l'Algérie, car la visite des sites et la rencontre des gens permettront de porter un autre regard sur l'Algérie. Souvent celui des médias ne nous donne pas le meilleur de ce qu'il peut y avoir dans ce pays. »

Aller ensemble jusqu'à Dieu

On peut dire que le père Charles de Foucauld a étudié les autres itinéraires spirituels. Il a pratiqué le dialogue de la foi avec nos frères musulmans, nos frères juifs aussi. Sa démarche est d'aller ensemble jusqu'à Dieu dans le respect mutuel. Nous sommes là au sommet de la théologie des relations inter-religieuses selon l'esprit de Jésus et selon l'esprit de Vatican II.

Il a vécu vraiment au cœur du monde musulman, persuadé que nous pouvons tous aller à Dieu, chacun par notre propre voie, quelle que soit notre religion ou notre confession. Le Coran dit : « La voie pour parvenir à Dieu n'est pas unique. Le bien ne se limite pas seulement aux veillées de prières, aux jeûnes. Les chemins de Dieu sont innombrables, les portes de Dieu sont très vastes. »

Le mystère du croyant, c'est d'aller vers le Dieu de ses pères et de Le proclamer. La joie du croyant, c'est de regarder avec bienveillance l'autre vivre une tradition religieuse différente. La puissance du croyant, c'est de ne jamais écraser en proclamant sa religion supérieure à celle de l'autre. La paix entre croyants doit prendre ce chemin. Le père de Foucauld l'a suivi jusqu'au bout. Sa sainteté rayonnante nous appelle sur l'immense route où nous devons partager sans cesse, sans heurts pour la gloire de Dieu.

Ma plus belle façon d'aller vers Dieu

Il m'arrive souvent de rencontrer des personnes qui veulent me prouver la supériorité de leur religion. Je leur réponds toujours : « Ma religion comme la tienne n'est pas supérieure à celle des autres. Ce qui m'a envoûté très jeune est la découverte d'un Dieu d'amour. C'est pour cela que j'ai opté pour le christianisme. C'est ma façon la plus belle d'aller vers Dieu. Si dans ta religion tu es sûr d'avoir trouvé le chemin le meilleur, alors cheminons ensemble vers Dieu. C'est le meilleur moyen de trouver la vérité en la partageant. »

On reconnaît l'arbre à ses fruits

Les « Petits Frères » et les « Petites Sœurs » de Foucauld sont répandus dans le monde entier, surtout dans les coins les plus reculés, les moins fréquentables, parfois à la limite du possible. L'humilité de Charles de Foucauld, le partage fraternel, le souci des plus petits et l'adoration silencieuse ont fait beaucoup d'adeptes. J'ai rencontré l'été dernier des Marocaines Petites Sœurs de Foucauld. Elles vivaient en plein désert, avec les nomades, dans une tente sommaire, identique à celle des pauvres, située un peu à l'écart. Les deux sœurs soignaient ce groupe de nomades, vivant à même le sol dans la poussière avec le minimum nécessaire. Les yeux brillants d'amitié et la chaleur des familles qui les entouraient disaient plus que des mots ce que représentait pour ces exclus marocains la présence des sœurs. Elles les suivaient de pâturages en pâturages. Ce qu'ils ignoraient, c'était la présence du Christ au cœur de la tente où habitaient les deux sœurs. Leur temps d'adoration était de trois heures par jour. Leur force était là. C'est ce qu'a très bien dit un ministre algérien devant une sœur s'occupant des handicapés et se défendant de faire du prosélytisme: «Ma sœur, votre seule présence est une évangélisation.»

Les deux rescapés

Leurs deux visages sont restés étrangement lumineux et sereins. Ayant dépassé largement les quatre-vingts ans, ils trottinent allégrement dans les couloirs du monastère cistercien de Midelt.

Je leur avais promis depuis longtemps de venir les rejoindre au fond de l'Atlas marocain où ils se nichent dans une minuscule communauté. Ces moines sont quelques gouttes de l'élixir dont la tradition monastique est friande, l'«élixir de vie» que proclame le texte de l'Écriture, en faisant référence à l'amitié.

Les deux octogénaires, Amédée et Jean-Pierre, sont les rescapés de Tibhirine. «Nous sommes le “petit reste”», aime à répéter Amédée.

Intrépides et toujours vaillants, après le déchirement causé par la mort de leurs sept compagnons, ils sont partis rejoindre la communauté marocaine au nom évocateur : Notre-Dame-de-l'Atlas. Ils savent mieux que quiconque la puissance de la phrase évangélique : « Voici que nous avons tout quitté. »

J'ai été témoin du lien amical et puissant qui les unissait à d'innombrables familles algériennes.

Autrefois, quand j'allais en retraite à Tibhirine, impossible de ne pas repérer ces deux moines, petites fourmis accueillant, palabrant interminablement avec ceux et celles qui frappaient à la porte du monastère.

Comment aussi oublier l'immense penseur qu'était Christian de Chergé, Christophe, la cheville ouvrière des cultivateurs algériens associés du jardin, et frère Luc qui a soigné des milliers de pauvres ? Ils sont allés jusqu'au bout de leur vie, sans bruit, sans se lasser. C'est la force de leur amitié pour le peuple musulman qui leur avait permis de choisir de rester.

Quand les tueurs sont arrivés, ils étaient prêts. De minuscules bagages étaient déjà disposés au pied de leur lit. Par miracle, Amédée et Jean-Pierre étaient tapis dans leur chambre. Ils restent les seuls témoins.

« Il s'agit d'être une Église dans un peuple musulman pour un peuple musulman, affirme Mgr Henri Teissier, archevêque d'Alger, une Église de la rencontre, du partage de l'amitié et de la communication. »

Sirotant un café avec Amédée dans un bar de Midelt je constate avec étonnement qu'il connaît chacun par son prénom. Jean-Pierre, lui, me fait goûter les exquises mirabelles du jardin.

Comme au temps de Charles de Foucauld, l'Église au cœur de l'Islam, dans une présence enfouie, est de l'ordre du mystère.

Une cigogne passe majestueusement au-dessus du monastère ; elle semble amener sur ses ailes l'espérance d'une nouvelle mission, qui s'adresse à une société tout entière pour la réconciliation des deux plus grandes communautés religieuses dans le monde.

45

Aimez l'Église

Sainte et pécheresse

Car, comme le corps est un et a plusieurs membres, et comme tous les membres du corps, malgré leur nombre, ne forment qu'un seul corps, ainsi en est-il de Christ.
Nous avons tous, en effet, été baptisés dans un seul Esprit, pour former un seul corps, soit Juifs, soit Grecs, soit esclaves, soit libres, et nous avons tous été abreuvés d'un seul Esprit.
Ainsi le corps n'est pas un seul membre, mais il est formé de plusieurs membres.
Si le pied disait : « Parce que je ne suis pas une main, je ne suis pas du corps », ne serait-il pas du corps pour cela ?
Et si l'oreille disait : « Parce que je ne suis pas un œil, je ne suis pas du corps », ne serait-elle pas du corps pour cela ?
Si tout le corps était œil, où serait l'ouïe ? S'il était tout ouïe, où serait l'odorat ?
Maintenant Dieu a placé chacun des membres dans le corps comme Il a voulu.
Si tous étaient un seul membre, où serait le corps ?
Maintenant donc il y a plusieurs membres, et un seul corps.

I Corinthiens XII, 12-20

Le cœur de l'évangélisation

Un prêtre aurait déclaré que l'Église est une femme de mauvaise vie que le Christ épouse chaque jour. Je n'adhère pas trop à cette idée, mais la phrase n'est pas inintéressante.

Vatican II a interdit le prosélytisme. Il s'agit de ne jamais forcer la main de quiconque par l'évangélisation. Le prosélytisme grossier est infantile. On ne parvient à rien si l'on essaie à tout prix de plaquer le Christ partout sans discernement.

Admirons la liberté totale du Christ dans l'Évangile. Il laisse libre. Aux dix lépreux, il dit: « Allez donc chez le prêtre vous faire guérir », et à la fin: « Ta foi t'a sauvé. » La merveille du Christ c'est qu'il renvoie toujours l'autre à lui-même. Jamais le Christ de l'Évangile n'a forcé quiconque. Sa mission jaillissait de son cœur et de son union avec le Père. Notre mission doit jaillir de notre cœur si notre cœur est saisi par le Christ. « La charité nous presse », dit saint Paul. Le cœur de l'évangélisation est la charité, l'amour, le pardon, le respect.

Nous sommes tous filles et fils du même Père, donc nous sommes tous frères et sœurs. Comment pouvons-nous nous déchirer dans l'Église alors qu'ensemble nous récitons « Notre Père » ? Rappelons-nous que le Seigneur n'a pas dit « mon Père ». Le commandement de saint Paul est: « Malheur à moi si je n'évangélise pas. »

Fleurs venues d'Afrique

Présider une Eucharistie entouré de prêtres africains était une première pour moi. Je n'étais pas en Afrique, mais en Belgique ! Leurs prénoms, Placide, Vénuste ou Balthazar, évoquaient des saints dont l'Europe n'a pas l'habitude de donner le nom à ses enfants.

J'ai fait applaudir les quatre célébrants pour leur présence dans nos paroisses. Cinquante de leurs frères lointains faisaient partie du diocèse belge où je célébrais. Je pensais qu'il était heureux de voir mes frères prêtres à la peau d'ébène partager notre Eucharistie. Nous, pasteurs blancs, avons été des pionniers dans l'évangélisation de leur peuple lointain. Eux viennent, apparemment, pour nous aider à enrayer l'hémorragie lente et inéluctable des prêtres européens. L'Europe n'est-elle pas devenue un continent de mission au moins autant que l'Afrique ? Nos frères africains se trouvent alors pionniers au cœur de l'Europe... Beau retour de l'histoire de nos Églises réciproques.

Le nom de leur pays d'origine évoque souvent des calvaires insondables. Rwanda, Congo, Côte-d'Ivoire sont des pays de souffrance. La pudeur de mes frères prêtres est éloquente quand je tente de déchiffrer avec eux leur calvaire. Leurs yeux seuls trahissent ce qu'ils ont vécu. Il n'y a aucune commune mesure entre les Eucharisties vécues là-bas, et nos assemblées gentilles, priantes certes, mais souvent coincées, rarement explosant de joie comme les leurs.

Les prêtres africains ne sont pas des immigrés venus balayer nos églises. Ils ont une bonne formation théologique ou se spécialisent en France. Ils réjouissent les fidèles qui, sans eux, déserteraient un peu plus nos clochers. Leur pastorale africaine mixée à la nôtre ne peut que nous enrichir. L'opposition de certains prêtres européens à leur présence meurtrit ces frères venus de loin. L'argument « laissons pourrir la situation » pour que l'Église d'Europe recrute autrement sur son propre terrain n'est ni bon ni évangélique. Je me réjouis d'avance de voir un jour un pape noir venu d'Afrique.

Souhaitons que des Églises riches en prêtres viennent nous servir en apportant une nouvelle dimension sacerdotale et ecclésiale. Elles ne peuvent que nous dynamiser. Sans oublier que ces dernières s'enrichissent de plus en plus de laïcs africains immigrés. Ces fleurs venues d'Afrique sont les bienvenues. Il paraît qu'elles sont géantes et très odoriférantes dans les forêts tropicales ! Qu'elles nous apportent le meilleur d'elles en nous fortifiant dans l'universalité !

On ne peut évangéliser qu'en aimant

Très souvent on m'a demandé comment j'évangélisais les loubards. Je réponds toujours que je les évangélise en fermant ma gueule. Oser dire que « Dieu est amour » à un jeune qui a subi les pires sévices pendant son enfance, c'est à coup sûr prendre une réponse cinglante dans la tronche : « Dieu n'existe pas, l'amour n'existe pas, ton bon Dieu tu peux te le foutre où je pense ! » Je n'ai jamais oublié cela. En ayant créé ce zoo en Provence, où ils vivent avec des animaux au lieu de revenir en prison, je vis une forte évangélisation : mettre des jeunes debout. Quand je les vois jouer avec le buffle, avec le kangourou, avec les sangliers, le poney et le lama, je vois mon évangélisation. Et même les paysans en sont convaincus, eux qui, à nos débuts, pensaient que nos chèvres avaient le sida et nos moutons le cancer. Quelque temps après, derrière leur dos, leurs femmes chuchotaient : « Monsieur l'abbé, quand mon mari va voir vos bêtes, il dit que ce sont les plus belles de la région... » Les paysans sont comme ça, ils ne diront jamais une chose pareille devant vous ! Nous avions une ruine sur un site complètement abandonné. C'est devenu une terre fertile magnifiquement cultivée et aménagée. C'est la meilleure des évangélisations auprès des paysans, soyez-en certains. La terre et les bestioles, rien ne leur parle davantage.

Sommes-nous des chrétiens heureux ?

Nous, chrétiens, parlons des rides et des défauts de l'Église, mais ses détracteurs abondent suffisamment en ce sens. Il me semble inutile de leur donner des arguments supplémentaires. On reproche aux médias de critiquer l'Église. Ils ne manquent aucune occasion. Si nous nous y mettons nous aussi, nous finirons par l'achever. J'entends tant de critiques dures, acerbes. Dans ces conditions, comment attirer les jeunes vers les églises ?

Les sujets ne manquent pas : on a attaqué le pape Jean-Paul II, notamment au sujet de la morale sexuelle. Je réplique fort. Le pape disait que le sida ne passerait pas par la fidélité... On critique les ors du Vatican, mais le pape vit dans un appartement tout à fait normal de quatre pièces. On aimerait voir un pape aux pieds nus, mais la question des richesses du Vatican est une autre chose. Aurait-on l'idée de vendre le Louvre ou l'Arc de triomphe ? Ce sont des joyaux de l'histoire.

On interpelle l'Église à cause des prêtres pédophiles. Quarante prêtres sur vingt-deux mille sont en cause. Une dizaine sont incarcérés. C'est honteux de la part d'un prêtre plus que de n'importe qui d'autre. Mais de quel droit peut-on attaquer toute l'Église et généraliser ces cas marginaux ?

Les moines sont critiqués. Les catholiques n'ont-ils rien compris à l'intérêt de la prière ? Si l'on sait ce qu'est la prière, on ne peut pas remettre en cause l'existence des contemplatifs. En Provence, avec mes équipiers, l'association, les mômes et les bestioles, si je n'avais pas été un homme de prière, jamais je n'aurais pu tenir la rampe depuis trente ans ! Faucon n'est pas l'œuvre de ma vie, mais l'œuvre de Dieu.

Rassemblons-nous

Très souvent les critiques viennent des catholiques eux-mêmes : voilà l'Église pécheresse ! Vous faites votre petite religion à vous ? Vous allez à l'église de temps en temps… mais que faites-vous de l'Eucharistie ? Nous nous rassemblons tous, pécheurs et saints à la fois. L'Église n'est pas un self-service !

Le catéchisme est souvent pris à la légère : si l'on jette ses enfants de sa voiture à l'heure du caté et qu'on les reprend une heure plus tard, vite fait bien fait, comment voulez-vous qu'ils comprennent leur religion ? Le petit apprendra la vie du Christ s'il voit ses parents vivre l'Évangile et aller chercher leurs force dans les églises.

Les lois de l'Église sont critiquées, le rite est remis en cause… voilà le peuple pécheur de l'Église catholique. Ces sujets sont importants. L'Église est pécheresse et sainte. Nous serons toujours des pécheurs L'Église est traversée par nos propres contradictions. Nous la voulons belle et sainte. Nous devons toujours viser le sommet de la sainteté. Moi, je suis un pécheur. Prêtre, je demande pardon, lors des messes, le premier.

Nous ne sommes pas des moutons dans l'Église, mais nous devons toujours en parler avec amour pour continuer à la construire. Nous, chrétiens, ne détruisons pas notre maison de l'intérieur. C'est la plus venimeuse et la plus dangereuse des destructions.

46

Jean-Paul II

Un tsunami d'amour

Après qu'ils eurent mangé, Jésus dit à Simon Pierre : « Simon, fils de Jonas, m'aimes-tu plus que ne m'aiment ceux-ci ? » Il lui répondit : « Oui, Seigneur, tu sais que je t'aime. » Jésus lui dit : « Pais mes agneaux. »

Il lui dit une seconde fois : « Simon, fils de Jonas, m'aimes-tu ? » Pierre lui répondit : « Oui, Seigneur, tu sais que je t'aime. » Jésus lui dit : « Pais mes brebis. »

Il lui dit pour la troisième fois : « Simon, fils de Jonas, m'aimes-tu ? Pierre fut attristé de ce qu'il lui avait dit pour la troisième fois : M'aimes-tu ? Et il lui répondit : « Seigneur, tu sais toutes choses, tu sais que je t'aime. » Jésus lui dit : « Pais mes brebis. »

Jean XXI, 15-17

Quelle émotion planétaire ! C'était du jamais vu dans le monde. En deux mille ans de papauté, on n'avait jamais assisté à une telle vague d'émotion. L'événement a dépassé tout ce que l'on pouvait attendre. Sa figure universelle explique grandement l'émotion suscitée par sa mort.

Quand un père meurt

La personnalité de ce pape et son charisme exceptionnel ne doivent pas nous laisser KO debout à l'heure de sa disparition, mais doivent nous mettre en marche. Si nous vantons trop Jean-Paul II, cela signifie que l'on se distancie par rapport à lui. Il avait des vertus humaines, spirituelles et mystiques prodigieuses. Nous devons nous enrichir en racontant sa vie. Il est le seul à avoir été autant célébré à l'heure de sa mort. Jean XXIII l'avait été aussi, mais il est mort en quelques jours. L'unanimité télévisuelle fut immense.

« Quand les pères meurent, les fils s'agenouillent. » Je salue les médias et l'outil télévisuel pour leur fonction fédératrice dans ce moment unique de notre histoire religieuse.

J'étais à côté de Toulouse, dans un petit village, en compagnie d'une quarantaine de personnes. On m'a annoncé à 21 h 45 que Jean-Paul II venait de mourir. Mon assistant m'a transmis une fiche : « Jean-Paul vient de mourir. » Je l'ai dit immédiatement à l'assistance. J'étais en compagnie de croyants, d'athées, de musulmans, d'intégristes même, de chrétiens traditionnels... Il y a eu un moment de silence énorme. Dans cette minuscule commune, j'ai vu que des gens de toutes cultures et toutes religions pouvaient être frappés par cette mort. Dans les deux jours qui ont suivi, j'ai répondu à dix-huit interviews. De NRJ, une radio de jeunes, à KTO, chaîne chrétienne, nous avons vécu un moment, tout à fait unique. Depuis vingt-huit ans, date de ma première émission télévisée avec Bernard Pivot (« Apostrophes ») je n'avais jamais été autant sollicité en si peu de temps. Après ce moment exceptionnel sur le plan médiatique, après quarante-huit heures d'incessants interviews, je me suis enfui dans la forêt et je suis allé prier Dieu. C'était le seul endroit où digérer cette intense pression médiatique. Il y avait eu des petites et des grandes émissions, j'estimais qu'en dix-huit émissions j'avais dit assez de choses. Et je n'ai plus reçu un seul appel.

Une dimension mondiale

La dimension de Jean-Paul II est planétaire. Comment voulez-vous que l'on ne sache pas qui il est, vu le combat formidable qu'il menait ? Il a pourfendu le marxisme athée. Il a mené un combat d'une même intensité contre les États-Unis et Wall Street. J'ai trouvé intéressant d'observer George Bush à son atterrissage à Rome. Avant la guerre d'Irak, le pape l'a franchement semoncé.

Le président des États-Unis est apparu comme un enfant de chœur, comme s'il venait servir la messe aux cardinaux qui s'apprêtaient à célébrer la mort de Jean-Paul II. George Bush père était là aussi, accompagné de Bill Clinton. En Égypte, on a décrété trois jours de deuil national. À Cuba, en Inde aussi. Mais en France, lorsque Jacques Chirac a demandé que l'on mette les drapeaux de la République en berne, des voix se sont élevées. Certains ont même évoqué une violation de la liberté de conscience. L'État n'aurait pas à se mêler de choses religieuses, depuis la loi de séparation de l'Église et de l'État en 1905… selon eux. C'est à mon avis particulièrement incongru et méchant. Il fallait une fausse note, c'est la France qui l'a donnée. Sa manie de dire « non » est bien ancrée en elle.

Un petit geste

J'ai été frappé par quelques petits faits, particulièrement parlants, sur Jean-Paul. À peine élu, en octobre 1978, alors qu'un cardinal était en train de mourir après une crise cardiaque, le pape a bondi à l'hôpital. Ce fut sa première démarche hors du Vatican. Ce geste m'avait beaucoup frappé. Les hommes en violet lui recommandaient : « Votre Sainteté, vous ne pouvez pas faire cela. » Jean-Paul a répondu : « Eh bien, cela se fera ! » Il avait donné le ton de son pontificat. Retenez son geste et dans votre carnet d'adresses, inscrivez en priorité les malades et les prisonniers que vous connaissez. Voilà son enseignement.

Soljénitsyne, qui avait une prescience exceptionnelle, a dit de Jean-Paul II, à son élection : « Ce pape est un don de Dieu. » J'ai retenu cette phrase.

On peut vanter Jean-Paul II sous toutes les coutures, glorifier son visage radieux et sa voix de bronze, mais n'oublions pas cette idée essentielle : « La prière est la première tâche, le premier message du pape. » Je pense qu'on peut admirer le mystique, louer l'homme politique, aduler l'homme de paix, celui qui a pourfendu les puissants, le combattant de la justice... Mais avant toutes choses, encenser Jean-Paul II jusqu'à l'overdose n'a aucune signification si on ne connaît pas la source de sa force. Il disait que la prière était le premier message du pape. Sa force, il la tenait de là. Sans retenir cette phrase, on ne comprend rien à sa vie et à la force qu'il a déployée. Il était la voix de son maître ! La merveille de Jean-Paul II, ce sont ses trois heures de prière par jour.

Jean-Paul possédait la lumière due à la prière. Sa force lui venait d'un plus grand que lui, le Christ, qu'il représentait sur terre. Il nous a illuminés par sa capacité à prier. Il avait des dons en pagaille. Mais le premier était celui de la prière. Les surhommes n'existent que dans les bandes dessinées. Je voudrais vous aider à suivre les traces de ce pape, et à vivre ses valeurs. L'encenser démesurément n'apporte rien si sa façon de vivre, d'espérer et d'aimer ne nous pousse pas à l'imiter à notre tour. Nous-mêmes devrions pouvoir dire que, si nous aimions Jean-Paul II, vivons maintenant sur ses traces, en étant des hommes et des femmes de prière.

Brèves rencontres

Je l'ai suivi chaque fois qu'il voyageait en Europe. J'ai assisté à cinq JMJ. Je l'ai rencontré à deux reprises. À Rome, je prêchais la retraite des séminaristes français en 1983 et Jean-Marie Lustiger m'avait dit : « Il faut que tu voies Jean-Paul, c'est vraiment une grâce. » J'y suis allé. Cette messe, dans la chapelle, fut inoubliable. J'étais émerveillé d'entendre le bruit de la ville de Rome qui s'éveillait à sept heures du matin. Cette sonorité particulière et lointaine, très belle, reste liée pour moi à cette messe. Au doigt de Jean-Paul II j'ai vu la cicatrice de la balle qui avait ricoché sur lui. Je me souviens aussi de son magnifique dos de Polonais, géant. Je me disais : « Il porte le monde, plus d'un milliard de chrétiens… »

En 2004 à Lourdes – c'était son dernier voyage –, un évêque, ami et très proche de Jean-Paul II, m'a demandé si je voulais voir le pape. « Il est si fatigué ! Moi, je n'y tiens pas trop, mais mon équipe apprécierait, alors oui. » Et il nous a reçus. Nous avons rencontré son regard lumineux. Il nous a laissé l'impression que, lorsqu'il regardait une personne, elle était pour lui unique au monde. Pourtant nous savons qu'il a rencontré des millions de personnes. La vérité de sa vie était de savoir s'adresser à une personne quand elle se trouvait devant lui.

Le bâtisseur de ponts

Après la prière, la deuxième dimension de cet homme est sa rencontre de l'autre. Il a visité cent quatre pays et parcouru un million de kilomètres ! Tant de sols embrassés. Quand il ne pouvait plus s'agenouiller pour baiser la terre du pays, on lui présentait une corbeille contenant la terre du lieu.

Partout les journalistes le désignaient avec respect par « Sa Sainteté »... Mais la plupart du temps ils oubliaient son plus beau titre de « pontife ». Pontife signifie au sens étymologique « bâtir des ponts ». C'est un sens magnifique : Jean-Paul a bâti des ponts par son œcuménisme. Il a construit des ponts de toutes sortes avec les autres religions. Quels ponts bâtissez-vous autour de vous ? À la suite de cet homme d'exception, c'est important de nous le demander. Comment voulons-nous vivre sur ses traces ? Quels ponts voulons-nous construire ?

On a souvent parlé de Jean-Paul II comme d'un pape polonais, alors qu'il était essentiellement fils de l'Europe. On voulait le cantonner en Europe, il était citoyen du monde. Ses voyages, le dialogue inter-religieux, la dizaine de langues qu'il possédait faisaient vraiment de lui un homme universel. Ce don de polyglotte a été capital. Je me souviens en 1981, au parc des Princes, qu'il avait préparé son discours pour s'adresser aux jeunes dans différentes langues, et soudain une boutade jaillissait, improvisée dans un français parfait.

Souffrance et silence

Son agonie a fait beaucoup parler, a provoqué des critiques de plus en plus fortes. J'entends encore des prêtres dire : « Ça suffit, qu'on en mette un neuf. » On ne se rendait pas compte de cet extraordinaire moment, alors qu'il mourait devant nous. J'ai défendu cela. Je suis persuadé que la plupart des gens ont bien compris qu'il nous appelait à une autre vision de la souffrance et de la mort, après nous avoir appelés à vivre pendant vingt-six ans.

Il me reste une radieuse image de ce pape quinze jours avant sa mort. Dans l'embrasure de sa fenêtre, avant qu'il entre à l'hôpital. Deux enfants qui riaient autour de lui ont lâché des colombes, mais celles-ci voulaient rester à côté de Jean-Paul au lieu de s'envoler. Deux beaux enfants, deux oiseaux blancs et ce magnifique vieillard blanc qui souriait.

La grandeur de ce marathonien se lit dans sa dernière ligne droite. Il a transformé sa faiblesse en force. Il a démontré que l'énergie de l'esprit, la volonté, la ténacité pour les chrétiens notamment, étaient plus importantes dans la vie que le muscle, l'arrogance, la suprématie. Il a été un géant en ce sens-là.

Je retiens cette parole du cardinal Ratzinger : « Étrangement c'est dans une société qui vieillit à vue d'œil que continue à grandir le culte de la jeunesse. La maladie et la vieillesse doivent rester cachées le plus longtemps possible. La pape, lui, ne les cache pas, il ne peut ni ne veut les cacher, et c'est de cette manière qu'il nous rend un service important : témoigner et dire que même l'âge a son message et la souffrance une dignité et une force salvatrice propre. » Lorsqu'on recommandait à Jean Paul II de se ménager, il répondait qu'il aurait toute l'éternité pour se reposer. Il ne manquait pas d'humour.

Je pense à ceux qui vont mourir, et à ceux qui meurent seuls. Entendons ce message de Jean-Paul II : restons près de nos malades. Et jusqu'au bout.

Je crois que ce pape a gouverné plus avec sa tête qu'avec ses mots. Les quinze derniers jours il se taisait. Ce fut un moment radieux, un des plus beaux discours qu'il ait faits. La *Stampa*, journal italien, s'interrogeait sur le lien étrange entre la maladie du pape et l'angoisse du monde à la charnière entre deux millenaires… L'agonie de ce pape, grand mystique et globetrotter, n'a ressemblé à aucune autre.

Quel homme était-il, lui qui a montré au plus haut l'exigence de la dignité humaine ? Ce n'était ni une idole ni un surhomme. Bruno Frappat écrivait : « C'est un homme qui ayant pris au sérieux son humanité a pris le parti de servir toute l'humanité. » Il a montré lui-même que l'être humain est unique, irremplaçable et sacré. Il croyait plus que tout que le Christ incarné et ressuscité était une nouvelle merveilleuse à annoncer. Aucun homme ne doit ni ne peut se tenir à l'écart de l'humain, de ses buts, de ses actes, de ses engagements.

Jean-Paul II a essayé de nous montrer le plus haut du plus haut de l'homme, refusant de collaborer aux étiquetages, aux modes, aux facilités, à la simplification. Il a été souverain dans ce domaine. « L'homme est la route de l'Église », disait-il. Pendant tout son pontificat, il a mis l'homme au centre de tout.

Il a défendu l'autonomie de l'Église dans les cent quatre pays où il s'est rendu. Il a utilisé tous les moyens médiatiques à sa portée. Sa carrière d'acteur, dans sa jeunesse, incontestablement a dû l'aider.

Homme de paix

Le grand rabbin de la synagogue de Paris déclarait : « On dit que le pape est une personne charismatique, expression forgée pour désigner ceux qui communiquent aux masses un rayonnement sacré. Il avait une vitalité exceptionnelle, un physique impressionnant, mais il n'était pas un orateur de masses. Il lisait ses prédications sans lever la tête de son papier. Son pouvoir ne vient pas du fanatisme qu'il allume chez les fidèles. Peut-être lui vient-il de la densité et de la simplicité de sa foi. »

Une des innovations de ce pontificat est le spectaculaire dialogue instauré avec les religions non chrétiennes. Ce pape a été un prince extraordinaire sur ce point. Tout en consolidant la tradition catholique, il a dit que « les juifs étaient nos frères aînés, et en un sens nos frères préférés ». Quelque chose d'indissoluble s'est fait avec nos frères juifs. Il est allé au mur des Lamentations demander pardon. Il nous a interpellés. Que faisons-nous dans ce dialogue inter-religieux, notamment avec nos frères musulmans ? Allons vers eux, c'est la meilleure façon de suivre les traces de Jean-Paul II.

L'œcuménisme prime. Soyons unis autour du même livre. Le scandale majeur des chrétiens est notre division : « On ne peut pas respirer en chrétien avec un seul poumon. Il faut avoir deux poumons, c'est-à-dire oriental et occidental », disait Jean-Paul II. Il a consacré une grande part de ses forces déclinantes à ce projet qui l'obsédait et n'a pas encore abouti. Il se fondait sur cette phrase de l'Évangile : « Œuvrer pour qu'Il soit un afin que le monde croie. »

Jean-Paul était un immense bonhomme qui insufflait une force militante. Il a eu des gestes prophétiques. Il a pardonné à Agça qui avait tenté de le tuer et a gardé un lien avec lui jusqu'au bout. À Assise, il a rassemblé toutes les religions du monde en disant : « Arrêtons de nous envoyer nos livres saints dans la figure. Essayons de prier ensemble. »

Il a fait une trentaine de repentances. Cet homme de paix a montré que la paix n'est pas seulement l'absence de guerre : elle se construit. Une construction et une pédagogie de la paix passent par l'analyse des causes de la guerre. Pour Jean-Paul II la réponse était très claire : la guerre naît de la violation des droits de l'homme. Cette violation prend de multiples visages : le sous-développement, les atteintes au droit et aux libertés fondamentales de l'homme. Pour lui, la paix se réduit au respect des droits inaliénables de l'homme.

Né en Pologne soviétique, il savait de quoi il parlait, mais un tel discours n'a pas de frontières.

George Bush vient d'en convenir pour la première fois en proclamant que « la misère est le terreau du terrorisme ». Un nouveau pape est-il en train de naître aux États-Unis ?

Aux jeunes du monde

Le dernier point concerne les jeunes. J'ai remarqué dans les différentes émissions où j'étais invité pour évoquer la mémoire de Jean-Paul II que les journalistes me sautaient un peu moins rapidement sur le dos pour parler de sexualité. La question venait en troisième ou quatrième position… On disait volontiers de Jean-Paul II qu'il était réactionnaire, conservateur. Je dirais qu'il ne prenait pas la jeunesse pour irresponsable. Il n'avait pas pour rôle de promouvoir le préservatif. Il a simplement parlé de maîtrise de soi et de fidélité dans le couple. À nous, ses lieutenants, de mesurer l'urgence à sauver des vies sur le terrain.

Deux regards étaient fixés sur Jean-Paul : celui des jeunes et celui des anciens. La fascination qu'il a exercée sur les jeunes est inusable. Il suffit de voir les milliers d'entre eux qui fonçaient à Rome à son décès. Les transports ont dû bloquer les passagers en direction du Vatican pour éviter d'engorger dangereusement les accès. C'était un frère, un ami, un conseiller, un compagnon. Les JMJ ont marqué profondément la vie spirituelle des jeunes. Ils sont devenus des citoyens responsables. Je l'ai vu dès les premières JMJ à Compostelle. Partout où je vais, en France ou à l'étranger, des jeunes me disent qu'ils sont devenus des chrétiens militants grâce à ces rassemblements. Certains sont entrés au séminaire, d'autres au couvent. Comment ce vieux bonhomme a-t-il réussi à mobiliser d'aussi grandes foules ? Je n'oublierai jamais le moment où il a demandé, à Rome : « Voulez-vous vous taire maintenant ? » Et pendant deux minutes les deux millions de jeunes qui se trouvaient devant lui se sont tus. Cela restera un des plus grands moments de ma vie. Ces pèlerinages ont entraîné des engagements multiples. Dans notre monde désenchanté, ce symbole incarnant une figure paternelle retrouve un grand attrait. Il n'était pas un chef parlant à des jeunes. Il était un ami, un frère, un conseiller, un sage compagnon.

Dans l'attente du successeur, les pronostics allaient bon train. N'oublions pas que le rôle du pape n'est pas celui d'un manager. Il est exemple et signe. Le Vatican est un État, mais non une entreprise. Du nouveau pape nous attendions qu'il soit un Saint dans son message, qu'il ait une grâce et une force puissantes, et surtout qu'il ne cherche pas à imiter Jean-Paul II. Ce serait la dernière des catastrophes. Des dossiers brûlants l'attendent : le dialogue avec les autres religions, le rapport avec les jeunes, la relève sacerdotale. Je souhaite aussi qu'il soit un combattant de la justice, parce que l'extrême pauvreté, partout dans le monde, est un immense combat. En vingt-cinq ans, le pontificat de Jean-Paul II a été marqué par la chute du rideau de fer, la réconciliation avec le peuple juif et un dialogue sans précédent avec l'Islam.

Jean-Paul II a fait bellement entrer le christianisme dans son troisième millénaire. Plutôt que de l'encenser démesurément, être un champion de la vie là où nous sommes sera le signe des étoiles innombrables qui sont nées quand il nous a quittés.

47

Benoît XVI

Un vieux pape tout neuf

Et vous, leur dit-il, qui dites-vous que je suis ? Simon Pierre répondit : « Tu es le Christ, le Fils du Dieu vivant. »
Jésus, reprenant la parole, lui dit : « Tu es heureux, Simon, fils de Jonas ; car ce ne sont pas la chair et le sang qui t'ont révélé cela, mais c'est mon Père qui est dans les cieux. Et moi, je te dis que tu es Pierre, et que sur cette pierre je bâtirai mon Église, et que les portes du séjour des morts ne prévaudront point contre elle. Je te donnerai les clefs du royaume des cieux : ce que tu lieras sur la terre sera lié dans les cieux, et ce que tu délieras sur la terre sera délié dans les cieux. »

Matthieu XVI, 15-19

J'ai appris la nouvelle sur une aire d'autoroute. Mon portable sonne, une voix me dit : « On a la fumée blanche ! » Depuis quelque temps, chacun calculait et faisait ses pronostics. Je ne l'attendais pas mais je le prévoyais. Je ne parlerai pas des querelles des progressistes et des conservateurs ! L'Église ne se résume pas à des tendances de droite et de gauche. En tant que chrétiens, essayons d'éliminer ce vocabulaire de notre bouche. Nous ne sommes pas face à un enjeu politique. Évitons ces classifications partisanes et réductrices.

Les chefs d'État français tels que Mitterrand ou Chirac ont mis trente ans à parvenir au poste de président de la République. Cette lutte terrible les caractérise. S'ils ne démolissent pas leur adversaire, ils ne parviennent pas au trône de l'Élysée. Pour moi, celui qui prétend être le meilleur et dit que l'autre est un enfoiré fait preuve d'un orgueil et d'un esprit inadaptés à l'exercice démocratique du pouvoir. Un président ne restera pas longtemps à sa place s'il entreprend des mesures pour atteindre les plus petits. Mais s'il flatte les grands, les financiers, les plus puissants, il restera au pouvoir. Les lobbys financiers sont devenus si gigantesques que le pouvoir finit par chercher à leur plaire, de gré ou de force.

Élysée et Vatican

Si le président décidait qu'il n'acceptait plus qu'un seul citoyen soit mal logé en France, s'il mobilisait tous les ministères concernés pour trouver une solution… imaginez un peu !

Si le président décrétait la qualité de vie pour tous en passant par les plus pauvres, quel renversement des valeurs ! Et le Président ne ferait pas long feu.

Quand les cent quinze cardinaux sont entrés dans la chapelle Sixtine, ils étaient cent quinze hommes qui ne voulaient pas le pouvoir. La plus grande institution du monde, l'Église catholique, est gérée par un seul homme. Il est entouré d'une équipe, mais finalement il décide seul.

Les musulmans sont un milliard sur la planète. Ils ont toutes sortes de hiérarchies, mais chez eux chaque mufti est un peu un pape dans sa mosquée.

Le pouvoir du plus grand des chefs catholiques est immense. La parole du pape retentit aux quatre coins du monde avec une puissance phénoménale, et souvent les gens traduisent dans leur vie ce que le pape a dit au nom du Christ.

Benoît XVI parle au nom du Christ. Le nouveau pape arrive. Il vient de passer vingt-cinq ans aux côtés de Jean-Paul II. Il fallait établir des lois. Le cardinal Ratzinger l'a fait. Cela a parfois été mal ressenti par certains groupes. Trouvons des voies nouvelles, vivons la radicalité de la parole du Christ, pensent les plus progressistes. Les tendances traditionnelles priment plutôt l'institution.

L'âge de raison ?

En République française, on ne va pas élire un président de soixante-dix-huit ans. Il n'y a plus guère que les dictateurs qui cherchent encore à s'accrocher au pouvoir à cet âge-là.

Joseph Ratzinger a soixante-dix-huit ans. Jean XXIII en avait soixante-dix-sept. On pensait que ce dernier serait un pape de transition. On le trouvait conservateur. Et c'est lui qui, annonçant la bonne nouvelle de Vatican II, a mis un binz grave dans l'Église !

Benoît XVI sera-t-il une bombe évangélique comme l'a été Jean XXIII ? Espérons-le ! Les cent quinze cardinaux ont osé quelque chose. Il faut un sacré culot pour mettre un vieillard de cet âge à la tête de cette institution. l'Esprit saint joue aussi énormément dans une telle situation. La décision a été prise en vingt-quatre heures. Si Joseph Ratzinger a été jugé le meilleur, je pense que nous pouvons leur faire confiance. L'assemblée des cent quinze sages de l'Église a été rapidement éclairée. L'élu est très connu de la Curie romaine. L'assemblée est composée de toutes les tendances. Je fais entièrement confiance à la rapidité de sa décision. Nous découvrirons ce que signifie cette élection. Nous n'en savons encore presque rien quelques mois plus tard.

L'intelligence supérieure, la discrétion et la défense acharnée de la foi catholique ont dû être des facteurs déterminants pour que Benoît XVI soit élu pape.

« Ayons confiance ! »

Il a prononcé ce mot d'ordre dès son arrivée. J'ai aussi aimé qu'il se déclare l'humble laboureur, l' « humble serviteur de la vigne ». Il ne se prend pas pour le P-DG d'un grand Saint-Émilion ! Mais il se présente comme l'ouvrier du meilleur cru de l'Église.

Souvenons-nous des douze apôtres. Ils étaient aussi de pauvres serviteurs dans la vigne du Seigneur. Si le grand vigneron était Jésus-Christ, les douze apôtres n'étaient pas très inspirés. Benoît XVI sera dans la lignée des douze. Il a une pensée solide. On lui prête un esprit rigide : nous le verrons. Il peut changer aussi. Lorsqu'il était dans la Curie, on lui imposait des limites très fortes. Aujourd'hui il a une responsabilité dans le monde entier. Cela peut changer la donne. Jean-Paul II, au moment de son élection, a vu monter les votes. Lui qui était si calme, si posé, allait de droite à gauche dans les couloirs, il ne tenait pas en place. Il se disait : « C'est tombé sur ma gueule. » Deux jours après l'élection, un cardinal fait sa remarque : « C'est extraordinaire, on a l'impression qu'il est pape déjà depuis un ou deux ans. » À partir du moment où l'on ne recherche pas le pouvoir, mais qu'on cherche à servir l'Église, on sait que Dieu nous donne Sa force. La personne investie se trouve libérée, en état de grâce, portée et habitée.

C'est un mystère d'amour, vécu par les catholiques. Benoît XVI est un vieillard tout neuf pour l'Église. Ne jugeons pas, accueillons un homme tout neuf.

L'élection pontificale est une élection hors normes

Je m'interroge : pourquoi le monde si critique vis-à-vis de l'Église couvre-t-il médiatiquement l'événement de l'élection du pape de façon aussi forte ? Il est incontestable que les médias s'intéressent aux apparences de l'Église. Ils mélangent le pouvoir temporel et le pouvoir spirituel. Le départ de Jean-Paul II et l'arrivée de Benoît XVI sont deux temps très forts que nous avons vécus ensemble. J'ai souhaité dire aux chrétiens : « Priez et croyez à la puissance de la prière. » La puissance de nos prières a permis l'élection du pape qu'il nous fallait, avec l'appui et le discernement des cardinaux.

« Notre faiblesse est notre force », dit saint Paul. Je souhaite que notre pape dise son ouverture au monde. L'Évangile est annoncé en priorité aux pauvres. Comment l'annoncer quand un milliard de personnes n'a pas trois repas par jour ? Comment dire Dieu à un homme au ventre vide ? Un milliard de personnes sont contraintes d'aller chercher l'eau loin de leur habitation.

Des millions de gens sont sans travail. Comment annoncer Dieu à un jeune à qui l'on n'a jamais donné d'outil et qui ne peut pas vivre ses rêves ? Il fauchera un sac à main pour que sa vie ressemble à celle qu'il désire. Je sais trop bien combien d'actes de délinquance sont commis par des jeunes qui n'ont pas la possibilité de travailler.

La répartition des richesses est une question énorme pour notre monde. De même, la pollution doit nous mettre en état d'urgence. Il ne fait aucun doute que Benoît XVI n'a aucune envie de voir ses arrière-petits-neveux porter un masque à gaz pour respirer l'air de la terre. C'est un enjeu fondamental. Saura-t-il mettre en branle un milliard de chrétiens pour sauver notre planète ? C'est cela, annoncer un Dieu d'amour créateur, c'est combattre pour garder notre terre intacte.

Annonçons notre foi, soyons les garants de la foi. Annonçons Jésus mort et ressuscité par nos actes. Si un milliard de catholiques, même s'ils ne sont pas tous d'accord, marchent avec Benoît XVI, alors il ira loin. Accueillons-le dans notre cœur. Aimons et bâtissons notre Église. Je rêve que ce nouveau pape inscrive au fronton de son pontificat : « Luttons pour un monde juste et fraternel au nom du Christ libérateur. » Un milliard de catholiques en marche demain pour un monde meilleur, s'acharnant à lutter contre le chômage et donnant la priorité absolue aux plus pauvres, convaincront l'humanité que le Christ fils de Dieu est vivant, et le plus grand libérateur de tous les temps. On peut rêver. L'Évangile vécu au ras des pâquerettes participe à ce rêve. À vivre d'urgence, tout de suite.

J'ai aimé que Benoît XVI dise aux milliers de jeunes, aux JMJ de Cologne : « Vivez la révolution de l'amour. Non l'amour de la violence, mais la violence de l'amour. » Bien vu, Benoît. Mais une révolution sans désir de justice est bidon. Alors, chrétiens, accrochons-nous.

La priorité de la révolution dans l'Église n'est-elle pas de s'unifier ? Benoît XVI, en recevant Mgr Fellay, le chef de file des traditionnalistes, et ensuite Hans Küng, le chef des contestataires progressistes d'Allemagne, semble vouloir rallier les extrêmes tout en faisant l'unité dans son Église. Gageons que les jeunes catholiques du monde seront sensibles à ce geste sans précédent.

48

Qu'est-ce qu'un conservateur ?

Ne le sommes-nous pas tous ?

Afin que nous ne soyons plus des enfants, flottants et emportés à tout vent de doctrine, par la tromperie des hommes, par leur ruse dans les moyens de séduction, mais que, professant la vérité dans la charité, nous croissions à tous égards en celui qui est le chef, Christ. C'est de lui, et grâce à tous les liens de son assistance, que tout le corps, bien coordonné et formant un solide assemblage, tire son accroissement selon la force qui convient à chacune de ses parties, et s'édifie lui-même dans la charité.

Éphésiens IV, 14-16

J'ai été frappé, au cours des nombreuses interviews auxquelles j'ai répondu quand le pape Benoît XVI a été élu, par ce terme qu'on m'envoyait sans cesse à la figure : conservateur.

Je me suis dit qu'il serait intéressant de décortiquer un peu ce mot tellement à la mode. Il n'y a pas un article qui ne l'utilise. Que signifie donc « être conservateur » ? Serions-nous tous des conservateurs qui nous ignorons ? Le progressiste le plus convaincu aurait-il lui aussi sa part conservatrice ?

Première apparition

Benoît XVI est arrivé et tout le monde l'a étiqueté conservateur. Il ne sera certainement pas comme Jean-Paul II. J'ai remarqué que leurs gestes étaient très différents. Quand Jean-Paul II est apparu la première fois au balcon, en 1978, il ouvrait grand les bras, tandis que Benoît XVI avait les mains serrées. Il semblait comme en prière. L'attitude d'une personne révèle des aspects importants de son tempérament. Ses bons yeux de vieillard paraissent un peu affolés, l'air de dire: «Qu'est-ce que je fiche là?» Il ne le désirait pas. Chaque pape est un don de Dieu, quand on croit que l'Esprit saint est au cœur de l'élection. Des journalistes me disent: «Tu as vu ses discours d'avant? C'est sûr, cette élection est pleine de magouilles...» Comment peut-on dire une chose pareille...? Les catholiques savent que le pape est un choix de Dieu. D'après le frère de Benoît, celui-ci était un peu malade et surtout ne désirait pas être élu. Que notre prière et notre amitié précèdent son chemin difficile! Et ne confondons pas l'Église et le pape. Benoît est le dernier à recevoir une délégation ancienne de deux mille ans, qui consiste à nous transmettre la doctrine et à nous mettre sur la voie de l'Évangile comme chef de l'Église.

L'étiquette de conservateur que l'on colle à Benoît XVI va rapidement disparaître. Son rôle au Vatican consistait à veiller à la doctrine de la foi. Il reste un cardinal brillant, très doué sur le plan religieux et spirituel, chargé de parler au nom de l'Église pour que la doctrine soit exactement donnée. Cette rigueur s'applique à tous les domaines.

Les médias ont voulu enfermer le cardinal Ratzinger dans la raideur de sa fonction doctrinale. C'était le boulot du veilleur qu'il était. Un cardinal dont la mission est de veiller sur une doctrine qui gère un milliard de catholiques ne peut pas se permettre d'à peu près. Il doit donner des indications fermes et précises.

La doctrine et l'interprétation

L'Église refuse la communion aux divorcés. Un évêque me confiait récemment qu'il répondait : « Faites selon votre for intérieur. » Cet évêque conseille donc de faire selon sa conscience. C'est très beau, mais il faut que la doctrine soit nette. Des prêtres refusent parfois publiquement de donner la communion à quelqu'un qui a été divorcé et remarié. La personne tend la main et elle se voit refuser le pain. Le prêtre n'a pas à agir ainsi si la personne souhaite communier, et il n'a pas à fustiger publiquement un croyant.

Il faut bien que quelqu'un nous dise quels rites nous devons vivre. Sinon certains prêtres feraient sûrement preuve d'excès d'originalité. Pourquoi pas jouer du violon, ou fumer le calumet de la paix avec l'assemblée… On assisterait à toutes les fantaisies. La doctrine doit être donnée. Elle doit aussi être interprétée. Les Africains n'ont pas la même façon de vivre l'Eucharistie. Chez nous, les anciens ont les fesses serrées dans les églises. Si vous allez à Paray-le-Monial, vous verrez que tout explose pendant la messe. Il y a eu des changements extraordinaires.

Certains auraient voulu un autre pape, à la réputation plus progressiste. Au fond, je crois que nous serions devant le même problème : le dépit de certains, la réjouissance des autres.

Le prêt-à-penser

Certains commencent à opposer Jean-Paul II à Benoît XVI. C'est assez drôle parce qu'on disait de

Jean-Paul II qu'il était très conservateur... Maintenant, il apparaîtrait donc progressiste ?

Les mots « conservateur » et « progressiste » autorisent l'économie de la nuance ou de la simple réflexion. On fiche, on étiquette et au suivant. Quelle définitions pouvons-nous donner de ces termes antagonistes ? Nous sommes tous conservateurs. Nous sommes conservateurs de nos propres réflexes. Nous sommes conservateurs de nos idées, que nous ne voulons à aucun prix changer. À la télévision, au cours d'une émission, quelqu'un était violent contre l'Église, accablant Jean-Paul II. Il se disait extrêmement progressiste. Je lui ai dit qu'il était le pire des conservateurs parce qu'il était complètement figé dans son opposition à l'Église. Il n'a plus su quoi répondre. Ne sommes-nous pas conservateurs de nos habitudes, de nos automatismes mentaux ? De nos biens, de notre identité ?... Des citoyens français attaquent les Noirs, les Arabes, et je demande : « Dis-moi, ton grand-père, d'où était-il ? – Pologne ! – Et toi ? – Suisse. » Un autre : « Allemand. » C'est intéressant.

Nous sommes conservateurs de notre réputation. Chacun tient à la conserver. Nous sommes conservateurs de nos passions, de nos goûts musicaux. Certains écoutent uniquement un type de musique précis et rien d'autre. J'encourage souvent à découvrir autre chose. Nous sommes conservateurs de nos revenus. Que Jacques Chirac touche aux revenus des Français, et c'est la grève !

Nous sommes conservateurs de nos certitudes

Que tenez-vous tant à conserver ? Il y a à prendre et à laisser dans ce que l'on conserve. Celui qui est large d'esprit changera la disposition de son appartement de temps en temps. Les anciens ont parfois du mal à adopter un minimum de mouvement.

Qu'avons-nous à protéger et qu'avons-nous à conserver ? Que sommes-nous prêts à abandonner ? Que garder et que laisser ? Comment faire un tri ? S'agissant de l'Église, c'est une excellente question : que doit-elle maintenir contre vents et marées ? C'est un grand problème. Une telle institution est nécessairement contre le changement en fonction des modes. Joseph Ratzinger a eu des mots fermes contre l'égoïsme, l'individualisme, le relativisme des valeurs, l'hédonisme. Il attaque le monde frontalement. Dans sa doctrine, dans sa discipline, dans ses structures, qu'est ce que l'Église peut changer ? L'appel des hommes mariés prêtres, des diaconesses, si cela devait arriver dans la discipline de l'Église, beaucoup de choses changeraient. Le Vatican peut évoluer en fonction des nombreux appels des épiscopats. Chaque pape a fait changer des choses, et nous pouvons avoir des surprises, comme nous en avons eu avec Jean XXIII réputé vieux conservateur… et finalement grand ouvrier de l'ouverture de l'institution. La confiance que nous mettrons en Benoît lui donnera la possibilité de pratiquer les changements nécessaires.

Une trajectoire de deux mille ans

L'essentiel de l'Église est à conserver. C'est en ce sens, peut-on dire, que l'Église est conservatrice. Cela garantit sa pérennité. Nous avons deux mille ans d'histoire. Le dépôt de la foi et la tradition du meilleur : voilà ce que l'Église doit conserver. Jacques Chirac est le garant conservateur des vieilles valeurs de la République : liberté, égalité et fraternité. D'une autre manière, François Mitterrand était un très grand conservateur lui aussi.

Malgré tous les obstacles dans l'histoire des hommes, l'Église trace depuis deux mille ans une formidable trajectoire. Nous avons eu une papesse, Jeanne, à une époque où l'Église avait trois papes à la fois... Elle aurait pu cent fois se fractionner. Mais elle perdure. Il s'agit de conserver sa parole de vie, cette vie qui s'incarne en chacun de nous, du ventre des femmes qui portent un fœtus jusqu'au vieillard qui s'éteint.

Joseph Ratzinger conservait le dépôt de la foi. Il n'est plus à la Curie. Pape, il devient le premier d'entre les pairs. L'homme n'est jamais un bloc. Il est passé d'un travail pour l'Église à un travail pour le monde entier. Benoît a une histoire, il a une famille, une nationalité. Il a été archevêque pendant quatre ans à Munich. C'est un homme de l'appareil. Il a passé vingt-cinq ans main dans la main avec Jean-Paul II. Sa culture est immense, dit-on, il est d'une extraordinaire intelligence synthétique et analytique. Il a un caractère, on le sait, timide, humble, effacé, affable. Il a un passé. C'était un artisan passionné de Vatican II mais, en mai 68, il a vu rouge. Il s'est dit: «Faisons attention.» Il semble un peu en froid avec la modernité. L'intéressant est qu'il ne s'est pas mis à genoux devant son époque. Il a des principes dans un monde où les principes sont plutôt changeants. Il affirme que tout ne se vaut pas. En ce sens, j'espère que nous sommes tous conservateurs. Il a eu des paroles remarquées sur le relativisme. Il croit à quelque chose, à Quelqu'un, et il le proclame.

Relativisme et conservatisme

Le relativisme me semble dangereux parce qu'il autorise à tout changer, à tout monnayer.

Le philosophe Léo Strauss ridiculisait le relativisme par une phrase fameuse: «Si tout se vaut, alors le cannibalisme n'est qu'une affaire de goût.» Est-ce faire preuve de modernisme de dire que tout se vaut? Je pense que l'on peut être extrêmement moderne en disant non au relativisme. Dans le monde d'aujourd'hui plus que jamais, quelqu'un que l'on taxe de conservatisme peut être très moderne. Il s'agit de valoriser telle ou telle valeur par rapport à une autre. Dans nos sociétés l'individualisme est roi. Est-ce que ça veut dire : « Fais ce que tu veux » ? Les idéaux de la démocratie, la tolérance, le respect, le partage… sont inscrits sous les termes de liberté, d'égalité et de fraternité. Ce ne sont pas des idéaux individualistes ! Notre société est faite de cette lutte constante entre les individus et les idéaux.

Évidemment nous n'attendons pas de Benoît XVI qu'il bouleverse tout dans l'Église, étant donné son passé et son âge. Mais il prolongera certainement l'œuvre de Jean-Paul II, il maintiendra l'Église et ses idéaux, sauf si un Jean XXIII se découvre en lui… Les années à venir nous permettront de voir ce qu'il a dans la tête et le cœur pour l'Église. Gageons qu'il nous éclairera.

L'Église est en marche, avec un nouveau visage. Avançons avec ce vieux bonhomme aux cheveux blancs, ayons confiance dans le messager qu'il est devenu pour nous.

Beaucoup de choses doivent changer dans l'Église. C'est une évidence. Mais ne demandons pas à un seul homme de tout faire. Aller du traditionnel au progressiste dans l'Église demande un équilibre surhumain. Heureusement que le Christ veille sur son Église pour donner à un homme fragile la force de révéler qu'Il est vivant et ressuscité. Tout le reste, c'est du pipi de chat.

49
L'Église est-elle en phase avec le monde ?

Une tradition qui avance

> Si le monde vous hait, sachez qu'il m'a haï avant vous.
> Si vous étiez du monde, le monde aimerait ce qui est à lui ; mais parce que vous n'êtes pas du monde, et que je vous ai choisis du milieu du monde, à cause de cela le monde vous hait.
> Souvenez-vous de la parole que je vous ai dite : « Le serviteur n'est pas plus grand que son maître. » S'ils m'ont persécuté, ils vous persécuteront aussi ; s'ils ont gardé ma parole, ils garderont aussi la vôtre. Mais ils vous feront toutes ces choses à cause de mon nom, parce qu'ils ne connaissent pas Celui qui m'a envoyé.
>
> Jean XV, 18-21

Face au bouillonnement que vit le monde chrétien aujourd'hui, réfléchissons sur ce que vit l'Église. Quelle est sa place dans le monde contemporain ? Est-elle en retard sur son temps ou est-elle en phase ?

Constatons en premier lieu qu'aucune institution mondiale n'est aussi présente dans l'opinion que l'Église. Certains le déploreront, mais c'est un fait. Elle est démesurément louée à certaines occasions. La mort de Jean-Paul II a donné lieu à un phénomène médiatique mondial. L'Église est aussi vilipendée, critiquée avec douceur par certains, avec acharnement et violence par d'autres. Jean-Paul II a eu le génie d'inventer l'Église qu'il fallait pour un monde en voie de mondialisation. Si Jean-Paul II a utilisé les médias d'une manière aussi unique, c'est parce qu'ils étaient pour lui des moyens d'évangélisation.

À travers les médias, nous faisons passer une parole et nous nous engageons à faire passer l'Évangile d'une manière audible. C'est une façon d'annoncer les mystères de l'Église. Dire ma foi au cœur de mon action d'éducateur spécialisé auprès des jeunes que l'on désigne comme délinquants est très important. C'est dire, dans un monde très dur, que sans ma foi j'aurais depuis longtemps tout laissé tomber.

« Votre force est votre faiblesse » (saint Paul)

Je pense que la place de l'Église moderne doit être dans l'action et le dynamisme. Le trône du pape n'a rien à voir avec le trône de notre président de la République. La force de celui qui occupe le Saint Siège est faite de sa faiblesse. La faiblesse est méprisée par le monde. Jean-Paul II en a fait sa force maximale. La souffrance et la mort de Jean-Paul II sous nos yeux ont eu une efficacité tout à fait remarquable. Sa force spirituelle est infiniment supérieure à celle d'un chef d'État ou d'un secrétaire général des Nations unies. Nous avons vu comment les gigantesques coups de boutoir spirituels de Jean-Paul II ont bousculé le marxisme en Europe de l'Est, par la puissance fabuleuse de la non-violence. Il n'avait que cent gardes suisses en fait d'armée !

L'Église est théocratique, non démocratique. Elle est voulue par Dieu, par le Christ. La succession vient de

Pierre. Le Christ a choisi Pierre et a dit: «Mon pote, c'est toi qui me succéderas.» Ou plus exactement: «Tu es Pierre et sur cette pierre je bâtirai mon Église.» C'est ce que l'Église catholique croit. Lorsqu'on a posé la question de sa démission au pape, Jean-Paul II a répondu: «À qui dois-je remettre ma démission?» Il règne pourtant une certaine démocratie dans l'Église: Pierre et Paul ont eu de nombreux débats. Ils n'étaient pas d'accord sur tout. Et aujourd'hui les quatre mille cinq cents évêques de l'Église ne sont pas non plus d'accord sur tout. Vatican II a été l'occasion de très grands débats. Avec Benoît XVI une forme plus aboutie de collégialité permettra une direction plus démocratique de l'Église, espérons-le. Dans d'innombrables synodes, des chrétiens planchent pendant des mois, voire des années, pour faire connaître aux autorités de Rome ce qu'ils voudraient perfectionner dans l'Église. Il a été dit que Jean-Paul II n'avait pas su en tenir suffisamment compte. L'élan démocratique à l'intérieur de l'Église est bien réel, même si par essence elle n'est pas une institution démocratique. Benoît XVI n'a pas été élu par un milliard de croyants. Un suffrage universel direct prendrait dix ans! Il suffit de cent quinze cardinaux qui se réunissent pour élire l'un d'eux en deux jours.

Le pape parle au nom de Dieu. George Bush parle au nom de son pays, notamment de ceux et celles qui ont voté pour lui. Jacques Chirac parle au nom du peuple des Français qui l'a élu. Il lui promet tout et son contraire. C'est entendu, et nous en voyons chaque jour le résultat. Le pape n'a ni clients ni votants. Parler au nom de Dieu est le mystère de l'Église. Le pape doit être un esprit supérieur. Il ne peut pas prendre ses désirs pour des réalités, mais plutôt prendre les désirs de Dieu pour le bien de l'humanité. Lorsque aux dernières élections américaines George Bush a senti un appel conservateur très fort, il s'est empressé de flatter les tendances spirituelles de son pays. C'est de cette façon qu'il a remporté la victoire. De plus, il prétend représenter les forces spirituelles aux USA. Sur ce plan, il est un peu plus que léger… Qu'il n'oublie pas que le peuple électeur est versatile : 60 % des Américains sont aujourd'hui contre la guerre en Irak. Les cyclones contre lesquels George Bush n'a aucune autorité et qui ont ravagé les États-Unis nous révèlent malheureusement un pays hier triomphant, aujourd'hui déchiré, meurtri par ses pauvretés.

Le pape n'a aucun pouvoir à conquérir, aucune terre, aucun puits de pétrole. C'est ce qui fait sa puissance phénoménale. Il ne peut et ne doit proclamer qu'un Christ, fils de Dieu, pauvre et fragile.

Un pouvoir donné par l'Évangile

Le pouvoir spirituel de l'Église est donné par l'Évangile. L'Église conserve le dépôt de la foi et la tradition. Il s'agit d'une tradition qui avance. La tradition qui plante sa crosse dans le ciment comme un Mgr Lefèvre est une tradition qui meurt. Ayons confiance dans les évêques et en Benoît XVI pour veiller que la tradition ne se fourvoie pas, mais qu'elle avance. Une tradition qui n'avance pas est condamnée. Une tradition qui n'avance pas n'est pas une tradition ecclésiale. Pour cette raison, être pape est très difficile. Le conservateur chrétien dira : « L'institution d'abord. » Alors tout ce que le pape dit est pris pour parole d'évangile puisque l'institution ne peut pas se tromper. De l'autre côté, le progressiste dira : « L'Évangile d'abord, dans toute sa radicalité. » Pour lui, l'institution peut se tromper. D'une certaine manière, il me semble que Jean-Paul II a réussi le tour de force d'être les deux à la fois. Il a été dépositaire de la foi, et il a su poser des gestes historiques totalement inédits pour un pape.

Là où nécessairement l'Église ne sera jamais en phase avec le monde, c'est sur les questions de morale. C'est là que ça coince ! À chaque interview on me demande pourquoi le pape est contre la capote. Pourquoi le pape s'acharne-t-il contre l'avortement ? Pourquoi le pape est-il bloqué contre l'euthanasie ? Que répondre ? Chaque pape défend la vie, du fœtus jusqu'au mourant. Là-dessus l'Église ne sera jamais en phase avec le monde contemporain. Elle se situe comme le champion de la défense de la vie. Le pape Jean-Paul II a parfois dénoncé une « culture de mort » en opposition à une « culture de la vie ». Les États ne considèrent pas que le fœtus soit un être humain. Nous, chrétiens, pensons que oui. Par conséquent, on ne sera jamais d'accord avec le monde sur les questions de l'avortement, de la sexualité et de l'euthanasie, les clones, les transferts d'embryons. En l'espace de cinquante ans, les découvertes se sont succédé à très grande vitesse. Par rapport à tout ça, l'Église veut se situer comme une championne de la vie. Elle apparaît alors figée dans sa défense de la vie.

De plus, si Benoît XVI martèle : « L'Église est morte sans l'Eucharistie », une seule réponse arrive à nos lèvres : « Alors trouvons des prêtres. » Pour les questions disciplinaires, c'est autre chose. La place des femmes, la question du célibat, les rites… Le nouveau pape va avoir beaucoup de demandes sur ces questions. Le cardinal Barbarin, a déclaré il y a quelques années : « L'Église peut envisager, en cas de pénurie de prêtres au cours de son histoire, et tout en gardant le célibat comme un trésor, que des hommes mariés soient prêtres. » Il ajoutait que son point de vue n'était pas sociologique, mais spirituel. L'urgence est dans l'Eucharistie, donc il nous faut des prêtres.

Dans notre monde la mort est absente

La mort a été congédiée du monde contemporain. On connaît les taux de suicide des jeunes, particulièrement inquiétants, et ceux des anciens, dont on parle très peu. Paradoxalement, la mort est absente, mais on ne parle que d'elle. La télévision ne montre que des catastrophes, des accidents, des génocides, des attentats, des épidémies, des incendies, des famines… Le cadavre est omniprésent dans nos infos. Et on refuse la mort dans notre univers quotidien. Pourtant la résurrection du Christ signifie que nous tournons le dos à la mort. Je n'ai pas voulu aller voir le cadavre du pape. Comme disait le Christ : « Laissez les morts enterrer les morts. » Souvenez-vous des cinq femmes devant un tombeau vide. Le monde ne parle que de tombeaux pleins de cadavres. Le christianisme est l'inverse : c'est la religion du tombeau vide. Nous croyons à la résurrection.

Aux cinquante-cinq jeunes décédés de mort violente que j'ai enterrés en trente-cinq ans à Paris, je disais : « Tu as manqué ta vie, mais l'amour que tu cherchais, tu l'as maintenant. » Quand je m'approchais du cadavre, je lisais la résurrection sur ces visages d'adultes morts si jeunes et si violemment.

L'Église ne sera jamais en phase avec le monde, même si elle se veut moderne, active et dynamique. Parce que sa faiblesse sera sa force. La vie du Christ, sa mort et sa résurrection sont ses atouts maîtres. Le Christ disait : « Vous êtes dans le monde, mais vous n'êtes pas du monde. » À l'âge de vingt-quatre ans, Julien Green écrivait : « Ne vous conformez pas au monde. N'avilissez pas votre catholicisme en le mettant à la vie du monde, faites-en quelque chose de surnaturel. Puisse l'Église ne jamais prendre la forme du siècle. Si un jour elle écoute les petits mufles du réalisme qui lui ordonnent de s'adapter à son époque, elle faillira à sa mission. Nous devons accepter l'idée de malentendus entre nous quand nos logiques sont contradictoires. Pourquoi faudrait-il que le Vatican réécrive les dix commandements de Moïse tous les dix ans au gré des dernières enquêtes d'opinion ? » Il écrivait ces mots en 1924.

Le pape Jean-Paul II et les athlètes

L'exposition des muscles triomphants à Athènes a coïncidé avec l'effrayante extinction des moyens physiques de notre ancien pape Jean-Paul II. D'un côté, les athlètes vont jusqu'au bout de leurs forces physiques pour accrocher autour de leur cou ce but suprême : une médaille olympique. Jean-Paul II n'avait qu'une force spirituelle géante à offrir malgré un délabrement si obstinément exposé. La seule médaille que l'on emporta de Lourdes fut son discours d'athlète de la liberté : « Soyez des hommes et des femmes libres. »

Le sportif, dans l'exercice de son sport extrême, tient compte du moindre détail : la température de l'eau, le type de combinaison, la position de départ qui lui fera supplanter son adversaire de quelques centièmes de seconde. Notre pape, dans sa logique évangélique, ne faisait pas de détail. À nous d'en faire si on le souhaite. Le Christ n'en a pas fait quand il nous donnait par exemple ce précepte : « Aime ton ennemi. »

De même, parlant du respect de la vie, de toute vie, Jean-Paul II martelait : « La vie est sacrée. » Toute décision humaine d'y mettre un terme peut être en conséquence sacrilège.

L'athlète a des repères précis intouchables. Sa vie sportive en dépend. Notre pasteur suprême identifiait les repères avec une force que sa faiblesse physique exaltait. C'étaient les siens, puisés dans l'Évangile. Sa fonction l'exigeait à un moment de notre histoire où les sociétés perdent leurs repères ou les brouillent. La parole de Dieu donnée pour tout le monde au nom du Christ est une parole d'amour et de vie : « Aimez-vous, faites tout les uns pour les autres. »

Les Jeux olympiques ont une autre logique, destructive. Le meilleur triomphe contre les perdants, quitte à prendre parfois le risque de tricher pour vaincre. « La société de compétition, c'est, à terme, la société du suicide », dit bellement le biologiste Albert Jacquard. Le fric et la gloire nationale empuantissent les Jeux, avec le risque là aussi de passer sournoisement un relais destructeur aux milliards d'humains scotchés à leur poste de télé. Notamment aux jeunes.

On peut toutefois relativiser ces pages en sachant qu'à chaque Jeux olympiques, des milliers de clubs de jeunes naissent et permettent aux adolescents de traîner leurs crampons dans les stades, animés par la saine passion du sport.

Remettre l'homme au cœur de la société est urgentissime. Accorder la première place à l'être humain dans toute son intégrité et sa liberté doit être notre combat prioritaire. Merci à Jean-Paul II, notre athlète de Dieu, d'avoir été un des hérauts au cœur de nos sociétés déboussolées ou aveuglées par des systèmes mortifères. Rien n'est perdu si nous devenons à notre tour les « combattants de la liberté », relayant la parole de notre pape disparu, paradoxalement aussi puissante dans le fond qu'inaudible dans sa forme.

Notre vocation première

Chaque pape, chaque chrétien lance des ponts, c'est notre vocation première. Envers et contre tous. Ma faiblesse face à des jeunes disloqués est ma force. Ma volonté de rayer du dictionnaire le mot « irrécupérable » est invincible. Quel combat ! Mais cette part de cristal que je trouve en chacun d'eux au milieu de tant de scories m'éveille à l'espérance, sans cesse. Humainement, cette tâche est impossible. La vie du Christ lue, méditée et priée chaque jour me donne la force. Je sais la puissance qu'elle peut susciter. Elle est invincible.

Table

II

Quel progrès dans ce monde en mouvement ?

III

Vivre et savoir mourir

IV

Convictions d'un croyant

V

Une Église et une morale pour notre temps

COMPOSITION : PAO EDITIONS DU SEUIL

GROUPE CPI

Achevé d'imprimer en mars 2007
par **BUSSIÈRE**
à Saint-Amand-Montrond (Cher)
N° d'édition : 88197. - N° d'impression : 70363.
Dépôt légal : avril 2007.
Imprimé en France

DU MÊME AUTEUR

Un prêtre chez les loubards
Stock, 1978
et « Le Livre de poche » n° 5888

La rue est mon église
Stock, 1980
et « Le Livre de poche » n° 5967

Des jeunes y entrent, des fauves en sortent
Stock, 1982
et « Le Livre de poche » n° 6012

L'Espérance aux mains nues
Stock, 1984
et « Le Livre de poche » n° 6120

Aventurier de l'amour
Stock, 1986
et « Le Livre de poche » n° 6453

Avec mon aube et mes santiags
Stock, 1988
et « Le Livre de poche » n° 7313

Lutte, prie et aime
Livre ouvert, 1989

Les Petits Pas de l'amour
Stock, 1990
et « Le Livre de poche » n° 9536

Jusqu'au bout
Stock, 1993
et « Le Livre de poche » n° 13629

Dieu, mon premier amour
Stock, 1995
et « Le Livre de poche » n° 14351

Des loups dans la Bergerie
Stock, 1996
et « Le Livre de poche » n° 14549

Dealer d'amour
Stock, 1997
et « Le Livre de poche » n° 14753

Chemin de croix
Béatitudes, 1998

Cris de jeunes
Salvator, 1999
et « J'ai lu » n° 5779

Le Rosaire : le plus bel album de famille
Béatitudes, 1999

Passeurs de l'impossible
Stock, 2000
et « Le Livre de poche » n° 15196

La Violence, un appel
Livre ouvert, 2001

Ma religion, c'est l'amour
Stock, 2001
et « Le Livre de poche » n° 15594

L'Évangile selon saint Loubard
Philippe Rey, 2003
et « Points » n° P1281

Kamikaze de l'espérance
Stock, 2004
et « Le Livre de poche » n° 30455

Prières glanées
Fidélité, 2004

Les Mystères lumineux du Rosaire
Béatitudes, 2005

Et si je me confessais
Stock, 2006

Collection Points

DERNIERS TITRES PARUS

P1386. Beaux seins, belles fesses, *Mo Yan*
P1387. Séfarade, *Antonio Muñoz Molina*
P1388. Le Gentilhomme au pourpoint jaune
Arturo Pérez-Reverte
P1389. Ponton à la dérive, *Daniel Katz*
P1390. La Fille du directeur de cirque, *Jostein Gaarder*
P1391. Pelle le Conquérant 3, *Martin Andersen Nexø*
P1392. Pelle le Conquérant 4, *Martin Andersen Nexø*
P1393. Soul Circus, *George P. Pelecanos*
P1394. La Mort au fond du canyon, *C.J. Box*
P1395. Recherchée, *Karin Alvtegen*
P1396. Disparitions à la chaîne, *Åke Smedberg*
P1397. Bardo or not Bardo, *Antoine Volodine*
P1398. La Vingt-Septième Ville, *Jonathan Franzen*
P1399. Pluie, *Kirsty Gunn*
P1400. La Mort de Carlos Gardel, *António Lobo Antunes*
P1401. La Meilleure Façon de grandir, *Meir Shalev*
P1402. Les Plus Beaux Contes zen, *Henri Brunel*
P1403. Le Sang du monde, *Catherine Clément*
P1404. Poétique de l'égorgeur, *Philippe Ségur*
P1405 La Proie des âmes, *Matt Ruff*
P1406. La Vie invisible, *Juan Manuel de Prada*
P1407. Qu'elle repose en paix, *Jonathan Kellerman*
P1408. Le Croque-mort à tombeau ouvert, *Tim Cockey*
P1409. La Ferme des corps, *Bill Bass*
P1410. Le Passeport, *Azouz Begag*
P1411. La station Saint-Martin est fermée au public
Joseph Bialot
P1412. L'Intégration, *Azouz Begag*
P1413. La Géométrie des sentiments, *Patrick Roegiers*
P1414. L'Âme du chasseur, *Deon Meyer*
P1415. La Promenade des délices, *Mercedes Deambrosis*
P1416. Un après-midi avec Rock Hudson
Mercedes Deambrosis
P1417. Ne gênez pas le bourreau, *Alexandra Marinina*
P1418. Verre cassé, *Alain Mabanckou*
P1419. African Psycho, *Alain Mabanckou*
P1420. Le Nez sur la vitre, *Abdelkader Djemaï*
P1421. Gare du Nord, *Abdelkader Djemaï*
P1422. Le Chercheur d'Afriques, *Henri Lopes*
P1423. La Rumeur d'Aquitaine, *Jean Lacouture*
P1424. Une soirée, *Anny Duperey*

P1425. Un saut dans le vide, *Ed Dee*
P1426. En l'absence de Blanca, *Antonio Muñoz Molina*
P1427. La Plus Belle Histoire du bonheur, *collectif*
P1429. Comment c'était. Souvenirs sur Samuel Beckett
Anne Atik
P1430. Suite à l'hôtel Crystal, *Olivier Rolin*
P1431. Le Bon Serviteur, *Carmen Posadas*
P1432. Traité de savoir-vivre à l'usage des jeunes Russes
Gary Shteyngart
P1433. C'est égal, *Agota Kristof*
P1434. Le Nombril des femmes, *Dominique Quessada*
P1435. L'Enfant à la luge, *Chris Mooney*
P1436. Encres de Chine, *Qiu Xiaolong*
P1437. Enquête de mor(t)alité, *Gene Riehl*
P1438. Le Château du Roi Dragon. La Saga du Roi Dragon I
Stephen Lawhead
P1439. Les Armes des Garamont. La Malerune I
Pierre Grimbert
P1440. Le Prince déchu. Les Enfants de l'Atlantide I
Bernard Simonay
P1441. Le Voyage d'Hawkwood. Les Monarchies divines I
Paul Kearney
P1442. Un trône pour Hadon. Le Cycle d'Opar I
Philip-José Farmer
P1443. Fendragon, *Barbara Hambly*
P1444. Les Brigands de la forêt de Skule, *Kerstin Ekman*
P1445. L'Abîme, *John Crowley*
P1446. Œuvre poétique, *Léopold Sédar Senghor*
P1447. Cadastre, *suivi de* Moi, laminaire…, *Aimé Césaire*
P1448. La Terre vaine et autres poèmes, *Thomas Stearns Eliot*
P1449. Le Reste du voyage et autres poèmes, *Bernard Noël*
P1450. Haïkus, *anthologie*
P1451. L'Homme qui souriait, *Henning Mankell*
P1452. Une question d'honneur, *Donna Leon*
P1453. Little Scarlet, *Walter Mosley*
P1454. Elizabeth Costello, *J.M. Coetzee*
P1455. Le maître a de plus en plus d'humour, *Mo Yan*
P1456. La Femme sur la plage avec un chien, *William Boyd*
P1457. Accusé Chirac, levez-vous !, *Denis Jeambar*
P1458. Sisyphe, roi de Corinthe. Le Châtiment des Dieux I
François Rachline
P1459. Le Voyage d'Anna, *Henri Gougaud*
P1460. Le Hussard, *Arturo Pérez-Reverte*
P1461. Les Amants de pierre, *Jane Urquhart*
P1462. Corcovado, *Jean-Paul Delfino*
P1463. Hadon, le guerrier. Le Cycle d'Opar II
Philip José Farmer

P1464. Maîtresse du Chaos. La Saga de Raven I
Robert Holdstock et Angus Wells
P1465. La Sève et le Givre, *Léa Silhol*
P1466. Élégies de Duino *suivi de* Sonnets à Orphée
Rainer Maria Rilke
P1467. Rilke, *Philippe Jaccottet*
P1468. C'était mieux avant, *Howard Buten*
P1469. Portrait du Gulf Stream, *Érik Orsenna*
P1470. La Vie sauve, *Lydie Violet et Marie Desplechin*
P1471. Chicken Street, *Amanda Sthers*
P1472. Polococktail Party, *Dorota Maslowska*
P1473. Football factory, *John King*
P1474. Une petite ville en Allemagne, *John le Carré*
P1475. Le Miroir aux espions, *John le Carré*
P1476. Deuil interdit, *Michael Connelly*
P1477. Le Dernier Testament, *Philip Le Roy*
P1478. Justice imminente, *Jilliane Hoffman*
P1479. Ce cher Dexter, *Jeff Lindsay*
P1480. Le Corps noir, *Dominique Manotti*
P1481. Improbable, *Adam Fawer*
P1482. Les Rois hérétiques. Les Monarchies divines II
Paul Kearney
P1483. L'Archipel du soleil. Les Enfants de l'Atlantide II
Bernard Simonay
P1484. Code Da Vinci : l'enquête
Marie-France Etchegoin et Frédéric Lenoir
P1485. L. A. confidentiel : les secrets de Lance Armstrong
Pierre Ballester et David Walsh
P1486. Maria est morte, *Jean-Paul Dubois*
P1487. Vous aurez de mes nouvelles, *Jean-Paul Dubois*
P1488. Un pas de plus, *Marie Desplechin*
P1489. D'excellente famille, *Laurence Deflassieux*
P1490. Une femme normale, *Émilie Frèche*
P1491. La Dernière Nuit, *Marie-Ange Guillaume*
P1492. Le Sommeil des poissons, *Véronique Ovaldé*
P1493. La Dernière Note, *Jonathan Kellerman*
P1494. La Cité des Jarres, *Arnaldur Indridason*
P1495. Électre à La Havane, *Leonardo Padura*
P1496. Le croque-mort est bon vivant, *Tim Cockey*
P1497. Le Cambrioleur en maraude, *Lawrence Block*
P1498. L'Araignée d'émeraude. La Saga de Raven II
Robert Holdstock et Angus Wells
P1499. Faucon de mai, *Gillian Bradshaw*
P1500. La Tante marquise, *Simonetta Agnello Hornby*
P1501. Anita, *Alicia Dujovne Ortiz*
P1502. Mexico City Blues, *Jack Kerouac*
P1503. Poésie verticale, *Roberto Juarroz*

P1506. Histoire de Rofo, clown, *Howard Buten*
P1507. Manuel à l'usage des enfants qui ont des parents difficiles
Jeanne Van den Brouk
P1508. La Jeune Fille au balcon, *Leïla Sebbar*
P1509. Zenzela, *Azouz Begag*
P1510. La Rébellion, *Joseph Roth*
P1511. Falaises, *Olivier Adam*
P1512. Webcam, *Adrien Goetz*
P1513. La Méthode Mila, *Lydie Salvayre*
P1514. Blonde abrasive, *Christophe Paviot*
P1515. Les Petits-Fils nègres de Vercingétorix, *Alain Mabanckou*
P1516. 107 ans, *Diastème*
P1517. La Vie magnétique, *Jean-Hubert Gailliot*
P1518. Solos d'amour, *John Updike*
P1519. Les Chutes, *Joyce Carol Oates*
P1520. Well, *Matthieu McIntosh*
P1521. À la recherche du voile noir, *Rick Moody*
P1522. Train, *Pete Dexter*
P1523. Avidité, *Elfriede Jelinek*
P1524. Retour dans la neige, *Robert Walser*
P1525. La Faim de Hoffman, *Leon De Winter*
P1526. Marie-Antoinette, la naissance d'une reine.
Lettres choisies, *Évelyne Lever*
P1527. Les Petits Verlaine *suivi de* Samedi, dimanche et fêtes
Jean-Marc Roberts
P1528. Les Seigneurs de guerre de Nin. La Saga du Roi Dragon II
Stephen Lawhead
P1529. Le Dire des Sylfes. La Malerune II
Michel Robert et Pierre Grimbert
P1530. Le Dieu de glace. La Saga de Raven III
Robert Holdstock et Angus Wells
P1531. Un bon cru, *Peter Mayle*
P1532. Confessions d'un boulanger
Peter Mayle et Gérard Auzet
P1533. Un poisson hors de l'eau, *Bernard Comment*
P1534. Histoire de la Grande Maison, *Charif Majdalani*
P1535. La Partie belle *suivi de* La Comédie légère
Jean-Marc Roberts
P1536. Le Bonheur obligatoire, *Norman Manea*
P1537. Les Larmes de ma mère, *Michel Layaz*
P1538. Tant qu'il y aura des élèves, *Hervé Hamon*
P1539. Avant le gel, *Henning Mankell*
P1540. Code 10, *Donald Harstad*
P1541. Les Nouvelles Enquêtes du juge Ti, vol. 1
Le Château du lac Tchou-An, *Frédéric Lenormand*
P1542. Les Nouvelles Enquêtes du juge Ti, vol. 2
La Nuit des juges, *Frédéric Lenormand*

P1543. Que faire des crétins ? Les perles du Grand Larousse
Pierre Enckell et Pierre Larousse
P1544. Motamorphoses. À chaque mot son histoire
Daniel Brandy
P1545. L'habit ne fait pas le moine. Petite histoire des expressions
Gilles Henry
P1546. Petit fictionnaire illustré. Les mots qui manquent au dico
Alain Finkielkraut
P1547. Le Pluriel de bric-à-brac et autres difficultés
de la langue française, *Irène Nouailhac*
P1548. Un bouquin n'est pas un livre. Les nuances des synonymes
Rémi Bertrand
P1549. Sans nouvelles de Gurb, *Eduardo Mendoza*
P1550. Le Dernier Amour du président, *Andreï Kourkov*
P1551. L'Amour, soudain, *Aharon Appelfeld*
P1552. Nos plus beaux souvenirs, *Stewart O'Nan*
P1553. Saint-Sépulcre !, *Patrick Besson*
P1554. L'Autre comme moi, *José Saramago*
P1555. Pourquoi Mitterrand ?, *Pierre Joxe*
P1556. Pas si fous ces Français !
Jean-Benoît Nadeau et Julie Barlow
P1557. La Colline des Anges
Jean-Claude Guillebaud et Raymond Depardon
P1558. La Solitude heureuse du voyageur
précédé de Notes, *Raymond Depardon*
P1559. Hard Revolution, *George P. Pelecanos*
P1560. La Morsure du lézard, *Kirk Mitchell*
P1561. Winterkill, *C.J. Box*
P1562. La Morsure du dragon, *Jean-François Susbielle*
P1563. Rituels sanglants, *Craig Russell*
P1564. Les Écorchés, *Peter Moore Smith*
P1565. Le Crépuscule des géants. Les Enfants de l'Atlantide III
Bernard Simonay
P1566. Aara. Aradia I, *Tanith Lee*
P1567. Les Guerres de fer. Les Monarchies divines III
Paul Kearney
P1568. La Rose pourpre et le Lys, tome 1, *Michel Faber*
P1569. La Rose pourpre et le Lys, tome 2, *Michel Faber*
P1570. Sarnia, *G.B. Edwards*
P1571. Saint-Cyr/La Maison d'Esther, *Yves Dangerfield*
P1572. Renverse du souffle, *Paul Celan*
P1573. Pour un tombeau d'Anatole, *Stéphane Mallarmé*
P1574. 95 poèmes, *E.E. Cummings*
P1575. Le Dico des mots croisés.
8 000 définitions pour devenir imbattable, *Michel Laclos*
P1576. Les deux font la paire.

Les couples célèbres dans la langue française, *Patrice Louis*
P1577. C'est la cata. Petit manuel du français maltraité *Pierre Bénard*
P1578. L'Avortement, *Richard Brautigan*
P1579. Les Braban, *Patrick Besson*
P1580. Le Sac à main, *Marie Desplechin*
P1581. Nouvelles du monde entier, *Vincent Ravalec*
P1582. Le Sens de l'arnaque, *James Swain*
P1583. L'Automne à Cuba, *Leonardo Padura*
P1584. Le Glaive et la Flamme. La Saga du Roi Dragon III *Stephen Lawhead*
P1585. La Belle Arcane. La Malerune III *Michel Robert et Pierre Grimbert*
P1586. Femme en costume de bataille, *Antonio Benitez-Rojo*
P1587. Le Cavalier de l'Olympe. Le Châtiment des Dieux II *François Rachline*
P1588. Le Pas de l'ourse, *Douglas Glover*
P1589. Lignes de fond, *Neil Jordan*
P1590. Monsieur Butterfly, *Howard Buten*
P1591. Parfois je ris tout seul, *Jean-Paul Dubois*
P1592. Sang impur, *Hugo Hamilton*
P1593. Le Musée de la sirène, *Cypora Petitjean-Cerf*
P1594. Histoire de la gauche caviar, *Laurent Joffrin*
P1595. Les Enfants de chœur (Little Children), *Tom Perrotta*
P1596. Les Femmes politiques, *Laure Adler*
P1597. La Preuve par le sang, *Jonathan Kellerman*
P1598. La Femme en vert, *Arnaldur Indridason*
P1599. Le Che s'est suicidé, *Petros Markaris*
P1600. Les Nouvelles Enquêtes du juge Ti, vol. 3 Le Palais des courtisanes, *Frédéric Lenormand*
P1601. Trahie, *Karin Alvtegen*
P1602. Les Requins de Trieste, *Veit Heinichen*
P1603. Pour adultes seulement, *Philip Le Roy*
P1604. Offre publique d'assassinat, *Stephen W. Frey*
P1605. L'Heure du châtiment, *Eileen Dreyer*
P1606. Aden, *Anne-Marie Garat*
P1607. Histoire secrète du Mossad, *Gordon Thomas*
P1608. La Guerre du paradis. Le Chant d'Albion I *Stephen Lawhead*
P1609. La Terre des Morts. Les Enfants de l'Atlantide IV *Bernard Simonay*
P1610. Thenser. Aradia II, *Tanith Lee*
P1611. Le Petit Livre des gros câlins, *Kathleen Keating*
P1612. Un soir de décembre, *Delphine de Vigan*
P1613. L'Amour foudre, *Henri Gougaud*
P1614. Chaque jour est un adieu *suivi de* Un jeune homme est passé *Alain Rémond*

P1615. Clair-obscur, *Jean Cocteau*
P1616. Chihuahua, zébu et Cie.
L'étonnante histoire des noms d'animaux
Henriette Walter et Pierre Avenas
P1617. Les Chaussettes de l'archiduchesse et autres défis de la prononciation
Julos Beaucarne et Pierre Jaskarzec
P1618. My rendez-vous with a femme fatale.
Les mots français dans les langues étrangères
Franck Resplandy
P1619. Seulement l'amour, *Philippe Ségur*
P1620. La Jeune Fille et la Mère, *Leïla Marouane*
P1621. L'Increvable Monsieur Schneck, *Colombe Schneck*
P1622. Les Douze Abbés de Challant, *Laura Mancinelli*
P1623. Un monde vacillant, *Cynthia Ozick*
P1624. Les Jouets vivants, *Jean-Yves Cendrey*
P1625. Le Livre noir de la condition des femmes
Christine Ockrent (dir.)
P1626. Comme deux frères, *Jean-François Kahn et Axel Kahn*
P1627. Equador, *Miguel Sousa Tavares*
P1628. Du côté où se lève le soleil, *Anne-Sophie Jacouty*
P1629. L'Affaire Hamilton, *Michelle De Kretser*
P1630. Une passion indienne, *Javier Moro*
P1631. La Cité des amants perdus, *Nadeem Aslam*
P1632. Rumeurs de haine, *Taslima Nasreen*
P1633. Le Chromosome de Calcutta, *Amitav Ghosh*
P1634. Show business, *Shashi Tharoor*
P1635. La Fille de l'arnaqueur, *Ed Dee*
P1636. En plein vol, *Jan Burke*
P1637. Retour à la Grande Ombre, *Hakan Nesser*
P1638. Wren. Les Descendants de Merlin I, *Irene Radford*
P1639. Petit manuel de savoir-vivre à l'usage des enseignants
Boris Seguin, Frédéric Teillard
P1640. Les Voleurs d'écritures *suivi de* Les Tireurs d'étoiles
Azouz Begag
P1641. L'Empreinte des dieux. Le Cycle de Mithra I, *Rachel Tanner*
P1642. Enchantement, *Orson Scott Card*
P1643. Les Fantômes d'Ombria, *Patricia A. McKillip*
P1644. La Main d'argent. Le Chant d'Albion II
Stephen Lawhead
P1645. La Quête de Nifft-le-mince, *Michael Shea*
P1646. La Forêt d'Iscambe, *Christian Charrière*
P1647. La Mort du Nécromant, *Martha Wells*
P1648. Si la gauche savait, *Michel Rocard*
P1649. Misère de la Ve République, *Bastien François*
P1650. Photographies de personnalités politiques
Raymond Depardon

P1651. Poèmes païens de Alberto Caeiro et Ricardo Reis
Fernando Pessoa
P1652. La Rose de personne, *Paul Celan*
P1653. Caisse claire, poèmes 1990-1997, *Antoine Emaz*
P1654. La Bibliothèque du géographe, *Jon Fasman*
P1655. Parloir, *Christian Giudicelli*
P1656. Poils de Cairote, *Paul Fournel*
P1657. Palimpseste, *Gore Vidal*
P1658. L'Épouse hollandaise, *Eric McCormack*
P1659. Ménage à quatre, *Manuel Vázquez Montalbán*
P1660. Milenio, *Manuel Vázquez Montalbán*
P1661. Le Meilleur de nos fils, *Donna Leon*
P1662. Adios Hemingway, *Leonardo Padura*
P1663. L'avenir c'est du passé, *Lucas Fournier*
P1664. Le Dehors et le dedans, *Nicolas Bouvier*
P1665. Partition rouge
poèmes et chants des indiens d'Amérique du Nord
Jacques Roubaud, Florence Delay
P1666. Un désir fou de danser, *Elie Wiesel*
P1667. Lenz, *Georg Büchner*
P1668. Resmiranda. Les Descendants de Merlin II, *Irene Radford*
P1669. Le Glaive de Mithra. Le Cycle de Mithra II, *Rachel Tanner*
P1670. Phénix vert. Trilogie du Latium I, *Thomas B. Swann*
P1671. Essences et parfums, *Anny Duperey*
P1672. Naissances, *Collectif*
P1673. L'Évangile une parole invincible, *Guy Gilbert*
P1674. L'époux divin, *Fransisco Goldman*
P1675. Petit dictionnaire des étymologies curieuses
Pierre Larousse
P1676. Facéties et Cocasseries du français, *Jean-Loup Chiflet*
P1677. Ça coule sous le sens, expression mêlées
Olivier Marchon
P1678. Le Retour du professeur de danse, *Henning Mankell*
P1679. Romanzo Criminale, *Giancarlo de Cataldo*
P1680. Ciel de sang, *Steve Hamilton*
P1681. Ultime Témoin, *Jilliane Hoffman*
P1682. Los Angeles, *Peter Moore Smith*
P1683. Encore une journée pourrie
ou 365 bonnes raisons de rester couché, *Pierre Enckell*
P1684. Chroniques de la haine ordinaire 2, *Pierre Desproges*
P1685. Desproges, portrait, *Marie-Ange Guillaume*
P1686. Les Amuse-Bush, *Collectif*
P1687. Mon valet et moi, *Hervé Guibert*
P1688. T'es pas mort !, *Antonio Skármeta*
P1689. En la forêt de Longue Attente.
Le roman de Charles d'Orléans, *Hella S. Haasse*